MELODIE SKY

Immortal KINGS

IHR SEID MEIN UNTERGANG

IMMORTAL KINGS
Ihr seid mein Untergang

Bildmaterial: Shutterstock, Freepik
Korrektorat: Kristina Butz

Bestellung und Vertrieb: Nova MD GmbH, Vachendorf

ISBN: 978-3-98595-627-2

Druckerei Smilkov Print Ltd
Pokrovnishko shose
2700, Blagoevgrad

Federherz Verlag
Süntelstraße 70
31848 Bad Münder
www.federherzverlag.de
Instagram: @federherz.verlag

Für alle, deren Herz für die Dunkelheit schlägt, vergesst nie, wo Schatten ist, gibt es immer auch Licht.

Triggerwarnung

Bist du bereit, dich in den Abgrund zu stürzen, den sicheren und bekannten Pfad von Moral und Tugend zu verlassen? Willst du es mit Männern aufnehmen, die skrupellose Killer sind und Geheimnisse, die dunkler als die tiefste Nacht sind, in sich tragen? Kannst du deine Wertevorstellungen ablegen und dich auf eine gefährliche Reise mit derber Sprache, Mord, Drogen-Waffenhandel und glühendem Verlangen einlassen? Wenn du diese Fragen mit einem klaren *JA* beantworten kannst und das Licht gegen die Dunkelheit tauschen möchtest, bist du herzlich eingeladen, in die Geschichte der *Immortal Kings* einzutauchen. Aber Vorsicht, pass gut auf dein Herz auf und nimm dich in Acht, denn die Donatello-Zwillinge gehören nicht nur zu dem mächtigsten Clan am Baker Beach, sie wissen auch, wie man Herzen erobert und zerbricht ...

Wenn du auf der Suche nach einer romantischen Story bist, bei der es keine Gefahren, Brutalität und explizite Inhalte gibt, solltest du das Buch lieber wieder beiseitelegen, denn all diesen Dingen muss sich Elena in San Francisco stellen. Wenn dich die Gefahr und prickelnde Momente magisch anziehen und faszinieren, lass uns keine Zeit mehr verlieren und das Kartell der Donatellos besser kennenlernen ...

*Eine konkrete Auflistung, der Triggerthemen, die dieses Buch enthält, findest du im hinteren Teil.

Prolog

MATTEO

Der beißende Geruch von Chlor steigt mir in die Nase. Die Hitze und hohe Luftfeuchtigkeit, die mich umgeben, beschleunigen meinen Pulsschlag. In der Ferne höre ich Kampfgeräusche, die von den Wänden widerhallen. Neben den dröhnenden Walzmaschinen links und rechts von mir ist es unmöglich, exakt herauszufiltern, aus welcher Richtung die Geräusche kommen. Zum Glück kenne ich meinen Weg. Diese Textilfabrik dient seit Jahren als Drogenumschlagplatz unserer Familie, daher weiß ich genau, an welcher Stelle der geplante Deal stattfindet. Die Fabrik liegt abseits vom Baker Beach und bietet mit ihren langen, verwinkelten Gängen im Maschinenbereich gute Möglichkeiten zur Deckung, sollte das jemals nötig sein.

Ich bewege mich entschlossen und fast geräuschlos weiter voran. Stetig darauf bedacht, dass keiner von ihnen Notiz von mir nimmt. Die Waffe in meiner Hand halte ich fest umschlossen, einen Finger am Abzug, konzentriere mich auf meine Atmung und spüre den kalten Schweiß, der mir von der Stirn rinnt. Die zischenden Stimmen werden immer lauter. Inzwischen bin ich dem Ort des Geschehens ganz nahe. Ihre Unwissenheit ist mein Vorteil, meine Chance, die Sache zu regeln und die Angelegenheit in Ordnung zu bringen. Niemand der Anwesenden rechnet damit, dass ausgerechnet ich hier auftauche. Ich befinde mich auf dem Weg, um ihn, meinen gehassten Zwillingsbruder, zu retten, obwohl ich allen Grund hätte, die Waffe auf ihn zu richten und abzudrücken. Vielleicht ist dieser Auftrag aber auch meine letzte Chance, zu beweisen, dass ich mehr bin, mehr kann, als alle von mir denken und erwarten. Ich bin mehr als dieses Stück Dreck, für das mich alle halten.

Hinter einer großen Säule bleibe ich im Dunkeln verborgen und verschaffe mir einen Überblick über die Situation. Dort steht er nun, eingekreist von drei Arschlöchern, die ihn zur Strecke bringen wollen. Dass sie es ernsthaft wagen, die Waffen gegen einen von uns zu richten, ist ihr Todesurteil. Kurz flackert der Gedanke in mir auf, wie passend unser Familienwappen ist: Wie der Phönix aus der Asche tauchen wir Donatellos immer wieder auf. Egal, wie gerissen und übermächtig unsere Gegner scheinen, am Ende vernichten wir sie alle und kommen stärker zurück.

Ich versuche, mich auf die gesprochenen Worte zu konzentrieren und herauszufinden, wie es zu dieser verhängnisvollen Situation kommen konnte. Lag es an dem übertriebenen Selbstvertrauen oder an der puren Selbstüberschätzung meines Bruders? Egal, wie ich die Sache betrachte, feststeht, er hat sich in einen Hinterhalt locken lassen. Ich kann nicht verhindern, dass sich ein perfides Gefühl der Befriedigung bei mir einstellt, da er versagt hat. Endlich hat er einen Fehler begangen. Der große und unfehlbare Alejandro Donatello, gefangen wie eine Beute, die von Wölfen umzingelt ist und nun auf den unausweichlichen Tod wartet. Doch das werde ich verhindern.

Wortfetzen dringen als undeutliches Gemurmel zu mir, da die Geräusche der arbeitenden Maschinen um uns herum zu laut sind. Ein weiterer Vorteil für mich. Durch die Lautstärke in dem Fabrikkeller, in dem wir uns befinden, wird niemand die Schüsse hören. Ich entsichere meine Waffe, trete langsam aus meiner Deckung und pirsche mich von hinten an meine drei Gegner heran. Mein Bruder ist dermaßen auf seine Angreifer konzentriert, dass auch er keine Notiz von mir nimmt. Ich sauge seinen verzweifelten Blick, den er hinter einer ernsten Miene zu verstecken versucht, tief in mich auf und halte ihn für alle Ewigkeit in meiner dunklen Seele gefangen.

»Fühlt ihr euch stark und überlegen, weil ihr mich feige in diesen Hinterhalt gelockt habt, ihr erbärmlichen Wichser?«

Endlich bin ich in Hörweite und entscheide, den Moment von Alejandros Versagen noch eine Weile auszukosten und der Auseinandersetzung zu folgen.

»So seid ihr Donatellos, nicht wahr? Immer eine große Klappe und von Arroganz zerfressen, selbst wenn ihr dem Tod geweiht seid.«

Mein Bruder legt den Kopf schief und grinst sein Gegenüber selbstgefällig an. »Weißt du, warum das so ist? Weil wir Gewinner sind und niemals scheitern. Mit dem Wissen abzutreten, dass ihr nichts weiter als unbedeutender Abschaum seid und euer Leben nach meinem Tod keine vierundzwanzig Stunden mehr andauern wird, reicht mir, um meinem Ende gelassen entgegenzusehen.«

»Wie kommst du darauf, dass jemand ahnt, dass wir hinter der Sache stecken? Du hast viele Feinde, Alejandro.«

Das Grinsen meines Zwillings wird noch breiter. »Allein, dass du mir diese Frage stellst, zeigt, was für Versager ihr seid. Nichts weiter als dreckige Kakerlaken, die eine untergeordnete Rolle spielen, keinerlei Beachtung erhalten und um Aufmerksamkeit und Anerkennung betteln. Ich freue mich übrigens schon, deine süße Tochter in der Hölle wiederzutreffen. Wie war noch gleich ihr Name? Lynn? Lina? Hilf mir doch auf die Sprünge, Marcello.«

Die Stimmung kippt und der Mann, der unmittelbar vor Alejandro steht, drückt ihm nun schäumend vor Wut den Lauf seiner Waffe gegen die Schläfe. Es ist Zeit, zu handeln. Eine weitere Schweißperle bahnt sich ihren Weg über meine Wange, der Puls rauscht in meinen Ohren und ich konzentriere mich nur noch auf meinen wilden Herzschlag und die geladene und entsicherte Waffe in meiner Hand. Ich schließe für den Bruchteil einer Sekunde meine Augen. Ein letzter tiefer Atemzug und ich drücke ab.

Eins, zwei, drei Kugeln verlassen blitzschnell den Lauf meiner Waffe. Drei Bastarde sacken in sich zusammen und liegen im nächsten Moment auf dem Boden.

Jetzt befinden sich nur noch ein glorreicher Sieger und ein gefallener Phönix in diesem Raum. Ich löse den Finger vom Abzug und marschiere langsam mit erhobenem Haupt auf meinen Bruder zu. Ich fühle nichts. Nur Leere und Stille in meinem Kopf. Was es über mich aussagt, dass ich eben drei Menschen das Leben genommen habe und jetzt rein gar nichts fühle? Nun, wahrscheinlich, dass in mir weitaus mehr Donatello steckt, als ich es je für möglich gehalten hätte.

Ich lege Alejandro eine Hand auf die Schulter und nicke ihm zu.

»Was machst du hier?«, blafft er mich an.

»Dich retten.«

Alejandro schnaubt wütend und entzieht sich sofort meiner Berührung. »Ich muss nicht gerettet werden. Und du bist im Übrigen der Letzte, dessen Hilfe ich brauche.«

»Komm mal runter, Alter! Ohne mich würdest du jetzt da auf dem Boden liegen und hättest eine Kugel im Schädel. Wolltest du das?«

Mein Bruder erwidert nichts, sondern wendet sich mit zusammengepressten Lippen zum Gehen.

Auf dem Weg raus aus der Fabrik kontaktiere ich Joe, ein langjähriges Kartellmitglied, das regelmäßig unsere Spuren verwischt. »Joe, du musst in die alte Weberei unten am Pier kommen und ein paar Leichen entsorgen.«

»Was war denn los, Matteo?«

»Das hat dich einen Scheiß zu interessieren. Beweg deinen Arsch hierher und kümmere dich darum. Sie liegen im Maschinenraum.«

»Sie? Wie viele sind es denn?«

»Verdammt noch mal. Hör auf, so viele dämliche Fragen zu stellen. Manchmal frage ich mich, warum du schon so lange für uns arbeitest. Erledige das, damit wir keine unnötige Aufmerksamkeit auf uns ziehen.«

Endlich kapiert dieser dumme Vollidiot, was ich von ihm will, und macht sich auf den Weg. Vorerst muss niemand Außenstehendes von der Falle, in die Alejandro offensichtlich blind hineingesprungen ist, erfahren. Dieser verpatzte Auftrag wird intern in der Familie geklärt. Ganz so, wie wir es seit Generationen tun.

»Willst du mir nicht endlich danken, Bruder? Schließlich habe ich dir eben dein Scheißleben gerettet«, spotte ich beim Hinausgehen.

»Fick dich, Matteo«, knurrt er.

Sein Frust entlockt mir ein dunkles Lachen. »Warum so gereizt? Ich kann es kaum erwarten, unserem Vater von der Sache zu erzählen. Du nicht auch, Alejandro?«

KAPITEL 1
Elena

Ich stütze meine Hände auf die Oberschenkel, beuge mich nach vorn und ringe nach Luft. Keuchend schüttele ich den Kopf über mich selbst.

»Was für eine grandiose Idee, Elena Pearson«, murmele ich vor mich hin. Bis vor wenigen Minuten wirkte der Gedanke, den Rest des Weges bis zu dem Diner am Strand zu laufen, echt romantisch. Jetzt verfluche ich mich für diesen Trugschluss.

Das Taxi hat mich circa zwei Meilen entfernt abgesetzt und nun ziehe ich im Sand des wunderschönen Baker Beaches mit der Golden Gate Bridge in meinem Rücken meinen viel zu schweren Rollkoffer hinter mir her. Immer wieder muss ich kurz innehalten, da ich das Gefühl habe, keine Luft mehr zu bekommen. Obwohl es heute nicht sonderlich warm ist, bildet sich Schweiß in jeder Pore meines Körpers. Optimale Voraussetzungen, um gleich in meinem bevorstehenden Vorstellungsgespräch zu überzeugen.

So habe ich mir die Ankunft in meiner neuen Wahlheimat nicht vorgestellt. Ich bin geflohen, davongelaufen, vor einem Leben, das ich jeden einzelnen Tag gehasst habe. Keinen Tag länger wollte ich die Elena aus dem Trailerpark in Oakland sein, deren Mom dem Alkohol und den Drogen verfallen ist und deren Dad im Knast verrottet. Nein, ab heute bin ich Elena, die ihren Master in Marketing in der Tasche hat, eines Tages ihre eigene kleine Werbeagentur leiten wird und von vorn beginnt. Doch um dieses Ziel zu erreichen, brauche ich dringend diesen Job. Eine Grundlage, um meinen Neustart in San Francisco zu finanzieren.

Bereits aus einiger Entfernung erkenne ich, dass das Diner, auf das ich zusteuere, gut besucht ist. Der gesamte Parkplatz ist voll mit Autos und Motorrädern. Die Fassadenfarbe in einem knalligen Rot ist speziell und auf jeden Fall der absolute Blickfang in der Umgebung. Kein Wunder, dass es alle Touristen im nahen Umfeld magisch anzieht.

Kurz bevor ich den Parkplatz erreiche, stoppe ich einen Moment und setze mich auf meinen Koffer. Ich hole mein Smartphone aus der Tasche und öffne die Kamerafunktion. Dunkle Augenringe, verwischte Mascara, rote Wangen und zerzauste Haare erwarten mich. Meine blauen Augen wirken müde und zahlreiche lange, schwarze Strähnen haben sich aus meinem Zopf gelöst. Fabelhaft! Wahrscheinlich wird mich die Inhaberin direkt zum Teufel jagen, wenn sie mich so sieht. Ein kurzer Blick auf die Uhr verrät mir jedoch, dass ich keine Zeit mehr habe, um mich noch ein wenig frisch zu machen. Ich bin schon viel zu spät und muss jetzt einen Sprint mit meinem Koffer hinlegen. Die Lippen zu einem Schmollmund verzogen ergebe ich mich meinem Schicksal.

Selbst schuld, Elena, denke ich mir immer wieder und löse meinen Haargummi. Im verzweifelten Versuch, mein katastrophales Erscheinungsbild halbwegs zu retten, binde ich meinen Dutt neu zusammen und entferne die verschwitzten Strähnen aus meinem Gesicht. Jetzt hält mich nichts mehr auf und ich laufe zielgerichtet zum Eingang.

Was mich dort erwartet, macht mich augenblicklich sprachlos. Das Diner ist dermaßen gut gefüllt, dass ich kaum eintreten kann, ohne jemanden anzurempeln. An dem langen Tresen steht eine ungeduldige Meute, die wild durcheinander ihre Bestellungen aufgibt. Dahinter befindet sich eine verzweifelte junge Frau, auf den ersten Blick nur wenige Jahre älter als ich. Sie bereitet in Lichtgeschwindigkeit Pancakes, Rührei, Speck und Kaffee zu. Auf jeden Fall ist sie heillos überfordert, denn es ist unmöglich, diesen Andrang allein zu bewältigen. Das ist meine Chance. In Situationen wie diesen kann ich über mich hinauswachsen. Ich rolle meinen Koffer an die Seite, lasse meinen Blick noch einmal durch die Menge und das herrschende Chaos wandern und beschließe, zu handeln.

Ich laufe geradewegs auf den Tresen zu, klettere darauf, stecke mir zwei Finger in den Mund und lasse einen ohrenbetäubenden Pfiff ertönen. Mit einem Mal wird es still und mir gehört die Aufmerksamkeit der gackernden Gäste. *Gut so*, denke ich und stemme mir die Hände in die Hüften. »Hört mal, Leute, es geht viel schneller, wenn ihr euch alle einen Platz sucht und wir dort eure Bestellungen aufnehmen. Habt noch ein wenig Geduld, dann bekommt ihr in Nullkommanichts alle euer Wunschmenü.«

Ich verleihe meinen Worten Nachdruck, indem ich ein zuckersüßes Lächeln aufsetze. Menschen für mich gewinnen und Eindruck hinterlassen kann ich. Ob dieser dann immer positiv ist, sei dahingestellt. Egal, in dieser verfahrenen Situation scheint meine Taktik aufzugehen. Die Leute entfernen sich langsam vom Tresen und suchen sich einen freien Platz. Zufrieden klettere ich von der Theke hinunter und sehe mich einer verschwitzten, aber durchaus attraktiven, rothaarigen, jungen Frau gegenüber.

Sie mustert mich aus zusammengekniffenen Augen und fast befürchte ich, dass ich gleich die Ansage meines

Lebens erhalten werde. Doch dann entspannen sich ihre Gesichtszüge und sie umarmt mich aus heiterem Himmel. Der vertraute Braten- und Fettgeruch, den ich aus meinen zahlreichen Nebenjobs nur allzu gut kenne, steigt mir in die Nase und ich spüre, dass sich ein kleines Lächeln auf meine Lippen stiehlt. Die Fremde löst sich von mir und streckt mir eine Hand entgegen.

»Ich bin Page und du bist mit Sicherheit Elena. Du hast mir gerade echt das Leben gerettet.« Ich nicke und sie zuckt lässig mit den Schultern. »Ich würde sagen, du hast den Job. Jetzt kümmern wir uns aber erst einmal um das Chaos. Im Anschluss reden wir über die Konditionen, okay?«

Ich verziehe den Mund zu einem Lächeln. Volltreffer. Mission Job habe ich schon einmal mit Bravour gemeistert. Auch wenn das Vorstellungsgespräch kürzer ausfiel, als ich erwartet hatte. Damit bin ich der Gründung meiner kleinen Agentur einen weiteren Schritt näher gekommen. Da ich keine Familie oder Verwandte habe, die mich finanziell unterstützen können, bietet mir die Stelle im Diner die Chance, etwas Geld zu verdienen, während ich die ersten potenziellen Kunden an Land ziehe. Damit ist mein Lebensunterhalt gesichert, bis mein eigenes Unternehmen genügend Geld abwirft.

Begeistert nicke ich, woraufhin Page beherzt nach meiner Hand greift und mich kurzerhand in die angrenzende Küche zerrt.

»Hier hast du eine Schürze und einen Block für die Bestellungen. Hast du Erfahrung im Service?«

»Habe ich.« Ich lächele ihr aufmunternd zu, während ich mir die Schürze umbinde und nach dem bereitgelegten Block greife.

Pages Züge bleiben angespannt, dennoch werden auch ihre Mundwinkel von einem kleinen Lächeln umspielt.

»Also dann, zurück in die Höhle des Löwen«, scherzt sie und wir begeben uns wieder in das prall gefüllte Diner.

Endlich habe ich die Gelegenheit, mich ein wenig umzusehen und einen Eindruck von meiner zukünftigen Arbeitsstelle zu gewinnen. Das Diner verfügt über ungefähr dreißig Sitzplätze, die in dem geräumigen Speisesaal verteilt sind. Der Boden ist im typischen schwarz-weißen Schachbrettmuster gestaltet und die Sitzbänke und Stühle allesamt mit rotem Leder überzogen. Die runden Tische und übergroßen Schirmlampen im Retrostil runden das typische Flair ab. Schlicht, kultig, nicht überladen und wahrscheinlich serviert Page hervorragendes Essen. Diese Eigenschaften definieren für mich ein gutes Diner und in genauso einem befinde ich mich offensichtlich.

Ich nehme gerade die letzte Bestellung entgegen, da fällt mir an der Rückenlehne einer der Sitzbänke noch etwas Besonderes auf, was ich zuvor in keinem Diner gesehen habe: In das Leder ist ein Phönix eingenäht. Wahrscheinlich der Hersteller der Sitzbänke oder das Logo einer ansässigen Firma, vermute ich. Auf jeden Fall beeindruckend und außergewöhnlich. Nichts, was man nicht wiedererkennen würde.

Wir arbeiten Stück für Stück die Vielzahl an Bestellungen ab. Während ich bediene und abrechne, da ich das Kassensystem schon von einer anderen Arbeitsstelle kenne, bereitet Page die Speisen und Getränke zu. Obwohl es stressig ist, ich völlig durchgeschwitzt und ausgelaugt bin, fühle ich mich gut. Gebraucht und angekommen.

Auch wenn das heute mein erster Tag in San Francisco ist, habe ich bereits jetzt das Gefühl, dass es eine gute Entscheidung war, hierherzukommen. Klar, es ist mir nicht besonders schwergefallen, mein altes Leben hinter mir zu lassen, dennoch stellt ein Neuanfang in einer fremden Stadt ein Risiko dar. Aber ich bin bereit, es einzugehen, um meine Träume zu verwirklichen. Ich bin frei und kann ab sofort tun und lassen, was ich will.

Bisher habe ich mein ganzes Leben lang immer Rücksicht auf meine kranke Mom genommen und sie mit ganzer Kraft unterstützt. Nach meinem Masterabschluss hat sie mir geschworen, dass sich alles ändert und sie den Entzug diesmal durchzieht. Was soll ich sagen? Sie hat es keine Woche ohne Alkohol oder Stoff ausgehalten. Schlimmer noch, in einem Rausch hat sie den Großteil meiner Ersparnisse, die ich mir bei Nebenjobs während des Studiums hart erarbeitet hatte, komplett auf den Kopf gehauen. Das war der Tag, an dem ich beschlossen habe, dass es so nicht weitergeht.

Ich schüttele den Kopf. Die Zeiten sind vorbei und ab sofort habe ich die Chance, mein Leben so zu leben und zu gestalten, wie ich es möchte. Hier habe ich die Möglichkeit, endlich die Version von mir selbst zu sein, die ich zu Hause immer verbergen musste. Die aufgeweckte, kreative und fröhliche Elena hatte in Oakland keinen Platz. Neben dem Studium und den zahlreichen Nebenjobs blieb mir kaum Zeit, um einmal durchzuatmen. Parallel den Haushalt zu schmeißen und auf meine Mom aufzupassen, hat mich oft an das Ende meiner Kräfte gebracht. Hinzu kam der enorme Druck, am College ausgezeichnete Leistungen abzuliefern. Sonst hätte ich jederzeit mein Stipendium verlieren können, ohne das mein Studium unmöglich gewesen wäre.

Ich atme ein weiteres Mal tief durch. Das liegt alles hinter mir. Vor mir befindet sich eine Zukunft am Baker Beach mit seinem herrlichen Sandstrand, in dem ich nun meine ganz eigenen Spuren hinterlassen kann.

KAPITEL 2

Matteo

Ich schaue auf Stellas Knackarsch, während sie erst ihren Slip und anschließend ihre Jeans nach oben zieht, um ihre wohlgeformten Kurven zu bedecken. Der Rauch meiner Zigarette durchströmt meine Lungen und ich genieße parallel den Anblick der Frau, die ich eben gefickt habe.

Als sie sich wieder angezogen hat, dreht sie sich zu mir und ich sehe etwas in ihren Augen, das mir nicht gefällt. *Nicht schon wieder*, denke ich genervt. Denn sie wird gleich etwas tun, das die Sache zwischen uns beendet. Und schon geht es los.

Sie öffnet die Lippen und streicht sich durch ihr blondes Haar. »Matteo, das mit uns ist etwas …«

Ich hebe die Hand, um sie zum Schweigen zu bringen. Sie verstummt sofort. Es ist nicht nötig, dass sie weiterspricht. *Etwas Besonderes*, wollte sie sagen und damit liegt sie dermaßen falsch, dass es mir ein resigniertes Seufzen entlockt. Für mich ist keine Frau *etwas Besonderes*. Sie sind meine Spielgefährtinnen, erheitern mich in einer Welt, in der es nichts als Hass, Gewalt und Dunkelheit gibt. Ich erfreue mich an hübscher Gesellschaft, heißen Körpern und bedingungsloser Hingabe. An mehr habe ich jedoch kein Interesse. Frauen machen nur Probleme und bedeuten Ärger, das weiß ich nur allzu gut aus eigener Erfahrung und halte mich deshalb immer von allem fern, was über ungezwungenen Sex hinausgeht.

Ich sehe, wie sich Tränen in Stellas großen Kulleraugen bilden. Es war mein Fehler. Ich habe sie in den letzten Wochen öfter kontaktiert, da der Sex mit ihr wirklich gut ist und sie mit ihren prallen Brüsten und gemachten Lippen echt heiß ist und scheiße ja, damit kann sie Sachen anstellen, von denen ich immer geträumt habe.

Ich setze mich aufrecht hin und nehme einen weiteren tiefen Zug von meiner Zigarette. »Stella, das mit dir und mir ist nichts als Sex. Wenn du etwas anderes suchst oder willst, bist du falsch bei mir.«

Sie schluchzt und wischt sich die Tränen von ihren Wangen. Mit verschränkten Armen vor der Brust kommt sie auf mich zugestapft. Ich muss fast ein wenig schmunzeln. Es hat einen gewissen Reiz, wenn Frauen mir ihre Meinung ins Gesicht sagen und sich nicht permanent wie willenlose Puppen von mir vögeln lassen. Aber in der kleinen Stella lodert dieses Feuer nicht. Sie ist verletzt und das ist der einzige Grund, warum sie jetzt den Mund aufmacht. Sonst ist sie absolut devot und würde nie auf den Gedanken kommen, das Wort gegen mich zu erheben.

»Du bist genauso ein großes Arschloch wie dein Bruder! Ich dachte immer, du wärst anders, dabei bist du genau wie er. Verdorben und eiskalt.«

Jetzt grinse ich doch, woraufhin sie sich ihre Tasche schnappt, ihre Jeansjacke von meinem Tisch reißt und mit schnellen Schritten mein Zimmer verlässt.

O Baby, denke ich, *ich bin noch viel schlimmer als mein Bruder*. Das Böse war all die Jahre in mir und ist durch diese eine Sache unwiderruflich an die Oberfläche gedrungen.

Ich springe aus meinem Bett, öffne die doppelflügelige Balkontür, trete nach draußen und beobachte, wie Stella aufgebracht in ihr Mercedes-Cabrio steigt und die Tür lautstark zuknallt. Schade eigentlich, dass es vorbei ist. Denn sie hat sich wirklich gut ficken lassen.

Ich habe jedoch keine Zeit, mir noch länger Gedanken um Stella und ihre verletzten Gefühle zu machen, da mein Handy klingelt. Es ist mein Vater. Obwohl wir alle im selben Haus wohnen, ist das Anwesen so groß, dass es schneller und effizienter ist, anzurufen, anstatt sich auf den Weg zu machen. »Ja?«

»Matteo, sei in zehn Minuten in meinem Büro. Du musst etwas für mich erledigen. Deinem Bruder traue ich aktuell nicht zu, sich um diese Angelegenheit zu kümmern.« Kaum hat er das letzte Wort ausgesprochen, beendet er das Telefonat. Ja, mein Vater ist kein Mann der großen Worte, er lässt lieber Taten sprechen. Dass er nun mich statt meines Zwillingsbruders Alejandro anruft, um einen Auftrag zu erfüllen, befriedigt eines meiner Grundbedürfnisse: nämlich meinen Bastard von Bruder in den Hintergrund zu drängen und selbst im Mittelpunkt zu stehen.

Seit unserer Kindheit verfolgen wir beide immer nur dieses eine Ziel: der Bessere zu sein. Derjenige, der unseren Vater überzeugt, fähig zu sein, eines Tages die Leitung des Kartells zu übernehmen. Bisher lag die Gunst immer auf der Seite meines Bruders. Obwohl wir Zwillinge sind, könnten wir charakterlich kaum unterschiedlicher sein. Alejandro handelt impulsiv, gedankenlos und wird von seinen Emotionen getrieben. Ich hingegen durchdenke Entscheidungen und deren Konsequenzen. Dafür habe ich in der Vergangenheit allerlei Spott und Verachtung von unserem Vater einstecken müssen. Nie war ich ihm skrupellos und brutal genug, bis ich ihm vor zwei Monaten das Gegenteil bewiesen habe.

Seit dem versauten Auftrag meines Bruders und meiner Rettungsaktion ist alles anders. Nun gehört mir die Bühne und Alejandro wird mit der Ignoranz unseres Vaters bestraft. Jetzt, wo ich die Aufmerksamkeit von ihm erhalte, die mir zusteht, werde ich ihn restlos davon überzeugen, dass ich ein würdiger Nachfolger bin, um das Kartell weiterzuführen. Ich bin bereit, jeden Preis zu zahlen, der nötig ist, um meinen Bruder endgültig vom Thron zu stoßen.

Ich öffne die Schiebetür meines Kleiderschranks und ziehe einen der zahlreichen Anzüge hervor. Meine Wahl fällt auf den marineblauen mit dem karierten Muster. Statt des Jacketts entscheide ich mich für die dazugehörige Weste und kombiniere ein weißes Hemd damit. Kleidung hat einen hohen Stellenwert im Kartell. Wer als Opfer auftritt, wird als solches behandelt. Wer wie ein Anführer aussieht, erhält Respekt und Aufmerksamkeit. Die Ärmel des weißen Hemdes schiebe ich bis zu meinen Ellenbogen hoch, wodurch die zahlreichen Tattoos auf meinen Unterarmen entblößt werden. Ich schließe die Schnalle des schwarzen Ledergürtels, greife nach meiner Packung Zigaretten und verlasse mein Zimmer.

Der lange Gang führt mich direkt vom Ostflügel, den ich bewohne, in Richtung des Haupthauses. Die imposante Marmortreppe, die in das offene und eindrucksvolle Foyer führt, bringt mich meinem Zielort Stufe um Stufe näher.

Vor der massiven Holztür im Erdgeschoss angekommen, die das Tor zur Welt des Kartells bildet, halte ich einen Moment inne. Ich drehe meinen Siegelring zurecht und blicke voller Stolz auf unser Familienwappen. Der Phönix der Donatellos. Das Symbol für Stärke, Macht und Wiedergeburt. Letzteres ist die mächtigste Waffe, die wir Donatellos besitzen. Die Wörter *Rückzug* oder *Angst* existieren nicht in unserem Wortschatz. Egal, wie schlecht unsere Karten stehen, wir erheben uns, kämpfen, kommen immer wieder zurück und vernichten alles und jeden, der sich uns in den Weg stellt. Wir sind Anführer, Gewinner und kennen unseren Platz in der Gesellschaft. Und der ist ganz oben.

Mit der Klinke in der Hand und einer Kippe zwischen den Lippen begrüße ich meinen Vater mit einem knappen Nicken. Er sitzt an der Stirnseite der langen Tafel in seinem Büro und erwartet mich. Meinem Bruder, der am hinteren Teil des Tisches auf einem der Stühle sitzt, schenke ich keinerlei Beachtung. Stattdessen nehme ich meinen neuen Platz, direkt neben unserem Vater, ein.

Alejandro wirft mir einen verächtlichen Blick zu und erhält dafür von mir ein breites Grinsen. Ja, ich habe seinen Platz eingenommen. Zumindest hier an diesem Tisch.

Eine Zigarre glimmt in dem Aschenbecher neben unserem Vater und zahlreiche Dokumente sind vor ihm ausgebreitet. Kurze Zeit herrscht eisige, undurchdringbare Stille. Einzig das Knistern seiner abbrennenden Zigarre ist zu hören. Da mein Vater konzentriert die vor ihm liegenden Zettel studiert, übe ich mich in Geduld und zünde mir eine weitere Zigarette an. Schweigend inhaliere ich den Rauch.

Alejandros Miene wird sekündlich finsterer. Gott, was für eine Genugtuung, ihn so zu sehen. Wie gern er wohl das Wort gegen unseren Vater und dessen Entscheidung erheben würde? Aber das wagt er nicht. Denn einen Carlos Donatello fordert man nicht heraus. Auch nicht, wenn man zur Familie gehört.

Unser Vater löst den Blick von den Dokumenten, greift nach seiner Zigarre, pafft einige Male und steckt sie wieder in die vorgesehene Halterung am Aschenbecher. Er nimmt eine aufrechte Position auf seinem Stuhl ein und verschränkt die Finger ineinander. Seine dunklen Augen begegnen meinen und ich sehe, dass er verärgert ist. Die Wut, die in seinen kalten Augen blitzt, offenbart, dass etwas nicht stimmt. Mit Spannung erwarte ich den Grund für seinen Unmut.

Sein eindringlicher Blick durchbohrt mich, aber ich halte ihm problemlos stand, bis er es ist, der unseren Blickkontakt unterbricht. Diese stummen Duelle haben wir bereits tausendfach in der Vergangenheit geführt. Jeder Anflug von Schwäche wurde von unserem Vater immer brutal bestraft. Schallende Ohrfeigen, Schläge mit seinem Ledergürtel oder vollkommene Ignoranz waren seine beliebtesten Erziehungsmethoden. Das hat uns stark gemacht, aber auch völlig abgefuckt. Inzwischen hasse auch ich Männer, die feige den Blick abwenden und unsicher sind.

Was für eine bittere Ironie, wollte ich doch lange Zeit nie wie unser Vater werden. Jetzt sind mein Bruder und ich genau wie er, kalt, unberechenbar, herzlos und ihm damit ebenbürtig. Die Donatellos kennen keine Gnade und geben keine zweiten Chancen.

Er lehnt sich wieder in seinem Stuhl zurück und beginnt, mit dem Zeigefinger auf die Papiere vor sich zu trommeln. »Weißt du, was das hier ist, Matteo?« Seine rauchige Stimme erfüllt den gesamten Raum und hallt von den Wänden zurück.

Da es sich um eine rhetorische Frage handelt, erwidere ich nichts, sondern schaue ihm erneut fest in die Augen.

»Das sind die Einnahmen aus unseren Geschäften im zweiten Quartal. Mir sind Unstimmigkeiten aufgefallen. Die Läden entlang des Baker Beaches haben fünf Prozent weniger abgeworfen als im ersten Quartal. Ich will, dass du dir das ansiehst, Matteo. Finde heraus, ob sich jemand Geld einsteckt und in die eigene Tasche wirtschaftet. Ich will den Grund dafür erfahren, warum die Kokainverkäufe und der Waffenhandel rückläufig sind. Sollten wir einen Verräter in den eigenen Reihen haben, kümmerst du dich darum.«

Ich nicke und spüre, wie sich das Gefühl von Triumph in mir ausbreitet. *Nichts leichter als das*, denke ich. Es wird mir eine Freude sein, herauszufinden, wer für die geringeren Einnahmen verantwortlich ist. Wenn ich den Bastard gefunden habe, werde ich ihn spüren lassen, was es bedeutet, die Donatellos zu hintergehen, und für seinen Verrat bezahlen lassen. Keiner wickelt ohne unser Wissen irgendwelche Deals ab.

Unser Vater bedenkt mich ebenfalls mit einem knappen Nicken und wendet sich schließlich meinem Bruder zu. »Sollte Matteo Unterstützung brauchen, Leute oder Waffen benötigen, wirst du ihm alles besorgen, was er anfordert, und tun, was er sagt.«

Die Stimme unseres Vaters ähnelt dem Zischen einer Schlange kurz vor ihrem Angriff. Sie ist bedrohlich leise und dennoch voller Wut. Mein Bruder kann nicht anders und ihm entfährt ein geräuschvolles Schnauben. Unser Vater funkelt ihn an.

»Willst du etwas sagen, Alejandro?«, fragt er und ich spüre über die gesamte Länge des Tisches, wie Alejandro mit sich ringt. Dass ich ihm seinen Rang abgelaufen habe und nun eng an der Seite unseres Vaters stehe, muss das Schwerste in seinem bisherigen abgefuckten Leben sein.

Er strafft die Schultern und ich weiß, dass er eine Entscheidung getroffen hat. Egal, wie impulsiv Alejandro im Normalfall ist, mit unserem Vater würde er sich niemals anlegen. Er weiß, dass er ihn auf der Stelle töten würde, ohne mit der Wimper zu zucken. »Nein. Er bekommt alles, was er benötigt«, knurrt er mit zusammengebissenen Zähnen.

»Dachte ich mir«, erwidert unser Vater und fixiert mich erneut mit seinen fast schwarzen Augen. »Du weißt, wie wir so etwas regeln, Matteo. Rede mit den Besitzern, hör dich um und bring in Erfahrung, was los ist. Solltest du auch nur den leisesten Verdacht haben, dass jemand lügt oder ein Geheimnis hat, lass Taten sprechen.«

Ich nicke abermals, drücke meine Zigarette im Aschenbecher aus und nehme das Bündel Papiere von unserem Vater entgegen. Dabei handelt es sich um eine Auflistung von allen Geschäften und Läden, die uns im Norden der Stadt gehören.

Legale Geschäfte sind notwendig, um das Kartell am Laufen zu halten. Zwar sind Drogen- und Waffenhandel die beiden elementaren Dinge, die unser Leben finanzieren, nichtsdestotrotz benötigen wir die kleinen Coffee-Shops, Bars, Clubs und Diner, um unseren Reichtum vor dem Staat und den Cops zu rechtfertigen. Klar ist ein Großteil der Bullen geschmiert, trotzdem verirrt sich immer mal wieder einer und verlässt unseren Weg, der mit schmutzigem Geld und teuren Geschenken wie Sportwagen gepflastert ist, auf der Suche nach Erlösung. Genau vor solchen vermeintlichen Gutmenschen und Behörden schützen uns die Läden entlang des Baker Beaches. Sie sind unser Deckmantel und werfen nebenbei eine nette Summe ab.

Ich werfe Alejandro einen selbstgefälligen Blick zu, als ich mich von meinem Stuhl erhebe. Die Wut, die in seinen Augen lodert, zeigt mir, dass er nicht kampflos auf den Thron verzichten wird.

Komm nur, du Bastard, mit dir werde ich problemlos fertig, denke ich zufrieden und verlasse das Büro.

Wenige Minuten später betrete ich unsere gut gefüllte Tiefgarage. Meine Wahl fällt heute auf meinen Dodge Challenger. Den Stapel Papiere lege ich neben mir ab.

Ganz oben auf dem Bündel befinden sich die Geschäftsdaten und Einnahmen von Pages Diner. An diesem Ort werde ich mit meiner Recherche beginnen und Nachforschungen anstellen, obwohl ich mir kaum vorstellen kann, dass Page es wagen würde, Geld zu unterschlagen.

Mit diesem Diner verbinde ich so viel mehr als jeder andere Mensch in dieser gottverdammten Stadt. Wann immer ich in der Vergangenheit runterkommen musste oder meine Ruhe wollte, bin ich dorthin gefahren. Der Blick auf das endlose Meer in Kombination mit einer Kanne schwarzen Kaffee war schon unzählige Male mein Anker. Meine Rettung in letzter Sekunde, bevor ich etwas Dummes, Unüberlegtes getan hätte. Ein Ort, an dem ich mich wohlfühle, fernab des Kartells.

KAPITEL 3

Elena

Ich räume die letzten beiden Tische ab, während Page die Ladentür abschließt und uns zwei Tassen Kaffee mit dem Vollautomaten zubereitet. Anschließend verstaue ich das benutzte Geschirr in der Spülmaschine und starte das Waschprogramm. Dabei bemerke ich, dass mich eine Welle von Müdigkeit überkommt, und kann ein geräuschvolles Gähnen nicht unterdrücken. Logisch, ich bin seit mehr als fünfzehn Stunden nonstop auf den Beinen, langsam fordert dieser ereignisreiche Tag seinen Tribut. Ich lege die Schürze ab und laufe direkt auf Page zu, die es sich mit unseren zwei großen Kaffeebechern an einem der Tische bequem gemacht hat. Sie lächelt mich zufrieden an und wirft einen kurzen Blick auf meinen großen Rollkoffer, der immer noch in der Ecke des Diners steht.

»Also, Elena, wenn du nach diesem Vormittag noch verrückt und verzweifelt genug bist, den Job anzunehmen, hast du die Stelle.«

Ich kann nicht anders als kurz aufzulachen, fahre mir mit beiden Händen über mein Gesicht und streiche mir einige gelöste Haarsträhnen hinter die Ohren. »Ich mag verrückt und stehe auf Herausforderungen, also nehme ich dein Angebot gern an. Kümmerst du dich immer ganz allein um das Diner?«

»Himmel nein. Du siehst, wie viel hier los ist. Gerade in der Frühschicht ist es unmöglich, es ohne Hilfe zu schaffen. Ich habe zwei Aushilfen: Tara und Philippe. Die beiden machen einen guten Job, wenn sie da sind. Nur leider sind sie das viel zu selten, weil sie total unzuverlässig sind.«

»Meinst du, sie kommen einfach nicht, obwohl sie arbeiten müssten?«

»Ja, wie du siehst«, erwidert Page resigniert.

»Warum kündigst du ihnen dann nicht?«

Page lacht kurz auf. Es ist ein bitteres, fast frustriertes Lachen. »Na ja, Aushilfsjobs gibt es hier am Baker Beach an jeder Ecke. Sollte ich mich im Ton vergreifen oder sie auf ihr Fehlverhalten hinweisen, sind sie weg und finden sofort eine Anstellung beim Nächsten und ich bin komplett aufgeschmissen.«

»Ich verstehe. Ab jetzt hast du mich und ich kann dir versprechen, dass ich zuverlässig bin. Wenn ich Dienst habe, bin ich da.«

Page lächelt mich freundlich an und mustert mich anschließend intensiv. Es sieht fast so aus, als suche sie in meinem Gesicht nach einem Hinweis, ob sie meiner Aussage trauen kann. »Gut, ich habe zwar keine Ahnung, wo du herkommst, Elena, aber du gefällst mir.« Ihr Blick wandert erneut zu meinem Koffer. »Wo wohnst du aktuell? Weit entfernt vom Baker Beach oder hast du einen kurzen Arbeitsweg?«

Mit dieser Frage erwischt sie mich eiskalt, denn bisher habe ich noch keine Bleibe. Die Idee vor meiner Abreise war, dass ich einige Zeit in günstigen Hostels unterkomme, bis ich mir ein eigenes Zimmer leisten kann.

Mein Zögern scheint Antwort genug für Page zu sein.

Ohne eine Erwiderung meinerseits abzuwarten oder genauer nachzufragen, fährt sie fort: »Wenn du möchtest, kannst du eines meiner Gästeapartments beziehen. Die Wohnungen sind nicht besonders groß oder komfortabel, aber für den Anfang vielleicht gar nicht schlecht. Speisen und Getränke bekommst du im Diner, da ich dir keinen hohen Stundenlohn zahlen kann. Gearbeitet wird sechs Tage die Woche in Früh- und Spätdienst und Montag ist ab der kommenden Woche immer dein freier Tag. Wie klingt das?«

Ich lasse mir das Gesagte einen Moment durch den Kopf gehen und werde das Gefühl nicht los, dass sie mir etwas verschweigt. Sie kann mir beim Aufzählen der Fakten kaum in die Augen schauen und auch ihre ausgestreckte Hand zittert ein wenig. Vielleicht ist sie aber auch einfach restlos erschöpft. Nach einer kurzen Bedenkzeit ergreife ich entschlossen die ausgestreckte Hand. »Klingt hervorragend«, bekräftige ich unseren Handschlag mit Worten, obwohl ich mir in meinem Inneren nicht ganz sicher bin, ob das hier wirklich *hervorragend* ist.

Auf der Arbeit leben, nur einen Tag frei in der Woche haben und parallel den Traum von meiner Marketingagentur verwirklichen? Das wird hart und anspruchsvoll. Aber ich wäre nicht Elena Pearson, wenn ich das nicht schaffen würde. Eines Tages werde ich meine eigene Agentur leiten und nebenbei nicht mehr in einem Diner schuften müssen.

Page löst unseren Handschlag, erhebt sich und begibt sich zu der Tür, auf der ein Schild mit der Aufschrift *Privat* angebracht ist. »Ich hole die Papiere und deinen Arbeitsvertrag. Danach zeige ich dir dein Zimmer und du kannst erst einmal ankommen. Meinst du, du bist für die Abendschicht wieder fit?«

Zwar fühle ich mich wie von einem Bus überfahren,

aber eine ausgiebige Dusche und einige Stunden Schlaf werden die Sache schon richten. Also willige ich kurzerhand ein und sichere Page meine Hilfe für den Abend zu.

Sie legt den Arbeitsvertrag vor mich und verschwindet anschließend wortlos und für meinen Geschmack eine Spur zu schnell hinter dem Tresen. Immer mehr beschleicht mich das Gefühl, dass sie etwas vor mir verheimlicht. Ich studiere akribisch die Papiere auf der Suche nach irgendeiner versteckten Klausel, aber ich finde nichts. Vielleicht macht mich meine Müdigkeit paranoid und ich sehe Gespenster. Was sollte Page auch vor mir verbergen? Gewissenhaft befülle ich die leeren Felder mit den geforderten Daten.

Nachdem ich mich mit den Arbeitszeiten, dem Stundenlohn und meinem Urlaubsanspruch auseinandergesetzt habe, unterschreibe ich den Vertrag. Zufrieden betrachte ich die Dokumente, die meine Zukunft am Baker Beach besiegeln.

»Hey, ich bin fertig«, rufe ich Page zu, die sich daraufhin wieder zu mir an den Tisch gesellt. Sie wirkt nun noch nervöser und ich frage mich sekündlich mehr, woran das liegt. Ich bilde mir das nicht ein. Page reibt sich mit den Fingerknöcheln über die Stirn und mustert mich intensiv.

»Stimmt etwas nicht?«, kommt es mir schließlich über die Lippen.

Page pustet sich ihren roten Pony aus dem Gesicht und seufzt resigniert. »Flipp jetzt bitte nicht gleich aus, ja?«

Ihre Worte verwirren mich, dennoch nicke ich bestätigend. Was sollte sie mir schon mitteilen, was mich zum Ausflippen bringt?

»Es gibt noch eine Sache, über die wir unbedingt reden müssen, bevor du hier anfängst. Dieses Diner hier gehört, genau wie alle anderen Läden entlang des Baker Beaches,

Carlos Donatello.« Sie schweigt und ich frage mich, was ich mit dieser spärlichen Information anfangen soll.

»Okay, und er ist wer genau?«, frage ich, woraufhin Page abermals ein tiefes Seufzen entfährt.

»Er ist der Anführer des Kartells, das den Norden der Stadt innehält. Er und seine Söhne Matteo und Alejandro sind die mächtigsten und gefährlichsten Männer, denen du hier begegnen kannst.«

Ich merke, wie meine Kehle trocken wird. Erzählt mir Page gerade wirklich, dass ihr Diner einem Mafiaboss gehört?

»Ähm, okay. Was heißt das jetzt genau für meinen Job hier?«, erkundige ich mich, wobei meine Stimme seltsam belegt klingt.

Page kneift sich in die Nasenwurzel und sucht anschließend meinen Blick. »Matteo und Alejandro kommen öfter ins Diner. Sei unbedingt freundlich und höflich zu ihnen. Lass dich von keinem der beiden verführen oder zu irgendwelchen Dummheiten hinreißen, dann wird dir nichts passieren und dir bleibt ein gebrochenes Herz erspart.«

Das klingt ja vielversprechend, denke ich spöttisch und schließe innerlich den Pakt mit mir, dass ich mich von diesen Gangstertypen fernhalten werde. Nicht aus Angst, sondern weil ich kein Interesse an Ärger habe. »Wie sehen diese Typen denn aus? Kann ich sie irgendwie erkennen?«

Meine Chefin nickt, rutscht ein Stück auf ihrer Sitzbank zur Seite und deutet auf die Stickerei mit dem Phönix, die mir bereits zu Beginn meiner Schicht aufgefallen ist. »Die Donatellos tragen alle einen Siegelring, der unübersehbar ist und auf dem das Familienwappen, dieser Phönix, abgebildet ist. Matteo und Alejandro wirst du aber definitiv auch ohne irgendwelche Siegelringe erkennen. Sie sind die heißesten Typen, die du dir vorstellen kannst. Beide sehen verboten gut aus, sind düster und wild. Diese Zwillinge bringen jede Frau um den Verstand. Du musst echt aufpassen, sonst verschlingen sie dich mit Haut und Haar und das meine ich jetzt wörtlich und nicht als Metapher.«

»Toll. War ja irgendwie klar, dass du mir sagst, dass sie heiß und verboten sind. Tragen alle aus diesem Kartell einen Ring?«

»Nein, den tragen ausschließlich die Donatellos. Die anderen Kartellmitglieder haben silberne Anstecker mit dem Phönix darauf. Du wirst sie erkennen, glaub mir.«

Ständig darauf zu achten, ob sich irgendein Kerl mit einem Phönix-Anstecker oder Siegelring ins Diner verirrt hat, wird interessant. »Wie viele Leute gehören denn zu diesem Kartell?«, frage ich, um ein ungefähres Gefühl für den Ernst der Lage zu bekommen.

»Zur Familie gehören nur Carlos und seine beiden Söhne. Das Kartell selbst zählt weit mehr als vierhundert Mitglieder.« Mir klappt der Mund auf, woraufhin Page beginnt, beschwichtigend mit ihren Armen vor mir herumzufuchteln. »Elena, das ist nicht alles wie in den Filmen. Klar, die Typen sind gefährlich und du solltest sie nicht verärgern oder dich in ihre Geschäfte einmischen. Wenn du dich aber an diese einfachen Regeln hältst, sind das Menschen wie du und ich, die hier einen Kaffee trinken«, erklärt sie hektisch und mit schriller Stimme.

Ich glaube ihr kein Wort. Ihr Lächeln, das mit Sicherheit beruhigend wirken soll, ist eindeutig aufgesetzt und bewirkt damit genau das Gegenteil.

Aber all das spielt überhaupt keine Rolle. Ich wäre nicht ich, wenn ich jetzt davonlaufen würde, nur weil sich hier irgendwelche zwielichtigen Gangster herumtreiben. Deshalb zucke ich betont gleichmütig mit den Schultern und schiebe Page demonstrativ meinen unterschriebenen Arbeitsvertrag über den Tisch zu. »Okay, Challenge accepted. Sollen diese Phönixgangstertypen ruhig kommen. Mit denen werde ich schon fertig.«

Page entfährt ein lautes Lachen. »Elena, ich mag dich jede Sekunde ein klein wenig mehr. Aber pass bitte wirklich gut auf dich auf. Vor allem Alejandro und Matteo solltest du aus dem Weg gehen. Du wärst nicht die Erste, der sie das Herz brechen.«

Ich nicke, um ihr zu signalisieren, dass ich verstanden habe.

Wir widmen uns den inzwischen nicht mehr ganz so heißen Getränken und plaudern noch ein wenig über meinen Flug und meine beruflichen Pläne. Die Einweisung in die zahlreichen Aufgaben im Diner nehme ich nur noch teilweise auf. Viel zu groß ist diese einnehmende Müdigkeit und der Gedanke an ein paar Stunden Schlaf gewinnt sekündlich mehr die Überhand.

»Du hörst mir gar nicht mehr richtig zu, oder?«

»Sorry. Ich bin völlig fertig.«

»Das verstehe ich. Komm, ich zeige dir dein Zimmer.«

Dankbar für ihr Verständnis folge ich ihr. Sie verstaut meinen Arbeitsvertrag in ihrem Büro und kommt mit einem Schlüssel in der Hand zurück. Gemeinsam treten wir nach draußen, umrunden das Diner und ich bin ernsthaft überrascht, wie groß das Gebäude ist. Auf der Rückseite erreichen wir über eine Holzveranda vier Apartments, die nebeneinander liegen. Page steuert zielgerichtet auf das an der rechten Außenseite zu. Sie steckt den Schlüssel in das Schloss der blau gestrichenen Holztür und öffnet damit das Tor zu meinem neuen Zuhause.

Page deutet mit einer ausschweifenden Geste in die kleine Wohnung hinein. »Da wären wir. Kein Penthouse oder eine Luxussuite, aber du findest alles, was du brauchst, und ich wohne auch nur zwei Querstraßen entfernt von hier. Das heißt, solltest du dich jemals einsam fühlen oder Hilfe benötigen, bin ich immer nur wenige Schritte von dir entfernt.«

Ich lächele sie aufrichtig und voller Dankbarkeit an und lasse anschließend den Blick durch die Wohnung schweifen. In dem offen geschnittenen Raum befindet sich der Wohnbereich mit einer angrenzenden Kochnische. Eine Tür führt in das winzige Schlafzimmer, neben dem sich hinter einer weiteren Tür ein Bad mit Dusche verbirgt. Klein, pragmatisch und perfekt, um neu anzufangen.

Ich bedanke mich noch einmal bei Page, die mich anschließend allein lässt.

Nach einer längst überfälligen Dusche, bei der ich den Flug, Schweiß und Bratengeruch von mir spüle, lasse ich mich in das gemütliche Bett fallen und schlafe bereits nach wenigen Augenblicken ein.

Das schrille Piepen meines Smartphones reißt mich aus meinem Schlaf. Gut, dass ich mir einen Wecker gestellt habe. Nie im Leben wäre ich heute noch einmal von allein aufgewacht.

Nachdem ich langsam zu mir gekommen bin, schwinge ich die Beine aus dem Bett und begebe mich ins Badezimmer. Mit einer Schicht Tagescreme und frischer Mascara wirke ich bereits deutlich fitter als heute Morgen. Meine langen, schwarzen Haare knote ich wieder zu einem lockeren Dutt auf meinem Kopf zusammen. Aus meinem Koffer ziehe ich eine schwarze Skinny Jeans und ein graues Tanktop mit etwas Ausschnitt. Ich betrachte mich zufrieden im Spiegel. Mein Outfit ist seriös genug, um keine Familien oder Touristen zu verschrecken, zeigt aber genügend Dekolleté, um etwas Trinkgeld zu kassieren. Moralisch vielleicht nicht ganz korrekt, aber dringend notwendig. Der Stundenlohn, den Page mir zahlen kann, ist echt miserabel, da kann etwas Extraeinkommen nicht schaden.

Ich schließe die Tür zu meiner kleinen Wohnung ab, begebe mich zur Vorderseite des Diners und genieße einen Augenblick lang die fantastische Aussicht. Der unverbaute Blick auf das Meer und den Strand hat sofort eine beruhigende Wirkung auf mich. Als ich die Augen schließe und mich für einige Sekunden nur noch auf das Rauschen der Wellen konzentriere, wird dieser Effekt noch verstärkt. Ein Lächeln bildet sich auf meinen Lippen, denn ich bin mir sekündlich sicherer, die richtige Entscheidung getroffen zu haben. Hier gehöre ich hin und hier wollte ich schon so lange sein.

Im Diner angekommen treffe ich auf Page, die gerade dabei ist, den Teig für neue Pancakes anzurühren.

»Hey, da bin ich wieder. Wobei kann ich dir helfen?«, begrüße ich meine Chefin, woraufhin diese aufhört, in der Schüssel zu rühren, und den Kopf hebt. Sie wirkt blass um die Nase und noch viel erschöpfter als heute Vormittag. Ich frage mich, wie lange sie diesen Laden bereits allein schmeißt und wie viel Kraft sie das kostet.

»Schau mich bitte nicht so an. Ich weiß, dass ich furchtbar aussehe. Ich habe heute mal wieder schreckliche Migräne.« Bei ihren Worten verzieht sie schmerzerfüllt das Gesicht. Ich fühle mit ihr, auch wenn ich selbst glücklicherweise zu den Menschen zähle, die von diesem Leiden verschont bleiben. Sie reibt sich mit den Fingern über die Schläfen und schaut mir tief in die Augen. »Ich weiß, dass das jetzt völlig verrückt klingt, und du kannst auch wirklich Nein sagen. Aber könntest du dir vorstellen, die Schicht heute Abend allein mit Tara zu übernehmen? Ich habe sie angerufen, aber sie ging nicht ans Telefon. Daraufhin habe ich ihr eine Nachricht hinterlassen und wenn du Glück hast, kommt sie sogar. Dann wärst du nicht allein.«

Ich ziehe skeptisch eine Augenbraue nach oben. Davon abgesehen, dass ich nicht besonders gut kochen kann, sondern eher das Bedienen und die Unterhaltung der Leute meine Stärken sind, bin ich mir nicht sicher, ob ich das meistern kann. Und von einem ›Wenn du Glück hast, kommt sie sogar‹ kann ich mir leider auch nichts kaufen. Allerdings sieht Page vollkommen fertig aus und gehört ganz offensichtlich in ein Bett und nicht hinter einen Tresen.

»Ich kann es versuchen, wenn du meinst, dass ich das hinbekomme?« Eine ungewohnte Unsicherheit begleitet meine Worte, aber ich will das hier nicht versauen. Nicht direkt an meinem ersten Tag.

Page lächelt schwach und tritt einen Schritt näher an mich heran. »Heute Abend wird fast nichts los sein. Weiter vorn am Strand findet eine Beachparty statt. Nur die wenigsten werden danach noch den Weg zum Diner finden. Wenn ich es dir nicht zutrauen würde, hätte ich dich nicht gefragt. Und Tara müsste auch bald da sein. Jedenfalls hoffe ich das«, fügt sie murmelnd hinzu. Page zwinkert mir aufmunternd zu und mich überkommt ein seltsames Gefühl, denn ihre Worte rühren mich. Ich bin es nicht gewohnt, gelobt zu werden. Bevor mir Tränen in die Augen steigen können, wende ich den Blick von ihr ab und klopfe mir mit den Händen auf die Oberschenkel.

»Okay, wenn du das sagst, bekomme ich das hin! Ich werde zumindest mein Bestes geben.«

Page lächelt erleichtert und legt ihre Schürze ab. Danach erklärt sie mir noch die wichtigsten Funktionen und Einstellungen des Ofens und des Kaffeeautomaten, bevor sie sich verabschiedet. Sie gibt mir ihre Nummer, damit ich sie im Notfall telefonisch kontaktieren kann. Das gibt mir zumindest ein wenig das Gefühl von Sicherheit, sollte etwas schiefgehen und Tara tatsächlich nicht erscheinen.

Ich habe noch eine halbe Stunde, bis die ersten Gäste auftauchen könnten. Die Zeit überbrücke ich, indem ich mir die Speisekarte und die Preise der einzelnen Menüs einpräge.

Um Punkt sechs Uhr schließe ich den Laden wieder auf und warte. Page behält recht und lange Zeit passiert überhaupt nichts. Auch fehlt von dieser Tara jede Spur, wie schon zu erwarten. Ich höre in der Ferne die Musik der Beachparty und entspanne mich zunehmend. Der große Ansturm, vor dem ich solche Angst hatte, wird wohl heute Abend dankenswerterweise ausbleiben.

Zwei Stunden später verirren sich dann doch noch eine Gruppe Studenten, ein älterer Tourist und ein junges Paar in das Diner. Dankenswerterweise wollen sie lediglich Pancakes mit Sirup, Kaffee und Milchshakes. Da Page den Teig für die Pfannkuchen bereits vorbereitet hat, muss ich die Fladen nur noch in der Pfanne erhitzen, ohne sie anbrennen zu lassen. Selbst mit meinen geringen Kochkünsten bekomme ich das hin und auch Tara brauche ich nicht, wie ich mit einem Lächeln auf den Lippen feststelle. Ich kassiere den älteren Herrn und die Gruppe Studenten ab, die nach der Stärkung wieder zu der Beachparty wollen, und geselle mich zu dem jungen Paar.

Die beiden verraten mir, dass sie ebenfalls studieren und sich die vorlesungsfreie Zeit mit einem ausgedehnten Besuch am Baker Beach versüßen. Sie sind sehr freundlich und wir plaudern eine Weile angeregt über die Sehenswürdigkeiten der Stadt, die auch ich mir unbedingt ansehen möchte, und die einzigartige Aussicht auf die Golden Gate Bridge vom Strand aus. Nach einiger Zeit beschließen sie ebenfalls, aufzubrechen, um die Party weiter vorn am Meer zu genießen und sich den ein oder anderen Cocktail zu genehmigen.

Ich bin gerade dabei, die beiden abzukassieren, da ertönt das Türglöckchen, das einen weiteren Gast ankündigt. Ich drehe mich zu ihm, um den neuen Besucher mit einem Lächeln zu begrüßen, und erstarre mitten in der Bewegung.

Himmel! Das ist der heißeste Typ, dem ich jemals, und ich meine echt jemals, begegnet bin. Er ist heißer als jeder Filmstar oder die Covermodels der *Men's Health*.

Mein Atem stockt und meine Wangen werden mit Hitze geflutet. Obwohl es absolut peinlich ist, jemanden derart anzustarren, schaffe ich es nicht, mich abzuwenden. Es ist unmöglich. Ihn scheint ein unsichtbares Band zu umgeben, das meinen Blick an ihn kettet.

Er nimmt wenig Notiz von mir, da er sich zielstrebig auf einen der Barhocker am Tresen zubewegt. *Zum Glück*, denke ich, denn das verschafft mir die Gelegenheit, ihn genauer zu betrachten, ohne beim ungenierten Gaffen ertappt zu werden. Die Sekunden verstreichen, in denen ich ihn schamlos mustere, und das junge Paar, das immer noch am Tisch sitzt, vollkommen ausblende. Er trägt einen marineblauen Anzug, dazu ein weißes Hemd, dessen Ärmel zurückgekrempelt sind, und teure Schuhe. Mit seiner Größe und Breite zieht er sicher immer alle Blicke auf sich, egal, wo er auftaucht. Ihn umgibt etwas Mystisches, Dunkles, was mich magisch anzieht. Zu seiner einnehmenden Präsenz kommen noch diese Onyx-schwarzen Haare, die perfekt gestylt sind, und der gepflegte, dunkle Bart. Zahlreiche Tattoos überziehen seine muskulösen Unterarme und ich würde zu gern jedes einzelne davon mit meinen Fingern berühren und mit meinen Augen erkunden.

Meine Güte, Elena, reiß dich zusammen, ermahne ich mich in Gedanken. Bevor ich mich gänzlich lächerlich mache und vielleicht noch beginne, zu sabbern, gebe ich dem Fremden ein knappes Handzeichen, dass ich gleich bei ihm bin, und kümmere mich anschließend wieder um das nette Paar.

Dem neuen Gast scheint das alles nicht schnell genug zu gehen, denn kurze Zeit später erfüllt ein schriller Pfiff, der mich zusammenzucken lässt, das gesamte Diner. Hat der Kerl eben ernsthaft nach mir gepfiffen, als wäre ich sein Hund?

Wut kriecht mir in die Adern und ich habe Mühe, ihm nicht direkt eine Ansage zu erteilen. Um ihm zu verdeutlichen, was ich von seinem unverschämten Auftritt halte, ignoriere ich ihn. Vollkommen gelassen plaudere ich noch einige Minuten mit den Studenten und dehne die Verabschiedung künstlich aus.

»Hey, Kellnerin, ich will meinen Kaffee«, ertönt es nun unüberhörbar hinter mir. Beim Klang der tiefen Stimme des Fremden stellen sich meine Nackenhaare auf.

Innerlich koche ich vor Wut und bin tierisch genervt von diesem Schnösel. Dennoch verabschiede ich mich absolut freundlich von dem Pärchen, das daraufhin das Lokal verlässt.

Jetzt kümmere ich mich um ihn. Ich laufe mit schnellen Schritten auf den ungeduldigen und unhöflichen Kerl zu und baue mich mit meinen ein Meter fünfundsechzig vor ihm auf. Unsere Blicke treffen aufeinander und die Welt bleibt stehen. Ein Blitz durchzuckt mich, denn ich schaue in die schwärzesten Augen, die ich je gesehen habe, und verliere mich sofort in der Tiefe dieser Dunkelheit. Kurz vergesse ich, dass dieser Typ ein ungehobelter Vollidiot ist, weil ich mich an seinem perfekten Gesicht nicht sattsehen kann. Wieso muss dieser Kerl so verdammt heiß sein und wieso reagiert mein Körper dermaßen intensiv auf ihn?

Es dauert einige Sekunden, bis ich mich von seinem eindringlichen Blick lösen kann.

»Bist du jetzt fertig damit, mich anzustarren?«, raunt er.

»Bitte was?«

»Du hast mich schon verstanden, Kleines.«

»Hör mal, ich habe nicht gestarrt und überhaupt, du wartest noch keine drei Minuten hier am Tresen, also hab etwas Geduld. Ich bin weder ein Hund, nach dem du pfeifen kannst, noch kommst du mit deinem ›Hey, Kellnerin‹ bei mir weiter!«

Als ich mit meiner Ansage fertig bin, lässt er sich geschmeidig von dem Barhocker am Tresen gleiten und stellt sich dicht vor mich. Er ist wirklich ein Schrank, also im übertragenen Sinne, und ich komme mir augenblicklich klein und hilflos in seiner Gegenwart vor. Aus der Nähe bestätigt sich das Bild, dass er der heißeste Mann ist, der auf diesem Planeten wandelt, da ich seine perfekt gemeißelten Gesichtszüge nun noch deutlicher erkenne.

Pass gut auf, Elena, ermahne ich mich in meinem Kopf. Dieser Typ versprüht glühende Funken, die mich warnen, und ist mit Sicherheit ein selbstverliebter Mistkerl. Aber egal, wie laut mein Verstand mich anschreit, ich verharre regungslos und bin längst in seinem Netz gefangen. Ungewollt wandern meine Augen zu seinen sinnlichen Lippen und bleiben einige Sekunden daran hängen. Um meinen Herzschlag wieder unter Kontrolle zu bekommen, atme ich tief durch. *Böser Fehler, Elena! Gott, warum riecht er denn jetzt auch noch so verdammt gut?*

Ich hasse Menschen wie ihn. Menschen, die glauben, weil sie Kohle haben und wunderschön sind, gehört ihnen die Welt. Zugegeben, meistens ist das so und Typen wie er bekommen für gewöhnlich alles, was sie wollen, aber nicht bei mir. Egal, wie heiß er ist und wie gern ich ihm gedanklich die Kleider vom Leib reißen und meine Hände in seinen Haaren vergraben würde, er hat kein Recht, so mit mir umzugehen. Das hat niemand. Auch kein Mann, der einem Werbespot für teure Luxusuhren entsprungen sein könnte.

»Ist das so, dass ich mit diesem Verhalten bei dir nicht weiterkomme? Und bist du dir sicher, dass ich nicht nach dir pfeifen kann, wann immer mir danach ist?«

Seine raue Stimme und diese unglaubliche Anziehung, die von ihm ausgeht, bringen mich ins Wanken. Er wirkt alles andere als harmlos auf mich, aber ich kann nicht anders, als ihm zu widersprechen. Das erfordern sein unmögliches Verhalten und mein Stolz. »Nein, Mr Ich-bin-etwas-Besseres-und-mir-gehört-die-Welt. Mit so einem Verhalten landest du sicher nicht auf meiner persönlichen Beliebtheitsskala und bekommst gar nichts von mir, auch keinen Kaffee.«

Ein amüsierter Ausdruck zeichnet sich auf seinen Lippen ab und sein Mundwinkel zuckt. Das kann doch nicht sein Ernst sein, dass er das auch noch witzig findet? Fassungslos funkele ich ihn an, was er gekonnt ignoriert.

»So schlagfertig. Mag ich. Wie heißt du und wo ist Page?« Mit einem Mal klingt er vollkommen ernst. Da ist plötzlich nichts mehr von dem spielerischen Ton von eben.

Ein seltsames Unbehagen breitet sich in mir aus und lässt mich frösteln. Ich möchte mich von ihm abwenden und hinter den Tresen treten, um etwas Distanz zwischen uns zu bringen. Doch gerade als ich mich umdrehe, packt er mich am Arm und dreht mich wieder zu sich. Nicht grob, aber dennoch fest genug, dass mein Arm von einer Gänsehaut überzogen wird. Ich folge mit meinem Blick dem Gefühl seiner Berührung und erstarre.

O Elena, in was hast du dich da eben hineinmanövriert? Ich starre auf seinen großen, unübersehbaren Siegelring, auf dem das Wappen mit dem Phönix abgebildet ist. Ich habe das Gefühl, ohnmächtig zu werden, nicht mehr atmen zu können und den Boden unter den Füßen zu verlieren. Habe ich gerade tatsächlich das Wort gegen einen der Donatellos erhoben, vor denen mich Page so eindringlich gewarnt hat? Ich kann nichts tun, außer stocksteif dazustehen und darauf zu warten, was als Nächstes passiert.

»Gefällt dir mein Ring, Baby?«, fragt mein Gegenüber mit tiefer Stimme und das Blut in meinen Adern gefriert.

KAPITEL 4

Matteo

Auch wenn ich mich nach außen hin kühl, gleichgültig und als das selbstverliebte Arschloch präsentiere, wenn ich auf Frauen treffe, sieht es in mir ganz anders aus. Der Moment, in dem ich ihr zum ersten Mal in die Augen geschaut habe, hat einen Hunger in mir geweckt, den ich bisher noch nie so intensiv erlebt habe.

Ich ringe immer noch um Fassung, was ihr entgeht, da sie voller Ehrfurcht auf meinen Siegelring starrt. Ich will, dass sie mich wieder ansieht. Meine Hand wandert zu ihrem Kinn und zwingt sie, mir wieder in die Augen zu sehen.

Sie hält meinem durchdringenden Blick nur mit Mühe für einige Sekunden stand, denn ich verschlinge sie mit meinen Augen. Ich kann nicht anders, denn ihr makelloses Gesicht fesselt mich und lässt alles um uns herum für einige Sekunden bedeutungslos werden. Die Welt hört auf, zu existieren. Da ist kein Kartell, kein Auftrag. Da sind auch keine Machtkämpfe mit meinem Bruder, absolut nichts. In diesem Moment gibt es nur sie und mich in diesem Diner. Dieses dunkle Blau ihrer Augen, das nach innen immer klarer und heller wird, sieht aus wie ein Strudel, dessen Sog so stark ist, dass es kein Entkommen gibt. Das wilde Funkeln in dem Meeresblau hält mich gefangen und fordert mich heraus. Ich verspüre den unbändigen Drang, herauszufinden, wie viel Feuer wirklich in der Kleinen steckt.

Sie schluckt hart, unterbricht verunsichert den erzwungenen Blickkontakt, wobei mir nicht entgeht, dass ihre Lippen leicht zittern. Sie hat Angst vor mir. Hat Page sie bereits vor uns gewarnt? Weiß sie, was der Phönix auf meinem Ring bedeutet? Sie will fliehen und trägt einen inneren Kampf aus, das spüre ich ganz deutlich. Aber ich lasse sie nicht entkommen, ich kann nicht. Ich bin noch nicht bereit dazu, diesen Moment zu beenden.

Um sie aufzuhalten, umfasse ich ihren zarten Arm fester und suche wieder ihren Blick. Doch ich finde ihn nicht. Die Kleine ist vollkommen erstarrt unter meiner Berührung. Ihre Aufmerksamkeit gilt nur noch meinem Siegelring, auf dem das Wappen meiner Familie prangt. Es gibt keinen Zweifel mehr: Sie weiß, zu welcher Familie ich gehöre, und unser Spiel ist vorbei. Nun zeigt sie die Angst und hat den Respekt, mit dem jeder mit Verstand einem Donatello begegnet. Aus einem unbekannten Grund steigt Bedauern in mir auf, denn bis eben hat es mir besser gefallen.

Auf ihrem Arm bildet sich eine Gänsehaut und ich kann nicht anders als mit meinem Daumen über ihre zarte Haut zu streicheln. Sie bleibt weiterhin regungslos. »Hey, es gibt keinen Grund, jetzt so schüchtern zu sein. Sieh mich an, Kleines.«

Sie gehorcht widerwillig und schaut mir wieder in die Augen. Dem Sturm in ihren faszinierenden Iriden ist Unsicherheit gewichen. Dass allein die Tatsache, dass sie jetzt weiß, wer ich bin, diese negativen Gefühle in ihr auslöst, lässt mich etwas spüren, das ich nicht einordnen kann und mir ganz und gar nicht gefällt.

»Es tut mir leid. Ich wusste nicht …«, beginnt sie ihre Entschuldigung, aber ich unterbreche sie. Um sie zum Schweigen zu bringen, lasse ich meine Finger von ihrem Kinn zu ihren vollen Lippen wandern. Die sanfte und weiche Haut fühlt sich perfekt unter meinen Fingerkuppen an. Sie schließt während meiner Berührung die Augen und befeuchtet sehnsüchtig ihre Lippen mit ihrer Zunge, was meinen Schwanz augenblicklich hart werden lässt. Sie genießt, dass ich sie anfasse, obwohl sie mich fürchtet. Die Erkenntnis erregt mich und entlockt mir ein leises Knurren. Sehnt sie sich nach Gefahr und sucht ein unverbindliches Abenteuer?

Während ich über ihre Wange und immer wieder über ihre Lippen streichele, betrachte ich sie genauer. Sie ist wunderschön. Klein, zart und zerbrechlich. Dennoch lodert ein Feuer in ihr und sie hat Temperament. Die schwarzen Haare hat sie zu einem lockeren Knoten auf dem Kopf zusammengedreht. Ihre schlanke Figur wird durch die enge Jeans und das körperbetonte Top perfekt in Szene gesetzt. Der Ausschnitt lässt erahnen, dass sie darunter einiges zu bieten hat. Doch neben all diesen Dingen sind es ihre besonderen Augen, die mir unter die Haut gehen und mir den Rest geben. Ich muss in diesem Moment meine gesamte Selbstbeherrschung aufbringen, um mich nicht zu vergessen. Denn am liebsten würde ich sie an der Hüfte packen, auf den Tresen setzen und sie ficken. Wild, hart und ohne Tabus.

Aber etwas in mir sagt, dass sie das nicht wollen würde. Noch nicht. Deshalb unterbreche ich die Berührung und trete einen Schritt von ihr zurück. Ich ziehe mir eine Zigarette aus meinem Päckchen, zünde sie an und inhaliere den Rauch. Dabei betrachte ich fortwährend die junge Frau vor mir, der es scheinbar genauso geht wie mir. Nur langsam löst sie sich aus ihrer Starre und auch ich merke, wie ich Stück für Stück zu mir komme. Ich muss über mich selbst den Kopf schütteln. *Scheiße, Matteo Donatello, was ist nur in dich gefahren?*

Ich beschließe, dass ich mehr über dieses Mädchen mit den einzigartigen blauen Augen erfahren will. Deshalb rutsche ich wieder auf meinen Stammplatz, nehme einen weiteren tiefen Zug meiner Kippe und warte, bis sie mir am Tresen gegenübersteht.

Wir beide schauen uns tief in die Augen, wobei sie meinem intensiven Blick jetzt wieder problemlos standhält. Es scheint so, dass der erste Sturm vorüber ist und wir uns nun beide mit geklärten Gedanken begegnen können. Also noch einmal: »Eine Kanne schwarzen Kaffee und wo ist Page?«

KAPITEL 5
Elena

Ich kann nicht exakt beschreiben, was es ist, das meinen Atem zum Stocken bringt, meinen Herzschlag beschleunigt und meine Hände schwitzig werden lässt, sobald er mich ansieht. Vielleicht ist *alles* die ehrlichste Antwort auf diese Frage. Selbst hinter dem Tresen atme ich seinen einzigartigen Geruch ein. Die Mischung aus Zigarettenrauch, Sandelholz und einer Meeresbrise vernebeln meine Sinne. Sein anziehender Duft und diese schwarzen Augen, die dunkler sind als die tiefste Nacht, machen es mir unmöglich, klar zu denken. Die gesamte düstere Aura, die ihn umgibt, und sein anmutiges Auftreten beeindrucken und faszinieren mich gleichermaßen. In seiner Gegenwart komme ich mir klein und verletzlich vor. Da ist nichts mehr von der toughen, jungen Frau, die bedingungslos für sich einsteht. Seiner körperlichen Überlegenheit bin ich mir nur zu bewusst. Alles an ihm ist einschüchternd und darauf ausgerichtet, ihm mit bedingungslosem Respekt zu begegnen. Dennoch fürchte ich mich nicht vor ihm. Vielmehr hat mich eine brennende Neugier gepackt. *Wer ist dieser Mann?*

Ich schüttele den Kopf, um mich endgültig aus dem

Sog dieses dichten, undurchdringlichen Nebels zu befreien.

Was ist das eben zwischen uns gewesen, geht es mir in Endlosschleife durch den Kopf, während ich die Kanne mit schwarzem Kaffee befülle, um endlich seiner Aufforderung nachzukommen.

Ich stelle einen großen Becher direkt vor den Fremden auf die Theke und treffe eine Entscheidung. Ich werde ruhig und gleichmäßig atmen, so tun, als wären die letzten Minuten nur in meiner Fantasie passiert, und ihm gelassen seine Frage beantworten.

Er trinkt einen Schluck von seinem Kaffee und schaut mir dabei unentwegt in die Augen. Endlich beginnt mein Gehirn, wieder zu arbeiten, und ich finde meine Sprache wieder.

»Also, Page ging es heute nicht so gut. Ich bin ihre neue Aushilfe und habe deshalb ihre Schicht übernommen.« Meine Stimme klingt piepsig wie die eines verängstigten Mädchens und ich würde mir für diese Unsicherheit gern selbst eine Ohrfeige verpassen. Was ist bloß los mit mir? Normalerweise bin ich nicht so verlegen.

Mein Gegenüber nimmt einen weiteren Schluck und zündet sich anschließend eine neue Zigarette an. Er durchdringt mich wieder mit seinen schwarzen Augen und atmet geräuschvoll aus. »So, ihre neue Aushilfe also. Weißt du, wer ich bin?«

Da es sich bei dieser Frage eindeutig um eine rhetorische handelt, schweige ich und nicke halbherzig. Er legt den Kopf schief und mustert mich. »Also, Kleines, ich bin Matteo Donatello. Meinem Vater, meinem Bruder und mir gehört dieser Laden. Somit bist du nicht Pages Angestellte, sondern unsere, um genau zu sein.«

Ich kann nicht anders und verdrehe die Augen, auch wenn ich mich benehmen wollte. Ist das sein Ernst? Markiert er jetzt den großen Macker vor mir und zählt mir gleich seine ganzen Besitztümer auf? Ich schlucke heldenhaft jede sarkastische Bemerkung, die mir auf der Zunge liegt, hinunter und strecke ihm meine Hand entgegen. Ohne zu zögern, ergreift er sie, schenkt mir einen festen Händedruck und hält meine Hand in seiner gefangen. Kurz überkommen mich wieder dieses Gefühl von Hitze und das Prickeln auf der Haut, aber ich erlange deutlich schneller als bei unserer ersten Berührung die Fassung zurück. »Schön, dich kennenzulernen, Matteo Donatello. Ich bin Elena Pearson.«

Er hält meine Hand noch einige Sekunden lang fest. Wieder steht die Zeit still und die Sekunden ziehen an uns vorbei, ohne dass ich Notiz davon nehme. »Elena, was für ein hübscher Name. Woher kommst du, Kleines, und was hat dich zu mir geführt?«

Okay, ich gebe es auf. Es ist schier unmöglich, freundlich zu diesem Typen zu sein, wenn er sich derart daneben benimmt. »Weder ›Kleines‹ noch hat mich etwas zu ›dir‹ geführt. Ich bin wegen des tollen Strandes und der Stellenausschreibung von Page hier. Alles andere existiert nur in deiner Fantasie.«

»Du glaubst gar nicht, was gerade alles in meiner Fantasie existiert, Kleines. Du kannst dir aber sicher sein, dass du in jedem einzelnen Szenario die Hauptrolle spielst.«

Glühende Hitze schießt mir in die Wangen. »Du hast sie doch nicht mehr alle!«, erwidere ich patzig, woraufhin seine Augen kurz aufleuchten und sein Mundwinkel zuckt.

»Da hast du verdammt recht, kleine Elena. Und nun erzähl mir etwas über dich.«

»Wieso sollte ich?«

»Weil sich kein Gast außer mir in dem Diner befindet, ich dein Boss bin und es dir sage.«

»Du hast mir nichts zu sagen«, protestiere ich.

»O doch, das habe ich. Also?«

Ich will fluchen, mich beschweren und ihm eine Abfuhr erteilen, aber das kann ich nicht. Es ist unmöglich, sich seinem eindringlichen Blick zu entziehen. Sein dominantes Auftreten scheint mich zu einer Marionette zu machen, die nicht anders kann, als zu gehorchen.

Ich stütze mich mit den Unterarmen auf der Theke ab und beginne meine Geschichte. Zumindest den Teil, der für fremde Ohren bestimmt ist. »Ich komme aus Oakland und wollte schon seit Langem in San Francisco nahe der Golden Gate Bridge leben. Tja, da bin ich nun.«

»Ich verstehe. Was hast du davor in Oakland gemacht?«

»Ich habe meinen Master of Business Administration mit den Schwerpunkten Marketing und Management absolviert«, erwidere ich, wobei meine Stimme wieder furchtbar leise klingt. Fast so, als hätte ich ihm damit ein Geheimnis verraten. Vielleicht ist es aber auch die Angst davor, dass er gleich noch genauer nachfragt. Obwohl ich weiß, dass er zu einem Kartell gehört und wahrscheinlich in kriminelle und illegale Geschäfte verwickelt ist, möchte ich nicht bei unserer ersten Begegnung erzählen, aus was für katastrophalen Verhältnissen ich stamme. Allzu oft wurde ich in der Vergangenheit aufgrund dieses Fakts vorverurteilt, ausgeschlossen und allein gelassen.

»Einen Master in Marketing? Und der reicht gerade mal dazu, in einem Diner zu kellnern?«

Mir entfährt ein wütendes Schnauben. Seine Arroganz ist kaum auszuhalten. »Du hast ja keine Ahnung!«

»Wovon?«

»Davon, was ich vorhabe.«

»Dann sag es mir. Sag mir, was in deinem hübschen Kopf vorgeht, Kleines.« Seine tiefe Stimme jagt ein neues

Prickeln durch meinen Körper, was mich nur noch wütender macht.

»Ich möchte mein eigenes Unternehmen aufbauen, brauche dafür aber einen Job, um meine Rechnungen zu bezahlen.«

»Was ist mit deiner Familie?«

Meine Wangen glühen. Wieso ist er so neugierig? Kann er mich nicht endlich in Ruhe lassen? Ich gehe auf Konfrontation, um mich seinen Fragen zu entziehen. »Was soll mit meiner Familie sein?«

»Wieso unterstützt sie dich nicht?«

»Tja, es kann nicht jeder mit einem Goldlöffel im Mund geboren werden.«

Er lacht kurz auf. Es ist ein freudloses und eiskaltes Lachen, das mich erschaudern lässt. Er beugt sich nun ebenfalls über den Tresen und kommt mit seinen Lippen meinem Ohr ganz nahe. »Mit einem Goldlöffel im Mund ist nicht ganz passend, kleine Elena. Mit einem Finger am Abzug und auf Kokain gebettet bringt es eher auf den Punkt.«

Mir wird eiskalt bei seinen Worten und meine Kehle fühlt sich staubtrocken an. Mich überwältigt der einzig logische Gedanke: *Flucht*. Ich muss hier weg. Weg von Matteo und seiner einnehmenden Art. Ich muss fliehen, vor ihm und vor mir selbst, da mein Körper ganz anders auf seine dominante Art reagiert, als gut für mich ist.

Er sinkt wieder nach hinten und spricht weiter, als ob er den Satz von eben niemals in mein Ohr geraunt hätte. Er ist wirklich gefährlich. »Und ein Job als Kellnerin scheint dir geeignet, um deine eigene Marketingagentur aufzubauen?«

Dass der Klang seiner rauen Stimme mich jedes Mal aufs Neue erschaudern lässt und eine tiefe Sehnsucht in mir auslöst, beunruhigt mich sekündlich mehr. Ich löse mich vom Tresen, streiche mir eine gelöste Haarsträhne hinters Ohr und besinne mich auf seine Frage. »Ja, der Job ist perfekt. Die Arbeit als Kellnerin hat mir schon immer Spaß gemacht. Man begegnet in diesem Job interessanten Menschen.«

Die Worte haben bereits meinen Mund verlassen, ehe ich genauer darüber nachdenken kann. Ich schaue Matteo an, in dessen Gesicht sich ein amüsiertes Grinsen ausbreitet. Ich merke, wie meine Augen groß werden und ich kaum wahrnehmbar mit dem Kopf schüttele. Habe ich das gerade tatsächlich gesagt?

»Du magst also interessante Menschen?«, fragt er mich und funkelt mich dabei herausfordernd an.

Ich räuspere mich und fokussiere mich auf eine ruhige Atmung, da ich scheinbar vergessen habe, wie das geht. Ich bin bisher selten, nein, noch nie in meinem Leben, einem Mann begegnet, der mich dermaßen ins Straucheln bringt. »Ja, sieht wohl ganz so aus«, bringe ich nach einer Ewigkeit hervor. »Wenn die Agentur eines Tages genügend abwirft, möchte ich davon leben. Aber bis dahin liegt noch ein langer und steiniger Weg vor mir«, füge ich rasch hinzu, um mich endlich aus dieser peinlichen Situation zu retten.

»Klingt nach großen Plänen, Elena. Zweifelst du an dir?«, erkundigt sich Matteo trocken.

Bitte was? Fragt er mich gerade ernsthaft, ob mich Selbstzweifel plagen? Er kennt mich doch überhaupt nicht. Seine direkte Art überfordert mich und der Gedanke, dieser Situation zu entfliehen, überwältigt mich endgültig. Deshalb krame ich in meinem Kopf nach einer Lösung, um dieses Gespräch endlich zu beenden. Ein Themenwechsel scheint mir die geeignetste Möglichkeit zu sein. »Tja, Matteo, wenn du nichts dagegen hast, würde ich dann mal anfangen, aufzuräumen. Wenn keiner mehr kommt, kann ich den Laden pünktlich abschließen«, ignoriere ich schließlich seine Frage und will mich vom Tresen abstoßen und in der Küche verschwinden. Aber diese Rechnung habe ich ohne Matteo gemacht.

Er legt seine Hand auf meine und zieht auf meinem Handrücken kleine Kreise mit seinen Fingern. »Nicht gleich abhauen, Kleines. Wenn dir das zu weit geht oder ich dir zu aufdringlich bin, kannst du es mir einfach sagen.«

Ich entziehe ihm meine Hand und starre ihn mit offenem Mund an. »Okay, Mr Gedankenleser, du hast recht. Ich will gerade nicht mehr mit dir reden. Am liebsten würde ich davonlaufen und dich zum Teufel jagen.«

Meine ehrlichen Worte bringen ihn zum Lachen. Ich hasse ihn dafür, dass er diese Angelegenheit so witzig findet und mich nicht ernst nimmt. Gleichzeitig spüre ich, wie sein Lachen meine innere Mauer und meine grenzenlose Anspannung schmelzen lässt.

»O Kleines, der Teufel ist schon da. Zu dem kannst du mich nicht jagen. Aber du kannst selbstverständlich gehen und tun, was auch immer du vorhast, wenn ich in der Zwischenzeit in Ruhe meinen Kaffee trinken kann.«

Dass er mich permanent ›Kleines‹ nennt, was mich rasend vor Wut macht, ignoriere ich, recke trotzig das Kinn und lasse ihn am Tresen sitzen. Mit erhobenem Haupt und wirren Gedanken im Kopf flüchte ich absolut erwachsen in die Küche des Diners.

KAPITEL 6

Matteo

Immer wieder klirren Töpfe und Geschirr im Nebenraum und Elena flucht gelegentlich. Ich grinse zufrieden in mich hinein, da ich sie gekonnt aus der Reserve gelockt habe. Mit meinem Kaffee in der Hand drehe ich mich auf meinem Barhocker in Richtung Meer und lasse den Blick durch die herrschende Dunkelheit wandern. Was für ein ausgezeichneter Tag. Ich bin auf dem besten Weg, Alejandro vollständig vom Thron zu stürzen, und in einen unserer Läden hat sich ein geiler Knackarsch mit vollen Lippen verirrt. Scheint so, als hätte ich meine neue Spielgefährtin bereits gefunden. Wer braucht schon Stella, wenn ich die Kleine haben kann, die sich in der Küche vor mir versteckt?

Mir kommt einen Moment lang der Auftrag für das Kartell in den Sinn, wegen dem ich ursprünglich hergekommen bin. *Scheiß drauf!* Darum kümmere ich mich morgen. Jetzt reizt mich der Gedanke viel zu sehr, noch einmal ein Duell mit der Kleinen zu führen, als dass ich gehen und mich auf die Arbeit konzentrieren könnte.

Als es abermals laut in der Küche scheppert, rutsche ich gemächlich von meinem Barhocker und begebe mich nach hinten. »Kommst du klar hier hinten?«, frage ich

Elena, die mich daraufhin wütend anfunkelt und die Hände in die Hüften stemmt. Sie sieht heiß aus, wenn sie das macht.

»Kannst du nicht lesen? Auf der Tür steht *Zutritt nur für Personal*. Und ja, ich komme ausgezeichnet klar.«

Ich muss lachen, da ihr Versuch, mich zu verjagen, kläglich scheitert. Zugleich sehe ich den Grund des lauten Geräusches von eben. Scheinbar hat sie versucht, die sauberen Schüsseln zu verstauen. Da sich das Regal jedoch weiter oben befindet, war ihr wohl ihre geringe Körpergröße im Weg.

Ich nähere mich ihr bedrohlich langsam und greife nach den Schüsseln, die auf dem Boden verteilt sind. In aller Ruhe verstaue ich sie an dem dafür vorgesehenen Ort und begegne schließlich Elenas Blick. Da ist er wieder, dieser unbändige Sturm in ihren schönen Augen, der meinen Schwanz zucken lässt. Ich bin froh, dass sie wieder zu ihrer frechen Art zurückgefunden hat, obwohl sie nun weiß, wer ich bin. Denn dieses wilde Blitzen in ihren Augen turnt mich an. Ich würde sogar so weit gehen, zu behaupten, dass genau dieses Temperament der Grund dafür ist, dass sie mich derart fasziniert und ich an nichts anderes mehr denken kann, als sie auszuziehen und überall zu berühren. »Glaub mir, ich kann lesen, Kleines. Da der Laden mir gehört, zähle ich wohl zum Personal und wenn ich höre, dass du mein Geschäft auseinandernimmst, muss ich nach dem Rechten sehen, oder nicht?«

Sie verengt die Augen zu kleinen Schlitzen und ich spüre, wie ihre Wut ins Unermessliche steigt. Mit verschränkten Armen funkelt sie mich herausfordernd an. »Hast du wirklich Angst davor, dass ein kleines Mädchen wie ich deinen Laden auseinandernimmt, Matteo Donatello?«

Wie sie meinen Namen faucht, macht mich noch

schärfer. Sie ist so richtig angepisst und ich muss schon wieder lachen. Das Klingeln meines verdammten Handys reißt mich aus unserem Spiel. Bereits auf dem Display sehe ich, dass es mein Vater ist. Typisch, dass er einen Kontrollanruf tätigen muss. Er kann nicht anders.

»Wo bist du, Matteo?«

»Unterwegs.«

»Wie weit bist du mit dem Auftrag?«

»Erledige ich morgen.«

»Lass dir nur alle Zeit der Welt, mein Sohn!« Seine Stimme tropft vor Sarkasmus, aber das ist mir scheißegal. Viel zu verlockend ist die Ablenkung, die vor mir steht und nervös auf ihrer Lippe herumknabbert. Wie ihre Lippen wohl schmecken?

»Danke, werde ich tun.«

»Du rufst mich an, wenn du dich darum gekümmert hast.«

»Ja. Ich melde mich, sobald die Sache erledigt ist.« Ich lege auf und mein Mundwinkel zuckt amüsiert. Elena schaut mich fragend und mit hochgezogenen Augenbrauen an. Was ihr wohl durch den Kopf geht? »Was willst du wissen?«

»Wie bitte?«

»Ich sehe doch die vielen Fragen in deinem Gesicht.«

»Ich weiß nicht, was du von mir willst, Matteo. Es reicht mir auch für heute mit deinen zweideutigen Anspielungen und seltsamen Fragen. Ich will den Laden abschließen und in mein Bett. Ich habe wirklich genug.«

»Ach ja? Du willst also, dass ich gehe?«

»Ja. Was denkst du denn? Ich bin todmüde und will jetzt echt Schluss machen. Dachtest du, ich warte hier hinten nackt auf dich? Wohl kaum!«

»Tu dir keinen Zwang an und mach, was immer du willst«, knurre ich und gehe. Jetzt bin ich derjenige, der die

Flucht ergreift und angepisst ist. Hat mich mein erster Eindruck getäuscht und sie hat überhaupt kein Interesse an mir? Habe ich mir diese elektrische Spannung zwischen uns nur eingebildet? Die plötzliche Kälte in ihrer Stimme versetzt mir einen herben Schlag in die Magengegend und kratzt an meinem Ego.

Ich setze mich in meinen Wagen und beobachte kurze Zeit später, wie sie das Licht löscht und das Diner abschließt. Seit wann mutiere ich zu einem kranken Stalker? Das habe ich nicht nötig. Ich kann jede Frau haben, wann immer ich will. Jede Pussy in dieser Stadt sehnt sich danach, von mir gefickt zu werden. Aber sie ist nicht aus der Stadt, richtig?

Mit jedem Meter, den ich mich vom Diner entferne, werde ich unruhiger. Das Gefühl, sie noch einmal zu berühren und ihre zarte Haut unter meinen Fingerkuppen zu spüren, wird so übermächtig, dass ich schließlich umdrehe und zurück zum Diner fahre. Ich sollte verschwinden und sie in Ruhe lassen, aber das kann ich nicht.

Da ich beobachtet habe, wie sie in einem der schäbigen Apartments an der Rückseite des Diners verschwunden ist, laufe ich zielgerichtet auf die hinterste Tür am Gebäude zu. Dort steht eine zierliche Gestalt auf der Veranda, die in eine Decke gehüllt ist und den Blick in Richtung Meer gerichtet hat. *Elena.*

Ich beschleunige meine Schritte und folge damit der Aufforderung der schnellen Schläge meines Herzens. Was würde es auch über einen Matteo Donatello aussagen, wenn er kampflos das Spielfeld verlässt, nur weil sie nicht direkt die Beine breitgemacht hat?

Ihr Temperament macht mich neugierig und ich will wissen, wie lange es dauert, bis sie schwach wird und mir verfällt. Denn das wird sie. Das Verlangen nach mehr habe ich in ihren stürmischen Augen gesehen.

KAPITEL 7
Elena

Trotz meiner überirdischen Müdigkeit habe ich noch einige Minuten das Rauschen des Meeres auf meiner Veranda genossen, nachdem ich meine Arbeitskleidung gegen ein bequemes, fast knielanges Schlafshirt getauscht habe.

Gerade als ich beschließe, reinzugehen, und die Türklinke nach unten drücke, packt mich jemand an der Schulter und wirbelt mich herum. Mein Herz rast und ich kann einen Aufschrei nur mit Mühe unterdrücken.

Überrascht schaue ich in die dunklen Augen von Matteo und gebe ihm einen Klaps auf die muskulöse Brust. »Willst du mich umbringen?«, frage ich gereizt.

Matteo entfährt ein leises Lachen. Memo an mich: Ich werde diesen Typen um die Ecke bringen, wenn er so weitermacht und sich dermaßen unmöglich mir gegenüber verhält.

Matteo neigt den Kopf, sieht auf mich herab und kommt näher. Aus einem Impuls heraus möchte ich vor ihm zurückweichen und habe augenblicklich die Tür in meinem Rücken. Gelassen stützt er seine Hände links und rechts am Türrahmen ab und senkt den Kopf. Langsam, ganz langsam, lässt er seine Lippen zu meinem Ohr wandern. Sein warmer Atem trifft auf meine Haut und ich schmelze. »Nein, umbringen will ich dich nicht. Ich will ganz andere Dinge mit dir anstellen.«

Seine Stimme klingt tief und rau und ich wünsche mir innerlich, dass er immer weiterspricht und mir noch tausend dieser Dinge zuraunt. Gleichzeitig entzünden sich alle Warnfackeln in meinem Kopf. Matteo gehört zu der mächtigsten Familie dieser Stadt. Er ist ein Anführer und hat mit absoluter Sicherheit noch zahlreiche Frauen neben mir. Will ich wirklich eine weitere Eroberung von ihm sein, die er womöglich schon am Folgetag wieder vergessen hat? Mein Körper schreit: *Ja, tu mit mir, was du willst.* Aber mein Verstand arbeitet zum Glück noch – wenn auch sehr langsam.

Matteo betrachtet mich aufmerksam und achtet konzentriert auf jede kleine Regung von mir. Er scheint herausfinden zu wollen, was in mir vorgeht. Ich bete, dass er nicht wie in einem offenen Buch in mir lesen kann, denn das wäre ziemlich peinlich und erbärmlich für mich.

Seine wunderschönen, schwarzen Augen wandern zu meinem Mund und ich kann nicht anders, als mir erwartungsvoll auf die Unterlippe zu beißen. Es ist längst zu spät und seine Falle hat zugeschnappt. Ich bin unfähig, wegzulaufen, denn in meinem tiefsten Inneren ist es genau das hier, was ich will und mir wünsche.

Ich nicke kaum merklich, lade ihn ein, sich zu nehmen, was er will, und mich zu erlösen. Diese Geste ist alles, was es braucht, damit er die letzte Distanz zwischen uns überwindet.

Matteo senkt seine Lippen auf meine, wobei ihm ein hungriges Knurren entfährt. Augenblicklich schmecke ich eine Mischung aus Rauch und herben Schnaps, die mich berauscht und meine Sinne vernebelt. Ich öffne leicht den Mund, damit er mit seiner Zunge in mich eindringen kann, und stöhne unter seinen fordernden Küssen. Meine Mitte brennt und jede Faser meines Körpers schreit laut nach mehr. Deshalb dränge ich mich ihm weiter entgegen, um noch mehr von ihm zu spüren. Matteo fixiert gekonnt meine Handgelenke über meinem Kopf und ich zerfließe vor Lust. Mein Verlangen äußert sich in einem sehnsüchtigen Wimmern. Unbewusst reibe ich mich an ihm und er verstärkt seinen Griff um meine Handgelenke. Die Dominanz und Leidenschaft, mit der er mir begegnet, löscht auch den letzten Funken meines rationalen Denkens. Seine kräftige Brust hebt und senkt sich schnell, streift meine und mein gesamter Körper erbebt. Wie kann ein Typ dermaßen perfekt sein und dann auch noch so verdammt gut küssen?

Matteo ist wie ein Rausch, wie eine Droge, die mich nicht mehr klar denken lässt, aber auf eine gute Art. Seine Zunge ist dermaßen besitzergreifend, dass ich vergesse, wie man atmet. Ich stöhne lustvoll, da er meinen Mund noch tiefer mit seiner Zunge erkundet und mich vollkommen für sich beansprucht. Ihm so nahe zu sein, seine sinnlichen Lippen auf meinen und seine Zunge tief in mir zu spüren, macht mich so heiß, dass ich mein Becken fest gegen ihn presse. Ich spüre seine Härte, die sich gegen seine Hose drängt, und will noch mehr. Jeder Millimeter und jedes Stück Stoff zwischen uns ist zu viel. Seine Küsse werden immer wilder und seine freie Hand findet den Weg zu meiner Taille und umfasst mich fest und bestimmend. Das ist es, was ich mir schon immer von einem Mann gewünscht habe: Dominanz, Leidenschaft und die Fähigkeit, mich schweben zu lassen und in eine neue Welt zu tragen. Matteo gelingt noch viel mehr als das. Ich fühle mich so begehrt von ihm, dass allein seine Berührungen mich stetig weiter in Richtung meines Höhepunkts treiben. Seine Küsse sind so anders als alle, die ich bisher in meinem

Leben bekommen habe. Meine Wangen glühen und die Hitze und das Prickeln in meinem Schritt werden unerträglich.

Ich reibe mich drängender an seiner deutlichen Erektion und hoffe endlich auf Erlösung. Die unnachgiebige Härte in seiner Hose zeigt mir, dass es auch für ihn nur eine einzige Möglichkeit gibt, wie die Sache hier ausgeht. Diese Erkenntnis lässt mich erneut am ganzen Körper erschaudern und bringt mich zum Stöhnen.

Matteo zieht sich langsam von mir zurück und ich muss an mich halten, um ihn nicht verzweifelt anzubetteln, dass er weitermacht. *O Elena, du bist hoffnungslos verloren,* geht es mir durch den Kopf, als ich das nächste Mal seinen schwarzen Augen begegne. In ihnen spiegelt sich die gleiche Lust, die von meinem gesamten Körper Besitz ergriffen hat. Er löst seine Hand von meinen Handgelenken, lässt sie zu meinem Gesicht wandern und beginnt, mich zu streicheln. Die Berührung ist so sanft und zärtlich, steht im kompletten Widerspruch zu seinen fordernden Küssen, dass ich nun endgültig in Flammen stehe. Sein Daumen streicht über meine Wange, umfährt meine Kinnpartie und findet schließlich den Weg zu meinen geschwollenen Lippen. Er schüttelt den Kopf und mustert mich mit einer Intensität, die zu einer Gänsehaut an meinem gesamten Körper führt. Sein Mund verzieht sich zu einem gequälten Lächeln. »O Kleines, ich glaube, *du* hast vor, mich umzubringen. Dieses Spiel, das wir eben begonnen haben, können wir beide nur verlieren.«

Er atmet schwer und beabsichtigt, sich abzuwenden, aber ich lasse ihn keinesfalls gehen. Nicht nach diesem Kuss und seinen Berührungen, die mich in eine andere Welt getragen haben. Um ihn aufzuhalten, lege ich ihm eine Hand auf seine Brust. Sein schnell pochendes Herz zeigt mir, dass auch er nicht gehen will.

»Wovon redest du hier? Was für ein Spiel?«, frage ich und die Miene von Matteo verfinstert sich.

»Hast du eigentlich annähernd eine Ahnung, wer ich bin und was das bedeutet?« Die plötzliche Härte in seiner Stimme trifft mich auf ungeahnte Weise und lässt meine Stimme bei meinen nächsten Worten beben.

»Du bist Matteo Donatello. Deine Familie kontrolliert den Norden der Stadt und ihr leitet ein mächtiges Kartell.«

Ihm entfährt ein abfälliges Schnauben. »Wie du das sagst, klingt es fast wie eine normale und harmlose Sache. Ich hätte niemals umkehren und zu dir zurückfahren sollen. Elena, jeder, der sich in unserer Nähe aufhält, ist in Gefahr. Verstehst du das?«

»Nein, Matteo, das verstehe ich nicht. Denn *ich* lauere dir nicht auf, drücke dich gegen Türen und küsse dich. Du warst das!«, kontere ich.

»Und du hast dich so sehr gegen diesen Kuss gewehrt, ja?« Matteo tritt wieder näher an mich heran und senkt seinen Kopf.

Da mein Körper längst ihm gehört, recke ich mich ihm instinktiv entgegen, um ihn erneut zu küssen.

Abrupt weicht er ein Stück zurück und ein zufriedenes Grinsen breitet sich auf seinen Lippen aus. »Siehst du, Kleines?«

Ich schnappe nach Luft. Dieser Typ ist wirklich der Teufel in Person und macht mich wahnsinnig. Ehe ich mich versehe oder reagieren kann, packt er nach meiner Hand und zieht mich dicht an sich. »Soll ich dich ficken oder verschwinden, Kleines?«

Mir kommt kein Wort über die Lippen. Ich weiß nicht mehr, wie man spricht, geschweige denn atmet. Meine Knie sind butterweich und drohen, jede Sekunde unter mir nachzugeben.

»Du musst mir sagen, was du willst.«

»Fick mich«, wispere ich und kann es selbst nicht glauben.

»Dann sperr die Tür auf und lass mich rein.« Er grinst frech und meine Wangen glühen.

Mit zittrigen Fingern drücke ich die Klinke nach unten und betrete mein Apartment. Kaum sind wir im Inneren der Wohnung angekommen, habe ich schon wieder die Tür im Rücken. Matteo ist grob und fordernd und macht genau an der Stelle weiter, wo wir eben aufgehört haben. Ich liebe es. Es kommt mir so vor, als fasste mich zum ersten Mal in meinem Leben ein Mann richtig an. Jede seiner Berührungen platziert er an exakt der richtigen Stelle und führt sie mit dem perfekten Druck aus. Ich schmelze und bestehe nur noch aus glühendem Verlangen.

Sein gieriger Blick zieht mich aus und seine Zunge nimmt meinen Mund in Besitz. Ich spüre seine Hände überall auf mir, die mich fest anpacken und sich tief in meinem Fleisch vergraben. Ich will noch mehr. Mein Körper ist eine Ladung Dynamit, die kurz vor der Explosion steht und darum bettelt, vollständig entzündet zu werden.

Als könnte Matteo meine Gedanken lesen, schiebt er genau in diesem Moment meinen Slip beiseite und versenkt zwei Finger in mir. Halleluja, ist das gut.

»Du bist so feucht, Baby. Scheiß auf das Vorspiel«, raunt er dicht an meinem Ohr, dreht mich um und presst mich gegen das Holz. Er öffnet seinen Gürtel, fixiert mich mit einer Hand an meiner Schulter an der Tür und ist im nächsten Augenblick in mir. Ich keuche überrascht auf, da sein Schwanz sich riesig anfühlt, entspanne mich aber bereits nach wenigen festen Stößen und genieße das Gefühl seiner Länge in mir. Er füllt mich aus, gleitet immer wieder tief in mich hinein und ich stöhne vor Lust. Matteo wickelt meine langen Haare um seine Hand, zieht meinen Kopf nach hinten und knurrt in mein Ohr. Sein Atem geht abgehackt und sein tiefes Rammen wird sekündlich hemmungsloser, was meine Lust explodieren lässt. Viel zu schnell komme ich und bedauere, dass er sich nach meinem Orgasmus aus mir zurückzieht.

Sofort fühle ich mich leer und sehne mich danach, von ihm ausgefüllt zu werden. Nur langsam begreife ich, dass er sich ein Kondom überstreift. Erneut versenkt er sich in mir und drückt meinen Körper gegen die Tür. Er braucht nur noch wenige tiefe und intensive Stöße, bis auch seine Lust sich entlädt und er in mir kommt.

Nachdem er sich in mir ergossen hat, geht alles ganz schnell. Zu schnell für meinen Geschmack. Er zieht sich zurück, lässt mich los, wirft das Kondom in meinen Mülleimer in der Küche und schließt seinen Gürtel.

Ein zufriedenes Grinsen liegt auf seinen Lippen und ich frage mich, ob ich gerade einen riesigen Fehler gemacht habe. Habe ich mich ihm zu schnell hingegeben? Hätte ich lieber davonlaufen sollen? Jetzt ist es zu spät und Matteo scheint genau das von mir bekommen zu haben, was er wollte. Aber ich bereue es nicht. Wie könnte ich auch? War es doch genau die Art von Sex, nach der ich mich seit unserem ersten Zusammentreffen heute Abend gesehnt habe. Mein Körper hat sich nach ihm verzerrt und nun Erlösung gefunden. Selbst wenn ich Matteo jetzt nie wiedersehe und es eine einmalige Sache für ihn war, hat es sich gelohnt.

Zufrieden setzt er sich auf meine Couch, legt völlig selbstverständlich seine Beine auf meinen Wohnzimmertisch und zündet sich eine Kippe an. Da es wahrscheinlich absolut sinnlos ist, eine Diskussion über gutes Benehmen mit ihm zu führen, funkele ich ihn einfach nur wütend an.

Sein Mundwinkel zuckt amüsiert und er klopft mit der freien Hand auf die Stelle neben sich. »Komm her, Kleines.«

Obwohl sich Widerstand in mir bildet, gehorche ich, ohne zu zögern. Ich setze mich neben ihn und er legt eine Hand auf meinen nackten Oberschenkel. Während er an seiner Zigarette zieht, versenkt er mich mit seinen schwarzen Augen und beschert mir eine Gänsehaut am gesamten Körper.

»Hat es dir gefallen, Kleines?«

»Vielleicht.«

»Das zählt nicht. Ich brauche eine klare Antwort. Willst du das hier zwischen dir und mir wiederholen?«

»Ja«, kommt es mir viel zu schnell über die Lippen.

»Dann erzähle ich dir jetzt eine Geschichte über mich. Du wirst zuhören, ohne etwas zu erwidern.« Ich schlucke hart, was Matteo nicht entgeht. »Hast du Angst vor mir?«

Ich muss einen frustrierten Schrei unterdrücken und schüttele stattdessen den Kopf. Matteo nickt zufrieden, als ob er mit keiner anderen Reaktion gerechnet hätte.

»Ich bin in einer Welt aufgewachsen, in der es keinen Platz für diese Dinge gibt, die du dir jetzt vielleicht in deinem hübschen Kopf ausmalst. Für mich gibt es keine Gefühle. Denn Frauen bringen nur Probleme. Entweder weil sie emotional deinen Kopf ficken oder weil ein krankes Arschloch aus einem anderen Kartell es ausnutzt, dass mir jemand etwas bedeutet. Eine Frau ist das perfekte Opfer, um einen Mann zu brechen. Deshalb existiert in meiner Welt nichts, was über einen belanglosen Fick hinausgeht.« Er nimmt einen tiefen Zug von seiner Kippe und stößt genussvoll den Rauch aus.

»Was willst du mir jetzt damit sagen?«, frage ich frustriert.

»Ich will dir damit sagen, dass es gefährlich ist, sich auf mich einzulassen und Zeit mit mir zu verbringen«, erwidert er vollkommen gelassen.

Ich schnaube abfällig. »Ist es für diese Warnung nicht etwas zu spät, nachdem du mit mir gevögelt hast?«

»Vielleicht, aber ich konnte nicht anders. Ich musste dich haben.«

»Mich haben? Ich bin doch kein Objekt.«

»Und ob und jetzt gehörst du mir.«

»Du spinnst doch.«

»Siehst du, das ist es, was es für dich gefährlich macht. Das Feuer in dir und die Tatsache, dass du keine Angst vor mir hast, fickt meinen Kopf.«

»Wie meinst du das?«

»Bist du wirklich so naiv, Elena? Meine Welt ist nichts für ein unschuldiges Mädchen wie dich. Mit deinem Temperament weckst du meinen Hunger nach mehr, viel mehr, und das ist gefährlich für dich. Verstehst du das nicht?«

Ich funkele ihn wütend an. Dass er mich hinstellt wie ein naives Dummerchen, lasse ich mir keinesfalls bieten. »Stell die Sache jetzt nicht so hin, als ob es an mir läge. Ich bin weder naiv noch dumm. Du hast recht, ich habe keine Angst. Weder vor dir noch vor irgendwelchen skurrilen Typen, mit denen du dich herumtreibst. Wieso sollte ich auch? Ich kämpfe schon mein gesamtes verficktes Leben für mich allein und kann sehr gut auf mich aufpassen. Vielleicht bist du derjenige, der Angst hat, dass er nicht mit mir umgehen kann.« Mein Konter sitzt und kurz breitet sich ein Gefühl von Triumph in mir aus. Es währt aber nur so lange, bis Matteo mein Kinn mit seiner Hand umfasst und mein Ohrläppchen mit seinen Lippen streift.

»O Kleines, du weißt ja nicht, wovon du hier redest und was für Typen auf dich aufmerksam werden, wenn du bei mir bist, und was sie dir alles antun könnten.«

Mir stockt der Atem, als seine eindringlichen Worte in meinem Ohr nachklingen. Ich versuche, zurückzuweichen, aber sein Griff an meinem Kinn wird fester.

»Ich werde jetzt gehen und dir Zeit geben, nachzudenken.« Er löst seine Hand von meinem Gesicht und erhebt sich. Matteo bewegt sich selbstbewusst in Richtung Tür und ich starre ihm fassungslos hinterher. Will er mich hier jetzt ernsthaft sitzen lassen und gehen? Nach allem, was vor wenigen Minuten passiert ist?

»Matteo, wann sehen wir uns wieder?«, rufe ich ihm nach und verfluche mich im selben Augenblick dafür. Wie erbärmlich kann man sein?

Er wirft mir einen kurzen Blick über die Schulter zu. »Wann immer ich das will, Baby.«

Mit diesen Worten verschwindet er durch die Tür und lässt mich wie einen hilflosen Welpen auf meiner Couch zurück.

Perfekt, denke ich sarkastisch. Einen besseren ersten Tag hätte ich mir wohl kaum in meiner neuen Wahlheimat wünschen können. Wie schnell ich doch den Pakt mit mir selbst vergessen habe, mich von den Donatellos fernzuhalten. Stattdessen werfe ich mich einem von ihnen hemmungslos an den Hals. Resigniert sinke ich auf meiner Couch in die Kissen und schließe die Augen.

KAPITEL 8

Matteo

Ohne mich ein weiteres Mal umzudrehen, trete ich hinaus in die Dunkelheit und lasse Elena zurück. Ich kann nicht anders, werde plötzlich von dem Gefühl überwältigt, wegzumüssen. Irgendetwas an der Sache mit ihr beunruhigt mich. Ich fühle mich ihr nach dieser kurzen Zeit schon viel zu nahe, als dass es gut für uns beide wäre. Deshalb treffe ich die Entscheidung, die Sache zwischen uns sofort wieder zu beenden und niemals zu wiederholen. Denn bisher ist nichts weiter zwischen uns passiert als ein Fick, ein One-Night-Stand ohne Bedeutung, oder? Warum mache ich mir überhaupt Gedanken darum? Warum habe ich ihr erzählt, dass es gefährlich ist, wenn wir uns öfter sehen? Solche Dinge kümmern mich normalerweise einen Scheiß. Doch irgendetwas an ihr ist anders und das ist ein Problem.

Während der Autofahrt zu unserem Anwesen fällt es mir schwer, mich auf die Strecke zu konzentrieren. Immer wieder driften meine Gedanken zu Elena. Zu ihren stürmischen Augen, dem Geschmack ihrer Lippen und dem Gefühl, in ihr zu sein.

Ich parke den Wagen in der Tiefgarage, zünde mir

noch eine Kippe an und begebe mich in Richtung des Ostflügels.

Im Haus herrschen Stille und Dunkelheit. Dieser Tag ist wie im Schnelldurchlauf an mir vorbeigezogen und es ist inzwischen tiefste Nacht. Umso überraschter bin ich, dass Alejandro auf dem Treppenabsatz auftaucht. Mit entschlossenen Schritten kommt er auf mich zu. Ich bleibe unbeeindruckt stehen und schaue ihm in die Augen.

»Glaubst du, du bist jetzt etwas Besseres als ich?«, knurrt er, woraufhin ich den Mund zu einem spöttischen Lächeln verziehe. Sein Ego ist dermaßen gekränkt, dass er mir fast leidtut.

»Was willst du von mir? Ich will pennen.«

»Du hast nicht gewonnen, Matteo. Noch nicht. Glaub mir, du wirst einen Fehler machen, der dich angreifbar macht, und dann werde ich dich vernichten. Du wirst niemals an der Spitze des Kartells stehen. Dafür werde ich sorgen.«

Ich habe nichts als ein müdes Lächeln für ihn übrig, obwohl mich bei seinen Worten ein kalter Schauer durchfährt. Einen *Fehler* habe ich heute bereits begangen. Ich habe mich einer Frau auf eine Art genähert, die nicht existieren sollte. Aber davon weiß er nichts. »Bist du jetzt fertig?«

Ich bin gereizt und Alejandro scheint vorerst genug zu haben. Er tritt beiseite und macht mir den Weg zur Treppe frei.

In meinem Zimmer angekommen schlage ich schwungvoll die Tür hinter mir zu und reiße die Knöpfe meines Hemdes auf. Meine Faust trifft immer wieder auf das Holz meines Schreibtisches. Ich weiß nicht, was genau es ist, das mich gerade die Kontrolle verlieren lässt. Alejandro fuckt mich einfach ab. Ich schlage so lange auf meine Tischplatte ein, bis meine Hand schmerzt und das dumpfe Pochen in meiner Brust weniger wird. Alejandro hat es schon immer geliebt, Psychospielchen zu treiben. Normalerweise lässt es mich kalt, aber heute trifft er einen wunden Punkt. Hat mich jemand mit Elena zusammen gesehen und beobachtet? Nein, und selbst wenn, für andere sah es nur nach einem bedeutungslosen Fick aus. Nichts Außergewöhnliches. Seine Drohungen sind ein dummer Zufall. Vielleicht werde ich auch paranoid, weil ich zum ersten Mal in meinem Leben so etwas wie *Sorge* für jemanden empfinde.

Es dauert mehrere Stunden, bis ich endlich in einen unruhigen Schlaf finde.

Ich werde unsanft und meinen schweren Augenlidern nach zu urteilen viel zu früh geweckt, da jemand meine Vorhänge aufzieht und das grelle Tageslicht mein Schlafzimmer erhellt. Es gibt nur eine Person, die mich auf diese Art weckt, und das ist Rachell. Unsere Hausdame arbeitet schon seit Jahren für unsere Familie und ist, zumindest für mich, eine Art Muttterersatz gewesen.

Ich werfe ein Kissen nach ihr, das sie gekonnt auffängt.

»Matteo Donatello! Es ist weit nach fünfzehn Uhr und du liegst immer noch im Bett. Gibt es nichts, was du erledigen musst?« Ihr Tonfall ist streng und lässt keine Widerworte zu. Sie ist der einzige Mensch in meinem Leben, der so mit mir reden darf.

Widerwillig setze ich mich in meinem Bett auf und blinzele Rachell aus müden Augen an. »Warum machst du so einen Stress? Ich bin erst mitten in der Nacht zurückgekommen.«

»Trotzdem kein Grund, den ganzen Tag im Bett herumzuliegen.«

»Ach nein? Finde ich schon und jetzt lass mich in Ruhe.« Ich quäle mich aus dem Bett und will ins Badezimmer gehen, da packt Rachell mich am Unterarm und schaut auf meine aufgeplatzten Fingerknöchel.

»Ist alles in Ordnung, Matteo?«

»Alles bestens! Und jetzt lass mich, ich muss pissen«, fordere ich mit fester Stimme und verschwinde anschließend im Bad.

Nach einer übertrieben langen Dusche laufe ich ins Haupthaus, wo sich der Speisesaal und die Küche befinden. Eines der Hausmädchen hat den Tisch reichlich gedeckt. Es steht nur noch ein Gedeck darauf, was mich nicht besonders verwundert. Mein Vater und auch mein Bruder sind wahrscheinlich schon seit Stunden unterwegs und kümmern sich ums Geschäft. Das werde ich jetzt auch tun.

Nach zwei Tassen Kaffee, Rührei mit Speck und Toast mache ich mich auf den Weg zu meinem Auto. Anders als gestern geplant, werde ich meine Recherchen am anderen Ende des Baker Beaches beginnen und mir Pages Diner bis zum Schluss aufheben. Ich werde mich in den nächsten Tagen von dem Mädchen mit den stürmischen Augen fernhalten.

KAPITEL 9
Elena

Mein »Hi, Page« bleibt mir am nächsten Morgen fast im Hals stecken und entweicht mir eher als klägliches Krächzen, als ich Page erblicke. Sie steht mit strenger Miene und verschränkten Armen am Tresen und versenkt mich mit ihrem eindringlichen Blick. Ihr Ausdruck wirkt dermaßen verärgert, dass ich kurz davor bin, stehen zu bleiben, auf dem Absatz kehrtzumachen und die Flucht zu ergreifen. Dennoch zwinge ich mich, weiterzugehen. Ich bleibe mit etwas Sicherheitsabstand an der Theke stehen und schaue sie fragend an. Sie braucht keine Aufforderung, um loszulegen.

»Elena Pearson, kann es sein, dass du mir noch etwas sagen musst?«

Ich habe keinen blassen Schimmer, worauf sie hinauswill. Es ist noch viel zu früh, um irgendwelche Rätselfragen zu beantworten. Ohne den ersten Kaffee in meinem Körper arbeitet mein Gehirn nur sehr langsam. Deshalb zucke ich mit den Schultern und ernte dafür ein frustriertes Seufzen meiner Chefin. Sie hat einen kleinen Papierschnipsel vor sich liegen und tippt nun wild mit ihrem Zeigefinger darauf.

»Das ist die Abrechnung von letzter Nacht«, erläutert

sie. Ich schaue sie immer noch stirnrunzelnd an, da ich nicht weiß, was mit der Abrechnung nicht stimmt. »Da steht eine Kanne schwarzer Kaffee drauf und du schreibst mir, es gab keine besonderen Zwischenfälle?«

Ich begreife es immer noch nicht und kneife jetzt fragend die Augen zusammen. »Und mit der Kanne Kaffee stimmt was genau nicht?«, frage ich kleinlaut und Page gibt ihre strenge Haltung auf.

»Die Kanne schwarzer Kaffee bedeutet Matteo Donatello.« Ich ziehe fragend die Augenbrauen nach oben. »M-A-T-T-E-O Donatello. Kartellanführer, schwarze Haare, groß, breitschultrig, gut aussehend. Du erinnerst dich?«

Eine Gänsehaut überzieht meine Arme, denn ich fühle mich plötzlich so, als ob ich bei etwas Illegalem erwischt worden wäre. Na ja, irgendwie stimmt das ja auch.

»Ja, ich erinnere mich dunkel«, murmele ich kaum hörbar.

Ein weiteres tiefes Seufzen. Page umrundet die Theke, stellt sich vor mich und greift nach meiner Hand. »Bitte erzähl mir jetzt nicht, dass er dich verführt hat und du ein weiteres Mädchen auf seiner Liste bist?«

Ich verziehe die Lippen zu einem Schmollmund und Page wirkt fassungslos. »Ich wollte das nicht. Es ist einfach passiert«, rechtfertige ich mich und ernte dafür einen vernichtenden Blick.

»Was heißt, es ist einfach passiert? Lag er plötzlich nackt über dir?«

»So ähnlich könnte man das sagen. Ach, Page, hast du ihn dir mal angesehen? Ich weiß auch nicht, was in mich gefahren ist.«

Page lacht freudlos auf. »Du weißt nicht, was in dich gefahren ist? Nun, ich erkläre es dir. Die Donatellos, und damit meine ich insbesondere Matteo und seinen Bruder Alejandro, sind die Meister der Täuschung und Verführung. Elena, sie tun nichts anderes, als sich ein Mädchen nach dem anderen zu nehmen. Ich bin nicht in der Position, dir irgendwelche Vorschriften zu machen, ich will nur nicht, dass du verletzt wirst, verstehst du?«

O ja und wie ich verstehe. Trotzdem war es mir unmöglich, seiner Anziehungskraft nicht zu erliegen. Ich weiß ihre Sorge zu schätzen, dennoch ertappe ich mich dabei, wie der Gedanke an Matteo meinen Körper mit Hitze flutet. Verzweifelt lege ich meine Wange auf den kühlen Tresen und blicke zu Page, die mich jetzt fast mitleidig anschaut. »Er sieht aber auch verdammt gut aus«, beschwere ich mich.

Wenn ich mir dann auch noch überlege, dass da draußen eine Kopie von ihm in Form seines Zwillings herumläuft, kann ich gar nicht anders, als verzweifelt zu seufzen.

»Ich weiß. Das macht ihn und Alejandro auch so gefährlich. Aber glaub mir, du wirst dir schrecklich die Finger verbrennen. Seit der Sache mit Maddie warne ich jedes Mädchen vor den beiden.«

Mein Kopf schnellt hoch und ich schaue Page fragend an. »Maddie?«

»Ja. Sie war meine beste Freundin und hatte eine ganze Weile was mit Alejandro am Laufen. Die beiden waren immer wie Feuer und Wasser, stritten oft und waren keinesfalls gut füreinander. Rückblickend würde ich sagen, die Beziehung, wenn man es so nennen kann, war absolut toxisch. Nach einem großen Streit hat sich Maddie von Matteo trösten lassen, der mit ihr im Bett gelandet ist. Tja, dann wollte Maddie auf einmal mit Matteo zusammen sein, der sie zum Teufel gejagt hat, da er nichts als Sex von ihr wollte. Alejandro hat von der Sache erfahren und die Katastrophe war perfekt. Ende der Geschichte.«

»Bitte was? Matteo hat seinem Bruder die Freundin

ausgespannt? Das ist echt krass!« Mein Magen zieht sich unangenehm zusammen, als ich die Informationen von Page in mich aufsauge. Wenn ich den Tatsachen ins Auge schaue, scheint Matteo ein noch größerer Arsch zu sein, als ich vermutet habe.

»Das zwischen Alejandro und Matteo ist schwer, zu erklären. Die beiden führen einen ewigen Kampf um die Gunst ihres Vaters. Dabei ist ihnen jedes Mittel recht, um den anderen zu verletzen. Wie sagt man, im Krieg und in der Liebe ist alles erlaubt, oder? So ist es bei den beiden. Ich bin mir sicher, dass ihr Kampf erst enden wird, wenn einer von ihnen nicht mehr am Leben ist.«

Ein schreckliches Gefühl überkommt mich bei der Vorstellung, dass Matteo etwas passieren könnte.

»Wie ist es mit Maddie weitergegangen? Du sagst, sie *war* deine beste Freundin?«, greife ich den Anfang der Geschichte wieder auf.

Page reibt sich über die Wangen und ihr Blick wird traurig. »Maddie konnte nach der ganzen Sache unmöglich hier am Baker Beach bleiben. Alejandro hatte ihr damals gedroht, ihren Ruf zu ruinieren und ihr das Leben zur Hölle zu machen. Daraufhin ist sie über Nacht völlig überstürzt abgehauen und hat sich nie wieder gemeldet, auch nicht bei mir.«

Wow, um jemanden derart zu ängstigen und in die Flucht zu schlagen, gehört schon einiges dazu. Wahrscheinlich ist Matteos Bruder noch übler und gefährlicher als er.

Zu gern würde ich dieses Gespräch weiter vertiefen, um noch mehr Informationen aus Page herauszuquetschen, aber dazu fehlt uns die Zeit, denn es strömen bereits die ersten Gäste ins Diner und wollen bedient werden.

KAPITEL 10
Elena

Die erste Woche in San Francisco vergeht wie im Flug. Im Diner ist wahnsinnig viel zu tun und neben den anstrengenden Schichten bleibt mir kaum Zeit, mich auf die Gründung meiner Werbeagentur zu konzentrieren. Die Tatsache, dass mir Matteo Donatello seit dieser einen unvergesslichen Nacht nicht mehr aus dem Kopf geht, macht die Angelegenheit nicht unbedingt besser. Ständig beherrscht er meine Gedanken und ich sehne mich nach seinen feurigen Küssen und glühenden Berührungen, auch wenn das naiv ist. Page hat recht: Ich war nichts weiter als ein bedeutungsloser One-Night-Stand für ihn. Denn seit seinem unerwarteten nächtlichen Besuch an meiner Tür ist er kein einziges Mal mehr im Diner aufgetaucht.

»Bereit für einen fantastischen Tag in San Francisco?«, flötet mir Page entgegen, strahlt mich dabei breit an und ich ziehe die Tür zu meinem kleinen Apartment zu. Mit ihr habe ich nicht nur eine verständnisvolle, herzliche Chefin gefunden, sondern auch eine wundervolle Freundin. Seit meiner Ankunft am Baker Beach sind wir unzertrennlich. Wir verbringen fast jede Pause gemeinsam und schauen am Abend Netflix oder kochen zusammen. Page hat bereits in dieser kurzen Zeit einen festen Platz in meinem Herzen erobert. Umso mehr freue ich mich, meinen ersten freien Montag gemeinsam mit ihr zu verbringen. Sie möchte mir unbedingt einige Sehenswürdigkeiten zeigen.

»Absolut bereit. Wo geht die Reise denn zuerst hin?«

»Lass dich überraschen. Ich habe mir eine tolle Route überlegt.«

Mein Bauch kribbelt vor Euphorie, als wir uns auf den Weg machen, um die Stadt zu erkunden.

Page hat nicht übertrieben. Sie ist eine großartige Stadtführerin und kennt wunderschöne Ecken. Nach einem Besuch im *Palace of Fine Arts* und im *Legion of Honor* sitzen wir nun in einem süßen Strandcafé am Mile Rock Beach, der sich unweit des Baker Beaches befindet. Die Kellnerin bringt unsere Bestellung an den Tisch und wünscht uns einen guten Appetit.

»Ich sterbe vor Hunger«, sage ich und nehme mir eines der Käsesandwiches von dem großen Teller.

»Und, Süße, wie gefällt es dir denn bis jetzt in San Francisco?«

»Ich liebe es. Es läuft viel besser, als ich es mir erträumt habe. Daran bist du nicht ganz unschuldig.« Ich zwinkere, aber Pages Miene bleibt vollkommen ernst.

»Vermisst du denn gar nichts an deinem alten Zuhause?«

Mein Stück Toast bleibt mir fast im Hals stecken. Müssen wir jetzt dieses Gespräch führen? Klar, es war abzusehen, dass Page mich irgendwann über meine Vergangenheit ausfragen würde, dabei möchte ich nur allzu gern einen großen Bogen um dieses Thema machen. »Um ehrlich zu sein, nein. Ich vermisse nichts. Mein Leben in Oakland war nicht besonders schön.«

»Gab es einen penetranten Ex-Freund? Warst du unglücklich verliebt oder hast du dich einfach nach Meer und Strand gesehnt?«

»Kein blöder Ex und auch keine unglückliche Liebe. Ich wollte einfach weg von zu Hause, falls es diesen Namen überhaupt verdient hat.«

Pages Augen weiten sich vor Überraschung. »So schlimm? Ich will wirklich nicht neugierig sein, aber ich mag dich, Elena. Sehr sogar. Deshalb möchte ich gern mehr über dich und dein bisheriges Leben erfahren. Verstehst du?«

Ich nicke, denn ich weiß, dass sie mir nichts Schlechtes will. Es fällt mir trotzdem unendlich schwer, über meine Vergangenheit zu sprechen. »Sagen wir mal so: Mein bisheriges Leben war ziemlich kompliziert. Ich will nicht jammern oder so, denn ich habe bisher jede Hürde gemeistert und bin jetzt hier. Dennoch hätte ich mir manchmal gewünscht, dass alles etwas leichter gewesen wäre.«

Page legt ihre Hand auf meine und lächelt mir aufmunternd zu, damit ich weiterspreche. Ich gebe auf und lasse meine Schutzmauern zusammenbrechen. Bisher habe ich noch nie mit jemandem über mein verkorkstes Leben in Oakland gesprochen. Viel zu oft wurde ich für die Taten und das Handeln meiner Eltern verurteilt und war ständig eine Außenseiterin. Das hat sich leider nicht einmal am College geändert.

Ich reibe mir mit der freien Hand über die Stirn, um einen passenden Einstieg für meine Geschichte zu finden. »Bis zu meinem achten Lebensjahr war mein Leben schön und ich hatte eine tolle Familie. Wir lebten in einem Haus mit einem kleinen Garten und netten Nachbarn.« Ich lasse meinen Blick in die Ferne schweifen und fixiere einen unbestimmten Punkt in dem kleinen Café. Augenblicklich zeichnen sich die Konturen unseres Hauses vor meinem inneren Auge ab. »Mein Dad arbeitete bei einer Bank und meine Mom hat sich rührend um mich gekümmert. Tja, durch Budgetkürzungen verlor mein Dad seinen gut bezahlten Job, hielt es aber aus Scham und Stolz vor uns geheim. Statt mit meiner Mom zu reden und nach einer Lösung zu suchen, geriet er auf die schiefe Bahn. Er beteiligte sich an einem bewaffneten Raubüberfall auf die Bank, in der er jahrelang gearbeitet hatte. Sie wurden erwischt, Schüsse fielen, zwei Menschen wurden getötet und mein Vater sitzt seitdem im Knast.« Ich halte kurz inne und ringe um Fassung. Das war längst nicht der schlimmste Teil der Geschichte. »Seine Verhaftung war der Anfang vom Ende. Wir verloren unsere Existenz. Ich war damals noch viel zu klein, um das alles annähernd zu begreifen. Meine Mom zog mit mir in einen Trailerpark. Sie prostituierte sich, da sie keinen anderen Ausweg sah. Zunächst um Geld für unser mobiles Zuhause, den Stellplatz und Lebensmittel zu verdienen. Später brauchte sie das Geld für Alkohol und Drogen. Sie betäubte sich, um den Sex mit den Freiern zu ertragen. Das habe ich aber erst viel später verstanden.« Tränen steigen in mir auf und das Sprechen fällt mir mit jedem Wort schwerer, denn durch die Tat meines Vaters habe ich nicht nur ihn, sondern auch meine Mom verloren. Sie und ich sind der Kollateralschaden seiner Fehler. Ich schlucke mühselig den großen Kloß in meinem Hals hinunter, um Page den Rest zu erzählen. »Als ich ungefähr vierzehn war, ging es meiner Mom schlecht wie nie. Jahrelanger Drogen- und Alkoholkonsum hatten ihre grausamen Spuren hinterlassen. Es gab Tage, an denen schaffte sie es nicht mehr, das Bett zu verlassen, geschweige denn einzukaufen oder eine Mahlzeit zuzubereiten. Sie war am Ende und ich entschloss mich, ab diesem Tag die Verantwortung für uns beide zu übernehmen. Ich nahm jeden Nebenjob an, den ich kriegen konnte, putzte unsere Wohnung, sparte die Miete für unser Wohnmobil zusammen und kümmerte mich um meine Mom. Doch egal, wie sehr ich mich bemühte, es ging ihr stetig schlechter. Ich schwor mir, sie aus diesem Sumpf rauszuholen, denn sie hatte so viele Opfer für mich gebracht. Ich lernte, arbeitete, gönnte mir keine Pause, um eines der heiß begehrten Vollstipendien fürs College zu ergattern.«

Ich entziehe Page meine Hand, um mir einige Tränen von den Wangen zu streichen. Mir fehlt der Mut, ihr in die Augen zu sehen, stattdessen rede ich hastig weiter. »Schließlich habe ich mein Stipendium bekommen und meinen Master mit Auszeichnung absolviert. Es war verdammt hart, aber ich habe es irgendwie überstanden. Nach meinem Abschluss habe ich direkt ein Angebot bei einer großen Werbeagentur bekommen und die Stelle angenommen. In dieser Zeit habe ich meine Mom seit Jahren zum ersten Mal wieder lächeln gesehen. Es war ein Ende in Sicht. Wir hätten den Trailerpark verlassen können, sobald ich meine ersten Gehälter ausgezahlt bekommen hätte. Ich hatte lediglich eine Bedingung an meine Mom: einen Entzug. Wenn, dann wollte ich einen richtigen Neuanfang für uns beide.« Mittlerweile brennen meine Augen und auf der Tischplatte unter mir hat sich bereits eine kleine Pfütze aus Tränen gebildet. »Nach einem erfolgreichen Tag in der Stadt kam ich überglücklich nach Hause, denn ich hatte uns eine Wohnungsbesichtigung in einer guten Gegend organisiert. Ich fand meine Mom, die völlig zugedröhnt am Boden lag, und meine Welt brach zusammen. Ein weiteres Mal. Ich lief zu der Dose, in der ich jeden Cent gespart hatte: Es war alles weg. Sie hatte alles für einen großen Vorrat an Drogen und Alkohol ausgegeben. An diesem Tag habe ich überstürzt meinen Koffer gepackt, meinen gut bezahlten Job gekündigt und bin nach San Francisco geflohen und bei dir gelandet.«

»Und wieso ausgerechnet der Baker Beach?«, fragt Page leise.

»Ein Dozent am College hat uns einmal nach Dingen gefragt, die für uns Freiheit symbolisieren. Mein erster Gedanke war damals das Meer. Die unergründliche Tiefe und Weite des Ozeans ist für mich der Inbegriff von Freiheit. Seine nächste Frage war, wie wir diese Freiheit erreichen wollen. In meinem Fall war mir sofort klar: Ich brauche eine Brücke, die mich zwischen meiner Freiheit und meinem ernsten Leben wandern lässt. Dabei kam mir direkt die Golden Gate Bridge in den Sinn und der Traum war geboren, eines Tages hier zu leben. Ich weiß, dass das vollkommen albern klingt.«

Page räuspert sich und erst jetzt finde ich den Mut, ihr wieder in die Augen zu schauen, und staune, denn sie weint ebenfalls. »Nein, das klingt ganz und gar nicht albern, sondern wunderschön. Ich hatte schon seit unserer ersten Begegnung großen Respekt vor dir, Elena. Spätestens als du auf meinen Tresen gesprungen bist und die Leute in deinen Bann gezogen hast. Jetzt, mit dem Wissen, wie du hierhergekommen bist und was du erlebt hast, ist mein Respekt bedingungsloser Anerkennung gewichen. Du kannst unglaublich stolz auf dich sein. Du hast trotz allem nie aufgehört, zu träumen. Das finde ich bewundernswert.«

Ihre Worte rühren mich so sehr, dass ich meinen Stuhl verlasse und sie in eine feste Umarmung ziehe. Da stehen wir nun, schluchzend, mit tränenüberströmten Gesichtern und halten uns.

Die freundliche Kellnerin hat uns aufmerksam beobachtet und bringt uns eine große Packung Papiertaschentücher und stellt zwei heiße Schokoladen mit einer riesigen Portion Sahne und Marshmallows auf unseren Tisch. »Das geht aufs Haus«, sagt sie und zwinkert uns freundlich zu. Ihre nette Geste bringt Page und mich zum Lächeln.

»Jetzt aber genug der ernsten Gespräche. Wie sieht es denn in Sachen Männer aus?«

Ich verziehe das Gesicht zu einer Grimasse, was Page zum Lachen bringt. »Ob das jetzt unbedingt ein besseres Thema ist, um zu entspannen, weiß ich nicht.«

»Immer noch Matteo-Fieber?«

»Ja, irgendwie schon.« Ich seufze.

»Was würdest du tun, wenn er das nächste Mal im Diner auftaucht?«

»Ignorieren ist keine Option, dafür ist er viel zu präsent. Aber ich werde versuchen, ihm die kalte Schulter zu zeigen. Ich bin keines dieser Mädchen, bei denen er bloß mit dem Finger schnipsen braucht, um sie ins Bett zu kriegen.«

»Ach nein? Wie ist es dann noch einmal in der besagten Nacht dazu gekommen?«, feixt Page und ich muss selbst über mich schmunzeln. Sie hat vollkommen recht. Egal, wie tough ich mich jetzt gebe, ich bin mir ziemlich sicher, dass ich nicht immun gegen Matteo Donatellos Charme bin, sollte er eines Tages wieder im Diner aufkreuzen.

Obwohl wir bereits satt sind, genehmigen wir uns noch ein Eis auf dem Rückweg und schlendern am Strand entlang. Die atemberaubend schöne Kulisse von San Francisco lässt mein Herz vor Freude hüpfen und ich strahle über das gesamte Gesicht.

Mein Handy vibriert in meiner Tasche und ich fische es umständlich hervor. Das Display zeigt mir eine unbekannte Nummer an, was mich stutzig macht. Diese Nummer hat kaum jemand, da ich sie mir erst nach meinem Umzug zugelegt habe. Meine Hände werden schwitzig bei dem Gedanken, dass es vielleicht meine Mom ist. Obwohl ich sauer auf sie war und immer noch schrecklich enttäuscht bin, habe ich ihr eine SMS mit meiner neuen Nummer geschickt. Ich konnte nicht anders. Schließlich ist sie immer noch meine Mom. Vielleicht war es ein Fehler, denn ich fühle mich nicht bereit, mit meiner Vergangenheit konfrontiert zu werden. Nicht jetzt.

»Willst du nicht rangehen?«, erkundigt sich Page irritiert.

»Doch, klar«, erwidere ich und klinge dabei so angespannt, als ob mir eine Gesangseinlage vor einem großen Publikum bevorstehen würde. Sogar meine Finger kribblen und meine Wangen werden warm. Wovor genau ich solche Angst habe, kann ich mir selbst nicht recht erklären. Deshalb straffe ich die Schultern, wische auf dem Display nach rechts und nehme den Anruf entgegen.

»Hallo?«, frage ich zaghaft.

»Lena«, ertönt die brüchige Stimme meiner Mom. Sie ist der einzige Mensch auf der Welt, der mich nie mit meinem vollen Namen anspricht, obwohl sie ihn selbst einst für mich gewählt hat. »Wo bist du, Liebes? Ich habe dich seit Tagen nicht gesehen«, fährt sie fort und ich drohe, den Boden unter den Füßen zu verlieren. Im verzweifelten Versuch, Halt zu finden, umklammere ich Pages Arm, die daraufhin beruhigend über meinen Handrücken streichelt.

»Ich bin nicht mehr in Oakland.«

»Was redest du denn da? Komm nach Hause. Ich gehe zum Entzug und diesmal schaffe ich es. Versprochen.« Die Verzweiflung in ihrer Stimme lässt mich frösteln, aber ich darf nicht weich werden. Ich bin gerade dabei, mir hier mein eigenes Leben aufzubauen, und darf keine Rücksicht mehr auf sie nehmen. Wie oft hat sie diese Worte bereits gesagt und wie oft hat sie dieses Versprechen gebrochen? Die Antwort ist einfach: zu oft, um ihr eine weitere Chance einzuräumen.

»Mom, ich komme nicht zurück. Wenn du in eine Klinik gehst und das Programm durchgezogen hast, melde dich bei mir. Davor möchte ich keinen Kontakt mehr.«

»Und das war's jetzt? Willst du deine kranke Mutter verrecken lassen?«

»Mom«, flehe ich, aber es ist längst zu spät und sie ist in ihrer Wut gefangen.

»Nur weil du dein Studium geschafft hast, glaubst du wohl, du bist jetzt etwas Besseres? Aber lass dir eins gesagt sein, Lena: Das bist du nicht. Du kannst deine Vergangenheit nicht leugnen und dein Leben in Oakland wird immer ein Teil von dir sein.«

»Du hast recht. Meine Vergangenheit kann ich nicht ändern, aber dafür meine Zukunft und genau das tue ich jetzt. Ruf mich nicht mehr an«, presse ich mit bebender Stimme hervor und lege auf. Kurz darauf entfährt mir ein lautes Schluchzen, woraufhin Page mich direkt in ihre Arme zieht. Sie hält mich eine ganze Weile und wartet geduldig, bis ich mich wieder beruhigt habe und meine Tränen verebben. Ich löse mich ein Stück von ihr und begegne ihrem aufmunternden Blick.

»Tut mir leid. Ich wollte dich nicht vollheulen und erst recht nicht, dass du mitbekommst, wie verkorkst ich bin.«

»Ach Quatsch. Wofür sind Freunde denn da? Außerdem kannst du nichts für die Fehler deiner Eltern.«

»Meiner Mom«, korrigiere ich und Page stupst mir gegen die Schulter.

»Willst du drüber reden oder wollen wir die Delete-Taste drücken und so tun, als wären die vergangenen fünf Minuten nicht passiert?«

Ich verziehe den Mund zu einem kleinen Lächeln und bin dankbar für Pages Verständnis. »Bitte Option zwei.«

»Einmal Gedächtnislöschung kommt sofort«, erwidert Page und salutiert vor mir. Sie greift entschlossen nach meiner Hand und wir laufen weiter am Strand entlang. »Habe ich dir eigentlich schon von meinem ersten Freund an der Highschool erzählt? Timothy heißt der Ärmste«, wechselt sie abrupt das Thema und ich merke, wie ein Teil der Anspannung aus meinem Körper weicht und meine Schultern etwas nach unten sinken.

»Nein, an Timothy würde ich mich mit Sicherheit erinnern«, erwidere ich und Page wackelt übertrieben mit den Augenbrauen. Ich bin dankbar dafür, dass sie es mit ihrer allzeit aufgeweckten Art schafft, mich selbst in der schlimmsten Situation aufzumuntern. Erst das Gespräch über meine Vergangenheit und dann der Anruf meiner Mom sprengen nämlich eindeutig den Rahmen.

»Okay, Süße, dann wird es höchste Zeit, dass ich dir alles über diesen Typen erzähle. Er war der krasseste Charmeur, den du dir vorstellen kannst«, schwelgt sie in Gedanken und bringt mich damit erneut zum Feixen.

»Ich kann es kaum erwarten, alles über deine erste Liebe zu erfahren«.

Auf den letzten Meilen zurück zum Baker Beach berichtet mir Page äußert detailreich, wie Timothy ihr Herz erobert und was er alles für sie getan hat. Der Gute war meiner lieben Freundin auf jeden Fall hoffnungslos verfallen.

»Hast du für heute genug von mir oder wollen wir uns noch einen Liebesstreifen reinziehen?«

»Machst du Witze?« Ich hake mich bei Page unter und ziehe sie mit in mein Apartment. »Logisch schauen wir jetzt noch einen schnulzigen Film zusammen, der uns zum Schmachten und Weinen bringt. Nach deiner romantischen und hinreißenden Story über Timothy gibt es überhaupt keine andere Option«, entgegne ich und hole uns aus der Küche etwas zum Knabbern und eine Flasche Rotwein.

Wir machen es uns auf meiner kleinen Couch gemütlich, kuscheln uns zusammen unter die bereitliegende Decke und starten einen Liebesfilm auf Netflix. Bis spät in die Nacht und mit weiteren Gläsern Wein philosophieren wir noch in aller Ausführlichkeit über das teilweise sehr fragwürdige und an Naivität nicht zu übertreffende Verhalten der Protagonisten. Es ist bereits deutlich nach Mitternacht, als Page aufbricht, um nach Hause zu gehen.

Auf der Türschwelle ziehe ich sie noch einmal an mich und drücke sie fest. »Danke, Page. Für alles. Du bist eine wundervolle Freundin«, wispere ich in ihr Ohr. Sie tritt einen Schritt von mir zurück und ein Glitzern tritt in ihre Augen.

»Jederzeit wieder, Süße«, erwidert sie, küsst mich auf die Wange und geht. Nachdem sie die Veranda überwunden hat, dreht sie sich noch einmal zu mir um. »Ich erwarte dich morgen frisch und munter und absolut pünktlich zur Frühschicht«, sagt sie betont streng, zwinkert aber dabei.

Ich schüttele belustigt den Kopf und schließe die Tür hinter mir. Was für ein Tag! Von tobender Euphorie bis hin zu tiefer Traurigkeit war alles dabei. War ich zu streng zu meiner Mom? Ich schiebe den Gedanken beiseite und rufe mir ins Gedächtnis, dass ich in der Vergangenheit alles dafür getan habe, um sie clean zu bekommen, und kläglich gescheitert bin. Jetzt ist es zu spät und sie kann keine Hilfe mehr von mir erwarten. Hier am Baker Beach bin ich an der Reihe und kümmere mich endlich einmal nur um mich.

KAPITEL 11

Elena

Ein immer lauter werdendes, penetrantes Geräusch reißt mich aus meinem nicht ganz so anständigen Traum, in dem Matteo und ich die Hauptrollen besetzt haben. Blinzelnd und mit der Müdigkeit kämpfend taste ich nach meinem dämlichen Handy. Ich kann es aber nicht in meiner Umgebung ausmachen.

Völlig neben mir stolpere ich aus dem Bett, stürze fast über meine Schuhe, kann mich aber im letzten Moment noch an der kleinen Kommode abfangen. Auf dieser befindet sich glücklicherweise auch mein Smartphone, dessen Wecker mich immer noch unnachgiebig anschreit. Ich deaktiviere das Alarmsignal, strecke meinen steifen Körper und mache mich auf ins Badezimmer.

Beim Blick in den Spiegel kann ich nicht anders, als frustriert zu seufzen. Tiefe Augenringe und ein unbändiges Wirrwarr auf meinem Kopf erwarten mich. Das letzte Glas Wein mit Page hätte wirklich nicht mehr sein müssen. Jetzt ist es aber zu spät, um darüber nachzudenken, und die Spuren der vergangenen Nacht zeichnen sich deutlich auf meinem Gesicht ab. Knappe fünf Stunden Schlaf und eine Flasche Rotwein tragen nicht unbedingt dazu bei, um den nächsten Tag energiegeladen zu starten.

Ab sofort mehr Schlaf und weniger Alkohol schwöre ich mir. Wenn ich es mir recht überlege, ist es eigentlich nicht meine Schuld und auch nicht die von Page, sondern die von Matteo, meiner Mom und den Geistern meiner Vergangenheit. Der Wein sollte mir helfen, all diese Dinge für einige Stunden zu vergessen. Vor allem Matteo, der tagtäglich in meinem Kopf herumschwirrt und meine Gedanken beherrscht. Ich kann es selbst nicht glauben und habe auch eine halbwegs plausible Erklärung dafür, dass er mir nicht mehr aus dem Kopf geht, obwohl wir uns nur einmal getroffen haben. Dass der bloße Gedanke an ihn dazu führt, dass ich mit meinen Fingern über meine Lippen streiche und sofort wieder das Prickeln von seinen auf ihnen spüre, ist unfassbar. Selbst nach einer Woche habe ich das Gefühl, ihn immer noch schmecken und seinen anziehenden Geruch nach Sandelholz, Meer und Tabak in meiner Umgebung wahrnehmen zu können. Ja, der Mann hat definitiv einen bleibenden Eindruck bei mir hinterlassen. Ob er jemals auch nur einen einzigen Gedanken an mich verschwendet hat, seit er gegangen ist?

O Elena, wie naiv willst du sein, frage ich mein immer noch müde dreinschauendes Spiegelbild. Ich drehe den Wasserhahn am Waschbecken auf und spritze mir mehrere Ladungen kaltes Wasser ins Gesicht. Mit jedem weiteren Schauer rückt Matteo weiter in den Hintergrund. Ich wiederhole diesen Vorgang, bis die hitzigen Erinnerungen an ihn verschwimmen. Meine Haare knote ich mir zu meinem typischen Messy Bun auf dem Kopf zusammen, ziehe meinen Lidstrich und vollende das Werk mit schwarzer Mascara auf den Wimpern.

Zielstrebig laufe ich auf meinen geöffneten Koffer zu und ziehe wahllos zwei Kleidungsstücke heraus. In meiner Mittagspause werde ich meinen Koffer auspacken. Das nehme ich mir zumindest fest vor. Zu meiner Schande muss ich gestehen, dass ich in den letzten Tagen immer viel zu erschöpft war, um das zu erledigen. Aber für immer aus dem Koffer zu leben, ist auch keine Lösung. Graue Jeansshorts kombiniert mit einem Tanktop bilden die Grundlage für mein heutiges Arbeitsoutfit. Meine geliebten Chucks vervollständigen den Look.

Ich verlasse meine Wohnung, umrunde das Haus und inhaliere die frische Meeresluft. Da es noch früh am Morgen ist, ist es angenehm warm und die Luft noch nicht so aufgeheizt, wie sie es in wenigen Stunden sein wird. Motiviert ziehe ich an der Tür zum Diner und trete ein. Zu meiner Zufriedenheit sieht Page mindestens genauso müde und zerknautscht aus, wie ich mich fühle.

»Das letzte Glas Wein war echt unnötig und verdorben, oder?«, scherze ich und Page seufzt gequält.

»Ja. Das war eindeutig schlecht.«

Ich kichere und laufe auf sie zu. »Und was steht heute an?«

Bevor Page zu einer Antwort ansetzen kann, wird die Umgebung von dröhnenden Motorgeräuschen erfüllt. Keine Autos, es sind dem Klang nach eindeutig Motorräder, die den Lärm verursachen und sich, dem Geräuschpegel nach zu urteilen, immer weiter nähern.

»O Gott, das sind die Creeds«, wispert Page. Sie ist mit einem Mal hellwach.

»Okay und wer ist das?«

»Das sind Biker, die Geschäfte mit den Donatellos machen.«

»Ist das jetzt gut oder schlecht?«, frage ich etwas verunsichert.

»Nichts von beidem. Sehe ich okay aus?«

Aha, ich ahne, was hier läuft, und verziehe den Mund zu einem schelmischen Grinsen. Die Motorengeräusche sind inzwischen ganz nahe. »Du siehst hervorragend aus. Gibt es da etwas, das ich wissen sollte?«

Sie beginnt, zu strahlen, und mein Herz geht auf. Ihr Gesicht erhellt sich und sie fächert sich mit ihrer Hand Luft zu, was mich zum Kichern bringt, da sie jetzt wirkt wie ein verliebter Teenager. Ihre Wangen röten sich und sie nestelt nervös an ihrer Schürze herum. »Ja, vielleicht. Sehe ich wirklich gut aus?«

»Du siehst fantastisch aus. Wer ist es denn, der dich so glücklich macht?«

Die donnernden Geräusche der Bikes werden sekündlich lauter. Im gleichen Takt scheint sich die Nervosität von Page ins Unermessliche zu steigern.

»Also, wie eben schon gesagt sind die Typen, die gleich auftauchen, die San Francisco Creeds. Eine Gang von Bikern, die den Osten der Stadt unsicher macht. Sie verstehen sich gut mit den Donatellos, vor allem mit Alejandro, und sind mit Sicherheit wegen eines Geschäfts in diesem Teil der Stadt.« Page unterbricht ihre Erklärung und pustet sich eine ihrer roten Haarsträhnen aus dem Gesicht.

O nein, nicht mit mir. Sie wird mir jetzt gefälligst erzählen, wen sie dermaßen anbetet, denn mich hat schon längst eine unbändige Neugier gepackt. »So ist das also. Ich soll mich von den gefährlichen Bad Boys fernhalten, dabei interessierst du dich selbst für einen von ihnen«, necke ich sie, woraufhin sie mich mit Unschuldsmiene anschaut.

»Na ja, die Creeds sind nicht halb so gefährlich und skrupellos wie die Donatellos und Toni ist ...« Page kommt nicht mehr dazu, ihren Satz zu beenden, denn in diesem Augenblick schwingt die Tür auf und ein Dutzend Biker betritt das Diner. Sie grüßen uns knapp und schieben völlig selbstverständlich mehrere Tische zusammen, um eine lange Tafel zu bilden.

Einer von ihnen, der wirklich heiß ist, kommt auf den Tresen zu und hat nur Augen für Page. Er trägt das dunkelblonde Haar wild und etwas länger, hat einen gepflegten Bart und stechend blaue Augen. Sein Körper ist muskelbepackt und auf seiner rechten Hand sticht mir ein schwarzes Tattoo mit einem Totenkopf ins Auge. Ich bin mir sicher, dass es sich bei ihm um den besagten Toni handelt, und grinse in mich hinein. Page strahlt über das ganze Gesicht und ich möchte den beiden etwas Privatsphäre schenken.

Um mich nützlich zu machen, beschließe ich, in der Zeit die Bestellungen der anderen Biker aufzunehmen. Selbstbewusst stelle ich mich an das eine Ende der Tafel und werde augenblicklich von interessierten und abschätzigen Blicken durchbohrt. Da es scheinbar allen die Sprache verschlagen hat, mache ich den ersten Schritt. »Also, Jungs, was darf ich euch denn bringen?«, frage ich freundlich in die Runde, woraufhin der Typ am anderen Ende der Tafel die Arme vor der Brust verschränkt und sich aufrecht hinsetzt.

Er ist Anfang fünfzig, schätze ich. Vielleicht täuscht mich aber auch sein langer Vollbart. Er kneift die Augen zusammen und scheint nachzudenken. »Bevor wir etwas bei dir bestellen, Püppchen, würde ich gern erfahren, wer du bist.«

Nur mit Mühe kann ich ein Augenrollen unterdrücken. Es ist wirklich so ein Ding von diesen Gangstertypen, mir dämliche Spitznamen zu geben. Ich ignoriere seine Bemerkung und erwidere betont freundlich: »Ich bin Elena. Die neue Aushilfe von Page.«

Er schaut mich noch einen Augenblick an, dann widmet er sich dem Gespräch mit den anderen Typen am Tisch. *O ja, bitte ignoriert mich, wie lächerlich.* Ich wende mich zum Gehen, verdrehe nun doch die Augen und höre, wie im nächsten Moment ein Stuhl über den Boden zurückgeschoben wird.

Ich drehe mich wieder den Bikern zu und sehe, dass der Ältere, möglicherweise ihr Anführer, auf mich zukommt. Er ist groß und wirkt in seiner schwarzen Kutte und mit den vielen Narben am Hals alles andere als ungefährlich. Dennoch bleibe ich nach außen hin ruhig und verziehe keine Miene. Auch wenn diese Typen irgendeiner Gang angehören, gibt ihnen das noch lange nicht das Recht, sich wie Idioten zu benehmen.

Direkt vor mir bleibt der Mann stehen und schaut mich durchdringend an. Ich halte seinem Blick mühelos stand. Ich weiß nicht, warum, aber weder Matteo noch er und seine Begleiter schaffen es, mich einzuschüchtern. Nach einigen Sekunden entspannen sich seine Züge. »Elena, also. So hübsch und zerbrechlich. Dennoch sehe ich in deinen Augen keine Angst vor den bösen Jungs. Gute Voraussetzungen, um hier eine Weile zu überleben.«

Der Typ streckt mir seine Hand entgegen, die ich eher widerwillig ergreife. Er hat einen festen, fast unangenehmen Händedruck und löst keine Sekunde seinen Blick von mir, während er meine Hand in seiner gefangen hält. »Ich bin Donnavan Creed. Ein alter Freund von Carlos, deinem Boss.« Ich nicke, woraufhin der unangenehme Kerl meine Hand loslässt und sich wieder an seinen Platz setzt. »Wir nehmen alle das große Frühstück mit einer extra Portion Speck. Daran spart Page immer gern.«

Gelächter bricht am Tisch aus, woraufhin ich mich genervt abwende und zum Tresen laufe. Dort ist Page immer noch mit ihrem Angebeteten in ein Gespräch vertieft.

Ich stelle mich zu ihr. Toni hebt seinen Kopf und starrt mich an. Erst jetzt scheint er mich bewusst wahrzunehmen. Langsam lässt er seinen Blick meinen Körper hinabwandern und zieht mich dabei förmlich aus. Am liebsten würde ich ihm eine Ohrfeige verpassen, da Page neben ihm steht und ich sein Verhalten widerlich finde. »Das ist sie also, die hübsche Elena«, säuselt er und wendet sich kurz Page zu. Aus dem Augenwinkel erkenne ich, wie sie ihn schüchtern anlächelt. Bevor ich etwas Toughes erwidern kann, ergreift Toni erneut das Wort. »Ich muss unbedingt Alejandro erzählen, was für ein heißes Geschöpf sich in einen seiner Läden verirrt hat. Das wird ihm mit Sicherheit gefallen.«

Mir klappt die Kinnlade herunter. Ist es sein Ernst, dass er über mich redet, als ob ich ein Objekt wäre, das man besitzen kann? Mir wird übel.

Der Typ wendet sich Page zu und wirft ihr einen vielsagenden Blick zu. »Ich muss zu den anderen. Wir sehen uns später, Baby.«

Nur mit aller Macht gelingt es mir, ein Würgegeräusch zu unterdrücken. Was findet sie bitte an diesem Typen?

Im nächsten Moment zerrt mich Page hinter sich her in die Küche. Ich funkele sie fassungslos an. »Ist das dein Ernst, Page? Dieser Typ ist dermaßen unverschämt!«

»Du verstehst das nicht. Toni kann ganz anders sein, aber natürlich nicht, wenn die Creeds dabei sind.« Ich bleibe immer noch skeptisch. »Er und Alejandro sind eng befreundet. Mit seiner Bemerkung meinte er, dass du genau sein Typ bist, verstehst du?«

Ja, und wie. Das macht die ganze Angelegenheit noch deutlich schlimmer. »Ja, verstehe ich. Aber ich bin doch keine Puppe, die man begutachten kann, und überhaupt sind diese Typen unmöglich.«

Page seufzt resigniert. »Willkommen in San Francisco, Süße! Alles halb so wild. Nimm die Bemerkungen der Jungs nicht persönlich. Sie testen gern deine Grenzen. Wenn du gelassen bleibst, verlieren sie bald das Interesse daran, dich zu nerven.«

Na, das kann ja heiter werden. Nicht nur dass der Laden, in dem ich arbeite, das Eigentum eines Mafiabosses ist. Nein, scheinbar gehört es ab sofort zu meinem Alltag, mich von irgendwelchen Gangtypen anpöbeln zu lassen. Juhu!

Aber alles ist besser als der beschissene Trailerpark, dem ich entflohen bin. Niemand hat gesagt, dass es leicht wird, in einer fremden Stadt neu anzufangen. Zum Jammern bleibt mir ohnehin keine Zeit, da im Diner eine hungrige Meute Biker wartet.

KAPITEL 12
Matteo

Seit über einer Woche suche ich erfolglos nach dem Verräter in unseren Reihen. Es bleiben nicht mehr viele Geschäfte übrig, die ich überprüfen kann. Meine Laune ist in den letzten Tagen schlecht wie nie und das liegt nicht nur daran, dass ich den Auftrag noch nicht erfüllt habe. Vielmehr bin ich genervt, dass mir dieses Mädchen mit den blauen Augen und dem feurigen Temperament nicht mehr aus dem Kopf geht. Ich habe alles probiert, um sie zu vergessen. Doch all der Scotch und die zahllosen Huren helfen nicht. Sobald ich die Augen schließe, sehe ich sie vor mir.

Ich schüttele schnaubend den Kopf über mich selbst. Warum fahre ich nicht einfach zu ihr, ficke sie und hole mir, was ich dringend brauche: ihre Nähe? Etwas in mir, das ich nicht in Worte fassen kann, hält mich davon ab.

Um wieder runterzukommen, bevor ich die nächsten Gespräche führe, beschließe ich, eine Pause im Clubhaus der Creeds einzulegen. Wir machen häufiger Geschäfte mit diesen Bikern, da sie zuverlässig und loyal sind.

Nach meinem Besuch dort werde ich mich bei Santos Gonzalez umsehen. Er betreibt eine Bar am Baker Beach. Sein Name ist mir bei meinen Nachforschungen in den letzten Tagen ein wenig zu oft zu Ohren gekommen. Diesem Hinweis werde ich auf jeden Fall nachgehen.

Ich fahre auf den Parkplatz der Creeds und seufze genervt. Natürlich ist die gesamte Mannschaft einschließlich meines Bruders hier versammelt. Dass sich Alejandro im Clubhaus aufhält, erkenne ich daran, dass seine Harley auf dem Parkplatz steht. Logisch, dass er sich hier herumtreibt, wenn sein Freund Toni in der Nähe ist.

Ich zünde mir vor dem Laden eine Kippe an, um mich auf das Gewirr von Stimmen und mögliche Anfeindungen meines Zwillingsbruders vorzubereiten.

Die Fenster des Lokals sind geöffnet, sodass Stimmen und Gesprächsfetzen nach draußen dringen. Es herrscht eine ausgelassene Stimmung und lautes Gelächter ist zu hören.

Ich schnipse die Reste meiner Kippe weg und betrete den Laden. Sofort wandern alle Blicke zu mir und die Stimmung kippt. Ja, ich bin hier nicht so gern gesehen wie Alejandro, dennoch habe auch ich jedes Recht, hier zu sein.

Der alte Donnavan Creed begrüßt mich knapp, aber höflich und verschwindet anschließend in seinem Büro. Ich suche mir einen freien Tisch und lasse den Blick durch das Lokal schweifen. Es dauert keine fünf Sekunden, bis Alejandro mit Toni an der Seite bei mir auftaucht. Sie stellen sich vor mich und schauen auf mich herab.

»Was machst du hier?«, blafft mich mein Bruder an.

»Eine Pause, wie du siehst.«

»Und die musst du ausgerechnet hier machen, Matteo? Du weißt, dass du hier nicht willkommen bist.«

»Sagt wer? Du etwa? Keine Sorge, Alejandro, ich nehme dir deine Bikerfreunde nicht weg.« Ich grinse ihn selbstgefällig an, aber es interessiert ihn nicht. Im Gegenteil, ein herausforderndes Funkeln tritt in seine Augen.

»Apropos wegnehmen: Hattest du bereits das Vergnügen, die neue Aushilfe von Page kennenzulernen? Toni meint, sie ist übertrieben heiß. Du treibst dich doch für gewöhnlich ständig im Diner rum, kennst du sie?«

»Was?«, frage ich etwas zu angespannt.

»Schwarze Haare, blaue Augen, große Titten und einen richtig geilen Arsch«, wirft Toni ein und ich balle die Hände unter dem Tisch zu Fäusten.

»Sie müsste laut der Beschreibung doch auch genau deinen Geschmack treffen, Matteo, oder irre ich mich?«, erkundigt sich Alejandro interessiert.

»Sie trifft den Geschmack von jedem Mann in diesem Raum. Absolut heiß und mit einem feurigen Temperament«, ergänzt Toni lautstark, woraufhin Gelächter im Clubhaus ausbricht.

Mein Bruder grinst zufrieden und ich kann mich kaum noch zurückhalten, ihm dieses Grinsen nicht endlich mit der Faust aus dem Gesicht zu wischen. »Temperament mag ich und bringe ihr nur zu gern Manieren bei. Und Matteo, was ist? Hast du sie schon gesehen?«

»Was interessiert es dich, ob ich sie schon gesehen habe? Traust du dich nicht allein zu einem kleinen Mädchen und willst mich begleiten, wenn ich ins Diner fahre?«

»Dich begleiten? Warum eigentlich nicht? Dann können wir direkt schauen, für wen sie zuerst die Beine breitmacht.«

Ich schnaube abfällig und Erkenntnis tritt in Alejandros Augen. Fuck, mein Pokerface war nicht gut genug.

»Du kennst sie schon«, stellt er trocken fest.

»Ja, ich habe die Kleine schon einmal kurz gesehen«, antworte ich tonlos. Warum ich leugne, dass ich bereits in ihr war, kann ich mir selbst nicht erklären. Ich habe das ungute Gefühl, dass sie das in Gefahr bringen könnte, deshalb verschweige ich es.

Argwöhnisch zieht mein Zwilling die Augenbrauen zusammen. »Kurz gesehen also. Ist sie so eine Augenweide und die Fahrt bis runter zu Page wert, um sie zu ficken, Matteo?«

Sein arrogantes Grinsen gibt mir den Rest. Ich schnelle von meinem Platz hoch und starre ihn voller Wut an. »Was willst du von mir, Alejandro? Wenn du auf der Suche nach einem schnellen Fick bist, schau dir die Kleine an und geh mir nicht länger auf den Sack.«

»Das mache ich jetzt auch.« Er wendet sich von mir ab und tritt mit Toni nach draußen.

Verdammt! Was für eine Scheiße läuft hier? Allein der Gedanke, dass dieser Bastard ihr zu nahe kommt, macht mich wahnsinnig. Was, wenn er sie verführt? Er sie mit seinen Psychospielchen einwickelt und sie sich auf ihn einlässt? Nein, so ist sie nicht, oder?

Mir wird bewusst, dass ich rein gar nichts über das Mädchen weiß, das seit Tagen mein gesamtes Denken beherrscht. Bin ich es, der sich letztlich als naiver Trottel entpuppt, nur weil eine Frau sich ihm mal nicht direkt schmachtend an den Hals geworfen hat?

Die Stimme der Kellnerin reißt mich aus den Gedanken, die mich wahnsinnig machen. Ich bestelle mir einen Burger, eine Kanne Kaffee und dazu einen Scotch. Ja, die Mischung mag seltsam erscheinen, aber ich brauche jetzt dringend etwas, das mich runterholt.

Stunden später habe ich den Großteil unserer Läden überprüft und es erhärtet sich der Verdacht, dass in der Bar von Santos Gonzalez Geld unterschlagen wird und heimliche Drogendeals laufen. Ich betrete die Bar und treffe auf Santos, der hinter der Theke steht. Er kennt mich gut und stellt mir direkt einen Scotch auf den Tresen.

Die Bar ist prall gefüllt und ich verschaffe mir einen Überblick über die Anwesenden. Direkt vor Santos nehme ich auf einem Barhocker Platz und schaue ihm tief in die Augen. Er ist nervös, das erkenne ich an seinem unsicheren Blick und an dem verräterischen Schweißfilm, der sich auf seiner Stirn bildet. Es hat sich mittlerweile herumgesprochen, dass ich jedem Einzelnen unserer Läden einen Besuch abstatte, davon hat mit Sicherheit auch Santos gehört.

Ich schwenke den Scotch, trinke die herbe Flüssigkeit und lasse mein geleertes Glas geräuschvoll auf die Theke knallen. Santos wird blass und ich bin mir sicher, dass ich ihn bereits jetzt an den Eiern habe.

»Santos, mein Freund, wie laufen die Geschäfte?«, erkundige ich mich und beobachte, wie mein Gegenüber in sich zusammensackt. Aus dem Augenwinkel sehe ich, wie sich zwei seiner mexikanischen Freunde nähern. Ich verziehe den Mund zu einem spöttischen Lächeln. »Bist du dir ganz sicher, dass du das tun willst?«, frage ich ihn so leise, dass nur er es hören kann.

Er schüttelt kaum wahrnehmbar den Kopf und die beiden Mexikaner ziehen sich wieder zurück. Endlich findet Santos seine Stimme wieder. »Matteo, ich, wir, ich meine …«

Sein Gestammel reizt mich und macht mich unfassbar wütend. Männer, die Fehler begehen und anschließend nicht dazu stehen können, sind in meinen Augen armselig und ehrenlos.

Ich schlage mit der Faust auf die Theke und platziere beiläufig mein Messer auf dem Tresen. Da dieser erbärmliche Penner nichts unternimmt, als mich perplex anzustarren, packe ich ihn am Kragen und ziehe ihn dicht an mich heran.

»In ganzen Sätzen bitte, mein Freund!«, zische ich in sein Ohr, woraufhin er erstarrt. Ich lehne mich ein Stück zurück und schaue voller Genugtuung in sein kalkweißes Gesicht. Endlich bricht er sein Schweigen.

»Seit dein Vater die Gebühren für den Laden angehoben hat, ist das Geld für die Familie knapp geworden, deshalb dealen wir manchmal. Nichts Großes, meistens nur Dope und ganz selten Kokain. Nicht viel, das schwöre ich, Matteo!«

Mit eiserner Miene und einer eindeutigen Geste fordere ich diesen Verräter auf, mein Glas erneut mit Scotch zu füllen. Ich leere auch das zweite mit nur einem Zug und fange anschließend Santos' ängstlichen Blick ein.

»Willst du mir damit sagen, wir sind schuld, dass du hier nebenbei deinen dreckigen Stoff vertickst?« Meine Stimme tropft vor Gift und ich spüre, dass Santos kurz davor ist, zusammenzubrechen. Ich rieche seine Angst, sehe die Verzweiflung in seinen Augen und fühle nichts. Kein Mitleid, kein Verständnis, nur die allzu bekannte Leere und Gleichgültigkeit.

»Natürlich nicht, Matteo. Es ist nur ...«

Es reicht. Ich habe endgültig genug von seinen lächerlichen Ausreden. Blitzschnell fasse ich nach meiner Klinge und durchstoße damit seine zittrige Hand, die er auf der Theke platziert hat. Er keucht schmerzerfüllt auf, aber ich bin noch nicht fertig. Wer hinter unserem Rücken Geschäfte macht, wird bestraft, genau wie dieser Pisser Gonzalez. Seine Augen sind starr auf seine blutende Hand gerichtet und er heult wie eine Pussy.

Hinter mir nähern sich zwei Gestalten. Es sind die Mexikaner von eben. Ich ziehe seelenruhig meine Glock aus dem Schaft meines Gürtels, drehe mich auf meinem Barhocker zu ihnen und setze ein Grinsen auf. »Wer von euch will zuerst eine Kugel in seinem hässlichen Schädel?«, raune ich, woraufhin diese Versager endgültig das Feld räumen.

Sie wissen, dass ich sie sofort umlegen würde, dennoch ist ihr Verhalten lächerlich. Eigentlich sollte ich sie für ihre bloße Feigheit abknallen. Scheiß drauf, heute nicht.

Stattdessen wende ich mich wieder meinem Freund Santos zu, der mich flehend anbettelt, es gut sein zu lassen. Seine Schwäche widert mich an. Ich packe ihn an den Haaren und lasse sein Gesicht mit voller Wucht auf den Tresen prallen.

Im Lokal herrscht Totenstille und alle Augenpaare sind auf uns gerichtet, aber das juckt mich nicht im Geringsten. Ich bin Matteo Donatello und das kann ruhig jeder von ihnen wissen und sehen.

Blut strömt Santos aus der Nase. Er wischt es sich mit dem Handrücken der freien Hand vom Gesicht.

Ich stehe auf, ziehe meine Weste glatt, zünde mir eine Zigarette an und wende mich zum Gehen. »Du meldest dich heute Abend bei uns in der Villa. Mein Vater wird den endgültigen Preis für dein Handeln mit dir vereinbaren. Hast du mich verstanden?«

Tränen treten in Santos' Augen, denn er weiß, dass mein Auftritt nur ein winziger Vorgeschmack auf das war, was ihn in dieser Nacht in der Villa Donatello erwartet. »Ich werde da sein, Matteo«, wimmert er.

Zufrieden klopfe ich ihm auf die bebende Schulter und ziehe anschließend quälend langsam meine Klinge aus seiner Hand. Auf dem Weg nach draußen ruhen die eingeschüchterten Blicke aller Anwesenden auf mir und ich fühle eine innerliche Leere, die mich vollkommen einnimmt und Besitz von mir ergreift. Ich bin krank, ein Monster, das weiß ich. Ich wusste es, im Gegensatz zu allen anderen, schon immer.

Um wieder runterzukommen von diesem Rausch, beschließe ich, mich auf den Weg zu Pages Diner und zu Elena zu machen. Vielleicht ist sie die einzige Chance, dass ich mich heute Nacht nicht vollkommen in diesem Strudel aus Dunkelheit und perfiden Gedanken grenzenloser Gewalt verliere.

Am Diner angekommen stockt mir jedoch der Atem und ein ungutes Gefühl breitet sich in meiner Magengegend aus. Auf dem Parkplatz steht das Motorrad meines Bruders. Er hat vor Stunden das Clubhaus der Creeds verlassen und ist jetzt immer noch hier? Hat er den gesamten Nachmittag bei ihr verbracht? Sie lässt sich doch nicht von ihm einwickeln, oder?

Mein Puls beschleunigt sich und rauscht in meinen Ohren. Ich muss unbedingt wissen, was in dem Diner vor sich geht. Mit Adrenalin geflutet springe ich aus meinem Wagen, stürme auf die Tür des Diners zu und reiße sie auf.

KAPITEL 13

Elena

Die Frühschicht war anstrengend und ich bin heilfroh, dass wir den Ansturm an hungrigen Frühstücksgästen irgendwie überlebt haben. Erleichtert schließe ich die Tür ab, um keinen unerwarteten Besuchern Einlass zu gewähren. Die pöbelnden Biker bildeten lediglich den Anfang eines sehr chaotischen Vormittags. Mitten in der Schicht sind uns die Eier und der Speck ausgegangen, was zu einer mittleren Katastrophe und teilweise sehr wütenden Gästen geführt hat. Trotzdem haben Page und ich die Sache zusammen gerockt. Obwohl wir erst seit einigen Tagen zusammenarbeiten, sind wir bereits ein eingespieltes Team.

Mittlerweile habe ich auch Bekanntschaft mit Tara und Philippe gemacht. Die beiden Aushilfen sind nett, aber Motivation, Pünktlichkeit und Zuverlässigkeit sind Fremdwörter für sie. Sie erscheinen grundsätzlich nie, wenn sie zum Dienst eingeteilt sind, sondern immer dann, wenn ihnen danach ist. Ich habe bereits das Gespräch mit ihnen gesucht, dafür aber nichts weiter als gleichgültiges Schulterzucken und gelangweiltes Seufzen erhalten. Arbeitsmoral und Teamgeist sind gleich null.

Umso mehr bemühe ich mich, Page zu entlasten und

ihr wo immer es geht unter die Arme zu greifen und Arbeit abzunehmen. Das tue ich nicht nur, weil sie mittlerweile eine Freundin geworden ist, sondern auch weil sie eine fantastische, motivierende und freundliche Chefin ist.

»Was hältst du von frischen Pancakes, bevor wir in die Pause verschwinden?«

»Klingt hervorragend, ich habe einen Bärenhunger. Ich ziehe mich davor nur kurz um.« Ich deute auf die Fettflecken, die sich auf meinem Top verewigt haben, da ich im Eifer des Gefechts vergessen hatte, mir die Schürze umzubinden.

Page kichert und ich verschwinde für einige Minuten in meinem Apartment. Den kurzen Arbeitsweg weiß ich bereits seit meiner Ankunft zu schätzen. Ich erfrische mich im Bad, löse meinen Zopf und ziehe ein frisches Top an.

Wieder im Diner angekommen schließe ich die Tür hinter mir ab und laufe zu Page.

»Wow, Elena. Wenn deine Haare offen sind, siehst du noch heißer aus als ohnehin schon. Wenn du auf der Suche nach einem Date bist, ich bin hier.«

Ich strahle sie an, da ich mich über ihr Kompliment wirklich freue, denn ich spüre, dass es von Herzen kommt. »Jap, in meiner Freizeit kann ich durchaus gut aussehen, wenn ich das möchte«, erwidere ich kokett und klimpere dazu übertrieben mit den Wimpern. Page kichert herzhaft und ich stimme mit ein. Am Rand nehme ich wahr, dass sich erneut Motorräder nähern, aber ich ignoriere es zunächst.

Erst ein lautes Klopfen an der Tür reißt uns aus unserer kleinen Alberei. Zu meiner unangenehmen Überraschung ist es Toni, der draußen vor der Tür steht und mich angrinst. Pages Augen weiten sich, als sie ihren Angebeteten erblickt, wohingegen ich genervt die Augen verdrehe.

Nicht nur weil ich ihn nicht ausstehen kann, sondern auch weil ich meine entspannte Pause dahinschwinden sehe.

»Machst du auf? Ich erfrische mich noch kurz auf der Toilette«, bittet mich Page und ich zucke resigniert mit den Schultern.

Widerwillig schließe ich den Laden auf und stelle mich vor ihn. Noch ehe ich zu einem Wort fähig bin, beginnt jemand in einiger Entfernung zu sprechen: »Meinst du, sie ist überhaupt da, wenn sie Pause hat?«

Der Klang dieser tiefen Stimme lässt mich aufhorchen. Nuancen davon kommen mir sehr bekannt vor, dennoch bin ich mir sicher, dass es nicht *er* ist.

Im nächsten Moment tritt der Besitzer der Stimme um die Ecke und ich muss den Anflug einer Ohnmacht und Schnappatmung unterdrücken. Da steht er nun, die Kopie von Matteo.

Alejandro sieht ihm unfassbar ähnlich, was logisch erscheint, da sie Zwillinge sind, und dennoch könnten sie auf den ersten Blick nicht unterschiedlicher sein. Matteos Zwilling trägt sowohl die Haare als auch den Bart etwas länger, ist in schwarz und deutlich legerer gekleidet, wobei sein muskulöser Oberkörper von einer Lederjacke bedeckt wird. Er wirkt noch verwegener und gefährlicher als Matteo.

Als er mich erblickt, hält er sofort in seiner Bewegung inne und starrt mich unverhohlen an. Ich will mir auf keinen Fall anmerken lassen, wie verwirrend es für mich ist, jetzt den ebenfalls ultraheißen Zwilling von Matteo zu treffen. Deshalb wende ich mich Toni zu. Dieser steht mit einem äußerst zufriedenen Grinsen und verschränkten Armen vor mir.

»Wie du siehst, ist sie hier. Sag mal, Elena, ist Page in der Nähe?«, säuselt er, als ob wir beste Freunde wären.

Was Page an diesem arroganten Typen so reizvoll findet, bleibt weiterhin ein Rätsel für mich.

»Ja, sie ist in der Nähe. Aber wir haben jetzt Pause und wollten gerade zusammen essen.«

Toni scheint das alles nicht im Geringsten zu interessieren. Ohne mich eines weiteren Blickes zu würdigen, schiebt er sich an mir vorbei und läuft geradewegs in die Küche.

Perplex schaue ich ihm hinterher, bis sich ein dunkler Schatten vor mir bildet. Es ist Matteos Zwillingsbruder, der sich direkt vor mich stellt und mir ein verführerisches Lächeln schenkt. »Entschuldige das unhöfliche Verhalten von Toni. Wenn Page in der Nähe ist, ist er nicht er selbst, weißt du?«

In seiner Stimme liegt plötzlich so viel Wärme, dass ich nicht anders kann, als sein Lächeln zu erwidern. »Tja, weitaus unhöflicher als das seltsame Verhalten deines Freundes finde ich, wie du mich, eine Wildfremde, anstarrst.«

Seine Augen weiten sich vor Überraschung und ich greife mir unauffällig an die Stirn. Ist es eigentlich mein Ernst, dass ich schon wieder einem der Donatellos dermaßen frech gegenübertrete? Liegt in mir eine Todessehnsucht verborgen, von der ich bisher nichts geahnt habe?

Alejandro findet die Sache außerordentlich witzig. Im Gegensatz zu Matteo bildet sich in seiner Wange ein Grübchen, wenn er lächelt. Noch ein Unterschied zwischen den beiden, speichere ich in meinem Kopf ab. Er streckt mir seine Hand entgegen, die ich sofort ergreife. Sie ist warm und rau und umschließt meine perfekt. Du meine Güte, wie ist es möglich, dass mich bereits die Berührung seiner Finger zittrige Knie bekommen lässt? *Himmel, Elena, dir ist wirklich nicht mehr zu helfen*, wispert die Stimme der Vernunft in meinem Kopf.

»Du hast natürlich vollkommen recht. Ich bin Alejandro, Alejandro Donatello, und du musst Elena sein, von der jeder Creed heute Morgen gesprochen hat.«

Ich ziehe skeptisch eine Augenbraue nach oben. »Ist das so?«, frage ich ungläubig, woraufhin Alejandro den Abstand zwischen uns weiter verringert.

»Ja, sie meinten, ich müsste unbedingt mal bei Pages Diner vorbeischauen, um dich kennenzulernen. Was soll ich sagen? Sie haben nicht übertrieben.«

Da mich seine direkte Art ebenso wie bei seinem Bruder vor einigen Tagen überfordert, trete ich einen Schritt zurück. »Nun, wie kann ich dir denn weiterhelfen, Alejandro? Wir haben jetzt tatsächlich Pause und das Diner ist geschlossen. Das war kein Scherz.«

Er ignoriert meine Zurückweisung. Statt zu verschwinden, tritt ein verheißungsvolles Funkeln in seine Augen. »Genau deshalb bin ich hier. Was würdest du sagen, wenn ich dich eine Runde auf dem Bike ausführe?«

Ich schnappe nach Luft. An Selbstvertrauen mangelt es keinem von ihnen. »Ich würde wohl sagen, dass das ziemlich verrückt ist, da ich dich nicht kenne und mich meine Chefin eindringlich vor dir gewarnt hat.«

Mit einem Schritt ist er wieder unmittelbar vor mir und fesselt mich an seine dunklen Augen. »Ist das so? Page hat dich tatsächlich gewarnt? Fürchtest du dich vor mir, Elena?«

Entschlossen halte ich seinem Blick stand. »Nein. Ich habe keine Angst vor dir.«

»Das ist gut. Dann komm mit mir.« Demonstrativ streckt er mir wieder seine Hand entgegen.

Diesmal zögere ich einen Moment. Nicht nur dass ich es völlig absurd finde, mich neuerdings mit ultraheißen Mafiabossen herumzutreiben, auch der Gedanke an Matteo lässt mich meine Entscheidung überdenken. Ihm würde es wohl nicht besonders gut gefallen, wenn ich mit seinem Zwilling unterwegs bin, oder? Andererseits, was spricht schon dagegen? Die Vorstellung, meine Mittagspause mit einem extrem gut aussehenden Typen zu verbringen, der mich auf seinem Bike mitnimmt, ist einfach zu verlockend.

»Du wirst mich nicht verschleppen und um die Ecke bringen, oder?« Meine Frage entlockt Alejandro ein herzhaftes Lachen und ich beginne, ernsthaft an meinem geistigen Zustand zu zweifeln. *Was für eine tiefsinnige Frage, Elena Pearson,* denke ich.

Alejandro zuckt nur lässig mit den Schultern. »Um das herauszufinden, Elena, musst du wohl mit mir kommen.«

Wie er meinen Namen raunt, gefällt mir unfassbar gut und das macht mir gleichzeitig Angst. Ich weiß nicht, wie viel Wahrheit in Pages Warnungen steckt, dennoch ergreife ich todesmutig seine Hand, was ihm ein zufriedenes Grinsen entlockt.

»Gute Entscheidung, Prinzessin! Glaub mir, du wirst es nicht bereuen.«

Ich ignoriere seinen Kosenamen für mich, da ich inzwischen absolut sicher bin, dass das so ein Gangsterding ist. An seinem Bike angekommen treffen wir auf Page und Toni, die ebenfalls das Diner verlassen haben. Toni lehnt sich gegen sein Motorrad und Page strahlt mich an. Ihre Freude ist ansteckend und löst, zumindest für einen kurzen Moment, jegliche Anspannung und den Knoten in meiner Magengegend auf.

»Ich fahre eine Runde mit Toni in die Stadt. Wir besorgen die fehlenden Zutaten. Ich bin rechtzeitig zur zweiten Schicht zurück.« Sie umarmt mich zur Verabschiedung und hält dicht an meinem Ohr inne. »Pass bitte auf dich auf, Süße. Nicht dass zu deinem Matteo-Fieber auch noch Alejandro-Fieber hinzukommt. Vergiss nicht, wer die beiden sind«, flüstert sie und ihr eindringlicher Appell beschert mir eine unangenehme Gänsehaut.

Wahrscheinlich hat sie mit jedem ihrer Wörter recht und es wäre klüger, sich sowohl von Matteo als auch von Alejandro fernzuhalten, aber ich kann es nicht. Ich habe meine Entscheidung längst getroffen. Sie sind beide zu heiß, absolut einnehmend und wissen, wie man eine Frau für sich gewinnt. Bin ich naiv, weil ich sie trotzdem in mein Leben lasse? Vielleicht. Aber wieso zur Hölle sollte ich zwei dermaßen heißen und verwegenen Typen eine Abfuhr erteilen? Dafür findet sich ebenfalls kein passendes Argument in meinem Kopf. Dennoch nehme ich die Warnung meiner Freundin ernst und nicke ihr zu.

Toni und Alejandro verabschieden sich mit einem freundschaftlichen Handschlag. Toni startet sein Motorrad und die beiden machen sich auf den Weg.

»Bleiben nur noch du und ich, Prinzessin. Wollen wir auch los?«

Entschlossen nicke ich und folge Alejandro zu seiner Harley. Er stoppt und dreht sich zu mir. Das Leuchten in seinen Augen lässt Schmetterlinge in meinem Bauch flattern, was mich verwirrt. Er entledigt sich seiner Lederjacke, entblößt dadurch seine tätowierten und muskulösen Arme und tritt näher an mich heran. Behutsam, fast zärtlich, legt Alejandro mir seine viel zu große Lederjacke um die Schultern. »Zieh die an. Sonst wird dir kalt.«

Ich folge seiner bestimmten Aufforderung, ohne einen Laut von mir zu geben. Sein Tonfall duldet keinen Widerspruch. Die Jacke ist so groß, dass sie die Hälfte meiner Oberschenkel bedeckt. Augenblicklich hüllt mich der Geruch von Leder, Tabak und Wildheit ein. Ich erschaudere vor nervöser Vorfreude.

Alejandro betrachtet mich zufrieden und verschränkt die Arme vor der Brust. »Weißt du, wenn ich es mir recht überlege, sollte ich dir die Jacke wieder abnehmen. Wenn dir nach der Fahrt kalt ist, wärme ich dich.«

»Tja, Romeo, das hättest du dir wohl früher überlegen müssen«, entgegne ich keck und zwinkere ihm zu.

Er seufzt gespielt enttäuscht und reicht mir einen Helm. Hat er immer zwei Helme bei sich oder war er sich sicher, dass ich mit ihm gehen würde? Egal, jetzt ist es zu spät und ich mache bestimmt keinen Rückzieher. Ich setze mich hinter ihn auf seine Harley und lege zaghaft die Hände an seine Hüften, um mich festzuhalten.

Er greift entschlossen nach meinen Fingern und führt sie auf seinem Bauch wieder zusammen. Ich spüre seine Bauchmuskeln durch den dünnen Stoff seines T-Shirts unter meinen Fingerspitzen. Ich frage mich, wie hart dieser Kerl trainiert, damit sein Bauch selbst im Sitzen stahlhart ist.

Alejandro dreht sich zu mir und schaut mir tief in die Augen. »Du musst dich schon richtig festhalten, Prinzessin.« Seine Finger streifen kurz über meinen Handrücken, bevor er sich wieder nach vorn dreht und die Berührung unterbricht. Er schließt das Visier seines Helmes und startet den Motor.

Sobald die dröhnenden Geräusche der kraftvollen Maschine ertönen, stellt sich jedes Härchen auf meinem Körper auf. Voller Vorfreude festige ich meinen Griff um Alejandros Mitte und im nächsten Augenblick setzen wir uns in Bewegung.

Ich lasse meinen Blick in die Ferne schweifen, genieße den warmen Fahrtwind, sauge das Gefühl von grenzenloser Freiheit und meinem neuen Leben in mir auf. Ja, vielleicht ist es völlig verrückt, sich mit den Mitgliedern eines Kartells abzugeben, aber gerade fühlt es sich absolut richtig an. Fast so als wäre diese Gefahr eine heimliche Sehnsucht, die schon viele Jahre in mir geschlummert hat.

An einem ruhigen Strandabschnitt, an dem sich eine kleine Eisdiele befindet, parkt Alejandro seine Harley und wir steigen ab. Ich ziehe meinen Helm vom Kopf und strahle ihn an. Er tut es mir gleich, nimmt mir den Helm ab und verstaut ihn an seinem Motorrad.

»Das war der Wahnsinn. Die beste Mittagspause, seit ich in San Francisco bin«, sage ich, woraufhin er sich beide Hände an die Brust legt und theatralisch seufzt.

»Der Treffer hat gesessen. Du bist erst ein paar Tage hier, soweit ich weiß. Also keine Kunst, dir die beste Pause zu bescheren. Wenn du willst, können wir das öfter machen.«

Ich lächele ihn an und merke gleichzeitig, wie sich mein Magen unangenehm zusammenzieht und Bitterkeit in mir aufsteigt. Wieso kann er mir so leichtfertig anbieten, Zeit mit ihm zu verbringen, wo Matteo doch letzte Woche meinte, dass das unmöglich und gefährlich sei? Hat er gelogen oder ist es Alejandro, der mich gerade täuscht?

Da er mich aufmerksam mustert, entgeht ihm nicht, dass sich meine Stimmung ändert. »Stimmt etwas nicht?«, erkundigt er sich und ich schüttele den Kopf.

»Nein. Alles bestens. Ich musste nur gerade daran denken«, ich zögere einen Augenblick, bevor ich fortfahre, »dass ich noch nie so ein Gefühl von Freiheit wie eben mit dir auf dem Motorrad hatte.« Ich verziehe den Mund zu einem bittersüßen Lächeln, was Alejandros Aufmerksamkeit auf meine Lippen lenkt.

Sein Blick verweilt quälende Sekunden auf mir und fast fürchte ich, dass er mich küssen will. Auf der anderen Seite ertappe ich mich bei dem Gedanken, dass ich mir genau das sehnlich wünsche. Aber er tut es nicht. Er legt seine Finger an meine Wange und streicht hauchzart darüber. Die Berührung ist so schnell vorbei, dass ich mir nicht sicher bin, ob sie nur in meiner Fantasie existiert hat.

Alejandro deutet mit einer Geste zu dem Eisverkäufer hinter uns. »Lust auf ein Eis? Ich bin mir sicher, dass es eine Theorie gibt, die besagt, dass Eis alles besser macht im Leben.«

Ich lächele und folge ihm zu dem kleinen Verkaufsstand.

»Also, Prinzessin, was möchtest du? Ich lade dich ein.«

»Eine Kugel Schoko und Stracciatella, bitte.«

Sein Mundwinkel zuckt verdächtig bei meinen Worten.

»Was? Stimmt etwas nicht mit diesen Eissorten?«

»Nein. Nur interessant, dass es sich dabei exakt um meine übliche Bestellung handelt.« Er zwinkert mir zu und gibt unsere Bestellung auf.

Mit unserem Eis in der Hand bewegen wir uns wieder zu seinem Motorrad. Er lehnt sich dagegen und betrachtet mich zufrieden. Das tut er mit einer Intensität, die meine Körpertemperatur ansteigen lässt. Ich lege den Kopf schief und schaue ihm in die dunklen Augen.

»Was ist? Warum schaust du mich so an?«, frage ich ihn, woraufhin sich ein verschmitztes Lächeln auf seinen Lippen ausbreitet.

»Das wüsstest du wohl gern, Prinzessin«, erwidert er grinsend und erntet dafür ein Augenrollen von mir. Lässig stößt er sich von seinem Bike ab und stellt sich direkt vor mich.

Ich bin bereits versucht, zurückzuweichen, da hebt er schon einen Finger an meine Wange. Er hält kurz inne, sein Blick wandert wieder für unendliche Sekunden zu meinen Lippen, dann streicht er mir über eine Stelle dicht neben meinem Mundwinkel. Zufrieden betrachtet er seinen Finger und lächelt. »Du hattest da etwas.«

Perplex lasse ich meinen Blick zu seinem Finger wandern, an dem sich eindeutig verräterische Reste meiner

Kugel Schokoeis befinden. Hitze steigt mir in die Wangen und ich bin froh, als Alejandro seinen glühenden Blick von mir abwendet. Ich bin verwirrt und überfordert. Wieso will ich, dass er mich weiter berührt, mich küsst, in die Arme schließt und nie mehr loslässt? Feststeht, er zieht mich ebenso wie Matteo magisch an.

»Ist was?«, fragt mich Alejandro frech, weil ich ihn immer noch unverhohlen anstarre.

»Nein, was soll denn sein?«, stammele ich und reibe mir nervös die Hände aneinander, nachdem ich den letzten Bissen meines Eises vertilgt habe.

»Du siehst so aus, als würdest du mich gern etwas fragen«, fragt er mit rauer Stimme und beugt sich mir entgegen.

»Was sollte ich dich denn bitte fragen wollen?«

»Ich weiß nicht, vielleicht ob ich dich noch einmal hier berühre.« Erneut streifen seine Finger meine ohnehin schon glühende Wange und ich schnappe hörbar nach Luft. Hastig räuspere ich mich und trete zwei Schritte von Alejandro zurück, um mich aus seinem Bann zu befreien.

»Du überschätzt eindeutig deine Wirkung auf Frauen, weißt du?«, führe ich aus und bringe Alejandro damit zum Lachen. Das Grübchen in seiner Wange zeigt sich und ich verfluche diese Zwillinge, die eindeutig viel zu heiß sind, um normale Menschen zu sein.

Alejandro entgeht nicht, dass mich die Situation überfordert und ich unbehaglich das Gewicht von einem Fuß auf den anderen verlagere, um meiner Nervosität irgendwie Einhalt zu gebieten. »Komm, wir gehen ein Stück«, fordert er und stößt mir mit der Faust leicht gegen die Schulter.

Ohne nachzudenken, folge ich ihm und genieße das äußerst angenehme Gespräch. Der hitzige Moment, der ein Kribbeln direkt zwischen meine Beine gejagt hat, ist vorüber. Wir plaudern ein wenig über belanglose Themen, wobei überwiegend Alejandro Fragen stellt, die ich beantworte.

Nach einer Weile wird es in der Sonne unerträglich heiß und wir machen uns auf den Weg zurück zum Diner, da meine Pause fast vorbei ist. Dort angekommen treffen wir auf Page und Toni, die ausgelassen am Tresen herumalbern. In Pages Gegenwart ist Toni wirklich wie ausgewechselt, da muss ich Alejandro zustimmen. Da ist rein gar nichts von dieser Arroganz und Selbstüberzeugung, mit der er mir gegenübertritt. Womöglich spielt auch er eine Rolle in einem Spiel, das ich unmöglich begreifen kann.

Ich ziehe Alejandros Jacke aus und reiche sie ihm. Er greift danach, drückt das Leder in seinen Händen zusammen und riecht daran, als ob das völlig normal wäre.

»So blumig und unschuldig. Dabei bin ich mir sicher, dass du alles andere als unschuldig bist, Elena.« Er schaut mir tief in die Augen und ich merke, wie sich meine Wangen röten. Ich kann nicht fassen, was er da gerade gesagt hat.

»Du hast ja keine Ahnung«, erwidere ich und wundere mich über die Selbstsicherheit in meiner Stimme. Ein diabolisches Funkeln tritt in seine Augen.

Alejandro beugt sich nach unten und kommt meinem Ohr so nahe, dass ich seinen warmen Atem spüre. »Ich kann es kaum erwarten, es herauszufinden, Prinzessin. Und übrigens, du siehst bezaubernd aus, wenn du rot wirst«, wispert er und dafür will ich ihn hassen. Ihn und seinen Bruder.

Diese ganzen Gangstertypen scheinen mich völlig um den Verstand zu bringen. Mit ihren zweideutigen Anspielungen und ihrem dominanten Auftreten ergreifen die Donatello-Brüder vollkommen Besitz von mir. Ich fühle mich in ihrer Gegenwart wie eine Marionette, die unfähig ist, eigene Entscheidungen zu treffen, und das ist nicht gut. Ich sollte mich unbedingt von diesen Typen fernhalten, das wird sonst kein gutes Ende nehmen, davon bin ich überzeugt.

Alejandro läuft an mir vorbei und setzt sich auf den Barhocker direkt neben Toni. Ich räuspere mich und brauche noch einige Sekunden, bis ich meinen Beinen wieder traue. *Einen Schritt nach dem anderen und tief durchatmen*, manifestiere ich in meinem Kopf, in dem vollkommenes Chaos herrscht und die unterschiedlichsten Emotionen und Empfindungen wild durcheinander wirbeln.

KAPITEL 14

Matteo

Ich stürme das Diner und erstarre. Unfassbar, was sich da gerade vor meinen Augen abspielt. Da sitzt mein Bruder, dieser Bastard, am Tresen und flirtet ausgelassen mit Elena. *Meiner Elena.*

Mit schnellen Schritten und brodelnder Wut bewege ich mich auf meinen Stammplatz zu. Auf meinem Weg dorthin umgibt mich ein Tunnel aus Dunkelheit, in dem Hass regiert. Beim Barhocker angekommen setze ich mich und erhalte endlich die Aufmerksamkeit von Elena, die sich bis eben vollkommen auf Alejandro konzentriert hat. Bevor sie etwas zu mir sagen kann, rutscht mein Bruder an mich heran und legt mir einen Arm um die Schulter.

»Matteo, was für ein Zufall. Schön, dich hier zu sehen«, flötet er und ich schüttele seinen Arm ab. Ich weiß, was er vorhat. Ganz genau sogar. Er will mich provozieren, damit ich die Fassung verliere und er besser vor Elena dasteht.

Wieso ihm das wichtig ist? Tja, zum einen weil er ein krankes Arschloch ist und es ihn anmacht, mich herauszufordern, und zum anderen teilen wir denselben Frauengeschmack. Daher weiß er ganz genau, dass ich sie will und er mit seiner Aktion meinen Jagdtrieb weckt, sie für mich zu gewinnen. Wenn er wüsste, denke ich, dass ich sie mit meinen Lippen, meiner Zunge und meinem Schwanz schon längst in Besitz genommen habe, könnte er sein dämliches Reviergehabe lassen.

Ich neige den Kopf in seine Richtung und halte dicht an seinem Ohr inne. »Besser, du verpisst dich jetzt oder ich vergesse mich.« Um ihn noch weiter zu reizen, klopfe ich ihm brüderlich auf die Schulter und wende mich Elena zu.

Würde Alejandro nicht so sehr damit beschäftigt sein, einen passenden Konter zu finden, würde ihm auffallen, dass etwas nicht stimmt. Elena verrät es uns, ohne dass sie es ahnt.

Sie schaut mich so sehnsüchtig aus ihren stürmischen Augen an, dass mein Schwanz in der Hose zuckt. Die Erinnerungen an unsere gemeinsame Nacht durchströmen meinen Körper, wie der Rausch nach einer Line Koks. Wie gern würde ich jetzt in ihr Haar greifen, sie über den Tresen zu mir ziehen und sie mit meinem Mund verschlingen. Scheiße, was hat dieses Mädchen nur an sich? Sie schaut mich an und wartet geduldig auf meine Bestellung.

»Eine Kanne schwarzen Kaffee«, ordere ich das Übliche, ohne den Blick von ihr zu lösen.

Mein Bruder richtet sich neben mir auf, klopft mit der Hand auf den Tresen und erhält prompt ihre Aufmerksamkeit zurück. »Ich muss dann mal los, Prinzessin. Ich freue mich schon auf unseren nächsten Ausflug.«

Wie er sie ansieht, bringt mein Blut zum Kochen. Ich hasse ihn. Ich zwinge mich mit aller Kraft dazu, auf dem Hocker sitzen zu bleiben, anstatt das zu tun, wonach mir ist. Aufzustehen und meine Faust in seinem Gesicht zu verewigen. Er hat also tatsächlich den Nachmittag mit ihr verbracht. Hat sie denn überhaupt keine Angst, sich mit Typen aus einem Kartell herumzutreiben? Oder ist sie zu naiv, um zu erkennen, wer wir sind und wie gefährlich es ist, mit uns zu spielen?

Als wären seine bloße Anwesenheit und der Gedanke, dass er heute in ihrer Nähe war, nicht schon grausam genug, treibt er es noch weiter auf die Spitze. Ohne Vorwarnung beugt er sich über den Tresen und haucht ihr einen Kuss auf die Wange.

Elena wirkt zwar überrumpelt, unternimmt aber rein gar nichts, um seinen Kuss zu unterbrechen. Im Gegenteil, ihre Wangen röten sich leicht und sie blinzelt ihn schüchtern an, als er sich von ihr löst.

Fassungslos starre ich ihn an und begegne seinem arroganten Grinsen. Arschloch! Ich beobachte Elena, die ihn freundlich verabschiedet und zaghaft lächelt. Ich könnte kotzen. Es ist nicht dasselbe Lächeln, mit dem sie mich bei unserer ersten Begegnung bedacht hat. Dennoch macht es mich wütend.

»Na, hattest du einen schönen Tag?«, knurre ich, als Alejandro seinen Arsch endlich aus dem Diner bewegt hat.

»Ja, hatte ich«, faucht sie zurück, während sie mir die Kanne Kaffee und einen großen Becher auf den Tresen stellt. Dass sie so frech ist und keinerlei Respekt vor mir zeigt, fordert mich heraus. Ich werde ihr schon noch zeigen, was Manieren sind und wo sie hingehört.

Sie will ihre Hand vom Tresen lösen, aber ich halte sie mit meiner gefangen. Die Gänsehaut, die sich dadurch auf ihrem Arm ausbreitet, bestätigt mich. Sie steht total auf mich. Scheiß auf Alejandro.

»Du warst also mit ihm unterwegs? Wo?«

»Das geht dich überhaupt nichts an.«

»Ach nein? Ich denke schon.«

»Matteo, ich habe keine Ahnung, was heute dein Scheißproblem ist. Aber ich werde so auf keinen Fall eine Unterhaltung mit dir führen.« Sie hält meinem eindringlichen Blick mühelos stand und weiß ja nicht, wie attraktiv ihr glühendes Temperament sie für mich macht.

»Ich habe kein Scheißproblem, Elena. Nur wenn ich sehe, wie du dich meinem Bruder an den Hals wirfst, obwohl du vor ein paar Tagen meinen Schwanz in dir hattest, macht mich das wütend!«

Ihre Wangen glühen inzwischen und in ihren wilden Augen tobt ein Orkan. »Erstens, ich werfe mich überhaupt niemandem an den Hals und zweitens, bilde dir mal nicht zu viel auf diesen Fick ein, Matteo Donatello!«

O Kleines, du weißt nicht, mit wem du dich hier anlegst, denke ich und beuge mich zu ihr über den Tresen. Ich halte dicht vor ihrem hübschen Gesicht inne, atme ihren frischen und blumigen Duft ein, ignoriere, dass sich andere Gäste im Diner befinden, und streiche ihr mit meinem Daumen über die leicht geöffneten Lippen. Sie bewegt sich keinen Millimeter, hält ganz still und schließt für einen Moment genießerisch die Augen. Gottverdammt habe ich dieses Mädchen vermisst. Das Gefühl ihrer weichen Lippen unter meinen Fingern turnt mich unglaublich an. »Sicher, dass der Fick nichts Besonderes war? Ich kann dich gern auf der Stelle vom Gegenteil überzeugen. Was meinst du, Kleines?«

Elena schluckt mühselig und eine einzelne verräterische Schweißperle rinnt von ihrer makellosen Stirn über ihre Wange und bahnt sich den Weg zu ihrem Kinn. Dort fange ich sie mit meinem Finger auf und zerreibe die Flüssigkeit zwischen zwei Fingern. Währenddessen verharrt mein Blick unentwegt auf ihr, damit ich jede noch so kleine Regung wahrnehme. Endlich ist es so weit und ich habe dieses Duell gewonnen. Denn Elena beißt sich erwartungsvoll auf die Unterlippe und verrät mir damit, was sie sich wünscht und wonach ihr Körper sich sehnt. Nach mir.

Mit dieser Gewissheit und einem süffisanten Grinsen auf den Lippen ziehe ich mich zurück. Betont gleichmütig sinke ich zurück auf meinen Barhocker und wende mich wieder meinem Kaffee zu, als ob nichts gewesen wäre. »Siehst du, Baby. Ich bin mir sicher, dass allein die Erinnerung an unsere gemeinsame Nacht dein Höschen ganz feucht werden lässt.«

Mit diesen Worten gebe ich ihr den Rest. Sie rauscht mit hochrotem Kopf davon und verschwindet in der Küche. Ein zufriedenes Grinsen tritt auf meine Lippen, während ich mir Kaffee nachschenke.

Da Elena eine Ewigkeit in der Küche verschwunden bleibt und Page mich mit ihren tadelnden Blicken versenkt, verlasse ich nach einer Weile das Diner, um die Stille der Nacht und das Rauschen der Wellen in mich aufzusaugen. Ich platziere mich auf einer der zahlreichen Bänke am Strand, trinke meinen Kaffee und betrachte das Meer. Gedankenverloren ziehe ich mein Handy aus der Tasche und wähle die Nummer meines Vaters.

»Was gibt es, Matteo?«, fragt er ohne eine Begrüßung.

»Ich habe die Sache geregelt. Der Mexikaner, Santos Gonzalez, kommt heute Abend zu dir in die Villa.«

»Gonzalez war es also?«, fragt mein Vater und wenn ich es nicht besser wüsste, würde ich behaupten, es liegt eine Spur Unglaube und Fassungslosigkeit in seiner Frage. Aber das muss ein Irrtum sein und ich interpretiere zu viel in seine belanglosen Worte hinein.

»Ja, er hat es zugegeben und ich habe ihm einen kleinen Vorgeschmack darauf gegeben, was es bedeutet, hinter unserem Rücken Geschäfte abzuwickeln.«

»Gut. Ich kümmere mich um den Rest. Wir sehen uns morgen.« Damit ist alles gesagt und mein Vater beendet das Telefonat. Er benötigt keine weiteren Erklärungen, was genau Santos getan hat und um welche Art von Unterschlagung es sich handelt, denn er weiß, dass ich gründlich arbeite.

Ich habe keine Ahnung, wie lange ich auf der Bank

sitze und die Wellen beobachte, die sich in der Brandung brechen. Die Stille der Nacht und der Rauch meiner Kippen klären meine Gedanken. Einzig *ihre* blauen Augen und vollen Lippen verschwinden nicht, egal, was ich tue.

Sie scheint sich mit ihrem Duft, ihrer Art und ihrer Makellosigkeit in meine Synapsen eingebrannt zu haben. Wäre es nicht so, würde ich jetzt aufstehen und nach Hause fahren. Der Auftrag ist erledigt und hier gibt es eigentlich nichts mehr für mich zu tun. *Eigentlich.*

Statt zu gehen, werfe ich einen Blick auf meine Uhr und stelle überrascht fest, dass es bereits nach Mitternacht ist. Ich habe eine Ewigkeit hier gesessen. Im Diner brennt bereits kein Licht mehr, noch ein Zeichen, diesen Ort zu verlassen. Es wäre so leicht, zu meinem Wagen zu gehen und mich auf den Heimweg zu machen. Aber scheiß auf Vernunft und beunruhigende Gedanken. Ich lebe jetzt. Und im Jetzt will ich dieses Mädchen küssen, das mir den Verstand raubt.

Mit schnellen Schritten überwinde ich die Distanz zwischen dem Strand und dem Diner. An der Rückseite des Gebäudes angekommen laufe ich zielgerichtet zu dem Apartment von Elena und klopfe. Es vergehen endlos lange Sekunden, bis sie endlich die Tür öffnet.

Ihr Anblick und der Gedanke an das geile Gefühl, wieder in ihr zu sein, machen sofort meinen Schwanz hart. Ihre kurzen Schlafshorts und das hauchdünne Top, das ihre nackte Haut durchschimmern lässt, entfesseln meinen animalischen Trieb, sie in Besitz zu nehmen. Unnormal, was diese Frau in mir auslöst.

Ich schaue Elena in die Augen. Darin spiegelt sich eine Mischung aus Widerstand und Sehnsucht. Ich ignoriere ihre Hand, die sie als Stopp in den Türrahmen gestemmt hat, schiebe mich an ihr vorbei und ziehe die Tür ins Schloss.

Perplex stolpert sie etwas zurück und bringt damit eindeutig zu viel Abstand zwischen uns. Das will und muss ich sofort ändern. Mit geweiteten Augen verfolgt sie gebannt jeden meiner Schritte.

Als sich ihre Nippel hart gegen ihr dünnes Top drücken, kann ich mich nicht mehr zurückhalten, packe sie an ihren Armen und wirbele sie gegen die Tür hinter mir. Mein Schwanz ist längst zu voller Größe aufgerichtet und drückt sich fest gegen meine Hose.

Elena entgeht nicht, wie stark ich auf sie regiere, denn ihre Augen huschen immer wieder zu meinem Schritt, während ihr Atem flacher und ihre Augen dunkler werden.

Kein Zweifel. Meine Kleine ist angeturnt und braucht Erlösung. Sie fährt sich mit der Zunge über die Lippen, um sie zu befeuchten. Dieser stummen Einladung komme ich nur zu gern nach.

Ich dränge sie mit dem Rücken gegen die Tür und versiegele ihren Mund mit meinem. Ein leises Knurren entfährt mir. Fuck, habe ich dieses Gefühl vermisst. Sie zu küssen, erregt mich auf eine Art, die ich bisher nicht kannte. Ich sauge und beiße ihr in die Unterlippe, ziehe sie zwischen meine Zähne, bis sie vor Lust wimmert. Mein Schwanz zuckt heftig in meiner Hose, sodass auch ich dem Drang erliege, tief zu stöhnen.

Ich packe sie grob an ihrer Hüfte, wandere mit meiner Hand unter ihr hauchdünnes Top und knete ihre perfekten Brüste. Während meine Zunge tief in sie gleitet, genieße ich das berauschende Gefühl und die Gewissheit, dass sie mich bereitwillig empfängt. Lustvoll reckt sie mir ihr Becken entgegen und stöhnt dabei.

Gerade als ich mit meiner Hand von ihrem flachen Bauch in ihre Hose wandern will, fasst sie danach und unterbricht meine Berührung. Ich brauche einige Sekunden, um zu begreifen, dass es kein Spiel ist, sondern dass sie wirklich nicht weitergehen will.

Schwerfällig ziehe ich mich ein Stück von ihr zurück, lasse meine Stirn gegen ihre sinken und versuche, wieder klar zu denken. Erst als ich mir vollkommen sicher bin, dass ich mich wieder im Griff habe, trete ich noch einen Schritt nach hinten und schaue sie fragend an.

Sie fährt sich mit den Händen durch ihr langes Haar und streicht ihr Top zurecht. Dass allein diese Geste eine erneute Welle der Erregung in mir auslöst, sagt wohl alles. Ich bin diesem Mädchen völlig verfallen, ohne dass sie es ahnt.

»Matteo, wir müssen reden. Das funktioniert so nicht und ich will das nicht auf diese Art.«

»Was willst du nicht, Kleines?«

»Das hier.« Sie deutet zwischen mir und sich selbst hin und her. »Du kannst nicht mit mir schlafen, über eine Woche verschwinden und heute weitermachen, als ob nichts gewesen wäre. Außerdem hast du dich heute im Diner wie ein Vollidiot aufgeführt und erwartest jetzt, dass ich sofort alles vergesse, sobald du mit dem Finger schnipst. Ich bin kein Spielzeug!« Sie ist so sexy, wenn sie sich aufregt und gegen meine einnehmende Art zur Wehr setzen will.

Ich trete wieder etwas näher an sie heran und lege den Kopf schief. »Du siehst doch, dass ich das kann. Oder täusche ich mich?«

Sie flucht und zuckt resigniert mit den Schultern, als ob es hoffnungslos wäre. »Siehst du, das meine ich. Du bist dermaßen von dir selbst eingenommen, dass du mich überhaupt nicht ernst nimmst.«

»O glaub mir, Kleines, ich nehme dich sehr ernst und sehe genau, was dein Körper von mir will.«

»Es ist zwecklos. Mit dir ist kein einziges normales und

ernsthaftes Gespräch möglich«, spottet sie, woraufhin ein schelmisches Grinsen an meinen Mundwinkeln zupft.

»Wie soll ich denn ernst mit dir reden, wenn deine Lippen und deine Augen mich auffordern, ganz andere Dinge mit dir zu tun?«

Sie wendet sich ab, schüttelt den Kopf und seufzt frustriert. »Willst du etwas trinken? Ich benötige jetzt dringend Alkohol.« Gekonnt übergeht sie meine Frage von eben, ohne mich wieder anzusehen. Sie läuft entschlossen auf die kleine Küchennische zu.

Meine Aufmerksamkeit gilt nun einzig ihrem hübschen Knackarsch und ihren schönen Beinen. Ich folge ihr, denn ich will sie wieder spüren. Ich habe keinen Bock auf irgendwelche Gespräche mit ihr, die alles unnötig kompliziert machen. Können wir nicht einfach dem Drängen unserer Körper nachgeben, ohne nachzudenken? Ausblenden, dass zwischen uns etwas ist, das nicht normal ist? Etwas, das zu intensiv ist, um es mit Worten zu beschreiben?

Ich weiß bereits jetzt, dass ich Elena nicht mehr gehen lassen kann. Sie berührt einen Teil von mir, den ich bisher nicht kannte, der mich etwas fühlen lässt und mir zeigt, dass ich noch am Leben bin. Dass ich noch nicht komplett abgestumpft und längst verloren bin. Aber von all diesen Dingen weiß sie natürlich rein gar nichts, während sie sich in Richtung ihres Kühlschranks beugt.

KAPITEL 15
Elena

An meiner Kochnische angekommen beuge ich mich nach unten, öffne den Kühlschrank und hole zwei Bier heraus, ohne zu wissen, ob Matteo eines möchte. Bevor ich mich wieder zu ihm umdrehe, atme ich mehrfach tief durch, um meine Gedanken zu sortieren. Warum werde ich schon wieder schwach? Warum schicke ich ihn nicht weg? Die Antwort auf diese Fragen ist simpel und gleichzeitig erschreckt sie mich. Ich kann es nicht. Ich bin unfähig, mich seiner magischen Anziehungskraft zu entziehen. Seine bestimmende Art fasziniert mich und seine Nähe fühlt sich unglaublich gut an.

Endlich finde ich den Mut, mich wieder zu ihm umzudrehen. Ich begegne seinem durchdringenden Blick, in dem nichts als pures Verlangen liegt, ahne bereits, was als Nächstes passiert, und unternehme rein gar nichts dagegen, obwohl ich es mir fest vorgenommen hatte.

Matteo ist mit zwei Schritten bei mir, nimmt mir die beiden Flaschen ab und stellt sie neben mich. Er verschlingt mich mit seinen Augen und augenblicklich sind all meine Vorsätze vergessen.

Ich höre auf, zu atmen, da ich der Schwärze seiner Augen vollkommen erliege. Ohne Vorwarnung packt er mich mit beiden Händen an der Hüfte und hebt mich auf die Arbeitsfläche. Bereitwillig schlinge ich meine Beine um seine Mitte und verliere mich erneut in seinem hungrigen Blick. Ich spüre den weichen Stoff seines Anzugs auf der nackten Haut meiner Beine, atme seinen einnehmenden Duft ein, den ich zwischen Tausenden wiedererkennen würde, und tue endlich etwas, worauf ich schon seit unserer ersten Begegnung warte.

Ich strecke eine Hand aus, fasse in sein dichtes Haar und ziehe ihn noch näher zu mir. Matteo stöhnt auf und beugt sich zu mir herunter. Er ist nur Millimeter von meinen Lippen entfernt. Ich bettele förmlich darum, dass er seinen Mund endlich wieder auf meinen senkt, recke mich ihm entgegen, aber er hat nichts als ein selbstgefälliges Lächeln für mich übrig.

»Was willst du jetzt, Kleines? Willst du reden oder willst du, dass ich dich ficke?«

Jeder seiner Sätze und die Tiefe seiner Stimme fluten meinen Körper mit einer neuen Welle aus Lust und grenzenloser Erregung. Ich ergebe mich meinem Körper, da mein Geist zu schwach ist, um ihm zu widerstehen. »Ich will nicht reden. Bitte fick mich«, flüstere ich.

Meine Worte entfesseln etwas in ihm, das bisher verborgen war und nun seine Augen aufleuchten lässt. Endlich senkt er wieder seine Lippen auf meine und ich spüre, dass dieses Gefühl alles ist, was ich brauche. Matteo vertieft den Kuss und ich bin ihm, seinem wilden Verlangen und seinem fordernden Drängen vollkommen ausgeliefert. Seine Zunge dringt tief in meinen Mund ein, er verschlingt mich, nimmt mich völlig in seinen Besitz und es gefällt mir. Ohne Zweifel, die Sucht nach diesen überwältigenden Empfindungen werde ich nie wieder los. Matteo zu küssen, fühlt sich so wichtig an wie die Luft zum Atmen.

Er kommt mir noch näher, falls das überhaupt möglich

ist, und fährt mit den Händen unter mein Top. Seine Fingerkuppen versengen jede Stelle meines Körpers, die sie berühren, und hinterlassen glühende Spuren. Er wandert langsam mit seinen Händen in Richtung meiner Brüste und küsst mich schwindelig. Mein ganzer Körper steht in Flammen und brennt lichterloh. Alles kribbelt, prickelt, jeder Muskel spannt sich an und wartet sehnsüchtig auf seine nächste Berührung. Ein unkontrollierbares Ziehen und die Hitze zwischen meinen Beinen zeigen mir, dass ich endgültig verloren bin. Quälend langsam streichelt er mit seinen Fingern über meine harten Nippel. Ich stöhne voller Lust, als er meine Brüste endlich umfasst. Er knetet sie genau mit der richtigen Intensität. Sein Griff ist fest, fordernd und zärtlich zugleich. Einfach perfekt. Er weiß genau, was er tut, und scheint intuitiv zu ahnen, was ich brauche und wie ich es mag.

Im nächsten Moment streift er mir mein Top über den Kopf und betrachtet mich. Ein knappes Lächeln breitet sich auf seinem vollkommenen Gesicht aus. »Du bist perfekt, Kleines. Ich kann zwar nicht mehr klar denken, da du mir den Verstand geraubt hast, aber ich sehe klar und deutlich, dass du wie für mich geschaffen bist.«

Eine Welle aus purem Glück überrollt mich und lässt eine Spur unendlicher Zuneigung zurück. Auch wenn es nicht unser erstes Mal zusammen ist, entwickelt sich das hier gerade zu etwas sehr Besonderem und Intimen. Unser erster Sex war rein körperlich. Da waren nicht viele Küsse, keine intensiven Blicke und leisen Geständnisse. An diesem Abend gab es nur Körper, Hitze, Lust und Schweiß. Das heute steht im kompletten Kontrast dazu und das mag ich sehr. Ich fühle mich mit Matteo verbunden wie mit keinem anderen Mann zuvor. Dieses Kompliment von ihm ist womöglich das Wertvollste und Schönste, das ich bisher in meinem Leben bekommen habe.

Er leckt meinen Hals entlang in Richtung meines Schlüsselbeins und wandert weiter nach unten zu meinen Brüsten. Ich lege den Kopf in den Nacken und genieße seine Küsse und die feuchten Spuren seiner Zunge auf meiner Haut. Seine Hände umschließen meinen nackten Oberschenkel. Ich wimmere und bettele nach mehr. Seine Lippen streifen über meine harten Brustwarzen, während sich seine Finger ihren Weg zu meiner Mitte bahnen. Die Haut an den Innenseiten meiner Schenkel ist dermaßen empfindlich, dass mich die Intensität seiner Berührung vollkommen überwältigt. Jede Faser meines Körpers wartet ungeduldig darauf, dass er weitergeht.

Endlich finden seine Finger den Bund meiner Shorts und gleiten hinein. Er unterbricht seinen Kuss und schaut mir noch einmal tief in die Augen. »Du weißt, dass das alles mir gehört. Du bist mein.«

Er tut nichts, lässt seine Finger auf meinem Slip ruhen und schaut mich an. Was will er von mir? Ich will unbedingt, dass er weitermacht.

»Sag es mir, Baby«, fordert er mit fester Stimme. Ich verstehe nicht und schaue ihn flehend an. Bettele mit Blicken, dass er mich erlöst. »Sag mir, was du willst und dass du mir gehörst.«

Seine Aufforderung erregt und frustriert mich zugleich, denn ich will unbedingt wieder seine glühenden Berührungen auf mir spüren. Da sich mein Denken bereits vor Minuten verabschiedet hat, würde ich Matteo in diesen Sekunden alles versprechen und alles sagen, was er hören will, nur damit er endlich den Stoff meines Höschens beiseiteschiebt.

Ich dränge mich ihm ein weiteres Stück entgegen, drücke den Rücken durch und verharre dicht vor seinen Lippen. »Ich bin dein. Und jetzt bitte, Matteo. Bitte, ich kann nicht mehr«, wispere ich dicht vor seinem Mund.

Er grinst zufrieden und endlich fühle ich seine Fingerspitzen, die sich unter den Bund meiner Shorts und meines Slips schieben. Bereitwillig hebe ich meinen Po, damit er mir die längst überflüssigen Stoffteile abstreifen kann. Während er quälend langsam meinen Slip herunterschiebt, lässt er mich keine Sekunde aus den Augen. Nun sitze ich vollkommen nackt mit gespreizten Beinen vor ihm und er lässt seinen hungrigen Blick über mich wandern.

»Schauen wir doch mal, ob deine kleine Pussy so feucht ist, wie ich denke«, raunt er, streift mit seinen Fingern über meinen Venushügel, gleitet über meine Klit und schiebt schließlich einen Finger in mich. Sein Daumen ruht auf meiner empfindlichsten Stelle, als er mit einem weiteren Finger in mich eindringt. Er stößt mit immer schneller werdenden Bewegungen in mich hinein und zieht Kreise mit seinem Daumen auf meiner Perle. Ich stöhne und wimmere voller Lust.

»So feucht und scharf auf mich, obwohl du vorhin noch so kratzbürstig warst. Jetzt bist du ein braves Kätzchen, Kleines.«

Ich will mich beschweren, aber er erstickt meinen Protest, indem er meine Lippen mit einem drängenden und fordernden Kuss versiegelt und mich parallel immer heftiger fingert. Gott, er soll niemals aufhören. Seine Bewegungen werden immer schneller und ich spüre, wie sich mein Höhepunkt unaufhaltsam nähert.

»Fuck, du machst mich so an, Baby. Ich will jetzt endlich, dass du meinen Schwanz spürst«, flüstert er mir ins Ohr, öffnet mit der freien Hand seine Hose und holt sein Portemonnaie aus seiner Hosentasche. Er fesselt meinen Blick und zieht dann langsam seine Finger aus mir zurück. Ich seufze frustriert und ernte von ihm ein freches Lächeln.

»Tja, Baby, was soll ich sagen? Mit nur einer Hand das Kondom aus meinem Portemonnaie zu fischen, mir über den Schwanz zu ziehen und dich parallel zu verwöhnen, ist selbst für mich eine unlösbare Aufgabe.« Er reißt die Kondompackung auf und lässt seine Hose und Boxershorts zu seinen Knöcheln wandern.

Mein Blick gleitet von ganz allein zu seinem perfekten Schwanz. Himmel, das Pochen zwischen meinen Beinen wird noch heftiger, als ich auf seine Härte und Größe starre. Ich genieße den Anblick und speichere mir jedes noch so kleine Detail in meinem Kopf ab. Er grinst triumphierend und knöpft ganz langsam seine Weste und sein Hemd auf.

»Gefällt dir, was du siehst, Kleines?«

»Ein wenig«, erwidere ich frech und werde augenblicklich bestraft.

Seine Hand schnellt nach vorn und schließt sich um meinen Hals. Gleichzeitig erobert er meine Lippen, meine Wange und mein Ohrläppchen mit seiner Zunge. »Hör auf, zu lügen, Baby. Sonst muss ich dich bestrafen.«

Ich seufze sehnsüchtig und betrachte seine entblößte muskulöse Brust. Für den selbstgefälligen Blick, den ihm meine Reaktion entlockt, würde ich ihn gern umbringen, aber darum kümmere ich mich später.

Matteo hat sich das Kondom übergestreift und stellt sich direkt vor mich. Er packt mich an der Hüfte und zieht mich so dicht vor sich, dass sich sein Schwanz hart gegen meinen Bauch presst. In der nächsten Sekunde spüre ich seine Lippen auf meinen und seine Hand an meinem Rücken, die mich fordernd gegen seine trainierte Brust drängt. Ich bin ihm nun so nahe, dass zwischen uns kein Blatt mehr passt.

Er packt seinen Schwanz und dringt schließlich Zentimeter für Zentimeter in mich ein. Dabei schaut er mir unentwegt in die Augen und schiebt die beiden Finger, die eben in mir waren, zwischen meine Lippen in meinen

Mund. Mich selbst zu schmecken, irritiert mich einen Moment, doch bereits im nächsten Augenblick flutet mich eine nie da gewesene Lust.

Das hier, dieser intime Moment mit Matteo, muss der Grund meines Lebens sein. Er gleitet tiefer in mich, ohne seinen Blick von mir zu lösen. Ich brauche eine Weile, um mich an seine Größe und Härte zu gewöhnen. Er löst seine Finger aus meinem Mund und umfasst wieder meinen Hals. Der Druck, den er aufwendet, steigert meine Lust ins Unermessliche.

»Wusste ich doch, dass dir das gefällt, Kleines. Entspann dich, ich muss noch tiefer gehen.« Er keucht abgehackt.

»Ich bin entspannt«, erwidere ich trotzig, wofür ich einen Klaps auf meinen Venushügel ernte und der Druck um meinen Hals fester wird.

»Ich werde dir schon noch beibringen, nicht immer zu widersprechen, Baby.« Matteo zieht sich fast vollständig aus mir zurück, nur um sich anschließend mit einem harten Stoß komplett in mir zu versenken.

»Fuck!« Ich keuche.

»Jetzt wimmerst du. Dabei hast du mich doch gerade angebettelt, hart zu dir zu sein.«

Sein grobes Eindringen verursacht einen kurzen Schmerz in mir. Gleichzeitig erregt mich seine Dominanz auf eine Weise, die mir Lust auf mehr macht. Seine rhythmischen Bewegungen werden mit jedem Stoß schneller und härter. Er küsst mich. Immer wilder, tiefer und einnehmender. Es war keine leere Drohung von ihm. Er nimmt mich wirklich in Besitz, macht mich zu seinem Eigentum mit jedem Kuss, mit jedem Stoß. Seine unnachgiebige Härte und seine heftige Penetration befördern mich in eine andere Welt.

»Ich will noch mehr«, presse ich atemlos hervor.

»Bekommst du, Baby.« Er verstärkt den Griff um meine Hüfte und hält mich fest gefangen in seinen starken Armen. Es wirkt fast so, als ob er mir damit demonstrieren will, dass es zu spät ist und es kein Entkommen mehr gibt.

Auch wenn das, was Matteo gerade mit mir macht, weit über den Sex, den ich bisher hatte, hinausgeht, erregt es mich viel mehr als alles, was ich kenne. Ehe ich diesen Gedanken weiter vertiefen kann, packt er mich beherzt, hebt mich von der Arbeitsplatte und trägt mich zum Esstisch.

Er fasst mich an der Taille, dreht mich in Richtung Tischplatte und beugt mich nach vorn. Eine Hand wandert an meinen Kopf und fixiert mich auf dem Tisch. Mit der freien Hand verpasst er mir zwei harte Schläge auf meinen Arsch.

Ich wimmere und empfinde eine berauschende Mischung aus Angst, unbändigem Verlangen und prickelnder Vorfreude. Ich spüre seinen harten Schwanz an meiner nackten Haut, während er mir mit seinem Gesicht ganz nahe kommt. Er leckt über meinen Hals und beißt mir in mein Ohrläppchen.

»Willst du noch mehr?«

»Ja«, wispere ich, woraufhin seine Hand mich fester auf die Tischkante presst.

»Kannst du haben«, stöhnt er dicht an meinem Ohr, bevor er sich wieder aufrichtet. Ohne Vorwarnung versenkt er seinen Schwanz mit einem heftigen Stoß in mir. Ich spüre ihn so intensiv, dass mir ein Keuchen entfährt, und bin unfähig, mich zu bewegen, da die Hand an meinem Gesicht einen unnachgiebigen Druck ausübt, während die andere zwischen meine Beine wandert, meine Schamlippen spreizt und über meine empfindliche Haut reibt.

Matteo stößt dabei immer wieder fordernd und tief in mich. Obwohl er hart und grob zu mir ist, bin ich wie flüssiges Wachs in seinen Händen und will, dass er weitermacht.

»Du gehörst jetzt mir, Kleines! Nur mir.« Matteo stöhnt abgehackt, was mich meinem Höhepunkt noch näher bringt.

Der Gedanke, ihm zu gehören, erregt mich auf eine absurde Art. Als er den Druck an meiner Wange lockert und mir wieder grob drei Finger in den Mund schiebt, ist es zu spät. Ich gebe mich der Welle von überwältigender Lust und Erregung hin und komme. Ich stöhne immer wieder seinen Namen, meine Muskeln zucken unkontrolliert und ich bin mir sicher, dass ich noch nie in meinem Leben einen vergleichbaren Orgasmus hatte.

»Verdammt, Baby.« Noch während ich mich im Taumel meines Höhepunkts befinde, kommt Matteo. Zwei weitere tiefe Stöße, dann fühle ich das Pulsieren seines Schwanzes, das mir seinen Samenerguss bestätigt.

Er zieht sich langsam aus mir zurück, dreht mich zu sich und fesselt mich mit seinen Augen. Seine Finger streifen meine Lippen, bevor er sich mit seiner Hand durch das Haar fährt und dabei verheißungsvoll verkündet: »Davon werde ich niemals genug bekommen!«

KAPITEL 16

Matteo

Mitten in der Nacht werde ich wach und kann nicht fassen, dass ich Elena immer noch in meinen Armen halte. So etwas gibt es für gewöhnlich bei mir nicht. Ich schnaube verächtlich. Was läuft schon *gewöhnlich* mit diesem Mädchen? Mit ihr ist es seit unserer ersten Begegnung anders als mit jeder davor.

Ich festige den Griff um ihre Mitte und atme den blumigen Duft ihrer Haare ein. Ein Blick auf die Uhr an meinem Handgelenk zeigt, dass es kurz vor vier ist und damit höchste Zeit, zu gehen. Widerwillig löse ich mich von ihr und verlasse leise das Bett. Ich schaue ein letztes Mal zu meiner hübschen Kleinen, die friedlich schläft und dabei dermaßen perfekt aussieht, dass es wehtut. Leise verlasse ich das Schlafzimmer und suche meine Klamotten zusammen, die wahllos in der Wohnung verteilt sind. Bin ich ein Arschloch, wenn ich jetzt wortlos gehe? Wahrscheinlich schon. Werde ich sie mit dieser Aktion verletzen? Mit Sicherheit. Und obwohl ich mir dieser Dinge absolut bewusst bin, gehe ich.

Ich greife nach meinem Autoschlüssel, der immer noch auf der Arbeitsfläche in der Küche liegt, und verlasse ihr Apartment.

Der Freeway liegt vor mir und ich mache mich auf den Weg zu unserem Anwesen. Mit jedem Meter, den ich mich weiter von Elena entferne, fühle ich mich beschissener. Was ist das für ein Scheißgefühl, das sich wie ein tödliches Gift immer weiter in mir ausbreitet? Ist es, weil ich ohne ein Wort gegangen bin? Oder weil sie mir so tief unter die Haut geht wie keine Frau zuvor? Egal, woran es liegt, es macht mich verrückt. Was sind das überhaupt für verfickte Gedanken? Ich kenne dieses Mädchen kaum und mutiere zum Softie, der sich den Kopf zerbricht, ob es ihr gut geht.

»Fuck«, fluche ich laut, während das Hämmern in meiner Brust immer unerträglicher wird. »Scheiße, was mache ich jetzt?«, frage ich mich.

Da ich mir ohnehin sicher bin, dass ich unter diesen Umständen unmöglich schlafen kann, fahre ich noch eine Ewigkeit ziellos durch die Gegend. Aber auch das hilft nicht dabei, die Gedanken in meinem Kopf endlich verstummen zu lassen.

Im Morgengrauen erreiche ich unser Haus. Meine Aufmerksamkeit wandert direkt zu dem Ford Mustang des Mexikaners Santos, der verlassen direkt vor der Villa steht. Ich weiß, was das bedeutet. Santos Gonzalez hat die Villa Donatello nach dem Gespräch mit meinem Vater nicht mehr lebendig verlassen. Es musste so kommen. Es gibt keine andere Konsequenz als den Tod, wenn man Geschäfte hinter unserem Rücken treibt.

Ich passiere die Tiefgarage unseres Hauses und parke meinen Wagen. Ohne Umschweife begebe ich mich in den Ostflügel des Hauses, um meinen privaten Bereich aufzusuchen. Sobald ich im Bett liege und die Augen schließe, muss ich an Elena denken. Daran, wie gut sie schmeckt, wie sich ihre weiche Haut unter meinen rauen Händen anfühlt und wie sie voller Lust meinen Namen gestöhnt hat.

Ich kann es nicht länger leugnen, ich bin süchtig nach ihr. Mit dieser bitteren Erkenntnis schlafe ich ein.

Ein unsanftes Rütteln an meiner Schulter weckt mich einige Zeit später. Wenn das schon wieder Rachell ist, bin ich echt sauer. Ich blinzele die Müdigkeit weg und wer da vor mir steht, ist noch viel schlimmer als unsere Hausdame.

Es ist mein Bruder. Schlagartig bin ich hellwach und setze mich auf. Es ist äußerst ungewöhnlich, dass er mein Zimmer betritt.

»Was willst du hier?«, blaffe ich ihn an, woraufhin er ein verächtliches Grinsen aufsetzt.

»Ist wohl spät geworden letzte Nacht, Bruderherz?« Der Spott in seiner Stimme lässt mich aufhorchen. Obwohl mein Puls sich beschleunigt, bleibe ich nach außen hin vollkommen gelassen.

»Seit wann interessiert es dich, was ich mache, Alejandro? Suchst du einen Freund?« Meine Stimme klingt ebenso mit Spott vergiftet wie seine, aber es lässt ihn kalt.

Er zuckt mit den Schultern und begibt sich in Richtung Tür. »Carlos will dich sprechen«, sagt er im Gehen, ohne mich eines weiteren Blickes zu würdigen. Dass er unseren Vater stets beim Namen nennt, um sich von ihm zu distanzieren, ist schon seit Jahren so und wird sich wahrscheinlich auch nicht mehr ändern.

Dreckiger Bastard, denke ich, als er die Tür offen stehen lässt und im langen Gang unseres Hauses verschwindet. Im nächsten Moment bin ich auf den Beinen und ziehe einen Anzug aus dem Kleiderschrank. Wenn unser Vater Alejandro zu mir schickt, um mich zu holen, muss es dringend sein. Der prüfende Blick auf mein Smartphone verrät mir, dass der Akku leer ist. Ich war nicht erreichbar, deshalb dieser unangenehme Besuch.

Im Badezimmer erfrische ich mich, bringe meine Haare in Form und betrachte mich anschließend im Spiegel. Der Mann, dem ich in die Augen schaue, wirkt müde und eiskalt. Kein Vergleich zu dem Typen, der in der letzten Nacht dieses wundervolle Mädchen verführt und um den Verstand gebracht hat. Ich habe nichts als ein abfälliges Schnauben für mein Spiegelbild übrig.

Da ich meinen Vater nicht länger warten lassen will, schnappe ich mir ein Päckchen Zigaretten und mache mich auf den Weg in sein Arbeitszimmer.

Dort angekommen erhalte ich ein knappes Nicken und setze mich neben ihn. Es herrscht absolute Stille und Anspannung hängt in der Luft.

Er nimmt eines der bereitgestellten und mit Scotch befüllten Gläser und reicht es mir. Er prostet mir zu und leert sein Glas mit einem Zug. Ich folge ihm und lasse die herbe Flüssigkeit ebenfalls meinen Rachen hinabwandern.

»Matteo, wir müssen reden. Die Sache mit dem Mexikaner Santos ist etwas außer Kontrolle geraten.«

Ich schaue ihn an, ohne die Miene zu verziehen.

»Weißt du, zu welchem Clan Santos gehörte?« Dass er in der Vergangenheit von ihm spricht, überrascht mich keineswegs, da ich schon beim Anblick seines Wagens auf unserem Grundstück davon ausgegangen bin, dass er nicht mehr atmet.

»Ja, zu den Gonzalez.«

»Genau. Die Familie ist ebenso lange wie wir im Geschäft und wir sind uns bisher immer mit Respekt begegnet. Die Söhne von Miguel Gonzalez, Santos und Juan, können ihrem Vater nicht das Wasser reichen. Santos war ein Feigling und passte nicht ins Kartell seines Vaters.« Die Eindringlichkeit seiner Worte lässt mich aufhorchen. »Deswegen bat mich einst Miguel Gonzalez, seinen Sohn die

Bar am Baker Beach leiten zu lassen und ein Auge auf ihn zu haben.«

Ich schlucke hart, denn von diesem Abkommen und dieser Gefälligkeit wusste ich nichts.

»Deshalb wollte ich Santos gestern lediglich einen Denkzettel verpassen, ihm sein Auto und die Bar abnehmen, mehr nicht. Den Rest sollte sein Vater mit ihm klären. Aber was soll ich sagen?« Mein Vater nimmt einen tiefen Zug seiner glimmenden Zigarre. »Diesen Plan habe ich ohne das Temperament deines Bruders gemacht. Ich hatte die beiden einige Zeit aus den Augen gelassen, um meinen alten Freund Miguel über den Fehler seines Sohnes in Kenntnis zu setzen. Als ich zurück ins Büro kam, lag Santos mit einem gebrochenen Genick am Boden.«

Ein kalter Schauer wandert meinen Rücken hinauf, denn ich weiß, was das bedeutet: Krieg. Das unüberlegte Handeln meines nichtsnutzigen Bruders hat den Hass einer sehr mächtigen mexikanischen Familie auf uns gezogen.

»Ich habe nach der Tat noch einmal mit Miguel gesprochen und er hat Rache geschworen, was ich ihm nicht verübeln kann, denn ich würde dasselbe tun. Nun, was geschehen ist, kann nicht rückgängig gemacht werden, und wir Donatellos werden mit der Sache umgehen, wie mit allem in unserem Leben. Egal, was jetzt passiert, wir werden am Ende gewinnen.«

»Wo ist Santos jetzt?«, frage ich.

»Alejandro bringt ihn mit einigen Männern an einen vereinbarten Treffpunkt, damit Miguel seinen Sohn beerdigen kann. Dennoch wissen wir, dass er auf Vergeltung aus ist und die Sache ein Nachspiel haben wird. Was ich sagen will, ist, gib in den nächsten Wochen besonders acht, wo du dich rumtreibst und mit wem. Du weißt, dass die

Mexikaner nicht lange fackeln, wenn sie eine Chance wittern.«

Ich soll mich verstecken wie ein verschrecktes Reh? Das kann doch unmöglich sein Ernst sein.

»Was ist der Plan?«, erkundige ich mich daher.

Mein Vater befüllt unsere Gläser erneut mit Scotch und wir trinken sie mit einem Zug leer. »Der Plan ist, dass wir die Gonzalez vernichten, bevor sie es bei uns versuchen. Ich trommele bereits einige Leute zusammen, die uns über jeden Schritt von Gonzalez informieren. Sobald er einen Fehler begeht, bringen wir ihn und seinen noch lebenden Sohn zur Strecke. Das ist die einzige Chance, um wieder für Ruhe zu sorgen.«

»Ich verstehe. Was kann ich tun?«

Mein Vater lacht freudlos auf. »Nichts. Wann lernt ihr endlich, euch in Geduld zu üben, Matteo? Du und Alejandro müsst noch so viel lernen. Unser Angriff muss organisiert und durchdacht werden.«

Dass ich jetzt mit seiner Wut bestraft werde, weil Alejandro Scheiße gebaut hat, reizt mich. Da ich keinen Bock auf eine Diskussion habe, verlasse ich wortlos das Büro unseres Vaters.

KAPITEL 17
Elena

Ich wache mit einem seltsamen Gefühl in der Magengegend auf. Der Blick auf die Bettseite bestätigt, was ich bereits vermutet habe, aber nicht wahrhaben wollte. Ich reibe mir mit den Händen übers Gesicht, um die aufsteigenden Tränen davonzujagen. Obwohl ich es besser wissen sollte, hatte ein winziger und naiver Teil in mir gehofft, dass er noch da sein würde. Dass diese zweite Nacht etwas zwischen uns verändert hätte.

Ich spüre ihn immer noch auf meiner Haut, den Druck seiner Hand auf meiner Wange, die Abdrücke seiner Schläge auf meinem Po, seine starken Arme, die mich packen und in eine andere Welt tragen.

Ich schäle mich aus meinem Bett und bin dankbar, dass mir Page heute einen zusätzlichen Tag frei eingeräumt hat, weil ich in der kurzen Zeit, in der ich hier bin, bereits ordentlich Überstunden gesammelt habe. Sie lässt das Diner heute sogar den gesamten Vormittag geschlossen, da auch sie dringend etwas Erholung braucht.

Unter der Dusche angekommen richte ich den Wasserstrahl auf mich und beginne, wie eine Irre die Spuren der letzten Nacht von meiner Haut zu spülen. Ich seife mich mehrfach ein und reibe grob mit einem Schwamm über meine Haut. Aber egal, was ich tue, ich spüre ihn immer noch auf mir, in mir, rieche und schmecke ihn. Tränen fluten mein Gesicht und Wut erfasst mich. Es ist nicht nur die Wut auf ihn, sondern vielmehr auf mich selbst, die mich innerlich zerfrisst. Es war doch nur eine Frage der Zeit, bis die Realität mich einholen und meine Seifenblase aus Naivität platzen lassen würde. Der Boden der Tatsachen ist hart und die knallharten Fakten hinterlassen ein schwarzes Loch in meiner Brust. Wie dumm war ich, zu denken, ich wäre etwas Besonderes, weil er ein zweites Mal zurückgekommen ist?

Völlig benebelt hülle ich mich in ein Handtuch, taumele in mein Wohnzimmer und betätige den Anrufbutton meines Handys.

»Hey, Süße, hast du schon Sehnsucht nach mir?« Pages euphorische Begrüßung überfordert mich und lässt alle Dämme brechen.

Ich schluchze hemmungslos und bringe kein Wort über die Lippen. Page lauscht geduldig meinem Trauerspiel, bis ich endlich wieder in der Lage bin, zu sprechen. »Hast du Zeit für mich?«, schluchze ich mit brüchiger Stimme.

»Logisch. Was ist denn passiert?«

»Matteo ist passiert.«

»Schon wieder?«

»Ja. Kannst du bitte kommen?«

»Ich mache mich sofort auf den Weg und versorge dich mit einer Ladung Vanilleeis und Schokolade.«

Mir entfährt ein seltsames Glucksen, das zwischen Weinen und Lachen liegt, und ich verabschiede mich. Ich ziehe mir eines meiner wenigen kurzen Jerseykleider über den Kopf und setze eine Kanne Kaffee auf.

Keine fünf Minuten später klopft es an meiner Tür. Vor mir steht meine lächelnde Chefin mit einem fünf Liter Kübel Eis und einem prall gefüllten Beutel mit Schokolade unter dem Arm. Sie ist ein Engel, so viel steht fest. Page betritt mein Apartment, stellt die Sachen auf dem Tisch ab und zieht mich im Anschluss in eine feste Umarmung.

»Ach, Süße, was ist denn los?«, murmelt sie in mein Haar. Sie hält mich eine Weile, bis ich es bin, die sich zurückzieht und die Kraft findet, ihr in die Augen zu schauen.

»Ich bin so erbärmlich, Page. Ich kann mir selbst nicht erklären, warum es mich so fertig macht, dass er abgehauen ist.«

»So sind sie nun mal. Matteo und Alejandro nehmen sich, was sie wollen und wann sie wollen. Da bist du leider keine Ausnahme.«

»Soll mir das jetzt Trost spenden, dass es normal ist, wie er sich verhält?«

Ein Schmunzeln huscht über ihre Lippen, bevor sie wieder vollkommen ernst wird. »Ach, Elena, genau davor wollte ich dich beschützen. Das ist es, was die Donatellos tun. Erst umwerben sie dich, heucheln dir vor, dass du die *Eine* bist, und wenn sie am Ziel sind, dich erobert und süchtig gemacht haben, verschwinden sie. Ich habe das schon so oft miterlebt.«

»Ich hasse ihn und er ist ein Oberarsch.«

»Ich weiß«, bestätigt Page.

»Trotzdem war der Sex überragend und dafür hasse ich ihn noch mehr. Ich habe nicht einmal seine Nummer, um meiner Wut Luft zu machen.«

»Vielleicht ist das besser so. So wie du gerade drauf bist, würdest du ihn wohl in Grund und Boden rammen mit deinen Worten.«

Eine letzte Träne kullert über meine Wange, die ich mit meinen Händen trockne. »Er ist es überhaupt nicht wert, dass ich seinetwegen heule, oder?«, frage ich rhetorisch, woraufhin Page fast gequält ihren Mund verzieht.

»Diese Frage kannst du dir nur selbst beantworten.

Denn ich weiß nicht, was genau zwischen euch war. Dafür weiß ich aber, dass wir jetzt diesen Kübel Eis und haufenweise Schokolade vernichten, während wir hemmungslos über die Männerwelt herziehen. Was meinst du?« Sie stößt mich aufmunternd mit der Schulter an und bringt damit tatsächlich meinen Mundwinkel zum Zucken.

Wir packen die Sachen vom Tisch zusammen, kuscheln uns zusammen auf die Couch, füllen uns mit Zigtausend Kalorien ab und lästern schonungslos über Typen aus unserer Vergangenheit. Immer wieder kommt es zu Lachanfällen, die mich *ihn* kurzzeitig vergessen lassen. Page untermalt ihre Erzählungen mit übertriebener Mimik und lustigen Gesten, bis ich mir vor Lachen den Bauch halte. Inzwischen schmerzen meine Wangenmuskeln und Freudentränen verlassen meine Augenwinkel, so eindrucksvoll ist ihr Schauspiel.

Zufrieden plumpst Page zurück auf mein Sofa und lächelt mich an. »Das ist schon viel besser. Ich würde auch gern noch länger bleiben, aber ich habe eine Verabredung mit Toni. Er ist nur noch ein paar Tage in der Nähe.«

»Kein Problem. Ich danke dir für deine Zeit und dafür, dass du dir geduldig mein Gejammere angehört hast.«

»Dafür musst du mir nicht danken. Ich weiß nur zu gut, wie schwer es sein kann, irgendwo neu anzufangen. Mir ging es vor einigen Jahren nicht anders.« Sie drückt meine Hand und erhebt sich.

»Was hast du denn mit Toni geplant?«, erkundige ich mich.

Page strahlt mich an. Wann immer sein Name fällt oder er auftaucht, tritt dieses unglaubliche Glitzern in ihre Augen. »Er holt mich ab und führt mich aus. Genaueres weiß ich noch nicht. Er steckt voller Überraschungen. Genau das mag ich so an ihm.«

Ich nicke und merke, wie sich eine Gänsehaut auf

meinen Armen bildet. Ich reibe mir mit den Händen darüber, um dieses unangenehme Gefühl loszuwerden. Vielleicht hat Page ihren Prinzen bereits gefunden. Mein Auserwählter scheint hingegen eher der dunkle Endgegner zu sein, den ich unmöglich bezwingen kann.

Wir verabschieden uns und ich wünsche Page ein fantastisches Date mit Toni. Sie will sich später noch einmal bei mir melden, obwohl ich beteuere, dass es mir bereits deutlich besser geht. Das ist immerhin nur halb gelogen. Denn während sie bei mir war und mich abgelenkt hat, habe ich mich wirklich besser gefühlt. Jetzt, wo ich wieder allein mit meinen lauten Gedanken und mir bin, fühle ich mich furchtbar.

Nach einer Weile halte ich es nicht mehr in meiner stickigen Wohnung aus, in der mich alles an ihn und unseren Sex erinnert. Kurz entschlossen nehme ich einen Rucksack, packe eine große Flasche Wasser hinein und laufe nach draußen.

Bereits nach wenigen Metern am Strand entledige ich mich meiner Schuhe und fühle den warmen Sand unter meinen Füßen. Ich habe kein konkretes Ziel, laufe immer weiter, bis ich an einem weit entlegenen Strandabschnitt lande, an dem ich mein Handtuch ausbreite, es mir darauf bequem mache und das Meer beobachte.

Irgendwann reicht mir das Beobachten nicht mehr und ich laufe auf das Wasser zu. Es ist angenehm kühl, als es auf meine Füße trifft. Ich wage mich noch etwas weiter hinein, bis mich auf einmal ein sengender Schmerz durchfährt.

»Verdammt«, fluche ich laut und sehe, wie sich das Wasser um meine Füße rot verfärbt. Mit schmerzverzerrtem Gesicht und Tränen in den Augen hüpfe ich zu meiner provisorischen Decke und setze mich hin.

Eine Scherbe steckt in meiner heftig blutenden Fußsohle. Verfluchter Mist! Mit diesem Loch in meinem Fuß schaffe ich es unmöglich nach Hause. Verzweifelt suche ich nach einer Lösung in meinem Kopf, während immer mehr Blut aus der Wunde sickert.

Mit zittrigen Fingern ziehe ich mein Smartphone aus dem Rucksack. Bisher habe ich nur wenige Telefonnummern darin abgespeichert. Die von Page, meiner Mom und die von Alejandro, die er mir am Vortag gegeben hat. Wenn ich Page anrufe, verderbe ich ihr das Date mit Toni. Das kann ich unmöglich mit meinem Gewissen vereinbaren.

Mein Finger schwebt über der Nummer von Alejandro. Schließlich fasse ich mir ein Herz. Scheiß drauf! Ein noch größeres Arschloch als sein Bruder kann er unmöglich sein.

»Ja?«, ertönt seine tiefe Stimme am anderen Ende der Leitung.

»Alejandro, ich bin es, Elena.«

»Hey, Prinzessin! Schön, dass du dich so schnell meldest.«

»Ja, um ehrlich zu sein, gibt es einen nicht ganz so schönen Grund dafür.«

»Wieso? Was ist los?«, fragt er alarmiert und bringt damit meinen Herzschlag aus dem Takt.

»Ähm, ich habe mich in eine ziemlich blöde Situation gebracht.«

»Okay.«

»Ich war am Strand spazieren, wollte mich ein wenig im Wasser erfrischen und bin in eine Scherbe getreten. Jetzt sitze ich hier und weiß nicht, wie ich zurückkommen soll«, plappere ich, wobei sich meine Worte fast überschlagen.

»Und da rufst du ausgerechnet mich an, um dich zu retten?« Diese Arroganz entlockt mir ein Augenrollen, aber ich reiße mich zusammen, denn ich brauche wirklich seine Hilfe.

»Sieht ganz so aus, mein Held. Kannst du mich holen?«

»Klar kann ich, wenn ich dann dein Held bin. Wo bist du?«

»Tja, das ist auch noch so eine Sache, die ich dir nicht konkret beantworten kann.«

Er lacht und ich verfluche ihn. »Kein Problem, Prinzessin. Zum Glück leben wir in einem Zeitalter, in dem es GPS gibt. Schick mir deinen Standort, dann mache ich mich auf den Weg.« Standort, da hätte ich auch selbst drauf kommen können.

»Mache ich und danke.«

»Wir finden bestimmt einen Weg, wie du dich revanchieren kannst«, erwidert er und ich höre sein verschmitztes Grinsen sogar durch das Handy. Kurz darauf ist die Leitung tot und ich fluche leise vor mich hin. Diese Zwillinge sind an Selbstverliebtheit nicht zu übertreffen.

Ich schicke Alejandro eine virtuelle Stecknadel, die zeigt, wo ich mich befinde, und warte. Mittlerweile tritt weniger Blut aus der Wunde, was mich erleichtert aufatmen lässt.

Es dauert eine knappe halbe Stunde, bis sich eine breit gebaute Gestalt im Sand nähert. Es ist Alejandro, der heute in schwarzen Chinos und einem dunklen Shirt, das sich perfekt an seinen muskulösen Oberkörper schmiegt, eindeutig einen Award für gutes Aussehen verdient hat.

Breit grinsend kommt er auf mich zu, stellt sich vor mich und schaut auf mich herab. »So, Prinzessin, willst du mir erklären, wie es dazu gekommen ist, dass du bei dieser Hitze fünf Meilen am Strand entlanggelaufen bist?«

»Das habe ich dir schon erklärt, falls du es vergessen hast. Ich habe einen Spaziergang gemacht. Kannst du mich einfach nach Hause bringen, ohne dich an meiner Dummheit zu erfreuen?«

»Du bist echt eine Wucht, Baby. Ich finde es nicht dumm, sondern bewundernswert, dass du so weit gekommen bist, ohne dir deine hübschen Füße zu verletzen.« Er lacht und ich seufze.

»Ganz ehrlich, ich hasse dich.«

»Nur ein Spaß, aber der musste sein.« Er hockt sich neben mich, fasst nach meinem Fuß und schaut sich die Wunde mit ernster Miene an. Sein Griff an meinem Fuß ist dominant und gleichzeitig so sanft, als wäre ich zerbrechlich wie Porzellan und unendlich kostbar. »Das sieht nicht gut aus, Prinzessin. Die Scherbe muss raus, aber nicht hier. Das muss bestimmt genäht werden. Ich bringe dich sofort ins Krankenhaus.« Er streckt die Arme nach mir aus, woraufhin ich wild mit den Armen fuchtele und ihn fassungslos anschaue.

»Was wird das?«

Er zieht eine Augenbraue nach oben. »Meinst du diese Frage echt ernst? Mein Auto steht auf dem Parkplatz, der ungefähr eine halbe Meile entfernt ist. Meinst du, du schaffst es ohne meine Hilfe dorthin?«

»Ich kann es versuchen, wenn du mich lässt.«

Er erhebt sich und schaut wieder auf mich herab. »Also, Prinzessin, die Sache läuft folgendermaßen: Entweder ich trage dich zu meinem Auto und du lässt mich diese Heldennummer komplett durchziehen oder ich gehe und lasse dich hier zurück. Deine Entscheidung!«

»Dass das Erpressung ist, weißt du schon?«

Er lacht abermals. Es ist so ein beherztes, aufrichtiges Lachen, dass ich einstimmen muss. »Vielleicht. Also, wie sieht es aus?«

»Aber nur, wenn du deine Finger bei dir behältst und dich wie ein Gentleman benimmst.«

Er legt den Kopf schief und verzieht den Mund zu einem frechen Lächeln, das sein Grübchen zeigt. »Ich bin immer ein Gentleman.«

Alejandro beugt sich wieder nach unten, fährt mit einer Hand unter meine angewinkelten Knie und stützt mit der anderen meinen Rücken. Ich lege die Arme um seinen Hals, um einen besseren Halt zu haben. Er erhebt sich mit mir in seinen Armen mit einer Leichtigkeit, über die ich mich nur wundern kann.

»Dann mal los, Prinzessin«, murmelt er, während wir uns in Bewegung setzen.

Ich spüre, wie das Pochen in meinem Fuß immer schlimmer wird, und lasse erschöpft den Kopf gegen seine Brust sinken. Sein gleichmäßiger Herzschlag wirkt beruhigend auf mich.

Wir erreichen sein Auto, einen schwarzen Pontiac GTO, der genau wie die Harley perfekt zu Alejandro passt. Er setzt mich ab, stützt mich und öffnet mir die Tür zu seinem Wagen. Er schiebt den Sitz ganz zurück, damit ich eine bequeme Position finde, ohne meinen Fuß ablegen zu müssen.

Auf dem Weg zum Krankenhaus schweigen wir einvernehmlich. Ich ertappe mich dabei, wie mein Blick immer wieder zu ihm huscht. Seine Augen sind stur geradeaus gerichtet. Ich betrachte sein perfektes Seitenprofil und frage mich, ob es mit ihm anders gewesen wäre. Oder ob Page recht hat und sie beide alles tun, um ihre Ziele zu erreichen.

KAPITEL 18
Elena

Nach circa einer halben Stunde Fahrzeit erreichen wir die Klinik. Alejandro parkt den Wagen und wirft mir einen besorgten Seitenblick zu. »Du bist echt blass, Prinzessin. Ist alles okay?«

»Bis darauf, dass eine überdimensionale Scherbe in meinem Fuß steckt, schon, denke ich.« Ich ernte ein belustigtes Kopfschütteln.

»Solange du noch freche Witze machen kannst, scheint es dir gut zu gehen.« Er steigt aus und kommt auf meine Seite, um mir beim Aussteigen zu helfen.

Obwohl es mir etwas peinlich ist, flattert mein Herz, als er sich herunterbeugt und mich mit seinen starken Armen hochhebt. Während ich mich an seinem Autodach abstütze, damit er den Wagen verriegeln kann, wird mir immer wieder schwindelig und Sterne tanzen vor meinen Augen.

Innerhalb eines Wimpernschlags packt mich Alejandro bereits wieder an der Taille, fährt unter meine Beine und hebt mich hoch. So schwer es mir fällt, das zuzugeben, aber ich bin dankbar und froh, dass er da ist. Erschöpft lasse ich meinen Kopf gegen seine Brust sinken.

»Danke«, wispere ich und spüre einen sanften Kuss auf meiner Stirn. Oder habe ich mir das nur eingebildet?

»Wir sind gleich drin. Du musst nicht mehr lange aushalten.« Mit vollkommener Gelassenheit und als ob es das Normalste der Welt wäre, trägt mich Alejandro zu den beiden Damen, die den Empfang der Notaufnahme besetzen. Als sie ihn erblicken, leuchten ihre Augen vor Begeisterung und ich wundere mich, dass sie nicht direkt in Ohnmacht fallen. Es ist unmöglich, ein Augenrollen zu unterdrücken.

»Mr Donatello. Was können wir für Sie tun?«, säuselt die Brünette, auf deren Namensschild *Schwester Mandy* steht.

Der Blondine hat es offensichtlich die Sprache verschlagen. Sie schmachtet ihn unentwegt an und fächert sich lasziv Luft mit der Hand zu.

Die spinnt ja wohl, denke ich. Kein Wunder, dass sowohl Matteo als auch Alejandro ein Ego haben, das bis zum Mond reicht. Eine gemeine Stimme in meinem Kopf meldet sich und flüstert gehässig, dass auch ich ihnen völlig verfallen bin. Asche auf mein Haupt!

»Hallo, Ladys. Meine Freundin ist am Strand in eine Scherbe getreten und hat sich am Fuß verletzt. Sie braucht dringend jemanden, der sich das ansieht.«

Als Blondie jetzt auch noch ihr T-Shirt zurechtzupft, um mehr Ausschnitt zu zeigen, halte ich es nicht mehr aus und seufze genervt. Mir entgeht nicht, dass Blondie mich daraufhin mit ihren Blicken umbringen möchte und förmlich vor Eifersucht platzt, weil ich ihm so nahe bin. Ermattet lasse ich meinen Kopf gegen seine Halsbeuge sinken und schließe die Augen. Wie von selbst beginnen meine Finger, seinen Nacken zu streicheln, was Alejandro ein leises Knurren entlockt. Er senkt den Kopf, was mich dazu bringt, noch einmal nach oben zu schauen. Ich begegne seinem wissenden Blick und seinem frechen Grinsen. Er weiß genau, was ich hier tue. Ich bin mir selbst nicht ganz sicher, warum ich den beiden Tussis an der Anmeldung zeigen will, dass sie keine Chance bei ihm haben. Das muss eindeutig mit meinen vernebelten Sinnen und der Scherbe in meinem Fuß zusammenhängen.

Bevor die Anmeldedamen mich mit ihren bösen Blicken in die Hölle starren und bevor sich meine Wangen röten, weil Alejandro mich ertappt hat, senke ich wieder ermattet den Kopf gegen seine Schulter.

»Selbstverständlich, Mr Donatello. Die Notaufnahme ist aber aktuell ziemlich voll, es wird wohl eine Weile dauern.«

Alejandro tritt einen Schritt näher an die Anmeldung und beugt sich etwas nach vorn, während er mich unentwegt in seinen starken Armen hält. Das führt nun wahrscheinlich endgültig zu einer Schnappatmung bei der Krankenschwester. »Können Sie da gar nichts machen? Meiner Prinzessin geht es wirklich nicht gut.«

Hitze flutet meine Wangen. Hat er das eben laut gesagt? Zu gern würde ich meine Finger um seinen Hals schließen und fest zudrücken. Aber ich tue nichts, verharre regungslos an seinem trainierten Körper und atme seinen betörenden Duft ein.

»Wenn das so ist. Warten Sie bitte einen Augenblick. Ich schaue, was ich machen kann.« Sie tippt wild auf ihrer Tastatur herum, bevor sie fortfährt. »Gehen Sie mit Ihrer Freundin in Behandlungsraum zwei. Der Doktor kommt gleich zu Ihnen und versorgt sie.«

»Ich danke Ihnen, Schwester Mandy. Sie sind ein Engel«, säuselt Alejandro, bevor wir uns abwenden.

Als wir außer Hörweite sind, hebe ich den Kopf und starre ihn an. Sein freches Grinsen, das sein Grübchen zeigt, empfängt mich.

»Was?«

»›Sie sind ein Engel‹? Dein Ernst?«

»Hey, ich habe etwas mehr Dankbarkeit dafür erwartet, dass ich dich eben vor dem sicheren Tod bewahrt habe.«

Ich schüttele resigniert den Kopf, muss aber ebenfalls grinsen. Er weiß einfach, wie man Frauen um den Finger wickelt, genau wie sein Bruder. Bei dem Gedanken an Matteo trifft mich ein stechender Schmerz in der Brust. Davon kann mich leider nicht einmal Alejandros amüsante Art vollständig ablenken.

Der Arzt betritt bereits nach wenigen Minuten das Behandlungszimmer. Alejandro weicht während der gesamten Prozedur keine Sekunde von meiner Seite und beobachtet jeden Schritt mit Argusaugen. Die Entfernung der Scherbe ist kurzzeitig so schmerzhaft, dass erneut Sterne vor meinen Augen tanzen und ich diesen Ausflug an den Strand noch mehr verfluche. Eine Krankenschwester säubert und desinfiziert die Wunde, bevor der Arzt sie mit fünf Stichen näht. Ich soll den Fuß in den nächsten Tagen nicht belasten, dann sollte in spätestens einer Woche alles wieder vergessen sein, teilt er mir mit, bevor er sich von uns verabschiedet.

Mittlerweile habe ich es aufgegeben und genieße es sogar ein wenig, als Alejandros starke Arme wieder unter meinen Körper wandern, um mich hochzuheben. Ich streichele wieder mit den Fingerspitzen über seinen Nacken. Diesmal nicht, um irgendwelche Tussis eifersüchtig zu machen. Nein, weil ich es will. Ich merke, wie sich Alejandros Griff festigt, und atme seinen wundervollen Geruch nach Wildheit und Abenteuer ein.

Wir verlassen das Krankenhaus und begeben uns zum Parkplatz. Dort fällt mir ein schwarzer Geländewagen ins Auge, in dem zwei gefährlich aussehende Männer sitzen. *Sie beobachten uns*, geht es mir durch den Kopf. Vielleicht werde ich langsam paranoid, weil ich mich andauernd mit irgendwelchen Mafiabossen abgebe.

»So, Prinzessin. Nachdem ich dein Leben gerettet habe, bringe ich dich in mein Schloss und wir essen zusammen.«

Jetzt bin ich diejenige, die Schnappatmung bekommt und um Fassung ringt. Er kann mich unmöglich mit zu sich nach Hause nehmen. Was, wenn ich Matteo über den Weg laufe? Ihm würde es mit Sicherheit alles andere als gut gefallen, wenn er mich mit seinem Zwillingsbruder zusammen sieht.

Da ich keine Lust darauf habe, einen weiteren Streit zwischen den beiden heraufzubeschwören, krame ich in meinem Kopf nach einer Ausrede. »Können wir vielleicht in mein Schloss fahren und dort essen?«

»Dein Schloss?« Er zieht skeptisch die Augenbrauen nach oben.

»Ja, ich fühle mich immer noch ein wenig benommen und wäre gern auf meiner Couch.« Ich schenke ihm ein zuckersüßes Lächeln und überzeuge ihn damit. Erleichtert atme ich aus, da streckt mir Alejandro bereits sein Handy entgegen.

»Bestellst du uns eine Pizza?«

»Aber nur, wenn ich dich einladen darf, weil du mein Leben gerettet hast.«

»Auf keinen Fall. Die Pizza geht auf mich. Das ist keine Frage oder Bitte.«

»Sei doch nicht so ein Macho!«

»Ich meine es ernst, Prinzessin.«

Da ich aktuell zu kraftlos für eine Diskussion bin, ergebe ich mich und zucke mit den Schultern. »Na gut. Was möchtest du?«

»Eine Pizza mit Champignons, Ananas, Schinken, Jalapeños und besonders viel Käse.«

Ich verziehe angewidert den Mund. »Igitt. Was ist das denn für eine ekelhafte Mischung?«

»Warte ab, bis du sie probiert hast. Sie schmeckt hervorragend.«

Ich gebe dem Lieferdienst unsere Bestellung durch und reiche Alejandro sein Smartphone. Er verstaut es wieder in der Mittelkonsole und lässt anschließend seine Hand auf meinen Oberschenkel wandern. Ein Kribbeln durchfährt mich. Alejandro streicht sanft über meine Haut und beschert mir eine Gänsehaut.

Wir schweigen eine Weile, bis er plötzlich einen Weg einschlägt, der eindeutig nicht zu meinem Apartment führt. Er wirft mir einen Seitenblick zu und unterbricht die Berührung an meinem Bein. »Mach dir keine Sorgen. Hinter uns ist schon seit dem Krankenhaus ein schwarzer Wagen. Ich schüttele ihn ab, damit sie nicht wissen, wo du wohnst.«

Ich reiße die Augen auf und frage mit belegter Stimme: »Bitte was? Sind wir in Gefahr?«

»Ich bin mir noch nicht ganz sicher. Der SUV könnte zu unserem Kartell gehören oder zu den Mexikanern, mit denen wir gerade einen Konflikt haben.«

»›Konflikt‹ heißt was genau?«, erkundige ich mich mit trockener Kehle und Alejandro seufzt frustriert.

»Lass uns nicht übers Geschäft reden, Prinzessin, okay? Solange ich bei dir bin, passiert dir nichts.«

Ich schlucke mühselig den Kloß in meinem Hals hinunter und habe ein ganz mieses Bauchgefühl bei dieser Sache.

Alejandro setzt den Blinker und nimmt die nächste Auffahrt, wodurch wir den Freeway passieren. Mein Herz rast, weil er zwei Gänge hinunterschaltet, nur um im nächsten Moment Vollgas zu geben und extrem zu beschleunigen. Ein Blick in den rechten Außenspiegel verrät mir, dass der Wagen immer noch hinter uns ist und uns förmlich an der Stoßstange klebt. Meine Hände werden feucht und ich lege sie nervös in meinen Schoß.

»Mach am besten die Augen zu und entspann dich. Es ist alles okay.«

Ein Lachen dringt aus meiner Kehle. Es klingt schrill und überhaupt nicht nach mir. »Soll das ein Witz sein? Als ob ich die Augen zumache, während du wie ein Verrückter über die Straße jagst, um irgendwelche Gangster abzuschütteln. O man, ich komme mir vor wie in einem schlechten Hollywoodstreifen«, beschwere ich mich, woraufhin Alejandro schmunzelt und sein Grübchen zeigt. »Was ist bitte so lustig?«, frage ich ihn gereizt.

»Dass du sagst, wir wollen die Gangster abschütteln, dabei sitzt einer von ihnen direkt neben dir.« Er zwinkert und ich schnappe nach Luft.

Peinlich berührt über meine geistfreie Aussage schaue ich aus dem Fenster, um meine glühenden Wangen vor ihm zu verbergen. Meine Scham verfliegt, als Alejandro heftig das Lenkrad rumreißt und einen mehr als waghalsigen Spurwechsel vornimmt.

»Willst du uns umbringen?«, keife ich ihn an.

Er schüttelt den Kopf. »Niemals. Dafür bist du viel zu schön und es gibt noch so vieles, das ich mit dir anstellen möchte. Also nein, heute will ich uns nicht umbringen.«

Dass seine Worte eine Horde Schmetterlinge durch meinen Bauch jagen und ein pulsierendes Kribbeln zwischen meine Beine schicken, erfüllt mich mit Wut. Habe ich komplett den Verstand verloren? Wie kann mein Körper in einer lebensbedrohlichen Situation wie dieser an Sex denken? Daran ist einzig und allein Alejandro mit seinem frechen Lächeln, diesem bezaubernden Grübchen und seinem unvergleichlichen Charme schuld. Der Mann ist genau wie sein Bruder: der personifizierte Teufel.

Nach zahlreichen weiteren äußerst riskanten Überholmanövern, bei denen sich mir der Magen umdreht und ich mehr als einmal mit meinem Leben abschließe, entspannt sich Alejandro neben mir und sinkt tiefer in seinen Sitz. »Sie sind weg, Prinzessin.«

Ich atme erleichtert auf und bin froh, dass er unsere Verfolger abgeschüttelt hat. Es ist das erste Mal, seit ich Zeit mit Matteo oder Alejandro verbringe, dass ich eine leise Ahnung davon bekomme, was es heißt, sich mit mächtigen Kartellmitgliedern herumzutreiben, die Feinde haben. Ob das alles hier so gut für mich ist? Vermutlich nicht. Ob ich mich lieber fernhalten sollte? Ganz sicher. Ob ich das aber auch aus ganzem Herzen will? Auf keinen Fall.

Endlich erreichen wir den Parkplatz des Diners und Alejandro parkt den Wagen unweit meines Apartments. Ich atme all die angestaute Luft aus meinen Lungen aus. Wir kommen gerade noch rechtzeitig, bevor der Pizzabote wieder verschwindet, weil ihm keiner geöffnet hat.

Alejandro trägt mich wie ein Gentleman bis zu meiner Couch und setzt mich behutsam darauf ab. Heute ist er wirklich mein Held. Er breitet die Pizzakartons vor uns aus und schaut mir anschließend tief in die Augen. »Ich bleibe heute Nacht besser bei dir. Nicht dass dir etwas zustößt, Prinzessin.«

»O nein, Romeo! Das kannst du dir sofort abschminken. Du verbringst diese Nacht ganz sicher nicht bei mir.«

Er gluckst belustigt und ich boxe ihm mit der Faust gegen den Oberarm. Ich hasse ihn. Ich hasse sie beide.

»Schade. War einen Versuch wert. Jetzt musst du unbedingt ein Stück meiner Pizza probieren.«

»Nie im Leben«, protestiere ich, woraufhin Alejandro blitzschnell meine Handgelenke umfasst und mich mit seinen dunklen Augen gefangen nimmt.

»Ich könnte dich zwingen, wenn du dich weigerst.«

Ein elektrischer Schlag durchfährt mich bei seinen Worten und ich spüre in meinem Bauch, dass ich nur allzu gern herausfinden würde, wie seine Drohung in der Realität aussieht und sich anfühlt. Ich schlucke hart, da mich meine eigenen Gedanken erschrecken. Ich glaube nicht, dass es normal ist, dass ich mich derart nach Alejandro verzehre, obwohl ich letzte Nacht Besuch von seinem Zwilling hatte. Dennoch ist es so und ich würde ihn keinesfalls zurückweisen, sollte er sich mir nähern.

Er bemerkt die Änderung in meinem Gesichtsausdruck, interpretiert sie scheinbar als Unsicherheit und lässt mich abrupt los. Er sinkt auf der Couch nach hinten und führt das erste Stück Pizza zu seinem Mund. »Du musst natürlich nicht. Aber du ahnst ja nicht, was dir entgeht.«

Ich ergebe mich schließlich seinem Charme und probiere ein winziges Stück. Meine Augen weiten sich vor Überraschung.

»Gut, oder?«, fragt er mich, während er mich aufmerksam mustert.

»Geht so«, antworte ich schulterzuckend.

Er weiß, dass ich lüge, und grinst mich wissend an.

KAPITEL 19

Elena

»Ich könnte jetzt ein Bier vertragen, hast du welches?«, erkundigt sich Alejandro, nachdem er das letzte Stück Pizza vertilgt hat.

»Ja, habe ich.« Ich bin schon dabei, aufzustehen, um aus der Küche ein Bier für ihn zu besorgen, da drückt er mich mit sanftem Druck zurück auf die Couch.

»Ich hole es mir selbst. Du musst dich schonen«, bestimmt er und begibt sich selbst in die Küche.

Er trinkt einen großen Schluck Bier und lehnt sich lässig auf meinem Sofa zurück. Anschließend legt er einen Arm um meine Schulter und schaut mich an. Unser stummer Blickkontakt dauert mehrere Minuten und führt zu mehreren Kurzschlüssen in meinem Gehirn.

Irgendwann gibt es nur noch einen Gedanken in meinem Kopf. Ich will, dass er mich küsst, wage aber nicht, mich ihm noch weiter zu nähern.

Alejandro scheint es ähnlich zu gehen, denn er schüttelt mit einem schiefen Grinsen auf den Lippen den Kopf und fährt sich mit der freien Hand durch die wild zerzausten, tiefschwarzen Haare. »Und, Prinzessin, vermisst du deine Heimat? Oakland, richtig?«

Mir verschlägt es kurzzeitig die Sprache, denn ich habe

mit sehr vielen Dingen gerechnet, aber damit, dass er mich etwas über mein Leben fragt, überrumpelt er mich.

Er bemerkt mein Unbehagen und zieht mich etwas dichter an sich. Seine Finger streicheln über meinen Oberarm, während er mir tief in die Augen schaut. »Was ist los? Du bist so eine toughe und schlagfertige Frau, die immer einen frechen Spruch auf den Lippen hat, aber sobald ich dich etwas über deine Vergangenheit frage, ist alles anders. Warum ist das so?«

Nervös reibe ich meine Hände in meinem Schoß aneinander und versuche, meine Gedanken zu sortieren. Wieso fragt er mich das jetzt? Kann er nicht wie Matteo sein und keine Fragen stellen? Anderseits, ist es nicht genau das, was mich an Matteos Verhalten so verletzt hat? Dass es nur Sex und nichts weiter für ihn war?

Alejandro legt seine freie Hand auf meine und streichelt über meinen Handrücken. Die beruhigende Geste bewirkt jedoch genau das Gegenteil, da seine Finger meiner glühenden Mitte viel zu nahe sind.

Endlich räuspere ich mich und finde meine Sprache wieder. »Nein, ich vermisse nichts«, presse ich schließlich hervor.

Er zieht skeptisch die Augenbrauen zusammen. »Ist das alles? Da muss schon mehr kommen. Habe ich, nachdem ich dir heute quasi das Leben gerettet habe, nicht eine ehrliche Erklärung verdient?«

Hitze schießt in meine Wangen und ich wende rasch meinen Blick ab. Damit ist Alejandro alles andere als einverstanden und zwingt mich mit sanftem Druck an meinem Kinn, ihm wieder in die dunklen Augen zu sehen. »Tu das nicht, Prinzessin.«

»Was?«, bringe ich tonlos hervor.

»Dich vor mir verschließen. Erzähl es mir. Sag mir, was

dich zu der unglaublich starken und mutigen Frau gemacht hat, die du jetzt bist.«

»Du weißt überhaupt nicht, ob ich stark und mutig bin. Du kennst mich nicht.«

Er schmunzelt und legt den Kopf schief. »Und ob ich das weiß. Du hast keine Angst, obwohl du dich mit den übelsten Typen herumtreibst, sagst immer, was du denkst, und flippst nicht einmal aus, als wir verfolgt werden, ohne zu wissen, ob du dich in Gefahr befindest. Wenn das nicht stark und mutig ist, habe ich die Definition dieser beiden Begriffe wohl nicht verstanden.«

Seine Worte verblüffen mich dermaßen, dass ich merke, wie mein Schutzwall Risse bekommt. Was habe ich schon zu verlieren, wenn ich ihm etwas über mich erzähle?

»Warum interessiert dich das?«, erkundige ich mich, immer noch nicht ganz sicher, ob ich ihm meine Vergangenheit offenbaren soll.

Alejandros Miene verdunkelt sich und wird ernst. »Vielleicht möchte ich dich einfach besser kennenlernen und dazu gehört nun mal, zu wissen, wo du herkommst und was du erlebt hast.«

Ich ergebe mich schließlich und lege den Kopf an seine Schulter, damit ich ihm nicht in die Augen schauen muss. »Weißt du, ich rede nicht gern über dieses Thema, weil es mir unangenehm ist.«

»Ist dir etwas Schlimmes zugestoßen?«, fragt er und ich höre die deutliche Besorgnis, die in seiner Stimme mitklingt.

»Nein, nur das Leben. Meine Mom ist drogenabhängig und mein Dad sitzt im Knast.« Kurz versteift sich Alejandro neben mir und ich schäme mich schrecklich, dass ich ihm die Wahrheit gesagt habe.

»Und das ist es, was du verbergen möchtest? Dass

deine Eltern Versager sind und du trotzdem dieser unglaubliche Mensch geworden bist?«

Ich hebe den Kopf und begegne seinem Blick. »Na ja, in der Vergangenheit waren die Taten meiner Eltern der Grund, warum ich immer eine Außenseiterin war.«

»Machst du dir ernsthaft Gedanken, was jemand wie ich wegen dieser lächerlichen Dinge über dich denken könnte?«

Ich zucke mit den Schultern, da ich nicht weiß, was ich darauf erwidern soll.

Alejandro dreht sich zu mir, sodass wir uns jetzt gegenübersitzen. »Sollte es nicht eher umgekehrt sein und ich mir den Kopf darüber zerbrechen, wie du mich siehst, Prinzessin?«

»Wieso solltest du? Bin ich nicht an deiner Seite, ist es irgendeine andere. Ich bin mir sicher, dass deine Auswahl riesig ist.«

»Ich werde jetzt nicht das Offensichtliche leugnen, weil ich entgegen allen Behauptungen nicht so ein großes Arschloch bin, wie alle denken. Ja, ich habe keine Ahnung wie viele Frauen gehabt, aber jetzt will ich nur dich.«

»Wieso?«, wispere ich.

»Du machst mich neugierig. Ich würde dir so gern alle möglichen Fragen stellen. Dinge über dich erfahren, die mich nie zuvor interessiert haben, verstehst du?«

»Was zum Beispiel?« Ich beiße mir nervös auf die Unterlippe, da seine Offenheit mein Herz vor Glück hüpfen lässt.

»Keine Ahnung, alles. Deine Lieblingsfarbe, welche Musik du hörst, welche Werte dir wichtig sind und was du dir für die Zukunft wünschst. So etwas hat mich bisher noch nie interessiert, aber von dir will ich es wissen.«

Mut erfasst mich und ich strecke eine Hand nach Alejandro aus. Meine Fingerspitzen berühren die Bartstoppeln an seiner Wange und er intensiviert seinen Blick auf mich.

»Hast du überhaupt keine Angst vor mir?«, fragt er schließlich und schluckt schwer.

Ich halte in meiner Bewegung inne und schaue ihn irritiert an. »Wieso sollte ich? Du bist bis jetzt immer gut zu mir gewesen, hast heute mein Leben vor dem Ende bewahrt und bringst mich zum Lachen. Also nein, ich habe keine Angst vor dir, Alejandro.«

Er legt seine große Hand über meine, die immer noch auf seiner Wange verweilt. Er kommt mit seinem Gesicht so nahe, dass mir vor Aufregung der Atem stockt. »Dann verrate ich dir jetzt ein Geheimnis: Ich habe Angst vor dir.«

»Was?«, frage ich völlig perplex.

»Nun ja, vielleicht nicht direkt vor dir, weil ich dich wahrscheinlich mit meinem kleinen Finger überwältigen könnte, aber vor dem, was du in mir auslöst.« Alejandro vergräbt seine Hand in meinem Nacken und ich sehne mich so sehr nach seinem Kuss, dass ich eine Weile brauche, um zu begreifen, dass er sich zurückzieht. Er unterbricht unsere Berührung und steht abrupt auf. Ich blinzele ungläubig und beobachte, wie er mit schnellen Schritten zu meinem Fenster eilt. Etwas erhellt den Innenraum meiner Wohnung. Scheinwerferlicht? Vielleicht ein anderer Gast?

»Alejandro, was ist los?«, will ich schließlich wissen, da ich nicht begreifen kann, wieso er diesen wunderschönen Moment so überraschend unterbrochen hat.

Er dreht sich zu mir und sein Gesicht ist eine eiskalte Maske. Da ist plötzlich nichts mehr von der Wärme und der Zuneigung, mit der er mich bis vor wenigen Sekunden angeschaut an. »Der Wagen von heute Nachmittag ist hier. Ich gehe raus und kümmere mich darum.«

Ich stehe hastig auf, da ich das Gefühl habe, ihn aufhalten zu müssen. Böser Fehler. Ich trete mit meinem verletzten Fuß auf den Boden auf und ein höllischer Schmerz durchfährt meinen Körper. Mit drei Schritten ist Alejandro bei mir und stützt mich. Er steht mir unmittelbar gegenüber, hält mich an der Taille und schaut auf mich herab.

»Möchtest du keine Unterstützung anrufen?«, wispere ich.

Sein Mundwinkel zuckt. »Machst du dir etwa Sorgen um mich, Prinzessin?«, fragt er mit seiner tiefen Stimme und ich werfe ihm innerlich schon wieder alle möglichen Flüche an den Kopf.

Dennoch erwidere ich: »Ein wenig schon.«

Er hebt seine Hand, streift über meine Wange und klemmt mir die Haare hinter mein Ohr. »Wenn du dir um jemanden Sorgen machen willst, dann um die anderen. Nicht um mich. Ich bin gleich wieder da.« Er dreht sich um und geht.

Ich bin vollkommen überfordert mit der Situation und habe keine Ahnung, was ich tun soll. Soll ich lieber die Polizei informieren? Wohl eher nicht. Was, wenn diese Typen bewaffnet sind? Und überhaupt, was wollen die von ihm oder von mir?

Feststeht, es ist gefährlich, bei ihm zu sein und damit in das Visier seiner Feinde zu geraten. Was für eine Ironie, dass ich mich magisch von ihm angezogen fühle, wollte ich mich doch von jeglichem Ärger fernhalten.

Ich stehe immer noch am selben Fleck, als Alejandro wieder meine Wohnung betritt. Er wirkt völlig verändert. Unruhig, wütend und hektisch. Direkt vor mir bleibt er stehen. »Es ist alles in Ordnung. Das da draußen sind Leute von meinem Clan. Ich muss los.«

»Alejandro!«, rufe ich ihm nach, als er schon fast wieder die Türklinke in der Hand hat. »Danke, für alles.

Dafür, dass du mich ins Krankenhaus gebracht hast, für die Pizza und für deine Offenheit.«

Sein Mund verzieht sich zu einem gequälten Lächeln. Ehe ich realisiere, was passiert, kommt er zu mir, nimmt mein Gesicht in seine rauen Hände und drückt mir einen festen, fast groben Kuss auf die Lippen. Dieser Kuss ist so intensiv, dass ich drohe, den Boden unter den Füßen zu verlieren. Ich suche Halt, kralle mich am Stoff seines Shirts fest, bevor meine Beine endgültig nachgeben.

Ein lautes, unnachgiebiges Klopfen an der Tür ertönt und unterbricht damit unseren Kuss. Mit zittrigen Knien sinke ich zurück auf die Couch, während Alejandro rückwärts in Richtung Tür läuft, ohne den Blickkontakt zu mir zu unterbrechen. Er öffnet und auf einmal ist da Matteo in meiner Wohnung. Holy Shit!

KAPITEL 20

Matteo

Ich verstaue gerade das Geld für die Ladung Koks, die ich einem unserer Kunden übergeben habe, da klingelt mein Handy.

»Wir sind hier fertig«, stelle ich fest und Ruben Garcia streckt mir seine schmierige Hand entgegen. Ich traue diesem Wichser nicht und es wundert mich ohnehin, dass der Deal heute nicht geplatzt ist, da seine Gunst den Gonzalez gehört. Da man nie weiß, woran man bei diesem Penner ist, ergreife ich seine Hand und schenke ihm einen festen Händedruck.

»Ist mir immer wieder eine Freude, mit den Donatellos Geschäfte zu machen«, schnurrt er und ich löse den Griff, um endlich den Anruf entgegenzunehmen, aber ich komme nicht dazu. »Matteo, eine Sache noch. Stimmen die Gerüchte, dass ihr euch mit den Gonzalez angelegt habt?«

Sein Getue nervt mich, denn er kennt die Antwort bereits. Der Tod von Santos Gonzalez hat sich wie ein Lauffeuer unter den Mexikanern, zu denen auch Ruben zählt, verbreitet.

»Stell mir keine Fragen, deren Antwort du nicht hören willst«, erwidere ich und knalle die Tür von meinem

Wagen zu. Ich starte den Motor und rufe bereits im Fahren meinen Vater zurück, der mich eben erreichen wollte.

»Hat der Deal mit Garcia geklappt?«, fragt er ohne Begrüßung.

»Ja.«

»Wie hat er auf dich gewirkt?«

»Wie ein hinterhältiger Wichser, also wie immer.«

»Hat er Santos erwähnt?«, bohrt mein Vater weiter.

»Ja, aber ich habe nicht mit ihm darüber gesprochen.«

»Gut. Komm zurück in die Villa, wir müssen dringend reden. Weißt du, was dein Bruder mit einem Mädchen im Krankenhaus macht?«

Ich ziehe skeptisch die Augenbrauen zusammen. »Nein, keine Ahnung. Wieso?«

»Ich habe einige Männer auf ihn angesetzt, damit sie ihn observieren und er keinen weiteren Alleingang startet.«

»Ich verstehe. Ich bin in einer halben Stunde zurück.«

»Komm dann direkt in mein Büro.« Schon legt mein Vater auf und ich erhöhe das Tempo meines Wagens.

Es liegt Ärger in der Luft, das spüre ich bei jedem Atemzug. Vielleicht ist die Rache der Gonzalez bereits näher, als ich dachte.

Vor dem Anwesen sind zahlreiche Wagen ranghoher Kartellmitglieder geparkt, als ich eintreffe. Jetzt bin ich mir absolut sicher. Wir werden schneller gegen die Gonzalez vorgehen müssen, als es mein Vater gedacht hat.

Ich ziehe die Tür zu seinem Büro auf, nicke den Anwesenden zu und setze mich auf meinen Platz direkt neben meinem Vater.

»Gut, dass du hier bist, Matteo«, eröffnet mein Vater das Gespräch, nachdem alle Anwesenden von der Hausdame mit Scotch versorgt wurden und sie wieder verschwunden ist. »Bereits heute Nacht schalten wir die Gonzalez endgültig aus. Ich habe von einem eingeschleusten Kontakt erfahren, dass Miguel es kaum erwarten kann, Vergeltung für den Tod seines nichtsnutzigen Sohnes zu üben. Wir werden ihm jedoch zuvorkommen. Er ahnt nicht, dass wir die Informationen über seinen geplanten Angriff zugespielt bekommen haben.«

»Wie sieht der konkrete Plan aus, Carlos?«, erkundigt sich Diego, ein enger Vertrauter meines Vaters.

Dieser zündet sich derweil eine Zigarre an und lässt die nächste Runde Scotch kommen. »Die Gonzalez besitzen diesen beliebten Stripclub in Downtown. Dort steigt heute Nacht eine große Party, was uns die perfekte Gelegenheit bietet, die Mexikaner endgültig auszuschalten. Um ehrlich zu sein, sind sie und ihre Geschäfte mir schon seit Längerem ein Dorn im Auge. Ich traue ihnen nicht, weder Miguel noch seinem Neffen Ruben.« Mein Vater leert seinen Scotch, streicht sich mit der Hand durch den kurzen Bart und fährt dann fort: »Miguel und sein Sohn werden von unserem Kontaktmann unter einem Vorwand in sein Hinterzimmer gelockt. Dort erwarten wir sie bereits mit einem netten Empfangskomitee aus Waffen und die Falle schnappt zu.« Kurzes Schweigen, dann fügt er hinzu: »Wir gehen rein, schalten sie aus und übernehmen bei der Gelegenheit gleich den Laden, um unsere Position zu stärken und unseren Standpunkt zu demonstrieren. Niemand legt sich mit den Donatellos an. Mein Kontakt hat mir berichtet, dass der Laden Potenzial hat und Gonzalez richtig hübsche Nutten beschäftigt. Also verlassen wir diesen Ort erst, wenn der Club uns gehört.«

»Was ist mit den Männern von Miguel? Sie werden uns kaum ohne Gegenwehr in sein Arbeitszimmer spazieren lassen«, erkundigt sich Joe.

Mein Vater stellt sein Glas auf den Tisch neben seinen

opulenten Sessel und reibt sich mit den Fingern über die Stirn, als ob ihm diese Frage Kopfschmerzen bereiten würde. Im Anschluss bedenkt er Joe mit einem verächtlichen Schnauben. »Joe, schon so lange dabei und immer noch keine Ahnung, wie es läuft.« Mein Vater schnalzt mit der Zunge, erhebt sich und beginnt, durch das Arbeitszimmer zu streifen. »Unser Kontakt öffnet für uns den Hintereingang, so kommen wir lautlos und unbemerkt rein, denn der Lieferanteneingang ist unbewacht. Danach versammeln wir uns im Arbeitszimmer von Gonzalez und kümmern uns um Miguel und seinen Spross. Wenn die beiden erledigt sind und nicht mehr atmen, zitieren wir den Sicherheitschef von Gonzalez' Männern zu uns. Er hat dann genau drei Sekunden Zeit, eine Entscheidung zu treffen. Entweder kämpft er ab sofort an unserer Seite oder hat eine Kugel im Kopf.« Mein Vater beendet seinen Auftritt und bleibt unmittelbar vor Joe stehen, dem vor Anspannung der Schweiß von der Stirn rinnt. »Hast auch du das heutige Vorgehen verstanden, Joe? Oder brauchst du eine besondere Demonstration, wie wir vorgehen?«

Joe nickt stumm und sieht dabei aus wie ein Verurteilter auf dem Weg zum Schafott. *Erbärmlicher Trottel*, denke ich mir.

Mein Vater wendet sich nun an mich. »Matteo, du wirst heute Abend mit mir kommen. Ich will, dass du von Anfang bis Ende dabei bist. Wir werden den Auftrag gemeinsam erledigen, die Mexikaner ausschalten und wieder für Ruhe sorgen.«

Ich proste ihm mit meinem Scotch zu, um zu signalisieren, dass ich verstanden habe.

Er geht weiter zu Diego und verzieht das Gesicht. Wenn ich es nicht besser wüsste, würde ich meinen, dass sich echte Besorgnis darin abzeichnet.

Der Plan steht, wir besiegeln ihn, indem wir gemeinsam die Gläser erheben, und machen uns im Anschluss auf den Weg in unsere Waffenkammer. Auch wenn es in der Vergangenheit bereits häufig Auseinandersetzungen mit anderen Kartellen gab und solche Dinge zum Geschäft gehören, ist diesmal alles anders. Die Mexikaner sind klug, gerissen und haben keine Angst vor dem Tod. Der letzte Fakt macht sie willensstark und unberechenbar. Wir rüsten uns mit diversen Waffen und Munition aus, bevor wir unsere Zusammenkunft beenden.

»Warte einen Augenblick.« Mein Vater hält mich am Arm zurück, als ich bereits nach oben verschwinden will, um mich umzuziehen. »Ich will, dass du Alejandro heute Abend mitbringst. Ich will ihm noch eine Lektion erteilen. Durch sein impulsives Handeln haben wir jetzt Krieg mit einem mächtigen Gegner, den wir keinesfalls unterschätzen dürfen.«

»Wieso greifen wir schon heute Nacht an, obwohl du heute Morgen meintest, wir brauchen einen Plan?«

Der Ausdruck im Gesicht meines Vaters verfinstert sich. »Wir haben keine Zeit und es gibt einen Plan.«

»Woher weiß ich, wo Alejandro sich aufhält?«, wechsele ich das Thema, da mein Vater offensichtlich nicht die Gründe für sein übereiltes Vorgehen mit mir teilen will.

»Diego löst gleich die Frühschicht ab und informiert dich später telefonisch. Aktuell ist er mit diesem Mädchen im Krankenhaus.«

Ich schüttele den Kopf, da ich mich ernsthaft frage, was es mit diesem Mädchen und seinem Krankenhausbesuch auf sich hat.

Stunden später klingelt mein Handy und Diegos Name erscheint auf dem Display.

»Matteo?«

»Ja. Wo ist er?«, komme ich direkt auf den Punkt.

»Im Diner bei Page.«

»Was?«, frage ich fassungslos und bin sicher, mich verhört zu haben.

»Er ist bei einem Mädchen, das in einem Apartment bei Page wohnt.«

»Dieser Wichser!«, stoße ich hervor.

»Was?«, fragt Diego perplex.

»Nichts. Ich bin schon auf dem Weg. Wartet noch, bis ich da bin.«

»Geht klar. Bis gleich.«

Noch während des Telefonats sprinte ich durch das Haus zu meinem Wagen und starte den Motor.

Mit Vollgas fahre ich die Strecke zum Baker Beach entlang und bin mit einer heftigen Ladung Adrenalin geflutet.

Was macht Alejandro bei Elena und ist sie die Frau, mit der er im Krankenhaus war? Hat er ihr etwas angetan? Mein Herz hämmert heftig gegen meine Rippen bei dem Gedanken, sie könnte verletzt worden sein. Noch nie in meinem Leben habe ich die Distanz zwischen unserem Anwesen und Pages Diner in so kurzer Zeit zurückgelegt wie an diesem Abend.

Mein Wagen kommt mit quietschenden Reifen zum Stehen, als ich am Diner eintreffe. Mit gemischten Gefühlen im Bauch hämmere ich gegen die Tür von Elenas Apartment.

Zu meiner unangenehmen Überraschung ist es Alejandro und nicht sie, der mir die Tür öffnet. Ich schubse ihn zur Seite, denn ich muss sehen, dass es ihr gut geht.

Ihre Augen werden groß, als sie mich erblickt. Sie sitzt auf der Couch und ihr rechter Fuß ist in einen Verband eingewickelt.

Blitzschnell drehe ich mich zu Alejandro, der inzwischen dicht hinter mich getreten ist. »Was hast du ihr angetan?«

Er zieht skeptisch die Augenbrauen nach oben. »Ich? Ich habe nichts damit zu tun.«

»Ach nein? Als ich letzte Nacht gegangen bin, hatte sie noch keinen Verband am Fuß.« Alejandros Blick huscht kurz zu Elena, landet aber direkt wieder bei mir. Ich blende ihn aus, drehe mich zu meiner Kleinen und setze mich neben sie. »Geht es dir gut, Kleines? Was macht er hier?«

»Ja, es geht mir gut. Und zu deiner anderen Frage: Wenigstens einer von euch hat mir seine Nummer gegeben, um ihn zu erreichen.«

Ich atme wütend aus, wobei meine Nasenflügel beben. Alejandro grinst zufrieden. Da Elena ihre zarte Hand auf meine gelegt hat, zwinge ich mich, die Fassung zu wahren. Ich schließe für einen Moment die Augen, bevor ich erneut Alejandros Blick begegne. Irgendwie presse ich ein »Danke« hervor. Seine Augen weiten sich vor Überraschung und ich wende mich wieder meiner Kleinen zu. »Hauptsache, dir geht es jetzt gut. Meine Nummer gebe ich dir, aber ich werde dich ab jetzt ohnehin nicht mehr aus den Augen lassen.«

»Das ist ... ich weiß nicht, was ich sagen soll, Matteo.«

»Schon gut, Kleines.« Ich streichele mit meinem Daumen über ihre Wange und drücke ihr anschließend einen Kuss auf die Lippen. Sie erwidert ihn sofort. Obwohl ich Alejandros brennenden Blick in meinem Nacken spüre, vertiefe ich den Kuss, teile ihre Lippen und tauche meine Zunge in sie. Sie seufzt und Alejandro räuspert sich hinter mir.

Schwerfällig unterbreche ich unseren Kuss und schaue ihr tief in die blauen Augen. »Können wir dich allein lassen?«, erkundige ich mich und muss gegen den unbändigen Drang ankämpfen, sie in meine Arme zu ziehen.

»Ich denke schon«, erwidert sie atemlos.

»Gut. Wir müssen nämlich dringend etwas für das Kartell erledigen.«

Sie reißt die Augen auf. »Was?«

Ich erhebe mich und schaue auf sie hinab. Sie schenkt Alejandro und mir abwechselnd einen besorgten Blick, der eine Stelle ganz tief in mir berührt und mich weich werden lässt.

»Passt bitte auf euch auf und kommt zurück zu mir.«

Ihr Flehen bringt mich dazu, ihr noch einen weiteren Kuss auf die Lippen zu drücken. »Ich komme immer wieder zu dir zurück, Kleines«, flüstere ich in ihr Ohr, bevor ich mich zum Gehen wende und dem Blick meines Bruders begegne. »Kommst du? Wir müssen nach Downtown.«

Alejandro schaut erst mich und anschließend Elena an. Sie sieht ihn mit derselben Hingabe wie mich an. Scheiße, zwischen ihnen ist etwas. Er beugt sich zu ihr und küsst sie ebenfalls. Ich kann es nicht fassen, denn sie erwidert den Kuss und streicht ihm sanft durch sein Haar.

»Pass du gut auf dich auf, Prinzessin. Wir sehen uns morgen.«

Ich schaue Elena erneut in die Augen. Ihr Blick ist verzweifelt und ich schenke ihr ein gequältes Lächeln. Es bleibt keine Zeit, jetzt über diese Sache zu sprechen, denn unser Vater erwartet uns. Auch wenn es mir ganz und gar nicht schmeckt, dass etwas zwischen ihr und Alejandro ist.

»Wir nehmen meinen Wagen«, lege ich fest und ignoriere den Protest meines Zwillings. Ich habe jetzt weder Zeit noch Bock, mit ihm zu diskutieren. Außerdem kann ich ihn während der Fahrt in Kenntnis setzen, was wir vorhaben und was heute passiert ist, während er sich mit *meinem* Mädchen vergnügt hat.

Genervt nimmt Alejandro auf dem Beifahrersitz Platz

und verspannt sich neben mir. »Seit wann werde ich vor einem Auftrag observiert?«, fragt er und klingt dabei angepisst. Scheinbar war es für ihn ebenfalls eine unangenehme Überraschung, zu sehen, wie Elena zu mir steht.

»Seit unser Vater glaubt, dass er dir nicht trauen kann.«

»Ist das so? Wieso glaubt er das?«

»Muss ich dir das jetzt wirklich erklären, Alejandro?«

»Was läuft zwischen dir und Elena?«, wechselt er das Thema.

Ich starre ihn für einen Moment fassungslos an. »Was zwischen Elena und mir läuft? Das sollte ich wohl eher dich fragen.«

Er zieht skeptisch die Augenbrauen nach oben. »Ich mag sie. Sie hat etwas Einzigartiges an sich, was mich fasziniert. Verdammt, Matteo, sie ist anders als jede Frau, die mir bisher über den Weg gelaufen ist. Sie ist keines dieser naiven Püppchen. Das gefällt mir.«

»Was für eine Scheißironie. Müssen wir ausgerechnet dieselbe Frau besonders finden?«

Er zuckt mit den Schultern und schaut eine Weile aus dem Fenster in die Dunkelheit. »Wieso lassen wir nicht Elena entscheiden, was sie will?«

»Nie im Leben. Ich teile sie nicht mit dir, Alejandro. Sie wird mich wählen, glaub mir.«

»Bist du dir da ganz sicher?«, fragt er ohne Spott in der Stimme.

Ich umklammere das Lenkrad meines Wagens fester, bis meine Fingerknöchel weiß hervortreten, denn ich bin mir nicht sicher. Ich weiß, wie charmant und einnehmend Alejandro sein kann, um seinen Willen zu bekommen. Das macht ihn ja so gefährlich, genau wie mich. Oder bedeutet sie ihm wirklich etwas? Ich weiß nicht, welches Szenario mir lieber ist. Das, in dem er sie ausnutzt, oder das, in dem er aufrichtige Gefühle für sie hat?

KAPITEL 21
Matteo

Wir finden uns am Ort des Geschehens ein, wo wir auf unseren Vater und einige zuverlässige Männer aus dem Kartell treffen.

»Wie schön, dass ihr es einrichten konntet«, knurrt unser Vater. »Matteo, du gehst mit uns rein. Alejandro, du hältst dich heute zurück und wartest bei den Wagen.«

»Ist das dein Ernst? Du lässt mich observieren und von Matteo abführen, damit ich jetzt draußen wie ein Hund warte?«

»Zügel deine Zunge, mein Sohn. Willst du, dass die Situation sofort eskaliert? Schließlich warst du es, der Santos unüberlegt ausgeschaltet hat.«

Alejandro schnaubt abfällig, aber akzeptiert schließlich die Entscheidung unseres Vaters. Wären wir nicht unser gesamtes Leben dazu erzogen worden, uns zu hassen, würde er mir jetzt fast leidtun. Die Anordnung unseres Vaters ist demütigend und wird Alejandro nicht gerecht. Er ist neben mir einer der besten Kämpfer und zielsichersten Schützen im Kartell.

Ich schnipse die Überreste meiner Zigarette weg, da die Tür zum Lieferanteneingang aufgestoßen wird. Aus irgendeinem Grund beschleicht mich ein ungutes Gefühl, dass hier etwas nicht stimmt, als ich unseren Kontaktmann erblicke. Er wirkt nervös. Zu nervös für diesen simplen Plan. Vielleicht ist es aber auch das Adrenalin, das in meinem Körper kickt und mich wachsamer werden lässt.

Diego und zwei weitere unserer besten Männer betreten dicht gefolgt von meinem Vater und mir das Gebäude. Wir gelangen in einen langen und schlecht beleuchteten Gang, in dem ebenfalls eine seltsame Stille herrscht. Die Luft ist mit einer Mischung aus Zigarettenrauch, Angst, Schweiß und Verrat geschwängert. Die Erkenntnis beschleunigt meinen Puls, denn ich weiß, dass es kein Zurück mehr gibt. Jeder Atemzug, jeder Schritt, bringt uns genau in die Position, in der uns die Mexikaner haben wollen.

Mein Vater wirft mir einen Blick über die Schulter zu, in dem ich dasselbe lese, was ich denke. Aber es ist zu spät. Nie im Leben wären wir Donatellos dazu bereit, zurückzuweichen, selbst dann nicht, wenn das unseren sicheren Tod bedeutet.

Diego öffnet die Tür, hinter der unser geplanter Komplott laufen soll, und wir folgen ihm. Bereits während wir den Raum betreten, schnappt die Falle zu.

Miguel Gonzalez erwartet uns mit einem zufriedenen Grinsen, sitzt an seinem Schreibtisch und zieht an einer Zigarre. Hinter ihm steht sein Sohn Juan mit versteinerter Miene. Dazu vier schwer bewaffnete Männer in jeder Ecke, die ihre Waffen auf uns richten und uns mit ihren Blicken taxieren.

»Carlos, mein alter Freund! Dass wir uns bereits so schnell nach dem Tod meines geliebten Sohnes Santos sehen, habe ich nicht erwartet«, säuselt Miguel, ohne meinen Vater eines Blickes zu würdigen.

Dieser tritt einen weiteren Schritt auf den Schreibtisch des Mexikaners zu. Ich schließe zu ihm auf, um ihm von hinten Deckung zu geben. Denn eins steht fest: Egal, wie ausweglos die Situation für uns scheint, wir werden kämpfen.

»Spar dir diese lächerlichen Floskeln, du Bastard! Wer hat uns verraten? Wo ist dieser Wichser?«, erwidert mein Vater kühn und hat im nächsten Moment den Schlagring, den Miguel unter der Tischplatte verborgen hatte, im Gesicht. Mein Vater taumelt kurz, fängt sich aber sofort wieder.

»Das hier ist mein Haus, Carlos! Hier stelle ich die Fragen und bestimme die Spielregeln! Es ist vollkommen egal, wie es zu dieser wundervollen Situation gekommen ist, sie ist da und ich werde es genießen, dich zu vernichten.« Er schnalzt mit der Zunge, umrundet den massiven Holztisch und baut sich dicht vor meinem Vater auf. »Wie fühlt sich das an, Carlos? In der Falle zu sitzen, ohne einen Ausweg?«

Schweigen, dann ein kehliges Lachen von meinem Vater, nachdem Miguel den Rauch seiner Zigarre mitten in sein Gesicht ausgestoßen hat.

»Dass du immer noch denkst, dass du die Oberhand hast, obwohl du in meiner Falle sitzt, ist an Arroganz und Dummheit kaum zu übertreffen, Carlos, aber so wart ihr schon immer. Ihr Donatellos nehmt es mit eurer Familiengeschichte zu ernst und glaubt, ihr seid unsterblich und werdet wiedergeboren wie der Phönix eures Wappens. Ich werde dir jetzt das Gegenteil beweisen!«

Im nächsten Moment schnellt zweimal der Arm des Mexikaners nach vorn und ich sehe, dass er meinem Vater eine Klinge in den Bauch rammt. Dieser taumelt daraufhin ein Stück zurück, bemüht sich, standhaft zu bleiben, während er nach Luft ringt, und holt schließlich aus. Seine Faust trifft Miguel derart heftig, dass ich Knochen knacken höre und der Mexikaner mit blutender Nase zu Boden geht.

Im nächsten Augenblick herrscht das blanke Chaos. Aus jeder Ecke fallen Schüsse, Männer gehen zu Boden, krümmen sich vor Schmerzen und benetzen kurze Zeit später den Boden mit einer Lache Blut.

Als mir Miguels Sohn gegenübersteht, steigt meine Mordlust ins Unermessliche. Doch ehe ich auf ihn zustürmen kann, um ihn mit meinen bloßen Händen zu erledigen, hält mir jemand eine Waffe an die Schläfe. So eine verfickte Scheiße. Das kann unmöglich das Ende sein. Ich kann nicht abtreten, nicht auf diese erbärmliche Weise.

Die entsicherte Waffe an meinem Kopf ignorierend ramme ich meinem Angreifer blitzschnell meinen Ellenbogen in die Magengegend. Mein Schlag trifft ihn derart unvorbereitet und heftig, dass er zurücktaumelt und die Waffe von meiner Stirn löst. Die Aktion war riskant, aber notwendig.

Nun stehe ich wieder Juan Gonzalez gegenüber, der zwar übel zugerichtet ist, aber dennoch voller Zufriedenheit über das ganze Gesicht grinst. Ich will mich auf ihn stürzen, da ertönt ein Schuss direkt neben mir, noch einer. Ich brauche mehrere Sekunden, um zu begreifen, was hier passiert.

Juan bricht zusammen und dicht hinter mir geht ebenfalls jemand zu Boden. Ein Luftzug an meinem Ohr.

»Jetzt sind wir quitt, Bruder!«, raunt Alejandro, bevor er neben unserem Vater in die Knie geht.

Ich lasse meinen Blick durch den Raum wandern. Alle sind tot. Nur Diego kommt langsam wieder auf die Beine.

Ich folge Alejandro und hocke mich auf die gegenüberliegende Seite zu unserem blutüberströmten Vater. Der Streifschuss am Hals ist sicher schmerzhaft, aber die Stichverletzungen, die seinen Brustkorb dicht neben seinem

Herzen durchbohrt haben, und die tiefen Schnitte in seinem Bauch sind letztlich die Verletzungen, die ihn umbringen werden.

Unser Vater löst die Hände von seinen Wunden und zieht Alejandro und mich dicht vor sein Gesicht. »Ich bin stolz auf euch! Auf euch beide. Zusammen könnt ihr es! Ich will, dass ihr gemeinsam das Kartell leitet.« Die Stimme unseres Vaters ist trotz seiner Situation fest, bestimmend und duldet keinen Widerspruch.

Alejandro versteift sich neben mir und zieht sich ein Stück zurück. »Aber ...«, setzt er an, als unser Vater ihn wieder grob zu sich zieht.

»Akzeptiert es! Ihr beide. Es ist mein letzter Wille.« Diese Worte kosten ihn seine letzte Kraft. Ein heftiger Hustenanfall ereilt ihn, der seinen Körper schüttelt.

Ich greife nach seiner Hand, die andere hält mein Bruder. Wir sehen zu, wie unser Vater geht und das Leben aus seinem Körper entweicht. Sekündlich wird die Haut in seinem Gesicht blasser und seine Atemzüge verlangsamen sich. Sie werden immer flacher, bis sie schließlich verebben und er seine Augen für immer schließt. Er geht mit Ehre und Würde, ohne um sein Leben gebettelt zu haben.

Wir nehmen seine Siegelringe an uns, die bedeuten, dass wir ab heute das Kartell führen. Auch wenn ich nicht weiß, wie das funktionieren soll. Alejandro und ich haben bisher noch nie im Team funktioniert. Aber darüber können wir uns später unterhalten. Zuvor muss unbedingt eine Sache erledigt werden.

Ich erhebe mich, straffe die Schultern und wende mich an Diego. »Bring mir diesen Bastard, der uns die Tür geöffnet hat.«

Diego verschwindet und zurück bleiben Alejandro und ich. »Woher wusstest du ...?«, beginne ich, da schnellt er schon nach oben und baut sich vor mir auf.

»Wie soll das in Zukunft laufen, Matteo? Zwei Donatellos an der Spitze?«

»Tja, ich gebe Anweisungen und du kannst mir folgen, Bruder.«

»Nie im Leben«, erwiedert Alejandro und schüttelt den Kopf. Trotz dieser ablehnenden Reaktion wirkt er nicht annähernd so wütend auf meine Äußerung, wie ich vermutet hatte. Kann er sich dieses Szenario ernsthaft vorstellen?

Diego zerrt den Typen, der uns vorhin am Lieferanteneingang hereingelassen hat, durch die Tür und wirft ihn uns vor die Füße.

»Steh auf, du Bastard!«, fordere ich barsch, öffne die beiden Manschettenknöpfe an den Ärmeln meines Hemdes und schiebe es mir bis zu meinen Ellenbogen zurück.

Der Verräter kommt vor mir zum Stehen und schaut mich an wie eine verängstigte Pussy.

»Wie heißt du?«

»Marco.«

»So, Marco, was ist passiert?«

»Ich habe ...« Sein erbärmliches Gestammel wird von Alejandros Faustschlag direkt in sein Gesicht unterbrochen. Marco strauchelt, spuckt Blut aus und reißt verängstigt die Augen auf. Was für ein Versager.

»Noch einmal! In ganzen Sätzen.«

»Gonzalez hat Wind von der Sache bekommen und meine Frau und meine kleine Tochter entführt und deren Leben bedroht.«

Ich schnaube abfällig und er kassiert einen weiteren derben Schlag in seine Fresse, diesmal von mir. »Denkst du, nach dieser Aktion werden sie leben?« Ich lege eine bedeutungsvolle Pause ein und zünde mir eine Zigarette an. »Nein, Marco, werden sie nicht. Wenn du loyal gewesen wärst, wäre die Sache anders gelaufen.«

Tränen füllen die Augen des Verräters und ich verabscheue ihn für sein feiges Handeln. Er hängt an meinen Lippen, fleht immer wieder um Gnade und Vergebung. Ich lasse ihn seine Show für die Länge meiner Zigarette durchziehen, dann schnipse ich meine Kippe weg, ziehe meine Waffe und drücke ab. Ohne mit der Wimper zu zucken, wende ich mich ab und schaue Diego in die Augen. »Verständige die anderen. Räumt hier auf und kümmert euch um den Rest von Gonzalez' Männern. Da Verräter unter ihnen weilen, knallt sie alle ab. Sie werden nie aus Überzeugung an unserer Seite stehen.«

Ich klopfe ihm auf die Schulter und verlasse gemeinsam mit Alejandro, der mir eben das Leben gerettet hat, den Ort des Geschehens.

KAPITEL 22

Alejandro

Er ist exakt dort, wo ich ihn nach diesem beschissenen Abend vermutet habe. Matteo sitzt im Büro unseres Vaters mit einer halb geleerten Flasche Scotch vor sich. Zu meiner Verwunderung hat er einen beliebigen Platz und nicht den von Carlos eingenommen.

Ich setze mich ihm gegenüber, öffne meine Bierflasche und nehme einen Schluck. »Wir müssen reden, Matteo.«

»Müssen wir?«

»Ja! Wie stellst du dir das Ganze vor? Wir müssen in den kommenden Tagen präsent sein und unseren Feinden zeigen, dass Carlos' Tod uns nicht geschwächt hat.«

»Kannst du ihn immer noch nicht Vater nennen? Nicht einmal jetzt, nach seinem Tod?«

Ich schnaube verächtlich. »Wieso sollte ich, Matteo? Du weißt, dass ich kein Heuchler bin. Und war er jemals ein Vater für dich oder mich? Du kennst die Antwort. Also, hast du einen Plan?«

»Nicht wirklich. Viele werden eine Chance darin sehen, uns anzugreifen. Jeder, der den Namen Donatello kennt, weiß, dass wir uns hassen, und das macht uns angreifbar.«

»Wir teilen die gleichen Gedanken und wir sollten sie dringend vom Gegenteil überzeugen. Geschlossen, als Einheit auftreten, was meinst du?«

Mein Bruder hebt den Kopf und begegnet meinem eindringlichen Blick. Es fühlt sich fast so an, als würden wir uns in diesem Augenblick zum ersten Mal in unserem Leben richtig in die Augen sehen. Ohne den Schleier aus Hass und Wut und den Drang, unserem Vater zu beweisen, der Beste zu sein. In diesem Moment sind wir Matteo und Alejandro Donatello: Zwillinge und seit heute Nacht Anführer eines mächtigen Kartells. »Wie stellst du dir das vor, Alejandro?«

»Ich werde einige unserer Leute beauftragen, sich in den kommenden Tagen aufmerksam umzuhören, ob jemand Unruhe stiften will. Währenddessen besuchen wir, also du und ich, einige Geschäftspartner.«

Er nickt und ich kann es kaum fassen. Noch nie zuvor hat mein Bruder mir zugestimmt. Diese Geste existierte bisher nicht für uns.

Ich zünde mir eine Kippe an und trinke noch einen großen Schluck von meinem Bier. »Wir sollten unsere Zusammenarbeit mit den Creeds stärken. Sie sind loyal und mächtige Verbündete.«

»Für dich vielleicht. Sie werden von mir keine Befehle entgegennehmen, das weißt du. Ihre Loyalität galt unserem Vater und nun dir.«

»Wenn ich es ihnen sage, werden sie dir folgen, glaub mir. Ich spreche gleich Morgen mit Donnavan darüber.«

»Gut. Ich fahre mit Diego unsere ganzen Geschäfte ab. Ich werde deutlich machen, dass sich nichts ändern wird, wir die Kontrolle haben und treibe unsere Mieten ein.«

Diesmal bin ich es, der zustimmend nickt, was Matteos Mundwinkel zucken lässt. »Wenn du morgen unterwegs bist, kümmerst du dich dann gleich um die Kokainübergabe in der alten Fabrik?«

»Weckt der Ort schlechte Erinnerungen bei dir, Alejandro?«

»Nein. Dieser gescheiterte Deal musste sein, sonst säßen wir jetzt nicht hier.« Ich stehe auf und bewege mich in Richtung Tür, um nach oben zu verschwinden. Matteos Stimme erklingt hinter mir und ich bleibe stehen.

»Was ist mit Elena?«

Prompt hat er wieder meine Aufmerksamkeit und ich drehe mich zu ihm. »Was soll mit ihr sein?«

»Kannst du dich nicht von ihr fernhalten?«

Ich schnaube. »Halt du dich doch von ihr fern. Ich will sie, Matteo. Auf eine Art, auf die ich noch keine zuvor wollte. Sie ist besonders.«

»Für mich auch.«

»Tja, das ist ein Problem, das wir heute Nacht unmöglich lösen können.«

»Also soll das jetzt immer so laufen? Du datest sie und später ich?«, bringt Matteo verächtlich hervor.

»Ich habe keine Antwort auf diese Frage. Mein Vorschlag ist immer noch, dass wir sie wählen lassen.«

»Hast du überhaupt keine Angst, dass sie mich wählt?«

Meine Kehle schnürt sich zu und ich schlucke hart. Wenn Matteo wüsste. Ich habe eine Scheißangst davor, dieses Mädchen zu verlieren, bevor ich die Chance hatte, ihr zu zeigen, wie es wäre, mit mir zu leben, aber das kann ich unmöglich zugeben. Ich bin kein schwacher Mann, der sich fürchtet, zurückgewiesen zu werden. »Nein. Denn egal, welche Entscheidung sie trifft, es wird die richtige sein, für sie.«

Mein Bruder hebt den Kopf und mustert mich intensiv. »Seit wann bist du so verdammt abgeklärt und ruhig? Wann ist das passiert?«

Ich zucke mit den Schultern, denn ich weiß genau, was er meint. »Wieso sollte ich jetzt noch kämpfen? Carlos ist tot, uns gehört das Kartell und ich kann endlich leben. Tun, wonach mir ist, ohne ständig unseren Erzeuger im Nacken zu haben.«

Matteo schüttelt den Kopf. »Es klingt fast so, als ob du froh wärst, dass er tot ist.«

»Das ist nicht das richtige Wort, Matt. Erleichtert trifft es. Ich kann jetzt atmen. Du nicht auch?«

Er zuckt mit den Schultern und ich verlasse endgültig das Büro. Für Außenstehende mag es seltsam und befremdlich sein, wie ich über Carlos' Tod denke und rede, aber so ist es nun einmal. Er hat mir in meinem Leben nichts gegeben, womit er den Titel Vater verdient hätte. Carlos war eiskalt, brutal und berechnend. Ich will damit nicht sagen, dass ich besser bin als er, aber ich habe bisher auch keine Kinder. Und sollte das jemals der Fall sein, habe ich mir geschworen, es besser zu machen. Zweimal hat unser Erzeuger zu mir gesagt, dass er stolz auf mich ist. Das erste Mal, als ich mit sechzehn dem Mitglied eines verfeindeten Kartells eine Kugel in den Kopf gejagt habe und das zweite Mal heute Nacht, kurz vor seinem Tod. Ein Schnauben entfährt mir bei der Erkenntnis. Nein, er war kein Vater.

In meinem Wohnzimmer angekommen streife ich meine Chucks und meine Jacke ab und laufe zu meiner Plattensammlung. Ich brauche Musik, um mich abzulenken und um die Gedanken in meinem Kopf auf stumm zu schalten. Eine Platte von Alex Kinsey passt am besten zu meiner Stimmung. Ich regele die Anlage auf volle Lautstärke und lasse mich auf meine große Ledercouch fallen. Mit verschränkten Armen hinter dem Kopf schaue ich in Richtung Zimmerdecke, schließe die Augen und versuche, abzuschalten.

Es gelingt mir keine Sekunde. Sobald ich die Lider

schließe, flutet Elena meine Gedanken. Das Mädchen mit den schönsten Augen, in die ich jemals gesehen habe. Wann immer ich sie ansehe, ertrinke ich in der unergründlichen Tiefe und den stürmischen Wellen ihres einzigartigen Blaus. Verdammt! Unmöglich, einen freien Kopf zu bekommen.

Obwohl es bereits sehr spät ist, zücke ich mein Handy und rufe Toni an. Es dauert eine Weile, bis er abhebt, aber schließlich ertönt seine müde Stimme.

»Ja?«

»Toni, hast du Zeit?«

»Was? Ja. Ist etwas passiert?«

»Die Sache bei den Mexikanern ist beschissen gelaufen. Carlos ist tot.«

Plötzlich klingt Toni hellwach und alarmiert. »Fuck. Geht es dir gut?«

»Ja. Du kennst mich doch. Wollen wir uns am Clubhaus treffen?«

»Ich brauche eine halbe Stunde«, entgegnet mein Freund, ohne zu zögern.

»Bist du bei ihr?«

»Ja. Ich bin bei Page. Bis gleich.«

Wir legen auf, ich ziehe mir meine Lederjacke und meine Chucks wieder über und mache mich auf den Weg.

Die Nacht ist angenehm kühl und ich genieße den Fahrtwind, der mir auf meiner Harley entgegenbläst.

Im Clubhaus der Creeds brennt bereits Licht. Toni ist also schon da. Ich trete ein und werde direkt von ihm begrüßt. Er klopft mir auf die Schulter und schaut mich mit ernster Miene an. »Kommst du klar?«

Ich winke ab. »Ich bin nicht hier, um über Carlos zu reden. Du weißt, wie ich zu ihm stand.«

»Okay, was treibt dich sonst mitten in der Nacht hierher?«

Ich laufe zur Theke und öffne uns beiden ein Bier. Toni setzt sich auf einen Barhocker neben mich.

»Es geht um das Mädchen.«

»Welches? Nein, warte, um Elena.«

»Ja, richtig, um Elena. Wie läuft es denn mit dir und Page?«

»Richtig gut. Sie bedeutet mir etwas. Ich habe nicht gedacht, dass ich das jemals sagen würde, aber bei ihr zu sein, fühlt sich richtig an. Aber du bist nicht hier, um mit mir über Page und mich zu reden. Also, was ist mit Elena?«

»Sie macht mich fertig, Toni.«

»Was meinst du? Hat sie so viel Ausdauer im Bett?«

Ich grinse und schüttele den Kopf, bevor ich einen großen Schluck Bier nehme. »Nein. Also, ich weiß es nicht.«

»Du hast noch nicht mit ihr gevögelt?« Toni wirkt entsetzt und ich kann es ihm nicht verübeln. Für gewöhnlich dauert es keine halbe Stunde, bis ich mich in einer Frau versenke, wenn ich sie will. Aber bei Elena ist es anders.

»Noch nicht. Toni, sie ist besonders. Wenn ich in ihrer Nähe bin, habe ich das Gefühl, dass alles leichter wird. Ich kann besser atmen, kann ich selbst sein und mich fallen lassen. Ich klinge wie ein erbärmlicher Trottel, oder?«

Mein bester Freund klopft mir auf die Schulter und grinst breit. »Dass ich das noch erleben darf. Nein, mein Freund, du klingst nicht wie ein Trottel. Du bist verliebt.« Ich schnaube und Tonis Augen werden groß. »Ja, Alter. Dich hat es komplett erwischt. Woran liegt es? Ihr Aussehen? Ihr Temperament?«

»Es ist alles. Sie ist so anders. Egal, was ich sage oder tue, sie akzeptiert es. Da ist kein Funken Angst oder Unsicherheit in ihren Augen, wenn ich sie ansehe, und das zieht mich an. Bei ihr muss ich keine Show abziehen und das Arschloch sein, das ein Kartell führt, sondern ich bin einfach ich.«

»Meinst du denn, sie hat annähernd eine Ahnung und Vorstellung, wer du wirklich bist und wie viele Menschen du auf dem Gewissen hast?«

»Wahrscheinlich nicht. Aber das spielt auch überhaupt keine Rolle für sie. Ich bin es, der sie interessiert, nicht das Kartell.«

Toni schüttelt den Kopf und schaut mich eindringlich an. »Alejandro, du bist das Kartell. Wenn du sie wirklich willst, muss sie auch diese Seite von dir kennen und akzeptieren.«

»Ich bin mir sicher, das wird sie. Ich weiß, ich kenne sie kaum, aber zwischen ihr und mir herrscht eine Verbundenheit, die ich nicht mit Worten beschreiben kann. Es fühlt sich an, als würden wir uns schon ewig kennen.«

Toni grinst wieder breit und klopft mir erneut auf die Schulter. »Ja, dich hat es echt komplett erwischt. Ich freue mich für dich!«

»Es gibt aber ein Problem.«

»Welches?«

»Matteo.«

»Was hat Matteo damit zu tun?«

»Er will sie auch.«

»Scheiße. Dann musst du ihm zuvorkommen.«

»Dafür ist es bereits zu spät.«

»Was meinst du?«

»Er hatte sie schon.«

Toni verschluckt sich an dem Schluck Bier, den er getrunken hat, und muss sich mehrfach räuspern. »Alejandro Donatello, erzählst du mir gerade, dass du und dein Bruder dieselbe Frau wollt?«

»Es scheint fast so.«

»Wenn ihr normale Zwillinge wärt, die sich mögen, würde ich dich jetzt zu einem Dreier mit einer heißen Braut beglückwünschen, aber Matteo und du? Das kann doch nie im Leben funktionieren.«

Ich zucke mit den Schultern, denn ich weiß, dass er recht hat. Außerdem empfinde ich selbst den Gedanken, Elena teilen zu müssen, als unerträglich. »Ich weiß. Ich will, dass sie mich wählt, und werde alles daran setzen, sie zu überzeugen.«

»Wenn du das willst, wirst du das schaffen. Da bin ich mir absolut sicher.«

»Ja, das werde ich. Sie ist zu wertvoll, um sie aufzugeben. Sie ist meine Prinzessin.« Die letzten Worte nuschele ich gegen die Öffnung meiner Bierflasche. Toni prostet mir zu und wir leeren unser Bier.

KAPITEL 23

Elena

Der nächste Morgen kommt viel zu früh und ich würde liebend gern die Decke über meinen Kopf ziehen und den gesamten Tag im Bett verbringen. Aber das kann ich nicht, denn Page braucht mich im Diner.

Ich setze mich mühselig auf, strecke die Arme in die Luft, um meine steifen Glieder zu lösen, und fühle mich völlig ausgelaugt. Es ist erst meine zweite Woche in San Francisco und ich habe in dieser Zeit gefühlt schon so viel erlebt wie in einem ganzen Leben.

Das Hämmern in meinem Fuß reißt mich aus meiner Melancholie. Ich schlucke schnell zwei Schmerztabletten und spüle sie mit einem großen Schluck Wasser hinunter, damit dieses unerträgliche Pochen nicht schlimmer wird.

Im Diner angekommen treffe ich auf Page, die bis über beide Ohren strahlt, bis sie meinen in einen Verband gewickelten Fuß entdeckt.

»Was ist dir denn passiert? Sag mir bitte nicht, das hat etwas mit einem der Donatellos zu tun?«

»Na ja, irgendwie schon. Also, Matteo ist schuld.«

»Irgendwie schon? Was hat er gemacht?«

Ich hinke zur Theke und lege meinen Kopf auf die

kühle Holzfläche. »Nachdem du gestern weg warst, musste ich ununterbrochen an ihn denken und bin zur Ablenkung am Strand entlanggelaufen und in diese dämliche Scherbe getreten. Alejandro hat mich gerettet und dann kam Matteo dazu und …«

»Warte. Bitte was? Matteo und Alejandro waren zusammen bei dir?«

»Ja. Und ich habe sie beide geküsst«, erwidere ich mit glühenden Wangen und voller Scham.

Die Augen von Page weiten sich und werden beinahe tellergroß. Ich seufze verzweifelt und klopfe immer wieder mit der Stirn auf die Theke. »Page, ich will sterben«, jammere ich.

Sie zieht mich an den Schultern nach oben und bedenkt mich mit einer strengen Miene. »Ich bin gerade echt sprachlos. Süße, was machst du denn?«

»Ich weiß es nicht. Die zwei verwirren mich und sind so verdammt heiß.«

»Und überhaupt, warst du nicht eigentlich stinksauer auf Matteo, weil er nach dem Sex verschwunden ist?«

»›Eigentlich‹ trifft es ausgezeichnet. Ich war genau bis zu dem Moment wütend, als er wieder vor mir stand und ich in seine Augen geschaut habe.«

»Hat er dich etwa wie ein niedlicher Welpe angeschaut?«

»Ja ja, mach dich nur lustig über meine aussichtslose Situation.«

Page grinst einen Moment lang, dann wird sie wieder ernst. »Aussichtslos? Du meinst wohl eher leichtsinnig. Und was läuft da jetzt mit dir und Alejandro?«

»Nichts.« Ihr skeptischer Blick vernichtet meine Lüge nach nur einem Wimpernschlag. »Ach, Page, es ist kompliziert. Er hat mich geküsst und der Kuss hat Schmetterlinge in meinem Bauch tanzen lassen. Bei Matteo ist es aber genauso. Sobald ich in seine schwarzen Augen schaue, vergesse ich, wie man atmet, und sehne mich nach seinen Berührungen.«

»Meine Güte. Die Donatellos haben dich um den Finger gewickelt. Du bist in beide verknallt. Gib es zu«, ärgert sie mich.

»Vielleicht.«

»O mein Gott. Das ist wie in einem Liebesfilm. Das unschuldige Mädchen, das von zwei Mafiabossen umworben wird und sich am Ende entscheiden muss«, führt Page voller Enthusiasmus aus.

Ich verdrehe die Augen. »Es soll bitte nicht wie in deiner Filmvorstellung laufen. Ich will sie beide, Page.«

»Das mag ja sein, Süße. Aber was wollen sie?«

»Ich habe keine Ahnung. Ich bin froh, dass sie sich gestern nicht an die Gurgel gegangen sind, als wir zu dritt in einem Raum waren.« Page feixt und ich werde skeptisch. »Sag mal, wieso hältst du mir eigentlich nicht wieder einen Vortrag darüber, wie übermütig und naiv ich bin, sondern redest mit mir darüber, als ob es völlig normal wäre?«

Page zuckt mit den Schultern. »Ganz ehrlich? Ich habe es aufgegeben. Ich werde das Gefühl nicht los, dass du genau weißt, was du tust, und eine unglaublich starke Frau bist. Also wenn es jemand mit den Donatello-Zwillingen aufnehmen kann, dann du.« Sie stupst mir mit ihrem Zeigefinger gegen die Brust und ich ziehe sie in eine feste Umarmung.

Ich murmele ein »Danke« in ihr rotes Haar. »Jetzt haben wir genug über mein chaotisches Leben gesprochen. Wie lief dein Date mit Toni?«

Ein Leuchten tritt in ihre Augen. »Es war großartig. Wir waren in einem richtig schicken Lokal essen und sind danach zu einer Aussichtsplattform gefahren. Dort hat Toni mir gesagt, dass er mit Alejandro und dessen Vater sprechen möchte, um dem Kartell beizutreten. Dann könnten wir uns öfter sehen. Wenn es klappt, will er nach einer gemeinsamen Wohnung für uns suchen. Mitten in der Nacht musste er dann aber los, weil er einen wichtigen Anruf bekommen hat.«

»Das gehört wohl dazu, oder?«

»Ja. Ich beschwere mich auch nicht. Ich bin mir sicher, dass es wichtig war. Außerdem überwiegt meine Freude, dass er wirklich mit mir zusammenziehen möchte.«

»Das klingt wunderschön. Ich wünsche euch alles Glück der Welt und drücke euch die Daumen.«

»Danke. Schauen wir, ob das Ganze funktioniert.«

»Wenn ihr es beide wollt, bin ich mir da ziemlich sicher.« Ich drücke ihr einen Kuss auf die Wange, der sie zum Lächeln bringt. Anschließend beginnen wir mit den Vorbereitungen für den heutigen Tag. Da es für mich sehr anstrengend ist, zu stehen, stellt mir Page einen Barhocker hinter den Tresen und wir beschließen, dass ich heute für das Schneiden der Zutaten und für das Belegen der Burger zuständig bin. Das funktioniert nämlich auch hervorragend im Sitzen.

Kurze Zeit später betreten die ersten Gäste das Diner und eine ganz normale Schicht beginnt. Zumindest so lange, bis die Creeds wieder auftauchen.

Dass diese unangenehme Horde von Bikern uns schon wieder besucht, entlockt mir ein frustriertes Stöhnen. Da ich mich aber heute hinter der Theke in Sicherheit wiege, versuche ich, gelassen zu bleiben.

Page begibt sich lächelnd zu der hungrigen Meute, wird aber, im Gegensatz zu mir am Vortag, sehr herzlich begrüßt. Toni zieht sie kurz auf seinen Schoß, drückt ihr einen flüchtigen Kuss auf die Lippen und macht sich dann auf den Weg zu mir. Nur weil Page so verliebt in ihn ist, unterdrücke ich ein Augenrollen. Ich mag diesen Typen nicht.

»Na, Elena! Wie geht's?«

»Hat deine Frage irgendeinen tieferen Grund?«, erwidere ich genervt, da ich keinen Bock auf seine Sprüche habe.

»Na, hör mal, nicht gleich so bissig. Ich will mich nur mal nach dem Wohlbefinden der Freundin meines besten Freundes erkundigen.«

Ich kneife die Augen zusammen. »Freundin von welchem Freund? Du musst dich schon deutlicher ausdrücken.«

Er lacht schallend auf. So laut, dass die Aufmerksamkeit aller Gäste für einen Moment auf uns ruht. Es wundert mich überhaupt nicht mehr, dass er und Alejandro die besten Freunde sind. Sie teilen auf jeden Fall denselben Humor. »Ich verstehe immer besser, was Alejandro an dir mag. Dein Temperament ist schon ziemlich sexy.«

Jetzt rolle ich mit den Augen. »Da muss ich dich enttäuschen, denn ich bin nicht seine Freundin.«

»Noch nicht! Warte ab. Außerdem kann er dich jetzt gut gebrauchen.«

»Was meinst du damit?«

»Du weißt es noch nicht?«

Nein, du Idiot, sonst würde ich nicht fragen, denke ich, presse aber fest die Lippen aufeinander, um ihm nicht patzig zu antworten. Stattdessen schüttele ich den Kopf.

»Carlos Donatello ist gestern gestorben.«

Ich schlage mir fassungslos die Hände vor den Mund. »Bitte was? Wie denn?«

»Ein Hinterhalt. Mehr kann ich dir nicht sagen. Also sei nett zu Alejandro.« Er klopft auf den Tresen und wendet sich von mir ab.

Mir kriecht ein eiskalter Schauer über den Rücken.

Das kann doch unmöglich wahr sein. Bilder fluten meinen Kopf. Geht es den beiden gut? Ist Matteo deshalb aufgetaucht, um Alejandro abzuholen? Mein Herz pocht wild in meiner Brust und mir wird übel. Der Gedanke, einem von ihnen könnte etwas zugestoßen sein, schnürt mir die Luft ab.

»Elena?« Die Stimme von Page holt mich wieder zurück ins Hier und Jetzt.

»Hat Toni es dir schon gesagt?«

Ich nicke, erwidere aber nichts, da mich die Übelkeit lähmt.

»Du bist ganz blass. Willst du kurz rüber in deine Wohnung?«

Ich nicke ein weiteres Mal und stürme, so schnell es mein schmerzender Fuß zulässt, aus dem Diner.

Ich rette mich in mein Badezimmer und stumme Tränen bahnen sich ihren Weg über mein Gesicht. Egal, wie sehr ich mich bemühe, mit dem Weinen aufzuhören, es gelingt mir nicht. Dass die Nachricht von dem Tod eines Fremden mich dermaßen aus der Fassung bringt, kann ich mir selbst nicht erklären, bis mir klar wird, dass es überhaupt nichts mit dem Tod von Carlos Donatello zu tun hat, sondern an meiner Verbindung zu seinen Söhnen liegt, denn ich kann mir unmöglich vorstellen, einen von ihnen zu verlieren.

Ich ziehe die Knie an die Brust und vergrabe das Gesicht in meinen Händen. Sollte ich Matteo oder Alejandro anrufen? Etwas in mir sagt, dass sie das nicht wollen würden. Ich rede mir selbst gut zu und versuche, die Sorge um sie abzuschütteln.

Gegen Mittag klopft es an meiner Tür. Ich öffne und Page steht mit einem Teller voller Waffeln vor mir. Ich fühle mich furchtbar, dass ich sie wegen meiner Befindlichkeiten im Stich gelassen habe. Aber statt verärgert zu sein, lächelt sie mich aufmunternd an.

»Glaub mir, meine Waffeln machen dich glücklich.«

»Helfen die auch gegen dämliche Gefühle, die man nicht haben will?«

»Das müssen wir wohl oder übel ausprobieren, Süße.«

Ich nehme mir eine Waffel von dem Teller und knabbere daran herum. Sie ist köstlich und dennoch kann ich den Geschmack nicht wirklich genießen.

»Jetzt erzähl mir mal, was dich vorhin so aus der Bahn geworfen hat. Du kanntest Carlos doch gar nicht, oder?«

Das Stück Waffel bleibt mir fast im Hals stecken, so eng wird meine Kehle, als Page das Thema erneut aufgreift. »Nein, darum geht es nicht. Ich weiß, das klingt jetzt vollkommen dämlich, aber ich mache mir schreckliche Sorgen um Alejandro und Matteo. Sie hätten verletzt werden können.«

Jetzt wird ihr Blick ganz sanft. »Das ist nicht dämlich, Elena. Du bist verliebt.«

»Aber das will ich nicht.«

»Tja. Leider trifft unser Herz allzu oft Entscheidungen, die unserem Verstand nicht gefallen, oder?«

»Ja. Mein Herz scheint es zu mögen, mich zu quälen.«

Page lacht. »Komm. Wir essen erst einmal.«

»Deine Waffeln bewirken tatsächlich Wunder. In der zweiten Schicht bin ich wieder mit am Start«, bringe ich nach einer Weile hervor und ernte dafür ein Kopfschütteln von Page.

»Nein. Du gönnst dir heute noch einen Tag Pause. Versuch mal, einen klaren Kopf zu bekommen und dir über deine Gefühle klar zu werden. Ich denke, du musst das alles erst einmal verdauen und morgen ist auch noch ein Tag, an dem du arbeiten kannst. Außerdem ist Tara vorhin aufgetaucht und hilft mir in der Spätschicht aus.« Sie zwinkert und ich schlucke die aufsteigenden Tränen hinunter. Page ist ein wundervoller Mensch und ich bin froh, ihr begegnet zu sein.

»Danke.«

»Keine Ursache. Immerhin hast du mich auch bei meiner Migräne gerettet.« Sie packt den leeren Teller, auf dem sich die Waffeln befunden haben, und verschwindet zurück ins Diner.

Ich beschließe, mir einen Wellnessnachmittag zu gönnen, um neue Kraft zu tanken. Nach einer ausgiebigen Dusche creme ich mich mit einer wohltuenden Bodylotion ein, föhne meine Haare zurecht und schlüpfe in ein Oversized Shirt, das mir fast bis zu den Knien reicht.

Mit meinem Laptop in der Hand trete ich nach draußen, wo mich strahlender Sonnenschein empfängt. Ich öffne einen der Klappstühle und setze mich auf die winzige Veranda, die sich vor den Apartments befindet. Die Sonne spendet eine angenehme Wärme und das Vitamin D steigert sofort meine Laune und verbessert mein Wohlbefinden.

Ich beginne damit, verschiedene Logos für meine Marketingagentur zu entwerfen. Dabei lasse ich meiner Kreativität freien Lauf. Ich erstelle geradlinige Motive, bunte Muster und verschnörkelte Kunstwerke. Zusätzlich kreiere ich verschiedene Farbkonzepte und füge diverse Varianten zusammen. Am Ende blicke ich auf drei Logos, die mir wirklich gut gefallen und mich in jedem Detail widerspiegeln.

Als sich mir ein Schatten nähert, schaue ich von meinem Laptop auf. Ich blicke auf ein dunkelgraues Shirt, eine unverwechselbare Lederjacke, zwei Kaffeebecher und begegne weiter oben einem unwiderstehlichen Grübchen-Lächeln. Eine Woge der Erleichterung überkommt mich und lässt all die Sorgen der vergangenen Stunden schmelzen. Alejandro steht vor mir und es geht ihm offensichtlich gut.

»Hey, Prinzessin. Ich habe von deiner Chefin gehört, dass du heute frei hast, und wollte mal nach dir sehen.«

Ich bin zu perplex, um zu antworten.

Alejandro deutet mit einem Kaffeebecher auf meinen Laptop. »Was machst du?«

»Ich erstelle ein Logo für meine Marketingagentur.«

»Darf ich mal sehen?«

Ich ziehe skeptisch die Augenbrauen nach oben. »Geht es dir gut und willst du darüber reden, was letzte Nacht passiert ist?«, frage ich vorsichtig.

Er zuckt lässig mit den Schultern und schüttelt den Kopf. »Mir geht es bestens und es gibt nichts, worüber wir reden müssen. Also, zeigst du es mir?«

Mir verschlägt es kurzzeitig die Sprache, weshalb ich zunächst nichts auf seine Aussage erwidere. Ist es ihm egal, dass sein Vater letzte Nacht gestorben ist? Anderseits, jeder Mensch trauert auf seine eigene Art, nicht wahr? Wer bin ich, um über ihn zu urteilen und über sein Verhalten zu richten? Wer weiß schon, was wirklich in ihm vorgeht und wie er sich fühlt.

Da ich ihm immer noch eine Antwort schuldig bin, legt Alejandro den Kopf schief und schaut mich fragend an. »Was?«

Es ist unmöglich, ihm zu erklären, was in mir vorgeht, deshalb kapituliere ich. Ich rutsche von meinem Stuhl und setze mich auf die Veranda. Alejandro gesellt sich zu mir und rutscht dicht an mich heran, um mit auf den Bildschirm zu schauen. Er stellt die Kaffeebecher neben sich und ich platziere den Laptop auf meinem Schoß. »Das sind meine persönlichen Favoriten.«

Alejandro schaut konzentriert auf das Display und schenkt mir anschließend einen anerkennenden

Blick. »Die sind mega, Prinzessin. Ich kenne mich mit solchen Dingen zwar nicht aus, aber das mit den blauen Farbtönen und dem filigranen E gefällt mir am besten. Passt perfekt zu dir und zu deinen Augen.«

Da mir gleichzeitig kalte und heiße Schauer über den Rücken laufen, muss ich mich irgendwie aus dieser Situation befreien. Ich stoße ihn neckend mit meiner Schulter an und kneife die Augen zusammen. »Hast du gerade wirklich die Wörter ›filigran‹ und ›mega‹ verwendet, Alejandro Donatello?«

Er verzieht den Mund zu einem hinreißenden Lächeln und zuckt mit den Schultern.

»So eine eloquente Ausdrucksweise hätte ich dir gar nicht zugetraut«, lege ich nach, woraufhin sein Grinsen diabolisch wird.

»Nein? Wenn du weiterhin so frech bist, werde ich dir Manieren beibringen müssen, Prinzessin!«

»Und wie willst du das anstellen?«

»Du willst es wirklich wissen, oder?« Unvermittelt hebt Alejandro den Laptop von meinem Schoß, stellt ihn beiseite, packt mich, wirft mich über seine Schulter und läuft geradewegs in Richtung Meer mit mir. Ich quietsche, lache, kreische und trommele auf seinem Rücken herum, aber jeder Widerstand ist zwecklos. Alejandro trägt mich mit Leichtigkeit und verpasst mir einen Klaps auf den Po.

Am Wasser hält er inne und setzt mich ab. Ich rechne damit, dass es gut ist, aber da habe ich mich getäuscht. Ehe ich mich versehe, entkleidet er sich bis auf die Boxershorts und grinst mich frech an. Da sein muskulöser und tätowierter Oberkörper meine gesamte Aufmerksamkeit einnimmt, stehe ich regungslos da und starre ihn an.

Abrupt packt er mich erneut und läuft mit mir ins Wasser. Schritt für Schritt.

»Tu das nicht. Das ist viel zu kalt.«

»Du wolltest nicht hören, Prinzessin. Strafe muss sein.«

Mein Fuß trifft auf das Wasser und ein brennender Schmerz durchzuckt mich. Dieser verfliegt aber sofort, da mich Alejandro unerwartet loslässt und ich wie ein Sack Kartoffeln ins Wasser platsche. Ich strampele mit den Beinen und Alejandro zieht mich direkt wieder an sich. Ich weiß nicht, warum, aber ich lege ihm wie selbstverständlich die Beine um die Mitte und verschränke die Finger in seinem Nacken. Selbst das Brennen in meinem Fuß wird nebensächlich, als ich seinem Blick begegne.

»Genau das habe ich jetzt gebraucht«, haucht Alejandro und beschert mir damit eine Gänsehaut auf meinen Armen. Hat er gemeint, er hat mich gebraucht?

»Was meinst du?«

»Ich hatte gestern, nachdem ich bei dir los bin, einen richtig beschissenen Abend. Keine Ahnung. Bei dir zu sein, macht es irgendwie leichter und lässt mich die ganze Scheiße ertragen.«

»Willst du mir nicht erzählen, was passiert ist, nachdem ihr gegangen seid?«, erkundige ich mich erneut, obwohl ich die Antwort bereits kenne.

»Wir hatten noch eine offene Rechnung mit einigen Mexikanern. Die hat Carlos und einige gute Männer das Leben gekostet.«

»Carlos? Deinen Vater?«

Er nickt, bleibt aber stumm. Zu gern würde ich erfahren, wieso er seinen Vater beim Namen nennt. Ob sie ein schwieriges Verhältnis hatten? Vielleicht bin ich nicht die Einzige, die einige Geister aus der Vergangenheit mit sich herumträgt und ungern über ihre Familie spricht.

Ich will eine Hand nach ihm ausstrecken und über seine Wange streichen, aber das lässt er nicht zu. Er fängt meine Hand vorher ab und hält sie in seiner.

»Tu das nicht, Prinzessin! Ich bin kein Mann, der Mitleid braucht.«

Ich schlucke mühselig, aber respektiere gleichzeitig seinen Willen. Ich beschließe, ihn stattdessen wieder zum Lachen zu bringen und abzulenken. Dafür löse ich meine andere Hand von seinem Nacken und spritze ihm eine Ladung eiskaltes Wasser ins Gesicht. Meine Attacke trifft ihn unvorbereitet.

»Das hast du gerade nicht wirklich gemacht, oder?«

Ich kichere. Alejandro versucht, mich von sich zu lösen, um mich unterzutauchen. Ich umklammere ihn aber wie ein Äffchen mit meinen Beinen. Zumindest so lange, bis er beginnt, mich zu kitzeln. Er findet genau die Stellen an meinen Rippen, die mich zum Lachen bringen. Irgendwann gebe ich meinen Widerstand auf und Alejandro drückt mich unter Wasser. Er taucht ebenfalls unter und wir kommen gleichzeitig zurück an die Oberfläche.

Was dann passiert, trifft mich unvorbereitet und bringt meine Welt noch mehr durcheinander.

KAPITEL 24

Elena

Alejandro nimmt mein Gesicht in seine Hände und seine Augen wandern genüsslich zu meinen Lippen und wieder zu meinen Augen. Ich halte ganz still, bin unfähig, eine Regung zu zeigen. Seine dunklen Augen, die im Gegensatz zu denen seines Zwillingsbruders mit goldenen Sprenkeln versehen sind, fesseln mich. Mein Herz pocht so wild in meiner Brust, dass ich mir sicher bin, dass er es hören kann. Ein schelmisches und gleichzeitig wunderschönes Lächeln umspielt seine Lippen. Sekundenschnell löst er seine Hände von mir, packt mich an der Taille, wirft mich in die Luft und lässt mich ins Wasser platschen.

Als ich wieder auftauche, schwimmt er breit grinsend auf mich zu und zieht mich wieder an sich. Ein Wassertropfen löst sich von einer schwarzen Strähne, die ihm in die Stirn fällt, und bahnt sich ihren Weg über seine perfekt gemeißelten Gesichtszüge. Ich ertappe mich bei dem Gedanken, den Tropfen gern mit meiner Zunge auffangen zu wollen.

Alejandro hebt meinen Kopf und zwingt mich, ihm wieder in die Augen zu sehen. »Warum schaust du so enttäuscht, Prinzessin? Hattest du etwas anderes erwartet?«

»Nein, natürlich nicht. Dein Angriff hat mich nur unvorbereitet getroffen.«

»Ach so. Oder hat deine Enttäuschung etwas damit zu tun, dass du einen Kuss erwartet hast?«

»Was? Niemals. Davon träumst du vielleicht.«

»O glaub mir, das tue ich wirklich! Und zwar jede Nacht, seit ich dich zum ersten Mal gesehen habe. Ich meine damit keinen flüchtigen Kuss wie gestern, sondern einen, der deine Beine zittern lässt.«

Ich stoße einen Schwall Luft aus und bemerke, dass meine Lippen beben. Auch Alejandro entgeht das nicht.

»Na los, Prinzessin. Bringen wir dich erst mal wieder raus aus dem Wasser. Nicht dass du dich noch erkältest.«

Wir bewegen uns in Richtung Strand. Selbst als das Wasser immer flacher wird, trägt mich Alejandro mühelos in seinen starken Armen. Erst an der Veranda vor meinem Apartment setzt er mich ab.

»Den solltest du neu verbinden und ich besorge uns frischen Kaffee.« Er deutet auf meinen Fuß, dessen Verband sich etwas gelöst hat.

»Brauchst du ein Handtuch?«, frage ich ihn und ernte dafür ein schiefes Grinsen. Vollkommen gelassen steigt er in seine Chucks, zieht sich seine Lederjacke über die noch feuchte Brust und läuft in Richtung Diner. Ich bleibe sprachlos zurück, aber kann gleichzeitig mein Lachen nicht zurückhalten. Da geht er nun, der gefährliche Alejandro Donatello, nur in Boxershorts, Lederjacke, Chucks und mit tropfnassen Haaren und betritt völlig selbstbewusst das Diner.

Ich nutze die Zeit, gehe rein, ziehe meine nasse Kleidung aus, trockne mich ab und schlüpfe in ein weiteres meiner Oversized Shirts, das in meiner Welt als Kleid durchgeht. Meine Haare drehe ich zu einem Dutt zusammen, packe den Verbandskasten und begebe mich zur Couch.

Keine Minute später kommt Alejandro mit zwei dampfenden Kaffeebechern in meine Wohnung. Anklopfen wird eindeutig überbewertet. Er stellt die Becher auf dem Tisch ab und schält sich wieder aus seiner Jacke, bevor er sich zu mir setzt.

Die Nähe zu ihm verursacht ein heftiges Kribbeln in meinem Bauch. Der intensive Blick, mit dem er mich bedenkt und förmlich auszieht, macht es auch nicht besser. Das elektrisierende Prickeln zwischen meinen Beinen wird sekündlich stärker.

»Darf ich?« Er deutet auf den Verband und die Schere in meiner Hand. Ich reiche ihm beides, ohne darüber nachzudenken. Alejandro legt das Verbandsmaterial neben sich, fasst nach meinem Unterschenkel und legt sich behutsam meinen Fuß in den Schoß. Er löst den Verband und schaut mir dabei unentwegt in die Augen. In diesem Augenblick ist da nichts mehr, das meinen Körper vor den lodernden Flammen rettet, kein Wasser, das meinen Körper kühlt, nichts, was das Feuer, das *er* in mir entfacht, aufhält. Er wickelt das letzte Stück des Verbands ab und betrachtet anschließend meinen Fuß. »Sieht schon richtig gut aus.«

»Danke für diese Expertise, Doktor Donatello«, necke ich ihn.

Blitzschnell lässt er meinen Fuß los, legt mein Bein ab und ist im nächsten Moment über mir. Keine Ahnung, wie ich so schnell in diese ausweglose Lage geraten bin, aber sie gefällt mir viel zu gut. Seine Finger schließen sich um meine Handgelenke, die er über meinem Kopf fixiert.

Unbewusst recke ich mich ihm entgegen, sodass seine Lippen dicht über meinen schweben. Ein weiterer Wassertropfen, der sich aus seinem Haar löst, verbrennt mich, als er mich trifft.

»Was mache ich nur mit dir, Prinzessin? Dass du immer so frech sein musst.«

Bitte bestraf mich, denke ich und schäme mich im selben Moment dafür. Nicht nur, dass meine Gedanken völlig absurd sind, auch die Tatsache, dass ich mit seinem Bruder geschlafen habe, sollte mich davon abhalten, ihm näherzukommen. Aber das tut sie nicht.

»Ich weiß nicht«, flüstere ich. Seine Augen treffen erneut auf meine Lippen. Wie er mich daraufhin ansieht, lässt mein schlechtes Gewissen explodieren. »Alejandro, ich kann das nicht.«

»Was kannst du nicht? Wir tun doch gar nichts.«

»Du weißt, was ich meine!«

»Nein, das weiß ich nicht. Gibt es etwas, das dich in diesem Moment davon abhält, dich von mir küssen zu lassen? Hast du Matteo gegenüber eine Verpflichtung?«

»Nein, also ...«

»Siehst du. Was hältst du dann davon, wenn wir uns einfach auf diesen Augenblick konzentrieren? Es interessiert mich nicht, was in deiner Vergangenheit war, und ich weiß nicht, was morgen ist, aber jetzt, in diesem Moment, weiß ich, dass ich dich küssen will.«

Mein kläglicher Widerstand verpufft, mein Herz schmilzt und meine Lippen öffnen sich. Dann spüre ich ihn. Sein Mund versiegelt meinen und ich vergesse die ganze Welt um mich herum. Ich scheine mich unter ihm aufzulösen, verflüssige mich unter diesem Kuss, der alles andere in den Schatten stellt. Er ist nicht drängend und grob, sondern voller Leidenschaft und Hingabe, was mich leise stöhnen lässt. Der Griff um meine Handgelenke wird fester und ich spüre die Erektion in seinen Boxershorts, die sich zwischen meine Beine drängt. Er vertieft den Kuss, der mich in eine andere Welt trägt, bis wir durch ein unnachgiebiges Klingeln seines Handys unterbrochen werden.

Alejandro stößt einen frustrierten Laut aus, bevor er sich schwerfällig von mir löst und sein Handy aus der Jacke zieht. Während er den Anruf annimmt, schaut er mich unentwegt an. »Was ist?«, fragt er genervt und lauscht eine Weile dem Anrufer am anderen Ende der Leitung. »Muss das wirklich jetzt sein?« Er stöhnt resigniert, bevor er das Telefonat beendet.

Alejandro setzt sich zu mir und streichelt mir sanft über die Wange. Sein Blick wirkt gequält. »Auch wenn es in diesem Moment das Letzte ist, was ich will, ich muss los, Prinzessin. Ich komme später wieder und dann machen wir genau hier weiter.«

Während dieser Worte kitzelt sein warmer Atem mein Ohr und ich erschaudere. Ich streichele ihm über die muskulöse Brust und erwidere seinen intensiven Blick. »So machen wir es, Romeo«, wispere ich und Alejandro sammelt seine Klamotten zusammen. Er reibt sich mit meinem Handtuch trocken, zieht sich an und geht. Mich lässt er atemlos zurück.

Ich sitze im Schneidersitz auf meiner Couch und überdenke mein Leben. Es ist eine einzige Katastrophe, seit ich in San Francisco bin, stelle ich fest und lasse mich frustriert auf dem Polster nach hinten fallen.

Als es einige Zeit später an der Tür klopft, bin ich zu faul und zu sehr in meinem Selbstmitleid versunken, um aufzustehen. Deshalb bitte ich den Besucher, mit einem müden »Es ist offen« herein. Es ist Page, die auf mich zukommt und die Hände in die Hüften gestemmt hat.

»Elena Pearson, mit dem Kopffreikriegen habe ich keine erotischen Wasserspiele mit Alejandro Donatello gemeint«, schimpft sie, aber ihre zuckenden Mundwinkel verraten sie.

»Ich weiß!«, jammere ich und schaue zu ihr hoch.

»Wie war es? Ich will alles wissen.«

Ich setze mich umständlich auf. »Es war ... Ich habe dafür kein Wort. Unbeschreiblich? Episch? Nicht von dieser Welt?«

Sie lacht. »Und wie geht es jetzt weiter? Triffst du sie jetzt beide oder wird das so ein Dreierding?«

Hitze schießt in meine Wangen, denn ich fühle mich ertappt. »Bitte lach mich jetzt nicht aus, aber wenn es nach mir geht, will ich sie beide.«

Page fächert sich Luft zu. »Ja, wer will auch nicht, dass zwei heiße Mafiabrüder einen umwerben, die unverschämt gut aussehen und noch dazu Zwillinge sind.«

Ich seufze sehnsüchtig. »Ich bin mir leider ziemlich sicher, dass das nicht funktionieren wird. Nie im Leben teilen sie mich.«

»Hast du denn schon mit ihnen darüber gesprochen?«

»Nein. Matteo habe ich heute noch gar nicht gesehen und Alejandro schien es vorhin ziemlich egal zu sein.«

»Wie meinst du das?«

»Na ja, er hat mich nicht zur Rede gestellt wegen des Kusses zwischen Matteo und mir. Er meinte, die Vergangenheit interessiert ihn nicht.«

»Wow. Das klingt so gar nicht nach Alejandro. Du musst ihm richtig den Kopf verdreht haben.«

»Wie kommst du darauf?«

»Ich weiß nicht. Das ist nur so ein Gefühl.« Sie zwinkert kokett. »Ich gehe dann mal. Ich wollte nur noch einmal sehen, ob es dir gut geht.«

»Page?« Sie dreht sich wieder zu mir. »Hältst du mich für verrückt?«

Ihre Miene verfinstert sich. »Nein, für verrückt nicht. Ich frage mich nur manchmal, ob du nur den Hauch einer Ahnung davon hast, mit wem du dich da herumtreibst.«

Ich werde hellhörig. »Worauf spielst du an?«

Sie beginnt, hektisch an ihrem Shirt herumzuzupfen.

Das scheint ein Tick von ihr zu sein, wenn sie nervös ist. »Ich weiß nicht, ob es richtig ist, dir die Wahrheit zu sagen. Auf der anderen Seite fühlt es sich völlig falsch an, dich im Dunkeln tappen zu lassen. Egal, wie Matteo oder Alejandro zu dir sind, sie bleiben eiskalte Killer.«

Meine Kehle wird staubtrocken. Denn obwohl mich Page seit Tag eins über die Donatellos aufgeklärt hat und ich mir im Klaren darüber bin, dass sie schreckliche Dinge tun, überfordern mich ihre Worte. Schlimmer noch, ich habe kurzzeitig das Gefühl, dass ich mir der Tatsache, dass sie *Killer* sind, zum ersten Mal vollends bewusst werde.

»Was willst du mir damit sagen, Page?«, wispere ich.

Sie wirkt bestürzt und setzt sich zu mir. »Weißt du, wie es zu dem Streit gekommen ist, der Carlos das Leben gekostet hat?«

Ich schüttele den Kopf.

»Alejandro hat den Sohn von Miguel Gonzalez, dem Anführer eines mächtigen mexikanischen Kartells, umgebracht.«

Ich schnappe nach Luft. »Wieso?«

»Ein Streit, verletzter Stolz, ein falsches Wort. Wer weiß das schon.« Sie zuckt mit den Schultern.

»Page, das ist doch nicht normal.«

Der Ausdruck in ihrem Gesicht wird nun fast mitleidig. »In deren Welt schon. Elena, du kannst ihr Leben nicht mit unserem vergleichen. Bei ihnen geht es um Macht, Geld und Gewalt. Wer zu lange zögert, verliert sein Leben. So läuft das.«

»So läuft das? Und du kommst klar damit?«

»Muss ich. Denn das ist der Preis, um bei Toni zu sein. Ich liebe ihn und bin bereit, das Risiko einzugehen und mit seinen Taten zu leben.«

»Hast du nicht pausenlos Angst, dass er eines Tages nicht wieder zurückkommt?«

»Nein. Wenn du mit einem von ihnen zusammen sein willst, ist das ein Teil deines Lebens. Du lernst, im Hier und Jetzt zu leben, den Moment zu genießen und nicht so viel über morgen nachzudenken.«

»Das hat Alejandro gemeint«, flüstere ich kaum hörbar und füge dann etwas lauter hinzu, »warum müssen diese Mafiatypen auch so verdammt heiß sein?«

Page verzieht den Mund zu einem gequälten Lächeln. »Das verstehe ich auch nicht, Süße. Vielleicht ist es die Gefahr und die düstere Aura, die sie umgibt, die uns magisch in ihren Bann zieht.«

»Und ihr unverschämt gutes Aussehen, ihre perfekten Bauchmuskeln und dieses gottverdammte Grübchen und freche Grinsen«, beschwere ich mich.

Wir lassen uns beide nebeneinander auf meine Couch sinken, fassen uns an den Händen wie enge Freundinnen und betrachten die Zimmerdecke meines Wohnzimmers. Wir liegen eine ganze Weile so da, schweigen und genießen die Stille.

Irgendwann setzt sich Page auf und blickt auf mich herab. »Ich lasse dich mal wieder allein. Mach dir nicht so viele Gedanken, okay?«

Ich nicke, obwohl die Gedanken in meinem Kopf rasen. Es ist zu viel. Das alles hier.

Schnell tippe ich eine Nachricht, in der ich Alejandro für später absage. Ich brauche etwas Zeit für mich, um mit all den Informationen klarzukommen.

KAPITEL 25

Elena

Ich muss eingedöst sein, denn ein penetrantes Klopfen lässt mich hochschrecken.

»Prinzessin? Bist du da?«

Alejandro? Mit dem habe ich ehrlich gesagt überhaupt nicht gerechnet, da ich unser Date abgesagt habe.

»Komm rein!«, rufe ich und setze mich auf der Couch auf.

Alejandro tritt ein und schaut missbilligend zwischen der Tür und mir hin und her. »Du solltest echt abschließen, wenn du schläfst. Wer weiß, was für Typen sich hier nachts rumtreiben.«

Ich überkreuze die Beine im Schneidersitz und lächele ihn an. »Meinst du Typen wie dich?«

Er bleibt ernst und kommt zu mir. Geschmeidig gleitet Alejandro auf die Couch, drückt mir einen Kuss auf die Wange und wandert dann mit seinen Lippen zu meinem Ohr. »Nein, ich meine Typen, die sich einfach nehmen, was sie wollen, ohne zu fragen.«

Meine kleinen Härchen im Nacken stellen sich auf und Hitze schießt mir zwischen die Beine. Seine Lippen streifen mein Ohrläppchen und ich bin hoffnungslos verloren. »War das eben eine Drohung?«

»Nein. Es war eine Warnung.«

Ich stoße einen Schwall heißer Luft aus und merke, wie sich mein Verstand verabschiedet. Alejandro zieht sich wieder ein Stück zurück, nur um kurz darauf seinen Kopf in meinen Schoß zu legen. Himmel, mir wird schlagartig derart heiß, dass mir selbst der dünne Stoff meines Shirts und meines Slips überflüssig vorkommt. Er schaut mich aus seinen dunklen Augen an, die heute ganz besonders funkeln. Aus einem Impuls heraus vergrabe ich meine Hände in seinem schwarzen Haar und kraule seinen Kopf.

»Weißt du, Prinzessin, eigentlich bin ich ziemlich sauer auf dich.«

»Was? Wieso?«

»Tja, schließlich hast du mir heute eine Abfuhr erteilt und unser Date abgesagt.«

Ich kaue einen Moment nervös auf der Unterlippe herum, denn ich frage mich selbst, wie ich ihm absagen konnte, jetzt, wo ich ihn wieder vor mir habe. Wann immer Alejandro oder Matteo in meiner Nähe sind, scheine ich zu vergessen, wer sie sind und was sie bereits alles getan haben. Ist es nicht vollkommen verrückt und absurd, dass ich mich zu zwei Männern hingezogen fühle, obwohl ich ganz genau weiß, dass sie zahlreiche Menschenleben auf dem Gewissen haben? Wäre es nicht viel ratsamer und absolut logisch, sich von ihnen fernzuhalten? Die Antwort darauf ist klar und lautet eindeutig Ja. Trotzdem kann und will ich es nicht. Sie beide geben mir viel zu sehr all das, wonach ich mich mein ganzes Leben gesehnt habe. Immer musste ich stark sein und kämpfen. Wenn sie bei mir sind, ist alles anders. Ich kann mich fallen lassen, fühle mich vollkommen sicher und gebe die Kontrolle ab. Das ist es, was sie mit mir anstellen. Sie geben mir die Gelegenheit, mich zu entspannen, weil sie die Zügel in der Hand haben. Ich weiß, dass es falsch ist und dass es keine Rechtfertigung dafür gibt, was sie tun, aber verdammt: Ich akzeptiere es. Das muss ich, wenn ich bei ihnen sein will, denn das Töten und die Mafia sind feste Bestandteile ihres Lebens.

»Ja, sorry. Ich war völlig erledigt nach unserem Ausflug ins Wasser und wollte etwas Schlaf nachholen.«

»Hmm ...«

»Ach komm schon, jetzt schau mich doch nicht so an.«

»Wie schaue ich denn?«

»Als ob du beleidigt bist.«

»Bin ich.«

»Wie kann ich es wiedergutmachen?«

»O Prinzessin, da fallen mir sofort tausend Dinge ein.« Er setzt sich auf und kommt meinem Gesicht wieder ganz nahe. Mir stockt der Atem.

»Und die wären zum Beispiel?«, wispere ich, da packt er mich schon im Nacken und presst seine Lippen auf meine. Seine andere Hand legt er auf die Innenseite meines Schenkels und erkundet mit seiner rauen Handinnenfläche meine Haut. Alejandro vertieft den Kuss, hält mich weiterhin im Nacken und streicht mit seinem Daumen über meinen Wangenknochen.

Ich brenne! Mein Körper steht in Flammen und ich will noch mehr. Seine Bartstoppeln auf meiner Haut, das kühle Metall seines Siegelrings, das mich immer wieder erschaudern lässt, und schließlich seine drängenden Küsse entlocken mir ein Stöhnen.

Alejandro rutscht noch dichter an mich heran, streift mit seiner Zunge über meine Lippen, saugt daran und beißt zärtlich hinein. Ich brauche noch mehr.

Ich löse meinen Schneidersitz, schwinge die Beine über ihn und setze mich rittlings auf ihn. Seine Hände gleiten unter mein Shirt und verglühen jeden Millimeter meiner nackten Haut, den sie berühren. Ich schaue ihm tief in die wilden Augen, in denen ein Sturm wütet. Sein Blick wandert wieder zu meinen Lippen, er presst mich tiefer auf seinen Schoß und küsst sich meinen Hals hinauf. Einen Augenblick, der mir quälend lang erscheint, löst er sich von mir und sein perfektes Gesicht ist mir unglaublich nahe. Ehe wir uns erneut berühren, hält er inne und grinst mich diabolisch an.

»Das ist schon mal ein guter Anfang für deine Wiedergutmachung.«

»Ist das so?«

»Ja. Die Entschuldigung würde jedoch deutlich glaubhafter werden, wenn du dich ausziehst.«

»Meinst du?«

»Es ist zumindest einen Versuch wert.«

Ich ziehe mir mein T-Shirt über den Kopf und genieße den darauffolgenden intensiven Blick von Alejandro. Er entfesselt neue Flammen, die mich schwach machen und die alles andere in den Hintergrund rücken. Seine Hände ruhen weiterhin auf meinen Hüften, während er meinen Oberkörper mit feurigen Küssen bedeckt. Sein Mund und seine Zunge erkunden jeden Zentimeter meiner Haut und hinterlassen ein Gefühl von Hitze und Lust, das mich nach Atem ringen lässt. Er küsst sich quälend langsam hinab und widmet sich endlich meinen Brüsten. Ich stöhne, während er meine harten Nippel mit seiner Zunge umfährt, bevor er sie zwischen seine Zähne nimmt und im Anschluss daran saugt. Die Hitze zwischen meinen Schenkeln wird mit jeder weiteren Berührung von ihm unerträglicher. Alejandro löst seine Hände von meinen Hüften und umfasst meine Brüste. Ich lege den Kopf in den Nacken und schließe die Augen, um dieses erregende Gefühl zu genießen.

»Ich will noch so viele Dinge mit dir anstellen, Prinzessin, aber du machst meinen Schwanz so hart, dass ich nicht mehr länger warten kann«, raunt er dicht an meinem Ohr. Ein weiterer Kuss versiegelt meine geschwollenen Lippen. Seine Finger wandern zu meiner Mitte, schieben meinen Slip beiseite. Doch kurz bevor er endlich erlösend meine Perle berührt, beendet er unseren Kuss und fesselt mich mit seinen hungrigen Augen. »Nimmst du die Pille?«

Das »Ja« entweicht mir, ehe ich über die Bedeutung seiner Frage nachdenken kann.

Sein Mundwinkel zuckt. »Dann wird die Sache hier gleich noch perfekter.«

»Wie bitte?«

»Prinzessin, wenn ich gleich in dir bin, dann richtig. Ich will alles von dir spüren, ohne dass etwas zwischen uns ist.«

Sag Nein, Elena, ermahne ich mich immer wieder in meinem Kopf, aber es kommt kein Laut über meine Lippen. Ich nehme die Pille regelmäßig und habe auch keine Sorge, schwanger zu werden, aber ausgerechnet mit einem Mann wie Alejandro Donatello ungeschützten Sex zu haben, erscheint mir mehr als leichtsinnig. Kurzzeitig nimmt mein Verstand wieder seine Arbeit auf. »Ich weiß nicht.«

»Wieso? Was spricht dagegen?«

»Deine anderen Frauen.«

»Es gibt keine.«

»Und das soll ich dir jetzt glauben?«

»Keine, mit der ich ohne Gummi gefickt habe.«

»Woher soll ich wissen, dass das die Wahrheit ist?«

»Weil ich es dir sage. Ich habe keinen Grund, zu lügen.« Mit diesen Worten schiebt er zwei Finger in mich und ich bin endgültig verloren. Während er mich fingert, küsst er mich, bis mir schwindlig wird und teilt meine Lippen. Unsere Zungenspitzen berühren sich und mich durchzuckt ein Blitz.

Heilige Scheiße! Was dieser Mann mit seinem Mund anstellt, ist nicht von dieser Welt. Er hat mich, treibt mich immer weiter in Richtung Orgasmus und ich stöhne in seinen Mund.

Ich schiebe meine Hände unter sein Shirt, damit er es auszieht. Obwohl ich kurzzeitig frustriert bin, da er dafür aufhört, meine Pussy mit seinen Fingern zu verwöhnen, werde ich dafür in der nächsten Sekunde mit einem Anblick belohnt, für den es sich zu sterben lohnt. Der Anblick seiner durchtrainierten Brust in Kombination mit seinen perfekt definierten und stahlharten Bauchmuskeln lässt mich vergessen, wie ich heiße. Ehrfürchtig streiche ich mit meinen Fingerspitzen über seinen göttlichen Oberkörper und ernte dafür ein typisches Alejandro-Grinsen.

»Gefällt dir, was du siehst?«

Ich beiße mir vor Erregung auf die Unterlippe, was wohl Antwort genug ist. Ich gleite mit meinen Fingern zum Knopf seiner Hose und öffne sie. Meine Finger finden wie von selbst den Weg unter den Bund seiner Boxershorts und ich muss den Anflug einer Schnappatmung unterdrücken. Der Schwanz, den ich umfasse, ist riesig und fühlt sich unbeschreiblich gut zwischen meinen Fingern an. Meine Augen weiten sich bei dem Gedanken daran, wie er in mich eindringt und mich vollkommen ausfüllt.

Alejandro entgeht meine Reaktion nicht. »Hast du Angst?«

»Nein.«

»Solltest du aber haben.« Er hebt kurz seine Hüfte, um seine Hose und Boxershorts loszuwerden, lässt sie zu seinen Knöcheln wandern und kickt die Klamotten anschließend beiseite.

Seine starken Hände umfassen mich, ziehen mich wieder dichter an ihn und ich schaue auf seinen perfekten Schwanz. Ich fahre mir mit der Zunge über die Lippen und muss ihn wieder berühren. Er ist so mächtig und hart, dass ich kurzzeitig doch Angst bekomme. Dieses Gefühl wird aber bereits in der nächsten Sekunde von der Lust, ihn endlich in mir zu spüren, verdrängt.

»Komm zu mir, Prinzessin, dann kannst du bestimmen, wie schnell es geht.«

Ich platziere mich unmittelbar über seiner harten Erektion, umfasse mit einer Hand seinen Schaft, stütze die andere auf seiner Schulter ab und lasse mich langsam auf ihn sinken. Als seine Spitze in mich eintaucht, knurrt er, was mich zum Stöhnen bringt und mich automatisch tiefer auf ihn sinken lässt. Ich schiebe seinen Schwanz immer tiefer in mich und habe mich noch nie so ausgefüllt gefühlt. Gleichzeitig machen mich seine Größe und dieses neue Gefühl unmenschlich an.

Meine Lust steigert sich ins Unermessliche, als ich ihn komplett in mir aufnehme und er fest in meine Pobacken greift. Ich bewege mich immer schneller auf seinem Schoß, bestimme selbst die Tiefe und Geschwindigkeit, was eine ganz neue Erfahrung für mich ist und eine neue Form der Lust in mir entfesselt. Alejandro umfasst fest das Fleisch meines Oberschenkels, die andere Hand platziert er unterhalb meines Bauchnabels. Er lässt den Kopf in den Nacken fallen und schließt die Augen, während ich ihn weiter reite.

»Verdammt! Unter meinen Fingern zu spüren, wie mein Schwanz sich in dir bewegt, macht mich wahnsinnig.« Er fasst nach meiner Hand, legt sie unter seine und ich spüre es ebenfalls.

Ich explodiere innerlich und kurz darauf auch äußerlich, als mir klar wird, wie intensiv ich ihn spüre und dass das hier der intimste Sex ist, den ich je mit einem Mann hatte. Ich stöhne seinen Namen, komme für ihn, für mich, lasse mich komplett in den Strudel aus Gefühlen fallen und beginne, am ganzen Körper zu zittern.

»Nummer eins haben wir«, sagt er mit rauer Stimme,

bevor er mich von seinem Schoß hebt und sich über mich legt. »Jetzt bin ich dran.«

Ich liege unter ihm, werde immer noch von heißen Wellen der Erregung durchzuckt und genieße seine raue Hand, die meine Taille genau mit der richtigen Intensität umfasst. Dann ist er wieder in mir, stößt tief in mich hinein und trägt mich mit seinen Küssen erneut an einen anderen Ort. Die Silberkette und seine kühlen Siegelringe streifen immer wieder meine Haut und lassen mich vor Lust zusammenzucken.

»Leg deine Beine um mich. Ich will noch tiefer in dir sein!«

Noch tiefer, frage ich mich, folge seiner Aufforderung aber, ohne zu zögern. Und dann tut er es. Er versenkt sich noch tiefer in mir und ich kann nichts anderes mehr tun, als unentwegt zu stöhnen. Die intensive Reibung seines Körpers an meiner Klit und sein riesiger Schwanz in mir katapultieren mich direkt zu meinem nächsten Höhepunkt.

Kraftlos lasse ich meine zittrigen Beine von Alejandros Hüften gleiten, der mit seinen Lippen dicht zu meinem Ohr wandert.

»Jetzt bin ich vorerst zufrieden.« Er beißt in mein Ohrläppchen und stößt noch einige Male heftig in mich hinein. Dann fühle ich, wie sein Schwanz pulsiert und er sich schließlich in mir ergießt. Er kostet den Moment seines Höhepunkts in vollen Zügen aus, bevor er sich aus mir zurückzieht und seinen Samen in mir zurücklässt. Er sinkt neben mir auf die Couch, legt einen Arm um meine Hüfte und zieht mich dicht an sich.

»Das war gar nicht schlecht und ich verzeihe dir«, sagt er mit rauer Stimme an meinem Ohr und erntet für diese freche Bemerkung einen Schlag mit meinem Ellenbogen in seine Rippen.

KAPITEL 26

Matteo

Nach diesem langen und anstrengenden Tag gibt es nur noch ein Ziel für mich und das ist meine Kleine. Ich muss sie sehen, will sie in meine Arme schließen, ihren Duft einatmen und ihre Nähe spüren.

Frustriert stelle ich fest, dass Alejandros Harley auf dem Parkplatz des Diners steht. Da der Laden geschlossen ist, muss er bei *ihr* sein. Es gibt keine andere Möglichkeit.

Was mache ich jetzt? Will ich mich wirklich damit konfrontieren, dass er ihr nahe ist? Kann ich es ertragen, noch einmal zu sehen, wie er Elena berührt, obwohl mich allein der Gedanke daran um den Verstand bringt? Andererseits, was würde es bedeuten, wenn ich jetzt wieder fahre? Überlasse ich Alejandro damit nicht kampflos das Feld? Das darf ich nicht riskieren.

Mit rasendem Puls klopfe ich an die Tür von Elenas Apartment. Im nächsten Moment habe ich ein Déjà-vu, das mich an letzte Nacht erinnert, nur heute ist es noch schlimmer.

Wieder öffnet mir Alejandro die Tür. Diesmal bloß mit Boxershorts bekleidet. Er wirkt überrascht und unsicher, was er unternehmen soll. Ihm geht es also genau wie mir. Was sind wir nur für Versager geworden? Sind wir diesem

Mädchen beide dermaßen verfallen, dass keiner von uns die Sache beenden kann?

»Hey. Ich will zu Elena«, presse ich schließlich hervor.

Alejandro macht den Weg frei und ich trete ein. Mein Blick schweift durch die kleine Wohnung und bleibt schließlich an der Couch hängen. Dort sitzt sie, meine wunderschöne Kleine, mit ihren schwarzen, langen Haaren, leicht geröteten Wangen und ihren vollen Lippen. Sie lächelt zaghaft, als sie mich erblickt.

Ich blende meinen Bruder aus und setze mich zu ihr. Ihr Lächeln wird offener und ihre Augen beginnen, zu strahlen. Ich muss sie berühren, sofort. Meine Hand wandert ganz von selbst in ihren Nacken, ich ziehe sie zu mir und presse meine Lippen auf ihre. Ich tauche meine Zunge in sie, streichele mit meiner anderen Hand über ihren nackten Oberschenkel und genieße ihr zustimmendes Stöhnen.

Aus dem Augenwinkel sehe ich, dass sich Alejandro auf die andere Seite von Elena setzt und ebenfalls eine Hand auf ihrem Oberschenkel platziert. Er beginnt, seine Finger sanft auf und ab zu bewegen, und ich unterbreche unseren Kuss. Ich starre meinen Bruder an, bevor ich Elenas Blick begegne, die sich nun unbehaglich über die Arme streicht.

»Warum verschwindest du nicht, Alejandro?«

»Wieso sollte ich?«

»Weil ich jetzt da bin und auf sie aufpasse.«

»Ich werde einen Teufel tun. Wenn du nicht ertragen kannst, dass ich hier bin, solltest du vielleicht gehen.«

»Nie im Leben. Sie gehört mir.«

Alejandro schnaubt abfällig. »In deiner Fantasie vielleicht.«

»Wir können die Sache auch anders klären«, knurre ich.

»Sehr gern! Von mir aus gleich hier und jetzt.«

»Du bist nicht gut genug für sie, Alejandro. Du kannst ihr niemals geben, was sie braucht und was sie verdient hat.«

»Aber du schon? Stell dich nicht immer so hin, als ob du besser wärst als ich, Bruder. Wir sind beide, wer wir sind, vergiss das nicht. Auch an deinen Händen klebt viel Blut.«

Durch unser Wortgefecht ist mir komplett entgangen, dass Elena sich von der Couch erhoben hat. Erst ihr schriller Pfiff unterbricht die Diskussion zwischen Alejandro und mir. Sie baut sich mit verschränkten Armen vor uns auf und funkelt uns wütend an. Sie ist so unverschämt sexy, wenn sie sauer ist. »Es reicht. Ihr seid beide nicht mehr bei Trost, wenn ihr glaubt, mich mit diesem dämlichen Verhalten von einem von euch zu überzeugen.«

»Kleines ...«, setze ich zu einer Erklärung an.

»Nein, stopp. Weder ›Kleines‹ noch ›Prinzessin‹. Ihr könnt nicht über mich reden, als ob ich ein Spielzeug wäre, um das ihr euch streitet. Ich bin echt, aus Fleisch und Blut, und habe Gefühle.«

»Auch wenn du es nicht glaubst, die haben wir auch, Prinzessin.«

Sie versenkt meinen Bruder mit ihrem wütenden Blick. »Ich bin noch nicht fertig. Ich weiß, dass ihr ebenfalls Gefühle habt, und ich weiß, dass die Situation kompliziert ist. Es war nie meine Absicht, dass es so kommt. Es ist einfach passiert.«

»Okay. Und was heißt das jetzt, Kleines?«, frage ich und ihr Blick wird wieder weich und liebevoll.

»Ihr seid mir beide wichtig und bedeutet mir etwas. Können wir nicht irgendeinen Kompromiss finden?«

»Und wie soll dieser Kompromiss deiner Meinung nach aussehen?«, frage ich skeptisch.

»Wir könnten ja mal etwas zu dritt unternehmen und schauen, wie es läuft«, erwidert sie zögerlich. Alejandro versteift sich und mir entfährt ein Knurren.

»Auf gar keinen Fall«, erwidere ich barsch.

Sie lässt resigniert die Arme sinken und wirkt vollkommen verzweifelt. Ich setze mich aufrecht hin, zünde mir eine Kippe an und tue etwas, das ich nie für möglich gehalten hätte. »Was hältst du davon, wenn du uns beide besser kennenlernst? Bis du eine Entscheidung treffen kannst.«

Meine Stimme klingt fremd, rauer als sonst. Kaum zu glauben, dass ich diesen Vorschlag eben laut ausgesprochen habe. Aber ich kann nicht anders. Wenn die Alternative heißt, sie zu verlieren, werde ich zumindest versuchen, mit der Situation klarzukommen.

Elena denkt einen Moment nach. Auf ihrer makellosen Stirn bilden sich kleine Falten, während sie immer wieder zwischen uns beiden hin und her schaut. Nach quälenden Sekunden klärt sich ihr Blick und ihre Züge entspannen sich. »Wenn das für euch beide okay ist, können wir es probieren.«

Ich nicke und schaue zu meinem Bruder.

»Weißt du, was du da von mir verlangst? Ich muss darüber nachdenken, Prinzessin. Ich gehe jetzt und melde mich später bei dir.«

Elenas Miene wird traurig und sie setzt sich auf Alejandros Schoß. Sie verschränkt ihre zarten Finger in seinem Nacken und schaut ihm tief in die Augen. »Bitte gib uns nicht auf. Ich will dich und der Sex war wunderschön.«

Im nächsten Augenblick küsst Alejandro meine Kleine und zieht sie dichter an sich. Das zu sehen, versetzt mir einen Stich, löst aber auch noch etwas anderes in mir aus: ein prickelndes Verlangen, mitzumachen und sie ebenfalls zu berühren. Scheiße, das würde ich nie im Leben zugeben.

Sie lösen sich voneinander und verabschieden sich an der Tür. Ich verstehe nichts von dem Gemurmel.

Strahlend kommt Elena zu mir zurück und setzt sich rittlings auf meinen Schoß. Ihr erleichtertes, glückliches Lächeln und ihre wunderschönen Augen lassen mich augenblicklich alles vergessen. Ich vergesse, dass sie bis eben auf dem Schoß meines Bruders saß, vergesse, dass er sie vor meinen Augen geküsst hat, und vergesse, dass er sie gevögelt hat. Obwohl Letzteres schwierig ist, da die Luft mit dem Geruch nach Sex geschwängert ist. Aber selbst das spielt keine Rolle. Jetzt gibt es nur noch sie und mich. Dieser Moment gehört uns und ich werde jede einzelne Sekunde mit ihr genießen.

Unsere Lippen treffen aufeinander und ich weiß, dass alles richtig ist. Vielleicht muss es so kompliziert sein, weil sie so verdammt perfekt ist. »Willst du, dass ich heute Nacht bleibe, Kleines?«

»Ich will, dass du für immer bleibst.«

Das ist alles, was ich hören muss. Meine Hände wandern an ihren Rücken und ich ziehe sie in eine feste Umarmung. Ich halte sie, meine Kleine, und atme ihren blumigen Duft ein. Es ist tausendmal besser und intensiver als in meiner Vorstellung. Sie ist das Kostbarste in meinem Leben.

KAPITEL 27
Elena

»Du hast was getan?« Page prustet ihren Kaffee aus und ich bekomme einen hochroten Kopf.

»Schau mich doch nicht so an. Ich weiß selbst nicht, wie das passieren konnte.«

»Elena Pearson, du kleines Luder!«, schimpft sie gespielt. »Und jetzt? Was hast du jetzt vor und wer ist besser im Bett von den beiden?«

Ich verdrehe die Augen. »Ich habe keinen Schimmer. Ich denke, ich lasse alles auf mich zukommen. Schließlich haben sie sich auf den Kompromiss eingelassen, dass ich sie beide date. Ob es mir gelingt, mich am Ende für einen von ihnen zu entscheiden, weiß ich nicht. Dafür sollte ich eindeutig noch etwas mehr Zeit mit Matteo und Alejandro verbringen.«

»O ja, das solltest du unbedingt! Und jetzt lenk nicht ab. Wer ist besser im Bett? Lass mich raten – Alejandro?«

Ich seufze resigniert. »Besser oder schlechter kann man bei den beiden nicht sagen. Sie sind alle beide unfassbar gut und dennoch komplett unterschiedlich. So wie Feuer und Wasser.«

»Was heißt das genau?« Page zieht skeptisch eine Augenbraue nach oben.

»Page, müssen wir jetzt echt mein Sexleben auswerten?«

»Ja, das müssen wir! Du kannst mir nicht erst davon berichten, dass etwas mit beiden Mafiabrüdern läuft, und dann dichtmachen. Nicht mit mir.«

»Okay. Ich ergebe mich. Also, Matteo steht auf jeden Fall darauf, der dominante Part zu sein und komplett die Kontrolle zu haben, und Alejandro ist …« Mir entfährt ein sehnsüchtiges Seufzen. »Gott, Page! Wie dieser Mann küssen kann und gestern jeden Millimeter meines Körpers mit seinen Lippen und seiner Zunge in Beschlag genommen hat, war nicht von dieser Welt.«

»Punkt für Alejandro!«, feixt sie.

Ich schüttele den Kopf und nestele nervös an meiner Schürze herum. »So kann man das jetzt auch nicht sagen. Ich mag es sehr, wenn Matteo komplett die Kontrolle übernimmt und etwas grober zupackt.« Meine Wangen glühen und Pages Augen weiten sich.

»Sage ich doch! Du bist ein kleines, verdorbenes Luder, Süße!«

Ich strecke ihr die Zunge heraus und wir werden im nächsten Moment von Toni unterbrochen, der das Diner betritt. Ich bedeute Page mit einer eindeutigen Geste, dass sie kein Wort über unser Gespräch verlieren soll, was sie mit einem koketten Augenzwinkern quittiert.

»Guten Morgen, Ladys!«, flötet Toni und begrüßt Page anschließend mit einem stürmischen Kuss, bei dem er ihr in den Po kneift, was sie zum Quietschen bringt.

»Machst du mir einen Kaffee, Babe?«, bittet er sie und Page macht sich sofort auf den Weg hinter den Tresen. Dass sie restlos in ihn verknallt ist, ist mehr als offensichtlich. Wenn es möglich wäre, würden aus ihren Augen kleine Herzen sprühen, so viel steht fest.

Toni platziert sich auf der Sitzbank mir gegenüber und

ich will aufstehen. Ehe ich loskann, hält er mich jedoch auf, indem er seine Hand auf meine legt. Ich unterbreche die Berührung sofort. Wir werden in diesem Leben keine Freunde mehr, auch wenn er Page sehr glücklich macht.

»Sei doch nicht immer so zickig zu mir, Elena.«

»Was willst du?«

»Du weißt, dass Alejandro mein bester Freund ist, oder?«

»Ja, hast du schon einmal erwähnt. Und?«

»Wir können doch mal zu viert zu einem Date, oder?«

»Wie bitte? Wovon träumst du nachts?«

»Das willst du lieber nicht wissen. Was spricht denn dagegen?«

Am liebsten würde ich ihm an den Kopf werfen, dass ich ihn unsympathisch finde, aber das bringe ich nicht übers Herz. Nicht wegen Toni selbst, sondern wegen Page. Ich seufze resigniert. »Von mir aus. Sprich das mit Alejandro ab. Ich muss jetzt arbeiten.«

Page kommt breit grinsend mit der Kaffeetasse zurück zum Tisch und bietet mir damit die optimale Gelegenheit zur Flucht. Ich rette mich in die Küche und sinke mit dem Rücken gegen die Tür. Fuck!

Erst jetzt wird mir bewusst, wie kompliziert alles ist. Toni schmiedet bereits Pläne für Viererdates, dabei wünsche ich mir innerlich, dass wir zu fünft sind. Nur mit Alejandro und Matteo fühle ich mich komplett. Meine Freude über unsere Übereinkunft, dass ich beide date, um mich schließlich zu entscheiden, ist nicht echt. Bereits jetzt weiß ich, dass ich diese Entscheidung niemals treffen kann. Ist es unfair, sie im Dunkeln tappen zu lassen und mir zu nehmen, was ich will? Werde ich sie verletzen oder mich am Ende selbst verlieren?

Mein Kopf schwirrt, aber es gibt kein Zurück mehr. Ich habe dieses gefährliche Spiel begonnen und werde es nun bis zum Schluss spielen. Ich kann mir ohnehin nicht vorstellen, einem von ihnen den Laufpass zu geben. Dafür haben mich sowohl Alejandro als auch Matteo viel zu sehr in ihren Bann gezogen. Auch wenn es verrückt klingt. Ich würde sogar so weit gehen, zu behaupten, dass ich bei beiden dieses Kribbeln im Bauch spüre und verliebt bin.

»Meinst du, du kannst heute wieder mit bedienen?« Die fröhliche Stimme von Page reißt mich aus meinen Gedanken.

»Klar! Ich kann es versuchen.« Zwar ist mein Fuß immer noch nicht vollständig verheilt, aber ich kann ihn inzwischen deutlich besser belasten.

Da es heute glühend heiß ist, beschließe ich, in meiner Mittagspause eine kurze Dusche zu nehmen, um mich zu erfrischen. Kaum bin ich nackt und stelle das Wasser an, blitzen immer wieder Bilder von Matteo und Alejandro vor mir auf. Matteo, wie er mich spankt, mich hart von hinten nimmt, und Alejandro, wie er mich schwindlig küsst und sich tief in mir versenkt. Ganz automatisch wandern meine Finger zwischen meine Schenkel und ich stöhne vor Lust. Wie es wohl wäre, sich gleichzeitig von ihnen nehmen zu lassen? Ich schiebe zwei Finger in mich und schließe die Augen, während das warme Wasser auf mich prasselt. Der Gedanke, dass sie mich teilen, erregt mich so sehr, dass mir glühend heiß wird. Heftige Stromstöße durchzucken meinen Körper und ich gebe mich meiner Fantasie, gleichzeitig Sex mit Alejandro und Matteo zu haben, vollkommen hin.

Wie intensiv es wäre, ihre beiden riesigen Schwänze in mir zu haben. Himmel, ich stöhne hemmungslos und intensiviere die Bewegungen meiner Finger in mir. Zwischen ihnen zu sein, sie beide zu spüren, das wäre perfekt. Mir wird klar, dass ich das unbedingt will. Mir muss es gelingen, sie davon zu überzeugen, dass es fantastisch wäre mit uns zu dritt.

Ich stütze mich mit der freien Hand an den Fliesen der Wand ab, um Halt zu finden, und werde von einem heftigen Orgasmus überwältigt. Sie gleichzeitig in mir zu spüren, ist der erotischste Gedanke, den ich je hatte, auch wenn das nicht unbedingt der Norm entspricht. Fuck!

Mit stockendem Atem schüttele ich den Kopf, während mein Puls sich langsam beruhigt und das Prickeln zwischen meinen Beinen allmählich verebbt. Ob ich es schaffe, diese Fantasie eines Tages in die Realität umzusetzen?

Nach meiner heißen Dusche, die rückblickend nicht wirklich für eine Abkühlung gesorgt hat, mache ich es mir auf einem meiner Klappstühle gemütlich und genieße die Sonne auf der Veranda. Ich strecke die Beine aus, schließe die Augen und genieße das Rauschen der Wellen. Dieses wird kurz darauf von einem lauten Geräusch unterbrochen.

Ohne die Augen zu öffnen, weiß ich, wer gerade angekommen ist. Ich unterdrücke mein Grinsen und halte bewusst die Augen geschlossen.

Ein dunkler Schatten taucht vor mir auf und versiegelt kurz darauf meine Lippen mit einem Kuss. Sein anziehender Geruch umfängt mich und zwingt mich schließlich doch, die Augen zu öffnen.

»Das nenne ich mal eine schöne Begrüßung«, wispert Alejandro dicht vor meinen Lippen. Ich fasse ihm daraufhin in sein dichtes Haar und bekomme den nächsten Kuss, den er mir mit einem Lächeln auf den Lippen schenkt. Er kniet sich neben mich und nimmt meine Hand zwischen seine. »Na, Prinzessin, was machst du?«

»Ich habe die Sonne genossen, bis du dich mir ins Licht gestellt hast.«

»Schon wieder so frech heute?«

»Ich weiß nicht, was du meinst.«

»Ach nein?«, raunt er und hebt mich im nächsten Moment hoch.

Ich schreie überrascht auf, was ihm ein kehliges Lachen entlockt. Er trägt mich zur Arbeitsfläche meiner Küche und platziert mich darauf. Dann fesselt er mich mit seinen Augen und ich sehne mich schon wieder unendlich nach seinem nächsten Kuss. Er legt seine rauen Hände auf meine Oberschenkel und schiebt mir mein Kleid nach oben. Ich bekomme sofort eine Gänsehaut und ein heftiges Kribbeln im Bauch.

»Was mache ich nur mit dir?«, knurrt er an meinem Ohr und küsst sich anschließend meinen Hals entlang. Seine Daumen ziehen Kreise auf der Innenseite meiner Schenkel und ich werde von Hitze und Lust geflutet. Meine Finger finden den Saum seines T-Shirts und bahnen sich ihren Weg auf seinen perfekt definierten Bauchmuskeln. Seinen Körper mit meinen Fingerspitzen zu erkunden, ist alles, was ich will, und steigert mein Verlangen mit jedem Millimeter, den ich weiter über seine nackte Haut fahre.

Ich lasse meine Finger in Richtung seiner Hose gleiten, doch ehe ich den Knopf erreichen kann, fasst er nach meiner Hand und hält sie fest. Seine Augen funkeln vor Verlangen, als er das nächste Mal seine Lippen auf meine senkt. Dieser Kuss ist nur ein Hauch, dauert nicht einmal einen Wimpernschlag und ist dennoch absolut perfekt und alles, was ich in diesem Augenblick brauche.

»So leicht mache ich es dir heute nicht, Prinzessin!«

»Was? Was meinst du?«

Ohne etwas zu erwidern, hebt er mich kurz an der Hüfte hoch, um mein Kleid weiter nach oben zu schieben. Dann zieht er mir langsam meinen Slip aus und kniet sich vor mich. Himmel, das macht er jetzt nicht wirklich, oder?

Alejandro legt sich meine Beine über die Schultern und küsst sich die Innenseiten meiner gespreizten Schenkel entlang nach oben. Ich brenne schon wieder lichterloh. In mir tanzen Flammen der Lust, die sich längst zu einem unkontrollierbaren Inferno ausgebreitet haben. Seine rechte Hand umgreift fest meinen Schenkel, während die andere meinen Venushügel hinab wandert, meine Schamlippen entlangfährt und schließlich zwei Finger ihren Weg in meine feuchte Öffnung finden. Ich kralle meine Hände in sein Haar.

»Gott, Alejandro!« Ich keuche mit stockendem Atem und spüre, wie sich ein Lächeln auf seinen Lippen bildet, während er meine Schenkel mit Küssen bedeckt. Seine Finger stoßen im perfekten Tempo in mich hinein und sein Daumen umrahmt meine empfindlichste Stelle, jedoch ohne sie direkt zu berühren. Ich verfluche ihn dafür! Er spielt mit mir und tut das dermaßen gut, dass es mich um den Verstand bringt.

»Alejandro, bitte!«, flehe ich nach einer Weile und vergrabe die Hände tiefer in seinen Haaren.

Endlich erlöst er mich, übt Druck auf meine Klit aus und bringt mich damit zum Kommen. Meine Muskeln zucken und ich fühle mich vollkommen schwerelos. Statt aufzuhören, fängt er jetzt erst richtig an. Er zieht seine Finger aus mir heraus, nur um im nächsten Moment seine Zunge in mich zu stecken.

Heilige Scheiße, ich kann nicht mehr. Dachte ich bereits, seine Küsse würden mich in eine andere Welt tragen, lässt mich nun seine Zunge in mir meinen Namen vergessen. Ich ringe nach Luft, stöhne, keuche und wimmere vor Lust. Es dauert keine fünf Minuten, bis ich den nächsten Orgasmus bekomme. Dieser ist noch intensiver, heftiger und überwältigt mich komplett.

Meine Beine zittern, als Alejandro sie von seinen

Schultern hebt und sich vor mich stellt. Er betrachtet mich zufrieden und beginnt, ganz langsam, seine Hose zu öffnen, lässt sie zu Boden fallen und präsentiert mir seinen harten Schwanz. Er tritt dichter an mich heran. »Kannst du noch, Baby?«

»Ja«, wispere ich und spüre im nächsten Augenblick seinen riesigen Schwanz in mir. Trotz seiner Größe dringt er problemlos in mich ein und ich genieße das Gefühl, wie er mich penetriert und tief in mir steckt.

Alejandro legt mir eine Hand in den Nacken und küsst mich leidenschaftlich. Ich kralle die Hände in seine muskulöse Brust, was ihm ein Knurren entlockt, und schlinge die Beine fester um seine Hüften, um alles von ihm zu spüren.

»Ich bin schon jetzt süchtig nach dir, Prinzessin!«

»Und ich nach dir«, erwidere ich schwach, ohne darüber nachzudenken.

Alejandro kommt und das Pulsieren seines Schwanzes tief in mir und sein Stöhnen bringen mich zeitgleich zu einem weiteren Orgasmus. Er verharrt noch eine Weile in mir, nimmt mein Gesicht in seine großen Hände und streift mit den Daumen über meine Lippen. »Ist es verrückt, wenn ich sage, dass ich dich nicht mehr gehen lasse?«

»Ein wenig vielleicht«, flüstere ich.

»Es ist mir egal, was mit Matteo ist. Wenn ich bei dir bin, gibt es nur dich und mich. Es steht nichts zwischen uns.«

»Alejandro …«, hauche ich tonlos.

Dann küsst er mich und dieser Kuss ist anders als alle davor. Er ist intimer, vertrauter und flutet mich mit grenzenloser Wärme.

Wir nehmen gemeinsam eine Dusche, bevor sich Alejandro von mir verabschiedet und ich mich auf den Weg zu meiner zweiten Schicht mache.

Auf dem Weg zum Diner sehe ich, dass mein Handy

immer noch im Flugmodus ist, und aktiviere das WLAN. Prompt erhalte ich die Benachrichtigung darüber, dass ich eine Nachricht von Matteo erhalten habe. Ich entsperre das Display und öffne sie.

Hey, Kleines. Ich musste eben daran denken, wie ich dich küsse, mit meiner Zunge tief in dich eintauche und zwei Finger in dich schiebe, bis du vor Lust wimmerst …

Ich beiße mir kurz auf die Unterlippe, bevor ich die Tür zum Diner aufstoße. Ja. Ich habe eindeutig die Kontrolle über mein Leben verloren und es gefällt mir …

KAPITEL 28

Matteo

»Hast du schon gehört, wer jetzt die Geschäfte von Gonzalez weiterführt?«, fragt mich Eduardo, eines unserer Kartellmitglieder bei der Ratssitzung, in der wir die nächsten Deals planen und über Auffälligkeiten oder Unruhen in unserem Stadtgebiet sprechen.

»Ja, Ruben Garcia, dieser Wichser«, entgegne ich und nehme einen Zug von meiner Kippe.

»Lasst euch einen Rat von einem alten Freund eures Vaters geben: Beseitigt ihn, bevor er zu mächtig wird.«

»Wieso sollte er?«, fragt Alejandro alarmiert.

»Nun, die Mexikaner vergessen nicht und Ruben wird es nicht gut sein lassen, solange kein Blut von euch vergossen wurde.«

Ich schnaube abfällig. »Ist es nicht genug, dass unser Vater tot ist? Sollte damit nicht alles geklärt und die offene Rechnung beglichen sein?«

»Diese Rechnung ist für die Mexikaner erst beglichen, wenn ihr nicht mehr atmet, Matteo. Ihr habt mit den Gonzalez einen sehr mächtigen und angesehenen Clan ausgelöscht. Das hat für Unruhe bei den Mexikanern gesorgt.

Damit Ruben beweisen kann, dass er ein würdiger Nachfolger an der Spitze ist, muss er euch beseitigen.«

»Woher weißt du das alles?«, erkundigt sich Alejandro skeptisch und spricht damit aus, was ich denke.

»Man hört so einiges aus dem Untergrund und aktuell gibt es sehr viele Clans, die euch vernichten und tot sehen wollen.«

»Meinst du mit Untergrund die Salvadors?«, bohrt mein Bruder weiter und bei diesem Namen kriecht mir ein kalter Schauer über den Rücken. Eduardo nickt und ich sehe, wie Alejandro sich anspannt und sein Kiefermuskel zuckt. »Hast du persönlich mit Nevio gesprochen?«

»Ja, und lass dir gesagt sein, er hat nicht vergessen, was damals mit Lynn passiert ist.«

Ich drücke meine Kippe im Aschenbecher aus und räuspere mich. »Genug davon. Alejandro und ich überlegen uns etwas wegen der Mexikaner, alles andere sind vorerst nur Gerüchte. Nevio war jahrelang im Untergrund verschwunden. Mit dieser Kanalratte werden wir fertig.« Damit beende ich die Zusammenkunft, wir verabschieden uns von den Clanmitgliedern und begeben uns anschließend zurück ins Büro.

»Sollten wir das mit den Salvadors ernst nehmen?«

»Nein. Darum kümmern wir uns, wenn wir genauere Informationen haben. Ich habe eher das Gefühl, wir sollten dringend mit Ruben sprechen«, erwidere ich, woraufhin Alejandro zustimmend nickt.

Wir organisieren für den Abend ein Treffen mit den Mexikanern in unserem Haus, um zu sehen, wo wir stehen und ob von Ruben aktuell eine Bedrohung ausgeht. Wir haben uns über die Jahre viele Feinde gemacht. Das ist der Preis, den man bezahlt, wenn man ganz oben an der Spitze ist. Neid und Missgunst sind ständige Begleiter.

. . .

Eines der Hausmädchen füllt Ruben und seinen beiden Begleitern Scotch in die Gläser und ich reiche das Etui mit teuren Zigarren herum.

»Was verschafft mir die Ehre, dass mich die großen Donatellos in ihr Haus einladen?«, schnurrt Garcia. Ich hasse diesen Wichser. Er ist einer der wenigen, bei dem ich nie weiß, woran ich bin und was er vorhat.

»Wir haben einige unschöne Dinge über dich gehört«, entgegne ich tonlos.

Er schnaubt grinsend in sein Glas, bevor er es leert und langsam auf den Tisch zurückstellt. »Ach ja? Was denn für Dinge?«

»Tu nicht so dämlich«, knurrt Alejandro, was Ruben ein kehliges Lachen entlockt.

»Dass du dich immer noch nicht unter Kontrolle hast, Alejandro. Nach allem, was dein impulsives Handeln ausgelöst hat. Matteo, du solltest deinen Pitbull zurückpfeifen und in den Griff bekommen, sonst habt ihr kein langes Leben mehr.«

Alejandro schnellt von seinem Stuhl hoch und ich bedeute ihm mit einer eindringlichen Handbewegung, nicht die Fassung zu verlieren.

»Drohst du uns, Ruben?«, frage ich vollkommen gelassen.

Er schnalzt mit der Zunge und schaut mir tief in die Augen. »Sagen wir mal so, mein Freund: Ihr seid aktuell angreifbar und ich bin nicht der Einzige, der das weiß. Ihr solltet in den nächsten Tagen und Wochen vorsichtig sein. Man weiß nie, ob sich einmal eine Kugel verirrt.«

»Du dummer Wichser. Was hast du vor?«, knurrt Alejandro und tritt näher an Ruben heran.

Dieser steht gelangweilt auf und streicht sich seine Weste glatt. »Wir sind hier fertig. Lasst uns gehen, Männer.«

Seine Begleiter erheben sich und wenden sich zum Gehen. Ich ziehe die Waffe aus meinem Gürtel und richte sie auf den Kopf von Garcia.

Breit grinsend dreht er sich zu mir. »Überleg dir gut, ob du das tun willst, Matteo. Ich habe alle informiert, dass wir zu einem Gespräch ohne Waffen bei den großen Donatellos eingeladen sind. Was würde es wohl über euch sagen, wenn du mich jetzt erschießt? Täusche ich mich oder war es nicht immer Carlos' oberstes Gebot, sein Wort zu halten? Willst du, dass dein Vater sich im Grab umdreht?«

Bevor ich etwas Unüberlegtes tue, stellt sich mir Alejandro in den Weg und zeigt mit einer eindeutigen Geste, dass die Mexikaner sich verpissen sollen. »Verschwindet aus unserem Haus. Es ist noch nicht vorbei, Ruben, und du hast noch überhaupt nichts gewonnen«, verkündet er mit gedämpfter Stimme und ich bin verblüfft von seiner neugewonnenen Selbstbeherrschung.

»Du betonst es richtig, mein Freund. Noch habe ich nicht gewonnen, aber der Tag wird kommen, an dem der Phönix fällt und die Donatellos vernichtet sind.« Seine Zähne blitzen diabolisch auf, bevor er endlich mit seinen Männern verschwindet.

Ich würde liebend gern alles in meiner Umgebung kurz und klein schlagen, aber ich beherrsche mich.

Mein Bruder fährt sich mit den Händen durch sein Haar und schüttelt den Kopf. »Wir hätten ihn abknallen sollen, Matteo. Ich glaube, wir haben gerade einen riesigen Fehler gemacht.«

Ich nicke ihm zu, denn auch mich beschleicht das ungute Gefühl, dass wir eben eine Flamme entzündet haben, die sich wie ein unkontrollierbarer Flächenbrand ausbreiten wird.

KAPITEL 29

Elena

Da Page heute einen dringenden Arzttermin hat, übernehme ich gemeinsam mit Phillipe die Spätschicht. Ein Wunder, dass der Kerl heute ausnahmsweise einmal pünktlich aufgetaucht ist. Zwar sind Tara und er echt nett, aber in Sachen Unzuverlässigkeit nicht zu toppen. Oft frage ich mich, wie Page es vor meiner Ankunft geschafft hat, dass Diner am Laufen zu halten.

»Hey, Elena, da draußen ist ein Typ, der was von dir will«, teilt mir mein Kollege in seinem üblichen gleichgültigen Tonfall mit.

Ich ziehe skeptisch eine Augenbraue nach oben. »Aha, und was will dieser mysteriöse Kerl von mir und wieso kommt er nicht rein?«

»Was weiß ich denn?«, erwidert Phillipe und zückt sein Handy. Ich bedenke ihn mit einem missbilligenden Blick und verdrehe die Augen.

»Bekommst du das einen Augenblick allein hin?«, frage ich ihn, aber er nimmt keine Notiz von mir. »Phillipe«, tadele ich ihn und er hebt gelangweilt den Kopf und wedelt genervt mit der Hand.

»Ja, geh nur«, erwidert er und ich nehme meine Behauptung von eben, dass er ein netter Kerl ist, sofort zurück.

Ich trete nach draußen und schaue mich auf dem Parkplatz um. Neben den zahlreichen Autos, einigen Motorrädern und kleineren Gruppen von Studenten sehe ich niemanden, der aussieht, als wolle er mit mir sprechen. Ich entscheide mich, wieder zurück ins Diner zu gehen, als eine tiefe Stimme hinter mir meinen Namen raunt.

»Elena, oder?«

Langsam drehe ich mich um und schaue in grüne, funkelnde Augen. Ich weiß nicht, ob es an dem Strand und der Sonne in San Francisco liegt, aber auch dieses Exemplar Mann vor mir erfüllt jedes Klischee einer feuchten Frauenfantasie und ist verboten heiß. Das dunkelblonde Haar hat er an den Seiten komplett kahl rasiert und sein Deckhaar hängt ihm wild in die Stirn. Sein Bart ist deutlich sichtbar, aber gepflegt und unter seinem rechten Auge ist eine kleine halbmondförmige Narbe zu erkennen. Er trägt ein weißes Hemd, dessen Ärmel zurückgekrempelt sind und ein schwarzes Tattoo auf seinem gebräunten Unterarm entblößen. Es ist eine schwarze Rose, unter der ein einziges Wort steht: *unforgettable*.

Ich schaue zu ihm auf und begegne seinem neugierigen Blick. »Richtig. Und du bist?«

Er streckt mir seine Hand entgegen und erst jetzt fallen mir die zahlreichen Siegelringe an seinen Fingern auf. Mein Gegenüber, wer auch immer er ist, muss ein sehr mächtiger Mann sein. Wie konnte mir dieses Detail bei meiner ersten Begutachtung entgehen? Seine Hand ist rau und umschließt meine mit einem angenehmen Druck. Sein Daumen streichelt wie zufällig über meinen Handrücken, während er mich mit seinen grünen Augen fixiert.

»Ich bin Nevio«, stellt er sich knapp vor und hält meine Hand noch einen Augenblick in seiner gefangen. Schließlich tritt er einen Schritt zurück und legt den Kopf schief. Seine Lippen kräuseln sich zu einem Lächeln, das mich erröten lässt.

»Tja, Nevio. Wieso wolltest du mich sprechen? Ich denke nicht, dass wir uns kennen«, plappere ich, wobei sich meine Worte fast überschlagen. Sein eindringlicher Blick macht mich nervös.

»Das können wir sofort ändern.«

»Bitte was?«, frage ich vollkommen perplex.

Nevio tritt etwas näher an mich heran und beugt sich zu mir. »Ich möchte dich gern kennenlernen, schöne Elena«, haucht er und kommt mir dabei viel zu nahe.

»Wer bist du?«, wiederhole ich meine Frage von vorhin und diesmal geht es mir nicht um seinen Namen.

Er umrundet mich, stellt sich dicht hinter mich und umschließt meine Taille mit seinem muskulösen Arm. Ich verharre still in der Position und leiste keinerlei Widerstand. Ob aus Angst oder aus einem anderen Grund, kann ich mir selbst nicht erklären.

»Ich kann dein Freund sein oder dein schlimmster Albtraum, die Entscheidung liegt bei dir«, wispert er und streift dabei mit seinen Lippen mein Ohr. Ein Schauer durchfährt mich.

»Wie meinst du das?«

»Du bist mit einigen sehr gefährlichen Männern unterwegs, die viele Feinde haben. Ist dir das klar?« Ich rege mich nicht, aber das scheint Nevio ohnehin nicht erwartet zu haben, denn bereits nach einer kurzen Pause fährt er fort:

»Sagen wir mal so, ich habe noch eine offene Rechnung mit den Donatellos, die unbedingt beglichen werden muss.«

»Und was habe ich damit zu tun?«, presse ich irgendwie hervor.

Nevio festigt seinen Griff um meine Mitte und drückt mir einen Kuss auf meinen Hals. »Du kannst mir helfen.«

»Und wie sieht diese Hilfe aus?«, frage ich atemlos und voller Anspannung.

»Du besorgst mir die Informationen, die ich brauche, um sie zu vernichten. Dafür musst du nichts weiter tun, als herauszufinden, wo ihre nächsten Deals laufen und von wem sie Waffen kaufen. Den Rest erledige ich.«

»Wieso sollte ich das tun?«

Er drängt sich weiter gegen mich, sodass ich nun seinen Körper der Länge nach an mir spüre. Seine harte Erektion drückt sich gegen meinen Rücken und ich schnappe nach Luft. Macht ihn diese Situation hier an?

»Du solltest das tun, weil ich sonst sehr schlimme Dinge mit dir anstellen werde.« Zur Demonstration gleitet seine Hand von meiner Hüfte in meinen Hosenbund und schiebt sich hinein. Immer noch verharre ich regungslos und zeige nicht die geringste Gegenwehr.

»Du bist verrückt, wenn du glaubst, ich würde die Donatellos verraten.« Ich keuche.

Nevio zieht seine Finger aus meiner Hose zurück und wirbelt mich zu sich herum. Er streichelt mit den Fingerknöcheln über meine Wange. »O glaub mir, meine Schöne, das wirst du. Denn du hast ja keine Ahnung, worum es hierbei geht und was sonst mit dir passiert.«

Mut packt mich, ich straffe die Schultern und verschränke die Arme vor der Brust. »Was sollte mich davon abhalten, Alejandro und Matteo zu erzählen, dass du mich bedroht hast?«

Nevio lächelt. Es ist ein eiskaltes und bösartiges Lächeln, das mich erschaudern lässt. »Weil ich immer weiß, wo du bist und wer dir wichtig ist, kleine Elena. Es wäre doch zu schade, wenn der lieben Page etwas zustößt, Alejandro einen schlimmen Unfall mit seinem Motorrad hat oder Matteo eine verirrte Kugel trifft. Ich kann mir kaum vorstellen, dass du für den Tod einer dieser Menschen verantwortlich sein willst, oder?«

»Nein«, erwidere ich tonlos.

Nevio hebt seine Hand und streichelt mir über mein Schlüsselbein, greift in mein Haar und zieht mich dicht vor seine Lippen. »Braves Mädchen. Das dachte ich mir doch. Ich werde dich kontaktieren, wenn die Zeit gekommen ist, und dir exakt mitteilen, welche Informationen ich brauche.«

Ich nicke, bleibe aber stumm. Sein Mund ist nun so dicht vor meinem, dass wir uns bereits bei der kleinsten Bewegung berühren würden.

Er schluckt hart und gräbt seine Finger tiefer in mein Haar. »Ein sehr böser und kranker Teil in mir wünschst sich, dass du mir nicht lieferst, was ich von dir will, weil der Gedanke, dich auszuziehen, dich zu schmecken und überall von dir zu kosten, sehr verlockend ist.« Er drückt kurz seine Lippen auf meine und wendet sich ab.

Mit langsamen Schritten nähert er sich einer schwarzen Limousine, die ganz in unserer Nähe gehalten hat, und nimmt auf dem Beifahrersitz Platz. Das Auto rauscht davon und ich bleibe zitternd und nach Atem ringend zurück.

Etwas schnippt vor meinem Gesicht herum und ich brauche einen Augenblick, um meine Gedanken und meinen Blick zu klären. Es ist Toni. Muss ausgerechnet er jetzt hier auftauchen? Ich schaue in sein Gesicht und sehe zu meiner Überraschung Besorgnis darin.

»Wer war der Typ?«, erkundigt er sich interessiert und nickt in Richtung des schwarzen Wagens, der im selben Moment den Parkplatz des Diners verlässt.

Für eine Millisekunde ziehe ich ernsthaft in Erwägung, ihm zu sagen, was gerade passiert ist, entscheide mich aber schließlich dagegen. Die Drohung von Nevio war vollkommen ernst gemeint, davon haben mich sein Tonfall und der entschlossene Ausdruck in seinen Augen überzeugt. Ich darf nicht riskieren, dass ich jemanden in Gefahr bringe. »Das war ein sehr aufdringlicher Gast. Ich habe ihn verjagt.« Meine Stimme klingt dermaßen belegt, dass es sogar Toni auffällt.

»Okay. Hat er dir wehgetan oder dich angefasst? Soll ich ihm hinterher?« Dass Pages Freund, mit dem ich alles andere als ein gutes Verhältnis habe, aufrichtig besorgt um mich scheint, verblüfft mich. Vielleicht steckt in seinem Kern doch etwas Gutes, was ich bisher nicht erkannt habe.

»Nein. Der kommt nicht wieder. Ich habe ihm gedroht, dass ihn sonst mein Freund verprügelt«, lüge ich und ringe mir ein Lächeln ab.

»Würde ich ihm auch raten. Wenn er noch einmal auftaucht und Alejandro davon erfährt, ist dieser Kerl, wer auch immer er ist, ein toter Mann.«

Ich nicke, denn ich weiß, dass es so ist. Heißt das im Umkehrschluss, ich sollte mich Matteo und Alejandro doch anvertrauen? Mir bleibt keine Zeit, länger darüber nachzudenken, denn Phillipe braucht dringend meine Unterstützung im Diner.

Während der Schicht erschaudere ich immer wieder bei den Gedanken an Nevios Worte und seine übergriffigen Berührungen. Warum habe ich mich eigentlich nicht gegen sein unmögliches Verhalten gewehrt? Es findet sich keine passende Antwort darauf in meinem Kopf, außer dass ich ziemlich verkorkst bin. Eine normale Frau hätte wahrscheinlich laut geschrien und alles getan, um sich gegen ihn zur Wehr zu setzen. Ich hingegen verharre stoisch und dulde dieses Verhalten. Dass mich die Gefahr und die Dunkelheit anziehen, brauche ich ohnehin nicht mehr zu leugnen. Spätestens seit ich eine Affäre mit den Donatello-Zwillingen habe, ist mir eines bewusst geworden: Eine konventionelle Beziehung, wie sie sich die meisten vorstellen, ist nichts für mich. Ich sehne mich nach Abenteuer, Dominanz, Abwechslung und einer Prise Gefahr. Trotzdem hinterlässt der Besuch von Nevio einen unangenehmen Beigeschmack auf meiner Zunge.

Philippe verabschiedet sich von mir und kurze Zeit später schließe ich das Diner ab. In meinem Apartment klappe ich meinen Laptop auf und beginne, zu recherchieren. Aber egal, wie tief ich grabe und welche Suchbegriffe ich kombiniere, nirgendwo taucht Nevio auf. Ja, ich habe nicht viel außer seinem Namen, dennoch habe ich gehofft, dass ich ihn auf irgendwelchen Fotos oder Presseberichten im Zusammenhang mit Drogen oder wilden Partys am Baker Beach erkenne.

Meine Augen beginnen, zu brennen, und ich klappe frustriert den Laptop zu. Ich reibe mir mit den Fingern über die Schläfen und denke nach. Zukünftig werde ich besonders darauf achten, ob ich irgendwo in meiner Nähe diese schwarze Limousine sehe, immer mein Pfefferspray einstecken und abwarten. Solange ich meinen Mund halte, wird nichts passieren. Immerhin hat Nevio selbst zu mir gesagt, dass er mich kontaktieren wird, wenn er etwas von mir will. Diesen Anruf, oder wie auch immer er sich bei mir melden wird, werde ich abwarten und schauen, was er von mir erwartet. Danach entscheide ich und werde mir eine Lösung überlegen. Feststeht, dass ich weder Page noch Alejandro oder Matteo in Gefahr bringe, egal, was passiert. Um sie zu beschützen, bin ich bereit, alles zu tun.

Frisch geduscht und mit einer Tasse Kaffee ausgestattet setze ich mich zurück an den Laptop. Diesmal nicht, um irgendwelche zwielichtigen Gangster zu recherchieren, sondern um meine Agentur voranzutreiben.

Ich habe mich tatsächlich für das Logo entschieden, das Alejandro am besten fand, tippe gerade die letzten Wörter in einer E-Mail und bewerbe mich für einen Auftrag einer ansässigen Firma. Es ist eine Kfz-Werkstatt, die Unterstützung im Marketing und bei der Gestaltung ihrer Website benötigt. Das wäre ein großartiger Auftrag für den Einstieg. Nicht zu groß und ich könnte mir direkt am Baker Beach einen Namen machen, sollte der Auftrag gut laufen. Ich drücke auf Senden und habe damit mein erstes Angebot für mein eigenes Unternehmen und damit meine Zukunft auf den Weg gebracht.

Im Anschluss fülle ich die geforderten Dokumente der Behörden und des Finanzamts aus, damit mein kleines Unternehmen offiziell gelistet wird und ich Rechnungen an meine zukünftigen Kunden ausstellen darf.

Mein Handy klingelt und ich grinse breit, als ich den Namen lese. »Hey, schöner Mann«, begrüße ich Alejandro.

»Na, Prinzessin, was machst du? Vermisst du mich schon?«

»Ich habe eben eine Bewerbung für einen Auftrag weggeschickt und Papierkram erledigt. Und zu deiner anderen Frage: Nein, ich vermisse dich kein bisschen«, ärgere ich ihn und freue mich über Alejandros beherztes Lachen. Seine Unbeschwertheit und allzeit lustige und teilweise sarkastische Art sind einige der Dinge, die ihn für mich besonders machen.

»Wenn das so ist, sollte ich wohl eher nicht mehr vorbeikommen?«, erkundigt er sich.

Ich beiße mir auf die Unterlippe. »Wenn du mich so fragst, kann ich ja unmöglich Nein sagen«, erwidere ich kleinlaut.

Er lacht. »Morgen wieder. Ich wollte nur sehen, wie du reagierst«, feixt er und ich schnaube frustriert.

»Du bist ein Mistkerl, weißt du das?«

»Jap. Jetzt zu dem anderen, was ist das für ein Auftrag?«

Ich erzähle ihm knapp, worum es geht und dass es eine großartige Chance wäre, um Fuß zu fassen.

»Ich bin mir sicher, dass du mit deinem Angebot überzeugst. Gibt es noch etwas, worüber du mit mir reden willst?«, fragt er mich schließlich und ich schalte zu langsam.

»Nein, sonst ist alles bestens«, erwidere ich und ernte ein Seufzen am anderen Ende der Leitung.

»Vertraust du mir nicht oder wieso erzählst du mir nicht, dass dich heute irgendein Penner am Diner bedrängt hat?«

War doch klar, dass Toni seine Klappe nicht halten kann und sofort zu Alejandro rennt. Dabei hat er überhaupt keine Ahnung, in was für eine unangenehme Situation er mich damit bringt. Blöder Idiot.

»Das war nichts weiter. Ich hatte die Sache im Griff, das habe ich Toni aber auch schon gesagt.«

»Babe, du musst mir versprechen, dass du mir sofort sagst, wenn dich jemand bedroht, sich merkwürdig verhält oder dich schief anguckt. Da du jetzt öfter mit Matteo und mir zusammen bist, könnten einige sehr unangenehme Leute auf dich aufmerksam werden, verstehst du?« Seine eindringlichen Worte bescheren mir eine Gänsehaut.

»Ich verspreche es und habe es verstanden«, antworte ich und lüge nur zum Teil. Von Nevio erzähle ich ihm nichts, um ihn zu beschützen, aber in welcher Gefahr ich mich befinde, weil ich mit ihnen zusammen bin, habe ich spätestens heute Mittag auf dem Parkplatz verstanden.

. . .

Die kommenden drei Wochen vergehen wie im Flug und sind gefüllt mit sexuellen Abenteuern, Leidenschaft, Lust und einem immer heftiger werdenden Kribbeln im Bauch. Alejandro besucht mich meist in meiner Mittagspause, kommt gelegentlich im Diner vorbei und verbringt jeden freien Montag mit mir. Matteo und mir gehören die Nächte. Er taucht eigentlich immer auf, wann er will, und geht, wann ihm danach ist. Daran hat sich nichts geändert, auch nicht an seiner dominanten Art, der ich inzwischen gänzlich verfallen bin. Mir ist bewusst, dass ich sie beide in meinem Leben brauche wie die Luft zum Atmen. Denn jeder von ihnen gibt mir auf seine ganz eigene Art, was ich brauche und wonach sich mein Körper sehnt. Bisher ist alles gut gegangen und sie ertragen dieses doppelte Spiel. Keiner von ihnen hat mich bisher gedrängt, eine Entscheidung zu treffen, oder gefragt, ob es eine Tendenz für mich gibt. Ich bin dankbar, dass sie es akzeptieren, obwohl dulden wohl eher das treffendere Wort wäre.

Aktuell ist alles schön und mein Leben läuft gut und problemfrei wie nie zuvor. Auch Nevio ist seit diesem einen Tag im Diner nicht wieder aufgetaucht oder hat mich kontaktiert. Das lässt mich hoffen, dass sich die Sache erledigt hat und auch er ein Ballast ist, den ich nicht länger mit mir herumtragen muss.

Alles entwickelt sich exakt so, wie ich es mir so oft erträumt und schon immer gewünscht habe. In meiner Welt könnte es ewig so weitergehen, aber das wird es nicht. Der Tag wird kommen, an dem alles anders wird. Irgendwann werden die Zwillinge eine Entscheidung verlangen und diesen Tag fürchte ich jede Sekunde. Wie schnell dieser Tag kommt und was das für mich bedeutet, kann ich an diesem Montagmorgen nicht ansatzweise erahnen.

KAPITEL 30

Matteo

»Verdammte Scheiße noch mal! Wie kann es sein, dass dieser Wichser spurlos vom Erdboden verschwunden ist und ihr ihn nicht findet? Soll ich mich darum auch noch selbst kümmern?«, brülle ich, weil ich die Schnauze voll habe.

»Wir gehen wirklich jeder Spur nach, Matteo! Aber du weißt selbst, dass Ruben Garcia gute Kontakte bis in die obersten Kreise hat. Niemand will reden.«

»Dann bring sie gefälligst dazu! Und jetzt geh mir aus den Augen, ich kann dich nicht länger ertragen.« Diego geht und ich schenke mir einen Scotch nach, den ich schnell hinunterkippe. Hätte ich diesen Bastard Garcia nur umgelegt, als ich die Gelegenheit dazu hatte. Seit er das Kartell der Gonzalez übernommen hat, macht er uns nur Probleme. Er versaut Deals, hetzt die Bullen auf uns und hat schon einige unserer Männer bedroht und teilweise übel zugerichtet. Das alles organisiert er komplett aus dem Untergrund und versteht es perfekt, seine dreckigen Spuren zu verwischen. Seit dem Zusammentreffen in unserem Haus vor einigen Wochen ist er in ein Loch gekrochen und wir setzen alles daran, ihn zu finden, um ihn zur Strecke zu bringen. Aber er ist uns immer einen Schritt voraus. Ich schenke mir erneut Scotch nach und stecke mir eine Kippe zwischen die Lippen.

»Wir hätten ihm das Genick brechen sollen, Matteo.«

»Ich weiß. Es war ein Fehler, diesen Bastard am Leben zu lassen.«

»Er wird langsam zu einer richtigen Plage. Ich werde die Creeds informieren, dass auch sie sich umhören sollen, ob einer weiß, wo dieser Penner sich versteckt«, führt Alejandro weiter aus und hat damit absolut recht.

Ich nicke, denn ich halte es für eine gute Idee, die Creeds hinzuzuziehen. Der Kreis unserer Verbündeten ist aktuell erschreckend klein, daher war die Übereinkunft mit ihnen eine gute Entscheidung. Das stärkt uns den Rücken und hat unsere Grenzen im Kokainhandel weiter nach Osten ausgedehnt.

»Meinst du, wir sollten Elena einweihen?«

»Wieso? Willst du ihr unnötig Angst machen, Alejandro?«

»Bist du dir sicher, dass es unnötig ist? Wir beide wissen, wie Garcia ist und dass er auch vor Frauen keinen Halt macht.«

»Wir bekommen das schon in den Griff. Ich mache mich gleich selbst auf den Weg und heute ist sie doch sowieso bei dir oder irre ich mich?«

»Nein, du hast recht. Ich hole sie gleich ab und wollte sie mit zu mir nehmen.«

Ich muss mich räuspern. »Was? Du bringst sie hierher?«

Alejandro zuckt lässig mit den Schultern. »Wieso denn nicht?«

»Ich will euch nicht zusammen sehen«, brumme ich.

»Wirst du nicht. Ich will ihr meinen Bereich zeigen, damit sie sieht, wo ich herkomme.«

»Du spinnst doch. Du weißt schon, dass ich auch noch da bin?«

»Ja, das weiß ich. Aber wenn sie hier in der Villa ist, kann ich besser auf sie aufpassen.«

Ich schnaube verächtlich. »Und du glaubst, in unserer Nähe ist sie sicherer als im Diner? Meinst du nicht, dass Garcia genau hier einen Angriff auf uns plant?«

»Möglich. Aber eins kannst du mir glauben, Matteo: Solange ich atme, passiert ihr nichts. Das würde ich niemals zulassen.«

Ich schaue meinem Bruder tief in die Augen und sehe darin nichts als Aufrichtigkeit. Sie bedeutet ihm so viel, dass es mir einen Stich versetzt. Wie lange werden wir diese ganze Scheiße noch aushalten, er und ich?

Ich hatte in den letzten Wochen so oft das Gefühl, daran zu zerbrechen, dass ich aufgehört habe, zu zählen. Warum muss ausgerechnet die Frau, die mir die Welt bedeutet und die mir gezeigt hat, dass es mehr als Hass und Dunkelheit im Leben gibt, auch Gefühle für meinen Zwillingsbruder hegen? Wenn das Schicksal ist, spielt es uns ganz übel mit. Ich reibe mir mit beiden Händen übers Gesicht und löse mich aus meinen Gedanken. »Mach, was du für richtig hältst, Alejandro.«

Er nickt und mein Handy klingelt. »Ja?«

»Matteo, ihr müsst sofort in den ehemaligen Club der Gonzalez kommen. Es gibt Ärger.«

»Ich bin auf dem Weg.« Ich fluche und drücke mein Handy fest in meiner Hand zusammen.

»Was ist los?«, fragt Alejandro alarmiert.

»Probleme im Club der Gonzalez.«

»Scheiße. Soll ich mit?«

»Nein. Hol Elena und pass auf sie auf. Ich habe kein gutes Gefühl, wenn sie heute allein ist.«

Alejandro verschwindet mit schnellen Schritten und ich fluche wüst vor mich hin.

Wie viele Männer müssen wir noch beseitigen, um endlich an der Spitze des Kartells akzeptiert zu werden?

Mit einer Zigarette zwischen den Lippen starte ich meinen Wagen, um zu Diego nach Downtown in unseren Club zu fahren.

KAPITEL 31

Elena

Ich wickele gerade die letzte Strähne um den heißen Lockenstab und grinse währenddessen wie ein Teenager, der zum ersten Mal verliebt ist. Es ist Montag. Dieser Tag gehört Alejandro und mir und ich kann es kaum erwarten, ihn zu sehen. Er hatte die letzten beiden Tage zu tun und ich habe ihn schrecklich vermisst.

Mein Herz beschleunigt sich vor Freude, als es an der Tür klopft. Ich ziehe schnell den Stecker des Lockenstabs aus der Steckdose und stürme zur Tür. Da steht er, mein Alejandro, mit seinem unwiderstehlichen Lächeln und seinem Grübchen in der Wange und breitet die Arme aus. Ich springe ihm entgegen und schlinge die Arme um seinen Hals. Er küsst mich, wirbelt mich herum und vergräbt im Anschluss sein Gesicht in meiner Halsbeuge.

»Jetzt geht es mir wieder gut«, nuschelt er und sendet damit direkt eine Hitzewelle zwischen meine Beine. Ich strahle ihn an.

»Vergiss nicht deine Rolle«, necke ich ihn.

»Die habe ich doch bei dir ab der ersten Sekunde aufgegeben«, erwidert er und küsst mich erneut.

»Ich habe dich vermisst«, wispere ich an seinen Lippen.

»Ist das so, Prinzessin?«

»Ja. Du machst mich irgendwie komplett.« Habe ich das gerade laut gesagt? *O Gott, Elena, reiß dich zusammen. Keine Liebesgeständnisse an einen Mafiaboss, mit dessen Bruder du ebenfalls eine Affäre hast.*

»Bereit für einen unvergesslichen Tag?«, wechselt er dankenswerterweise das Thema und knabbert an meinem Ohrläppchen herum.

»Absolut bereit, Romeo.«

»Sehr gut. Ich will dir heute etwas zeigen«, entgegnet er und setzt sich mit mir in seinen Armen in Bewegung zu seinem Auto.

Dort angekommen lässt er mich herunter und ich beginne, mir nervös auf der Unterlippe herumzukauen. »Ich muss dir noch etwas sagen«, beginne ich kleinlaut.

»Ach ja? Was wäre das?«

Ich zögere so lange, bis er mich mit dem Rücken gegen seinen Wagen drängt, die Hände links und rechts neben mir abstützt und mich mit seinem intensiven Blick verbrennt. Eins zu null für Alejandro, denn ich schaffe es keine Sekunde länger, meine Fassade aufrechtzuerhalten.

»Ich habe den Auftrag!«, bringe ich atemlos hervor und seine Augen weiten sich.

»Du hast den Auftrag?«, wiederholt er. »Und das sagst du mir erst jetzt?«, ergänzt er gespielt empört.

»Ich wollte dich überraschen.«

»Du wolltest mich nicht überraschen. Du wolltest mich ärgern.«

»Ein wenig vielleicht.«

»Dass ich es in all den Wochen immer noch nicht geschafft habe, dir Manieren beizubringen, Prinzessin.«

»Ich hätte da eine Idee, um es wieder in Ordnung zu bringen«, bringe ich leise hervor.

»Und wie sieht die aus?«

Mein Herz hämmert wild in meiner Brust, als ich

meine Hand zu seinem Gürtel gleiten lasse und seine Hose öffne. Es ist mir vollkommen egal, dass wir auf einem Parkplatz stehen und uns jemand beobachten könnte. Ich will ihn hier und jetzt.

Alejandro lässt mich gewähren und fährt sich mit den Händen durch die Haare, während ich seinen Schwanz umfasse. »Du machst mich echt fertig, Prinzessin.«

»Auf eine gute Art?«

»Die Beste, die ich mir vorstellen kann.«

Ich lasse meine Hand an seinem Schaft auf und ab gleiten und genieße, wie er sein Gesicht in meiner Halsbeuge vergräbt. Gedämpft nehme ich etwas weiter weg leises Gemurmel wahr.

Wir scheinen nicht allein zu sein. Ich halte in meiner Bewegung inne und scanne die Umgebung ab. In einiger Entfernung erkenne ich zwei Spaziergänger, die am Strand entlanglaufen und ausgelassen plaudern. Sie scheinen keine Notiz von uns zu nehmen, dennoch fühle ich mich ertappt.

Alejandro hebt den Kopf und schaut mich an. »Was ist? Wieso hörst du auf?«

Hitze schießt in meine Wangen. »Da hinten ist jemand.«

Alejandro dreht den Kopf, sieht die Spaziergänger und dreht sich mit einem frechen Grinsen auf den Lippen zurück zu mir. »Keine Chance, Babe. Es ist zu spät, um aufzuhören«, raunt er dicht vor meinen Lippen.

»Aber ...«, setze ich zu meinem Protest an, da packt er mich schon fest an den Hüften und drängt seine Härte gegen mich.

»Vergiss die. Jetzt gibt es nur noch dich und mich.«

Ich bin unfähig, etwas zu erwidern, denn seine Lippen versiegeln bereits meinen Mund und lassen jeden Widerstand schmelzen.

Mit einem Ruck packt er mich, hebt mich hoch, schiebt meinen Slip beiseite und versenkt sich in mir. Der Sex ist leidenschaftlich, wild und gleichzeitig unendlich intim, da wir uns unentwegt in die Augen sehen. Er küsst mich, ich komme, stöhne in seinen Mund und genieße das Gefühl seiner Härte in mir. Ob ich davon jemals genug bekommen werde? Wohl kaum.

»Bist du noch böse?«

»Wie soll ich dir denn jemals länger als eine Sekunde böse sein, Prinzessin?«, erwidert er, gibt mir einen Klaps auf den Po und öffnet mir die Beifahrertür seines Wagens.

»Verrätst du mir denn, was du heute mit mir vorhast?«

»Das wüsstest du wohl gern.« Sein freches Grinsen trifft mich und lässt meinen Bauch kribbeln.

»Gibst du mir zumindest einen Tipp?«

»Nein. Keine Chance.«

Ich schmolle und er legt mir eine Hand auf mein Bein. Das kühle Metall seiner Siegelringe streift meine Haut und löst ein Beben in mir aus. Ich bin diesem Mann komplett verfallen und lasse mich sogar zu Sex in der Öffentlichkeit mit ihm hinreißen.

Ich berichte ihm auf der Fahrt von dem Gespräch mit meinem ersten Kunden, was ich für ihn erledigen darf und wie viel ich damit verdiene. Er hört mir aufmerksam zu und streichelt dabei sanft über die Innenseite meines Schenkels. Meine Konzentration schwindet und meine Gedanken driften schon wieder in eine ganz andere Richtung, als er den Wagen stoppt und die Hand von meiner glühenden Haut nimmt. Wir stehen vor einem riesigen Tor neben einer Art Pförtnerhäuschen.

»Hey, Vincent, alles ruhig so weit?«, begrüßt Alejandro den breitschultrigen und bewaffneten Mann, der neben den Wagen getreten ist.

»Ja. Matteo ist noch nicht zurück aus Downtown, falls es dich interessiert. Sonst ist alles ruhig.«

»Sehr gut. Ich bin heute den ganzen Tag beschäftigt und nicht mehr erreichbar.«

Hat dieser Pförtnertyp gerade Matteo erwähnt? Mir wird langsam bewusst, wo wir uns befinden, und mir kriecht ein eiskalter Schauer über den Rücken. Das große Tor öffnet sich mit einem elektrischen Surren und wir passieren einen langen, gepflasterten Weg, der von Bäumen gesäumt ist.

Alejandro schenkt mir einen Seitenblick und wirkt mit einem Mal besorgt. »Geht es dir gut, Prinzessin?«

»Was? Ja, warum?«

»Du bist ganz blass.«

»Ich habe heute nur noch nichts gegessen. Der Kreislauf, weißt du?«, lüge ich und versuche, ruhig zu atmen.

»Dann bekommst du gleich erst einmal ein Frühstück Deluxe und im Anschluss zeige ich dir das Anwesen.«

»Das Anwesen?«

»Mein Schloss.«

»Dein Schloss«, wiederhole ich unnötigerweise, da mir bereits bei dem Pförtner klar war, wo wir uns befinden.

»Ja. Ich denke, es ist Zeit, dass du endlich siehst, wo ich herkomme.«

»Ist das denn in Ordnung?«

Er lacht schallend. »Wieso sollte das bitte nicht in Ordnung sein?«

»Ich weiß nicht. Wegen Matteo?«, frage ich vorsichtig.

»Keine Sorge. Matteo ist nicht da und ich habe es mit ihm besprochen. Außerdem haben wir unseren eigenen Flügel im Gebäude. Uns wird nichts und niemand stören.«

»Okay«, presse ich noch irgendwie hervor, dann muss ich mich abwenden. Ich schaue aus dem Fenster und tue so, als ob ich interessiert die Umgebung betrachten würde. Es war doch klar, dass es irgendwann so kommt, oder? Dennoch fühlt es sich plötzlich viel zu intim an und verdeutlicht mir wieder einmal den Ernst der Lage.

»Da sind wir.«

Alejandro parkt den Wagen, ich drehe den Kopf und mir klappt die Kinnlade hinunter. Er hat nicht übertrieben. Wir stehen wirklich vor einem Gebäude, das in seiner Größe durchaus mit einem Schloss mithalten kann. Das Herrenhaus im Barockstil wirkt einschüchternd und mächtig auf mich. Hier gehöre ich nicht hin, oder doch?

»Du kannst den Mund wieder schließen, Prinzessin«, scherzt Alejandro und drückt mir einen Kuss auf die Wange. Er steigt aus, umrundet den Wagen, öffnet die Tür und streckt mir seine Hand entgegen. »Darf ich bitten?«

Ich schnalle mich ab, ergreife seine Hand und folge ihm. Eine weiße Marmortreppe führt zu einer doppelflügeligen Echtholztür, die ebenfalls von zwei Typen mit Maschinengewehren in den Händen bewacht wird.

Ohne sie zu grüßen, öffnet Alejandro die Tür und gewährt mir damit Zugang in eine völlig andere Welt. Ich finde mich in einer Lobby wieder, die an Dekadenz und Luxus kaum mehr zu übertreffen ist. Alejandro verschränkt seine Finger mit meinen, schenkt mir ein Lächeln und zieht mich hinter sich her. Wir nehmen die Treppe und folgen anschließend einem endlos langen Gang, von dem rechts und links zahlreiche Türen abgehen. An der, die sich am hinteren Ende des Flures befindet, bleibt er stehen und dreht sich zu mir.

»Da wären wir.« Er strahlt und nimmt mich mit in sein Zimmer. Ich schaue mich erstaunt um, denn dieser Bereich ähnelt dem Rest des Hauses überhaupt nicht. Statt Fliesen befindet sich Parkett auf dem Boden, die Einrichtung ist schlicht und in warmen Holztönen gehalten. An den Wänden hängen Schallplatten und zahlreiche Leinwände, die Oldtimer, Gitarren und Motorräder abbilden. Den Mittelpunkt seines Wohnbereichs bildet definitiv das opulente, dunkle Ledersofa, das vor einem großen Kamin steht. Darüber hängt ein riesiges, eingerahmtes Schwarz-Weiß-Foto. Es zeigt Alejandro auf seiner Harley mit seiner Lederjacke, zerzausten Haaren, einer Zigarette im Mund und einem schelmischen Grinsen, das sein Grübchen zeigt. Ganz ehrlich? Dieses Bild würde ich sofort in mein Zimmer hängen. Es ist ausdrucksstark und spiegelt Alejandro perfekt wider.

»Und was sagst du?«

»Ich sage, du hast einen ziemlich guten Geschmack für einen Mann.«

Er umfasst meine Taille und lächelt mich an. »Dass ich einen erlesenen Geschmack habe, zeigt sich doch schon an dir, oder?«

Ich schlucke hart und erwidere sein Lächeln, da mir die Worte fehlen.

»Ich habe nebenan ein Frühstück für uns vorbereiten lassen. Lass uns erst mal etwas essen.«

Ich folge ihm durch einen Rundbogen, der uns in den angrenzenden Essbereich führt. Ich bin im Himmel. Auf der großen Tafel ist ein Frühstück angerichtet, das einer Prinzessin, wenn nicht sogar einer Königin, würdig wäre.

Wir essen, albern herum, probieren uns durch die Vielfalt der Speisen und stecken uns gegenseitig Weintrauben in den Mund.

»Komm zu mir, Babe.« Alejandro rutscht ein Stück mit seinem Stuhl zurück und deutet mit seiner Hand auf seinen Schoß.

Ich setze mich auf ihn, streichele ihn mit meinen Fingern im Nacken und schaue ihn an. Seine Hand ruht auf meinem Schenkel, während er mich intensiv mustert. »Weißt du, ich bin nicht besonders gut darin.«

»Worin?«

»In solchen Dingen.«

»Was für Dingen?«

Er seufzt frustriert und hebt mich von seinem Schoß. Ich befürchte fast, ihn mit etwas verärgert zu haben, weil er aufsteht und zu einer nahe gelegenen Kommode läuft.

Er öffnet sie und kommt mit einem länglichen Silberetui zu mir zurück. Er setzt sich mir gegenüber und öffnet die Schachtel. Mein Atem gerät ins Stocken und mein Herzschlag beschleunigt sich.

»Das ist meine Art, dir zu zeigen, dass du zu mir gehörst«, sagt er leise und mir kullert eine dicke Träne über die Wange. Er legt die Schachtel ab, zieht mich an meinen zittrigen Händen auf die Beine und stellt sich hinter mich. Dann holt er die Kette aus dem Etui und legt sie mir an. Er küsst mich auf die Stelle dicht unter meinem Ohr und schließt seine Arme um mich. Ich lege meine darüber.

»Mein Herz gehört dir, wenn du das willst«, wispert er und ich werde endgültig von der reißenden Flut meiner Emotionen gepackt und überwältigt.

Ich löse seine Hände von meinem Bauch, drehe mich zu ihm und küsse ihn, wie ich ihn noch nie geküsst habe, ignoriere die heißen Tränen, die zahllos meine Augen verlassen, und drücke mich dicht an ihn.

»Ist das ein Ja?«, murmelt er gegen meine Halsbeuge.

»Das ist ein klares Ja, Romeo. Du bist mein Herz und ich deins.«

Er löst sich von mir, nur um mich im darauffolgenden Moment hochzuheben und in der Luft herumzuwirbeln.

»Eigentlich reicht es jetzt für heute mit diesem Softie-Gehabe, aber eine Sache muss ich dir noch zeigen.« Er setzt mich wieder ab, greift nach meiner Hand und tritt mit mir zurück in den langen Flur.

Alejandro öffnet die beiden Türen, die unmittelbar neben seinem Wohnbereich liegen, und deutet hinein. Ich kneife fragend die Augen zusammen, da ich nicht weiß, was er mir zeigen will.

»Und diese beiden Zimmer soll ich jetzt für dich gestalten, oder wie?«

»Nicht ganz, aber so ähnlich.«

»Okay?«

»Dein Apartment bei Page ist keine Dauerlösung und ich dachte, du könntest stattdessen diese beiden Zimmer bewohnen. Du kannst sie gestalten, wie du willst, und hast auch ein eigenes Badezimmer. Was sagst du?«

Kurz tanzen Sterne vor meinen Augen und ich muss mich zusammenreißen, um nicht laut zu schreien. Wieso ist er so gut zu mir? Wieso fühle ich mich trotzdem erst vollkommen, wenn ich auch Zeit mit Matteo verbracht habe? Ich bin ein schrecklicher Mensch.

»Prinzessin?« Alejandros tiefe Stimme reißt mich aus meinem Gedankenkarussell.

»Ich kann nicht.«

»Wieso?«

»Ich habe kein Auto und auch nicht genügend Geld, um dir eine annähernd faire Miete zu bezahlen.«

Ein Lächeln huscht über sein perfekt gemeißeltes Gesicht. »Ich will nicht, dass du Miete bezahlst. Du gehörst zu mir. Das heißt, ich teile alles mit dir, was ich habe. Und wir haben eine ganze Tiefgarage voll mit Autos. Da ist mit Sicherheit auch eines dabei, das dir gefällt.«

»Das kann ich nicht annehmen.«

»Gibt es noch einen anderen Grund außer deinen Stolz?«

»Was ist mit deinem Geschäft? Ist es nicht gefährlich für mich, hier bei dir zu sein?«

Er tritt einen Schritt näher an mich heran, legt meine Hand auf seine Brust und streicht mit dem Daumen über meinen Wangenknochen. »Solange ich lebe und bei dir bin, wird dir nichts passieren.«

Ich bin so dumm. Wie konnte ich nur denken, dass es ewig so weitergehen würde, ohne dass es zu Problemen kommt und sie irgendwann eine Entscheidung von mir fordern? Ein riesiger Teil in mir will laut Ja brüllen und sofort bei ihm einziehen. Ich genieße seine Nähe, liebe, wie er zu mir ist, und weiß, dass er mich beschützt. Andererseits bin ich mir schmerzlich bewusst, dass es zu Ende ist, sobald er die Wahrheit erfährt, dass ich für Matteo genauso stark wie für ihn empfinde und unfähig bin, ihn aufzugeben. Statt auf die Vernunft in meinem Kopf zu hören und ihm weitere Gegenargumente wie ›Wir kennen uns erst ein paar Wochen‹ oder ›Der Arbeitsweg ist zu lang‹ an den Kopf zu werfen, schlinge ich die Arme um seinen Hals und küsse ihn.

»Dann machen wir das!«, wispere ich dicht vor seinen Lippen mit der Gewissheit, damit den Anfang vom Ende zu besiegeln.

KAPITEL 32

Elena

»Großer Gott, Süße. Ich weiß nicht mehr, was ich noch dazu sagen soll.« Page tigert nervös durch meine Wohnung, während ich verzweifelt versuche, mich mit einem der Zierkissen zu ersticken. »Was willst du denn jetzt tun? Zusammenziehen und mit Alejandro auf heile Welt machen, funktioniert wohl kaum.«

»Ich weiß! Ich muss es ihm sagen. Aber was, wenn ich ihn dann verliere?«

»Oder du sogar beide verlierst!«

»Das darf nicht passieren. Ich bin verliebt in sie.«

»Kannst du dich denn immer noch nicht entscheiden?«

»Nein! Das ist unmöglich. Nur wir drei zusammen sind perfekt«, jammere ich.

»Nur dass Matteo und Alejandro das mit Sicherheit anders sehen werden.«

»Du hattest von Anfang an recht. Es war so dumm, mich auf sie einzulassen. Jetzt weiß ich weder ein noch aus.«

»Ich würde dir so gern sagen, hör auf dein Herz. Aber in deinem Fall bewirkt das ja eher das Gegenteil von gut.«

Ich forme mit meinen Fingern eine Pistole und drücke an meiner Schläfe ab.

»Kommt Matteo heute Abend bei dir vorbei?«

»Ich habe ihm geschrieben, dass ich heute mal Zeit für mich brauche, aber hat ihn oder Alejandro das jemals davon abgehalten, vorbeizukommen?«

»Und wenn du es ihm heute Nacht sagst?«

»Bist du verrückt? Im Leben nicht. Ich will mir gar nicht ausmalen, was dann passiert. Warum müssen Gefühle so verdammt kompliziert sein?«

Page lacht und ich frage mich ernsthaft, was sie an meiner aussichtslosen Lage derart amüsiert.

Ich funkele sie an. »Was?«

»Weißt du, was ich wirklich witzig finde?«

»Nein! Und ich bin mir auch nicht sicher, ob ich es wissen will.«

»Ich sage es dir trotzdem. Witzig ist, dass du die beiden Brüder zu komplett anderen Menschen gemacht hast. Es ist fast so, als hätten sie ihre Rollen getauscht. Matteo, dessen Reaktion du fürchtest, und Alejandro, den du keinesfalls verletzen oder verlieren willst. Das ist echt verrückt.«

Ich lasse mir ihre Worte durch den Kopf gehen und zucke dann mit den Schultern. »Keine Ahnung, ich kenne sie nur genauso, wie sie jetzt sind, und so sind sie beide auf ihre ganz eigene Art perfekt für mich.«

Page kommt zu mir, drückt mir einen Kuss auf die Wange und wendet sich dann zum Gehen. »Wir halten fest: Unsere stundenlange Debatte hat uns zu dem Ergebnis geführt, dass es keine Lösung gibt, außer du löst dich in Luft auf.«

»Ha ha!«, entgegne ich frustriert, werfe ihr ein Kissen hinterher und ernte dafür eine Kusshand, die sie mir im Gehen zuwirft.

Die Tür fällt ins Schloss und ich lasse mich auf meine Couch fallen. Mein Leben ist die Hölle.

Als ich mich gegen Mitternacht bettfertig mache, lasse ich meine Hand über den silbernen Anhänger der Kette gleiten. Es ist ein Phönix, der von einem Herzen eingerahmt wird. Die Kette ist einzigartig und hat mit Sicherheit ein Vermögen gekostet. Was in jedem Fall klar ist: Ich habe sie nicht verdient.

Ich lege sie ab und mache mich auf den Weg in mein Bett. Ich komme keine zwei Schritte weit, da klopft es an der Tür. Natürlich hält er sich nicht an meine Bitte.

Brummend öffne ich und sehe Matteo vor mir, dessen Fingerknöchel aufgeschürft sind. Da es nicht das erste Mal ist, dass er oder sein Zwilling mit derartigen Blessuren bei mir auftauchen, frage ich nicht. Sie erzählen es mir ohnehin nicht. »Hey.«

»Hey, Kleines.« Seine Stimme klingt müde und er wirkt völlig ausgelaugt.

»Komm rein«, sage ich sanft und halte die Tür auf.

Matteo steuert zielgerichtet auf meine Couch zu. Er lässt sich darauf fallen, zieht im Liegen seine Schuhe aus und betrachtet mich. »Komm her zu mir, Kleines. Ich brauche jetzt deine Nähe.«

Er breitet die Arme aus und ich gehe auf ihn zu. Mit jedem Schritt in seine Richtung schlägt mein Herz schneller und die Schmetterlinge tanzen in meinem Bauch. Ich kuschele mich an ihn und schaue ihm in die schwarzen Augen, die mich ab der ersten Sekunde gefesselt haben.

»Kann ich etwas tun, damit es dir besser geht?«, flüstere ich leise und versuche, mein schlechtes Gewissen auszublenden.

»Tust du doch schon.«

Meine Haut kribbelt überall, als seine Hand an meine Wange findet und mir einige Strähnen aus dem Gesicht streicht. Ich fühle mich furchtbar. Wie konnte ich Alejandro bloß zusagen, dass ich bei ihm einziehe? Wie unfair ist mein Verhalten?

»Was zerdenkst du schon wieder in deinem hübschen Kopf?«, erkundigt sich Matteo gefühlvoll und beschert mir damit eine wohlige Gänsehaut. Das Vibrieren seiner tiefen Stimme elektrisiert meinen ganzen Körper.

»Ich denke, wie schön es wäre, dich jetzt zu küssen«, flüstere ich und Matteo zieht mich sofort an sich.

Seine Lippen sind mir inzwischen so vertraut, dass ich zufrieden seufze. Ich liebe, wie er schmeckt und wie er meine Lippen zwischen seine Zähne zieht. Er saugt an meiner Unterlippe, bevor er seine Zunge in mich gleiten lässt. Er stöhnt zufrieden, was die Anspannung in mir löst. Meine Hände wandern unter sein Hemd und finden den Verschluss seines Gürtels. Ich streichele über seine harte Erektion, was ihm ein Knurren entlockt.

»Du bringst mich wirklich um, Kleines. Du hast ja keine Ahnung, wie verrückt ich nach dir bin.«

»Bist du das?« Ich schiebe meine Finger unter den Bund seiner Boxershorts. Im nächsten Moment packt mich Matteo und zieht mich unter sich.

»Elena, ich meine es ernst. Ich kann nicht mehr ohne dich.«

Ich kämpfe mit aller Macht gegen die aufsteigenden Tränen an und mein Herz beginnt, zu rasen. Mein egoistisches Verhalten wird sie zerstören und mich auch.

Obwohl ich spätestens jetzt zugeben sollte, dass ich mich niemals entscheiden kann, schweige ich diesbezüglich und wispere stattdessen: »Ich kann auch nicht mehr ohne dich, Matteo. Ich gehöre zu dir.«

Seine schwarzen Augen funkeln vor Glück und ich habe nichts als Verachtung für mich übrig. Ich bin das Letzte.

Matteo öffnet behutsam meine Schenkel mit einer

Hand und schiebt meinen Slip beiseite. »Ich will dir heute dabei in die Augen sehen, Kleines. Ich will jedes Gefühl, jede Emotion sehen und für immer in mir festhalten.«

Ich schlucke hart und spreize meine Beine noch ein wenig mehr, denn genau das will ich auch. Zu sehen, welche intensiven Gefühle ich in diesem Mann auslöse, der ein Kartell leitet und nach außen hin niemals Schwäche zeigt, lässt mein Herz endgültig schmelzen. Wir gehören zusammen. Matteo, Alejandro und ich.

Matteo gleitet in mich und ich genieße jede Sekunde, die er sich in mir bewegt. Ihm dabei unentwegt in die Augen zu schauen, intensiviert die heftigen Gefühle in mir. All meine Sinne sind vollkommen auf ihn ausgerichtet. Ich rieche, atme, schmecke, fühle ihn so eindringlich wie noch nie. Ich verschränke meine Finger in seinem Nacken und er senkt seine Stirn auf meine. Sein Atem geht abgehackt, sein Herz pocht wild in seiner Brust und ein leichter Schweißfilm hüllt uns ein. Ich liebe es. Ich liebe diese sanfte Seite an ihm, die er mir heute zum ersten Mal zeigt. Ich kann kaum glauben, dass er sich so vor mir öffnet. Es ist fast so, als zeige er mir heute zum ersten Mal sein komplettes Gesicht und es ist wunderschön.

»Und jetzt komm für mich«, fordert er heiser dicht vor meinen Lippen.

Es dauert keine zwei Minuten, bis sich meine Lust in einem lauten Schrei entlädt. Matteo braucht noch eine Weile, bis auch er von der Klippe springt und sich fallen lässt. Er zieht sich aus mir zurück, rutscht neben mich und legt mir einen Arm um die Mitte. »Das habe ich gebraucht.«

»Ich auch«, erwidere ich und kuschele mich an ihn.

Statt wie sonst sofort aufzustehen und zu gehen, streicht er mir einige verschwitzte Haarsträhnen aus dem

Gesicht und drückt mir einen Kuss auf die Stirn. »Weißt du, was ich so an dir mag, Elena?«

»Was denn?«

»Du hast die Fähigkeit, jeden Tag zu retten, egal, wie beschissen er war.«

»Das ist etwas Gutes, oder?«

»Ja für mich und nein für dich.«

»Wieso ist das nicht gut für mich?«

»Wie soll ich dich jemals wieder gehen lassen, wenn ich dich so sehr brauche, um vergessen zu können?«

»Vielleicht musst du mich ja gar nicht mehr gehen lassen.«

»Sag nichts, was du nicht ernst meinst.«

»Ich meine es ernst.«

»Tja, dann sind wir wohl beide verloren, Kleines. Ich, weil das Gefühl, das du mir gibst, mich abhängig macht, und du, weil ich dir niemals das geben kann, was du verdienst.«

»Dafür gibst du mir aber alles, was ich brauche.«

»Scheiße, Elena! Ich habe dich nicht verdient«, erwidert er gepresst, bevor er mich erneut mit hauchzarten und zärtlichen Küssen übersäht.

Ich befinde mich in einem dämmerigen Zustand und nehme deshalb viel zu spät wahr, dass Matteo im Badezimmer verschwindet, um sich zu erfrischen. Ehe mir klar wird, welche Gefahr das birgt, ist es zu spät und er ist in dem kleinen Raum verschwunden.

Ich kann nur beten, dass ihm die Kette und die Schlüssel zu ihrem Anwesen, die offensichtlich auf der Armatur liegen, nicht auffallen. Ich verharre regungslos auf dem Bett, als die Wohnungstür schallend ins Schloss fällt und Matteo wortlos verschwindet.

Ich renne ins Bad. Da liegt sie immer noch funkelnd vor mir, die Kette, die den Phönix zeigt und ein Geschenk seines Bruders ist, den ich, genau wie ihn, unendlich liebe.

Ich rede mir ein, dass er aus einem anderen Grund abrupt, fast fluchtartig mein Apartment verlassen hat. Doch als es kurz darauf erneut an meiner Tür klopft, bekomme ich einen Schweißausbruch.

Fuck! Er hat es gesehen und wird mich jetzt zur Rede stellen. Mit zittrigen Knien nähere ich mich meiner Tür, öffne sie, werde im nächsten Moment von etwas Dumpfem am Kopf getroffen und in unendliche Schwärze und Stille eingehüllt.

KAPITEL 33

Matteo

Ich stürme auf meinen Wagen zu, obwohl alles in mir schreit, sie zur Rede stellen. Aber das kann ich nicht. Zu groß ist die Gefahr, dass mir ihre Antwort nicht gefällt und ich die Kontrolle verliere.

In letzter Zeit traue ich mir selbst nicht mehr über den Weg. Sie kann doch unmöglich zu Alejandro ziehen, obwohl sie vor wenigen Minuten zu mir gesagt hat, dass ich es bin, ohne den sie nicht mehr leben kann. Nein, das darf nicht sein. Ich muss unbedingt wissen, was hier läuft. Hat sie sich schon längst für ihn entschieden und mich zum Narren gehalten? Es muss so sein. Wieso sonst sollte ihr Alejandro eine Kette mit unserem Familienwappen schenken?

Ich koche vor Wut und hasse mich dafür, dass ich diesen Kompromiss eingegangen bin. Ich hätte das niemals vorschlagen sollen. Elena hätte von Anfang an mit offenen Karten spielen und eine Entscheidung treffen müssen. Jetzt hänge ich viel zu tief in der Sache drin, um sie aufzugeben. Ich kann mir nicht mehr vorstellen, ohne sie zu sein. Sie ist mein Licht in der Dunkelheit, meine Sonne, die die Schatten vertreibt, wenn sie zu übermächtig werden, und mein Anker, der mich vorm Ertrinken rettet.

Ich bringe meinen Wagen mit quietschenden Reifen auf unserem Grundstück zum Stehen und kenne mein Ziel. Ich sprinte die Treppe hinauf, überwinde den langen Gang, reiße die Tür zum Zimmer dieses Bastards auf und schalte das Licht an.

Bereits in der nächsten Sekunde ist seine Waffe auf mich gerichtet und Alejandro wirkt hellwach, obwohl er bis eben geschlafen hat.

»Willst du, dass ich dich abknalle, Matteo? Dann musst du es nur sagen!«

»Halts Maul und steh auf!«

»Was willst du von mir? Es ist mitten in der Nacht.«

»Steh auf, du dreckiger Bastard!«

»Scheiße, Alter, was hast du dir denn eingeworfen? Koks?«

»Alejandro, ich meine es ernst, steh verdammt noch mal auf!«

Ich sehe zu, wie dieser Bastard gemächlich die Beine aus dem Bett schwingt und vollkommen gelassen auf mich zukommt. Ich will ihn umbringen! Ich hasse ihn mit jeder Faser meines Körpers. Vergessen sind die Wochen, in denen wir zusammengearbeitet und als Team funktioniert haben. Wenn er mir das Kostbarste in meinem abgefuckten Leben wegnehmen will, töte ich ihn.

Er stellt sich vor mich und zuckt mit den Schultern. »Und was soll die Scheiße jetzt?«

»Sie hat sich schon längst für dich entschieden, oder?«

»Was meinst du? Alter, komm erst mal von deinem Trip runter.«

Ich schubse ihn, doch er stolpert nicht einmal einen ganzen Schritt zurück.

»Liebt sie dich und hat dich gewählt, habe ich gefragt.«

»Matteo, was ist denn bloß los mit dir? Sie hat sich für gar nichts entschieden.«

»Ach nein? Wieso hat sie dann eine Kette mit unserem Familienwappen und einen Schlüsselbund für unser Anwesen?«

»Ach das meinst du. Ich habe dir doch gesagt, dass ich sie heute mit hernehme.«

Ich eskaliere kurzzeitig, schlage ihn mit der Faust ins Gesicht und kassiere direkt darauf einen Treffer am Kinn.

Alejandro spuckt etwas Blut auf den Boden und taxiert mich anschließend mit seinen Augen.

»Sie mit hierher zu nehmen, bedeutet, dass sie bei dir einzieht? Du verarschst mich doch. Ihr wollt mich beide verarschen.«

»Was willst du von mir hören, Matteo? Schließlich war es dein Vorschlag, dass sie uns beide besser kennenlernen soll. Dir muss doch klar gewesen sein, dass ich alles tun würde, um sie für mich zu gewinnen.«

»O ja, das war mir klar. Aber wie soll ich damit zurechtkommen, dass sie mir in der einen Sekunde sagt, dass sie nicht mehr ohne mich leben kann, und ich im nächsten Augenblick durch einen Zufall erfahre, dass sie bei dir einzieht?«

Seine Augen weiten sich. »Sie hat was gesagt? Nie im Leben. Sie hat heute Mittag zu mir gemeint, dass sie zu mir gehört.«

Ich schnaube verächtlich. »Sie täuscht uns beide und es reicht! Ich habe keine Kraft mehr für diesen Scheiß. Wirklich, Alejandro, ich kann nicht mehr. Sie muss sich entscheiden und zwar sofort.«

Alejandro sammelt seine Klamotten vom Boden auf und streift sich eine Jeans, Chucks und ein Shirt über.

»Was hast du vor?«

»Ich fahre zu ihr! Ich glaube dir nämlich nicht.«

»Was für einen Beweis brauchst du denn noch, Alejandro? Sie spielt mit uns beiden.«

»Dann soll *sie* mir genau das ins Gesicht sagen!« Er rempelt mich im Vorbeigehen mit seiner Schulter an und ich folge ihm. Als er mich bemerkt, dreht er sich zu mir und hält mir im nächsten Moment sein Messer an die Kehle. »Verpiss dich, Matteo! Ich kläre das allein mit ihr.«

»Vergiss es!«, knurre ich.

»Ich will dich nicht in ihrer Nähe sehen«, knurrt er.

»Dann musst du zudrücken und mich auf der Stelle umbringen! Ich habe genau das gleiche Recht wie du, zu erfahren, warum sie das getan hat und mit wem sie zusammen sein will.«

Er lässt abrupt von mir ab und verschwindet mit schnellen Schritten im Flur.

Ich steuere auf meinen Wagen zu. Immer noch kickt eine gefährliche Mischung aus Adrenalin und Wut in mir. Wie konnte sie mir das nur antun? Sie ist doch meine Kleine.

Ich treffe nur einige Sekunden nach Alejandro am Diner ein. Wir reißen parallel unsere Wagentüren auf und erstarren.

Alejandro rennt zu der offenstehenden Tür des Apartments, das Elena bewohnt, wirft einen Blick hinein und stürmt kurz darauf auf mich zu. Er stürzt sich auf mich, ringt mich zu Boden und schlägt mir zweimal heftig mit der Faust ins Gesicht. »Was hast du ihr angetan?«, brüllt er und ich reiße die Augen auf.

»Nichts.«

Ein weiterer Schlag, der meine Lippe aufplatzen lässt. »Lüg mich nicht an, du Bastard! Was hast du ihr angetan und wo ist sie?«

»Alejandro, ich schwöre dir bei meinem Leben, ich bin

vorhin wortlos gegangen. Ich habe sie nicht angerührt. Das könnte ich nie.«

Er glaubt mir, das sehe ich in seinen Augen, denn sein Blick klärt sich. Er steht auf und streckt mir seine Hand entgegen.

Ich komme auf die Beine, ohne seine Hand zu ergreifen. Wir begeben uns gemeinsam zu ihrer Wohnung.

»Was zur Hölle?«, entfährt es mir, als ich das Apartment betrete. Es herrscht das reinste Chaos. Alles ist verwüstet, Möbel sind zerstört und überall liegen Glassplitter auf dem Boden verteilt. Einzig der kleine Wohnzimmertisch wirkt unversehrt.

Alejandro läuft zielgerichtet darauf zu. Er hebt eine Tüte an, in der sich offensichtlich Kokain befindet und an der ein Zettel klebt. Er liest die Notiz und wirft mir anschließend einen vernichtenden Blick zu. Dicht neben mir hält er inne und ballt die Hände zu Fäusten. »Wenn ihr etwas zustößt, bringe ich dich um.« Er schäumt vor Wut und ich hebe den Kopf.

»Was steht auf dem verfickten Zettel?«

»Muss ich dir das ernsthaft sagen, Matteo? Bist du wirklich so dumm? Garcia hat sie und das ist deine Schuld!«

»Was? Das ist unmöglich. Er weiß nichts von ihr und stell es nicht so hin, dass ich die Entscheidung, was ihn betrifft, allein gefällt habe. Du warst ebenso daran beteiligt.«

»Ist das so? Wieso steht dann auf dem Zettel: *Es ist Zeit, neu zu verhandeln, Matteo. Gezeichnet R. Garcia*? Was lief heute bei den Mexikanern im Club, dass es jetzt so eskaliert?«

Ein eiskalter Schauer kriecht meinen Rücken hinauf, denn Alejandro hat recht. Es ist meine Schuld. »Scheiße!«, fluche ich laut und spüre, wie mein Puls rast. »Ich habe heute dafür gesorgt, dass ein großer Deal für die Mexikaner platzt.«

»Du hast was getan? Musstest du das Fass zum Überlaufen bringen?«

»Ich wollte Garcia damit aus der Reserve locken, ihm einen Denkzettel verpassen und ihn zwingen, seine Deckung aufzugeben.«

Alejandro schnaubt verächtlich. »Das hat ja großartig geklappt! Darüber reden wir später. Wir haben jetzt keine Zeit für so einen Scheiß.«

Mein Bruder hat vollkommen recht. Garcia hat sie und damit ist sie in unfassbar großer Gefahr. Dieser dumme Wichser will sie gegen mich verwenden. Hätte ich ihm damals nur diese dämliche Kugel in den Kopf gejagt. Wieso habe ich ihn weiterleben lassen? Genau aus diesem Grund hat unser Vater immer gepredigt, niemals zweite Chancen zu geben. Er hatte so verdammt recht damit.

»Kennst du seinen letzten Aufenthaltsort?«

»Nein! Diego versucht seit Wochen, diesen Penner zu finden, das weißt du doch.«

Alejandro schnaubt abfällig. »Dann lösen wir das jetzt auf Donatello-Art!«

»Hast du gerade ›wir‹ gesagt?«

»Ja, Matteo. Ich will, dass du mit dabei bist. Denn wenn ich sie finde und Garcia ihr auch nur ein Haar gekrümmt hat, werde ich dich auf der Stelle umbringen.«

»Wenn ihr etwas zustößt, erledige ich das selbst, das kannst du mir glauben. Ich könnte mir nie verzeihen, wenn sie verletzt wird.«

»Informiere unsere besten Männer. Sie sollen mit schweren Waffen und ausreichend Munition zum Haus der Garcias kommen.«

»Seine Männer reden nicht.«

Alejandros Kiefermuskeln zucken bedrohlich. »Glaub mir, Matteo. Wenn ich auftauche, reden sie!«

Die Entschlossenheit in seiner Stimme lässt keinen Zweifel daran, dass er recht hat. Obwohl ich immer noch wütend bin, dass ihn so viel mit Elena verbindet, bin ich in diesem Augenblick froh, dass wir das gemeinsam durchziehen. Denn mit Alejandro an meiner Seite werden wir sie finden und aus den Fängen dieses Bastards befreien.

Kurze Zeit später treffen wir bei der Villa der Garcias ein. Unsere Männer sind noch nicht vor Ort, aber das hält uns nicht auf. Mit geladenen Waffen und gezückten Messern stürmen wir auf die Tür zu und hämmern mit den Fäusten dagegen. Die Wachleute, die kurz darauf öffnen, schlagen wir direkt nieder.

Drei weitere Männer stürmen auf uns zu und auch diese überwältigen wir problemlos. Javier, Rubens Cousin, erscheint mit geweiteten Augen am Fuß der Treppe.

Ehe ich Alejandro aufhalten kann, kickt er dessen Beine weg, bringt ihn zu Fall und fixiert ihn am Boden. Ich gebe meinem Bruder mit gezogener Waffe Rückendeckung.

Unsere Männer treffen ein und sichern parallel den Rest des Gebäudes.

Javier legt ergeben die Hände neben seinen Kopf.

»Wo ist dieser Wichser?«

»Wovon redest du, Alejandro?«

Ein Faustschlag. »Neuer Versuch. In welches Loch hat sich dein feiger Bastard von Cousin verkrochen?«

»Ich weiß es nicht.«

Ein weiterer Faustschlag. »Du weißt es nicht? Dann besorg mir sofort jemanden, der es weiß, oder ihr seid alle tot.«

»Okay, okay. Ich versuche, es herauszufinden, aber komm erst mal runter.«

Ich sehe eine Klinge blitzen. Sie rauscht durch das Bein von Javier. Schneidet problemlos dessen Fleisch und Muskeln. Er schreit laut auf und stöhnt vor Schmerz.

»Sag mir nicht, was ich tun soll! Und jetzt finde heraus, wo sich dein Cousin aufhält. Ich gebe dir fünf Minuten.« Alejandro steht auf.

Javier zieht zitternd sein Handy aus der Tasche und beginnt, zu telefonieren. Seine Männer haben sich mittlerweile ergeben.

»Was ist denn überhaupt los, Matteo?«, fragt Diego, der neben mich getreten ist.

»Dieser dreckige Bastard von Garcia hat etwas sehr Wertvolles gestohlen, was uns gehört.«

»Ich verstehe. Soll ich Alejandro im Auge behalten?«

»Nein.«

Diego zieht von dannen und mein Handy klingelt. Ich bedeute Alejandro, zu mir zu kommen, denn ich bin mir fast sicher, wer das ist. »Ja?«

»Matteo, mein Freund. Wie hältst du es nur mit diesem störrischen Ding aus? Ihr muss man wirklich Manieren beibringen.«

»Fass sie nicht an!«

»Ach, was denkst du denn von mir? Wir lernen uns doch gerade erst kennen und du weißt doch, wie sehr ich die Grenzen einer Lady respektiere.«

»Du bist tot, Garcia! Ich schwöre, du bist tot.«

Er lacht. »Glaubst du wirklich, du bist immer noch in der Position, mir zu drohen? Wenn dir dieses Mädchen nur ansatzweise etwas bedeutet, hörst du mir jetzt genau zu.«

»Was willst du?«

»So ist es schon besser. Ich will, dass du herkommst, mich auf Knien anbettelst, sie am Leben zu lassen, und wir anschließend neu übers Geschäft verhandeln. Wie klingt das, mein Freund?«

»Wo bist du?«

Er lacht erneut und dieses dreckige Lachen macht mich rasend vor Wut. »Das musst du schon selbst herausfinden. Es liegt bei dir, Matteo. Je mehr Zeit ich mit ihr habe, desto mehr Spaß habe ich.« Dann ist die Leitung tot.

Alejandro hat jedes Wort mit angehört und ich sehe, wie sich seine Brust schnell hebt und senkt. Er wird gleich explodieren, das spüre ich. Er dreht sich zu Javier, der immer noch telefoniert. »Wo ist er?«, knurrt er bedrohlich leise.

»Vermutlich auf dem stillgelegten Fabrikgelände der Mexikaner in Downtown. Zumindest behauptet das mein Kontaktmann.«

Alejandro wendet sich ab, um zu gehen, und Javier begeht einen tödlichen Fehler. »Wie wäre es mit einem Danke?«

Blitzschnell ist Alejandro bei ihm, umfasst seinen Kopf und bricht ihm mit einem Ruck das Genick. Er stürmt aus der Villa, in der Totenstille herrscht.

»Diego, kümmere dich darum«, fordere ich im Gehen, um zu meinem Bruder aufzuschließen.

War es nötig, Javier umzubringen? Wohl eher nicht. Dennoch verstehe ich zu einhundert Prozent, warum er es getan hat. Ich steige zu ihm in den Wagen und er nickt mir mit eiserner Miene zu.

»Holen wir uns diesen Wichser«, knurrt er und startet den Motor.

Wir sprechen auf der gesamten Fahrt kein einziges Wort. Meine Nerven sind zum Zerreißen gespannt und ich spüre, dass auch Alejandro unter Strom steht. Die Sorge, Garcia könnte sie verletzt oder ihr Schlimmeres angetan haben, zerfrisst meinen Körper. Ich würde so gern alles in meiner Umgebung zusammenschlagen, laut brüllen und wüten, bis dieses dumpfe Gefühl in meiner Brust weniger wird, aber ich tue nichts. Bleibe nach außen hin vollkommen gelassen, stecke mir eine Kippe an, inhaliere den Rauch und warte darauf, dass wir unser Ziel erreichen und Garcia zur Strecke bringen können.

KAPITEL 34

Elena

Ich blinzele und werde von hämmernden Kopfschmerzen begrüßt. Meine Arme sind hinter meinem Rücken gefesselt und meine Füße an einen Stuhl gekettet. Vor mir steht ein Tisch mit einem weiteren Stuhl, der leer ist. Ich befinde mich in einer Art Büro, nur dass dieses hier alles andere als einladend wirkt.

Ich schließe für einen Moment die Augen und versuche, mich daran zu erinnern, was passiert ist. Wie ein Kübel gefüllt mit eiskaltem Wasser trifft mich die Erinnerung und sofort beginnt mein Herz, wie wild in meiner Brust zu pochen. Jemand hat mich niedergeschlagen und entführt. War das Nevio? Habe ich die Gefahr, die von ihm ausgeht, unterschätzt?

Im nächsten Moment schwingt die Tür auf und ein Mann, der eindeutig nicht Nevio ist, betritt den Raum. Er ist im gleichen Alter wie Matteo und Alejandro, nehme ich an. Er trägt einen maßgeschneiderten, dunkelblauen Anzug, eine goldene Rolex am Handgelenk und glänzende Lackschuhe. Alles an ihm stinkt nach Geld.

Er läuft auf den Stuhl mir gegenüber zu und setzt sich. Lässig lehnt er sich nach hinten, zündet sich eine Zigarette an und betrachtet mich. Seine markanten Züge werden von dunklen Bartstoppeln und schwarzen Haaren eingerahmt. Die Haare trägt er streng nach hinten gekämmt und verstärkt damit sein schmieriges Auftreten.

»Wer bist du?«, bringe ich schließlich leise hervor, da er mich unentwegt angafft.

Der Typ zieht genüsslich an seiner Zigarette, bevor er zu einer Antwort ansetzt. »Ich, meine Hübsche, bin Ruben Garcia. Ein alter Freund von deinem geliebten Matteo.« Er spuckt mir Matteos Namen förmlich entgegen und mich beschleicht eine dunkle Vorahnung. Ein weiterer Feind, der mich als Köder einsetzen will. In was habe ich mich nur hineinmanövriert?

»Und was willst du von mir?«

»Das ist eine gute Frage, Schätzchen. Ich will so einiges von dir. Aber ganz besonders, dass du Matteo zu mir lockst, damit ich ihn umbringen kann.«

Zu leugnen, dass ich Matteo kenne, erscheint mir sinnlos, dennoch muss ich versuchen, hier herauszukommen. »Ich denke nicht, dass dein Plan funktionieren wird.«

»Und was bringt dich zu dieser Annahme, meine Schöne?«

»Weil Matteo scheißegal ist, was mit mir passiert. Ich bin eine Affäre, nichts weiter.«

Garcia lacht kehlig, packt seinen Stuhl und rutscht neben mich. Er sitzt jetzt so dicht neben mir, dass ich den ekelhaften Geruch seines penetranten Aftershaves in der Nase habe. Ich winde mich, will weg von ihm, spüre Ekel und Übelkeit in mir aufsteigen, weil er mir so nahe kommt. Aber es ist zwecklos. Ich bin so fest gefesselt, dass es unmöglich ist, mich auch nur einen Millimeter zu bewegen.

»Ist das so, Elena? Willst du mir sagen, dass du für Matteo nichts weiter bist als seine Hure?«, flüstert er rau in mein Ohr.

»Ich bin keine Hure.«

»Na siehst du. Also bist du seine Freundin.«

»Das stimmt nicht.«

Er umfasst derart grob meinen Oberschenkel und drückt zu, dass mir Tränen in die Augen schießen. »Hör auf, zu lügen. Es wäre doch zu schade, wenn ich dir wehtun muss, ohne dass Matteo mit dabei ist, meinst du nicht?«

Er lässt mein Bein abrupt los, umfasst stattdessen mein Kinn und leckt mir mit seiner widerlichen Zunge über die Wange. Ein Würgereiz überkommt mich und Wut brodelt in meinem Bauch. »Du schmeckst verdammt gut, Püppchen. Wenn ich dich so ansehe und es mir recht überlege, bin ich mir gar nicht mehr sicher, ob ich warten will, bis Matteo auftaucht. Vielleicht ficke ich dich gleich hier und jetzt. Ich verstehe, was er an dir findet.«

Seine schmierigen Finger gleiten über meine Haut hinauf in Richtung meines Slips und ein gieriges Funkeln tritt in seine Augen. Da ich mich immer noch nicht bewegen kann, spucke ich ihm voller Verachtung mitten ins Gesicht. Er wirkt kurz überrascht, wischt sich meinen Speichel von der Wange und leckt seine Finger ab. Garcia verzieht seinen Mund zu einem teuflischen Grinsen. Er bringt seinen Stuhl zu Fall und schlägt mir kurz darauf mit der flachen Hand so heftig ins Gesicht, dass Sterne vor mir tanzen.

Nur am Rand bekomme ich mit, dass jemand die Tür öffnet und Garcia nach draußen verschwindet. Als die Tür hinter ihm ins Schloss fällt, lasse ich meinen Tränen freien Lauf. Dichter Nebel hüllt mich ein und ein Summen rauscht in meinen Ohren. Noch härter als Garcias Schlag in mein Gesicht trifft mich die Erkenntnis, dass ich selbst schuld an meiner Situation bin. Eines Tages musste es doch so kommen. Wie naiv war ich, zu glauben, dass es nicht gefährlich ist, mit Typen aus der Mafia zusammen zu sein?

Ich kann nur über mich spotten. Jetzt bekomme ich die

Strafe, die Quittung für mein unbedachtes und naives Handeln.

Um mich von meiner glühenden Wange und der herrschenden Panik in mir abzulenken, stelle ich mir zwei elementare Fragen. War es das wert? Ja, jede Sekunde.

Würde ich es wieder tun? Definitiv, jederzeit, ohne zu zögern. Denn ich möchte nicht einen einzigen Augenblick mit Matteo oder Alejandro missen. Wenn das der Preis ist, den ich dafür bezahlen muss, soll es so sein.

Ich schlucke die letzten Tränen hinunter, hebe den Kopf und straffe die Schultern. Noch bin ich nicht tot und habe eine Chance, hier lebend herauszukommen. Ich bin mir sicher, Matteo und Alejandro werden mich holen und aus dieser Hölle befreien. Sie werden nicht zulassen, dass dieser Mistkerl mir wehtut, oder?

Ich weiß nicht, wie viel Zeit inzwischen vergangen ist und wie lange ich bereits an diesen Stuhl gekettet bin, als mich lautes Gebrüll und zahlreiche Schüsse aus meiner Trance wecken. *Sie sind da*, geht es mir sofort durch den Kopf. *Sie sind da und retten mich.*

Die Tür zu meinem Gefängnis schwingt auf und zu meiner Enttäuschung ist es Garcia, der breit grinsend den Raum betritt, dicht gefolgt von Matteo und Alejandro, die von mehreren Männern fixiert werden, übel zugerichtet sind und jeweils eine Waffe an ihrer Stirn haben.

Mein Blick huscht erst zu Matteo. Seine Aufmerksamkeit gilt den Verletzungen in meinem Gesicht, er scheint sich jede Einzelne davon akribisch einzuprägen und grenzenlose Wut tritt in seine dunklen Augen.

Anschließend schaue ich zu Alejandro. In dem unergründlichen Schwarz seiner Iriden sehe ich keine Wut, sondern erkenne pure Mordlust.

Garcia tritt in mein Sichtfeld und schnalzt zufrieden

mit der Zunge. »Fabelhaft, kleine Elena. Ich wollte einen und bekomme dank deiner Anwesenheit den zweiten gratis dazu.«

Er streicht mir kurz über die brennende Wange, nur um mir im Anschluss eine weitere heftige Ohrfeige zu verpassen.

Ich schluchze und Tränen steigen in mir auf. Noch nie in meinem Leben habe ich so eine Art von Gewalt erlebt. Ich habe schreckliche Angst und drohe, zu hyperventilieren.

»Du hast eben deinen Tod besiegelt, Garcia«, sagt Alejandro gefährlich leise und bekommt kurz darauf einen heftigen Schlag in die Magengegend von einem der Männer, die ihn festhalten.

Ich will etwas unternehmen, kann mich aber keinen Millimeter bewegen und bin vollkommen erstarrt. Mein Herz bricht, denn es ist meine Schuld, dass Alejandro verletzt wird.

»Ist das so, Alejandro? Wie ich das sehe, seid ihr es, die heute Nacht ihr Leben verlieren, und ich gewinne.«

»Was bist du nur für ein erbärmlicher Wichser, Garcia!« Es ist Matteo, der vor Wut schäumt.

»Erläutere mir das bitte genauer, mein Freund. Was ist erbärmlich?«

»Dass du ein unschuldiges Mädchen in unsere Angelegenheiten hineinziehst. Das ist an Feigheit nicht mehr zu übertreffen.«

Garcia läuft bedrohlich langsam auf Matteo zu und verpasst ihm einen Faustschlag mitten ins Gesicht.

Ich zucke heftig auf meinem Stuhl zusammen, würde am liebsten die Augen davor verschließen, was hier gerade passiert, aber das kann ich nicht.

»Ich erzähle dir jetzt mal, was ich erbärmlich finde, Matteo.« Garcia zündet sich eine neue Zigarette an, kommt wieder auf mich zu, setzt sich auf den Stuhl und rutscht unerträglich nahe an mich heran. »Erbärmlich finde ich, dass ihr wie zwei Vollidioten ohne Rückendeckung hier reinstürmt wegen einer Hure. Was ist es, das euch ihretwegen so leichtsinnig macht? Ihre Lippen? Die prallen Titten oder wie sie sich ficken lässt?«

Alejandro windet sich, knurrt vor Wut und kassiert zwei weitere derbe Schläge in die Rippen.

Ich will das nicht mehr. Will nicht, dass Alejandro oder Matteo meinetwegen verletzt werden. Ich hasse das Gefühl der Machtlosigkeit und die grausame Gewissheit, hilflos ausgeliefert zu sein.

Garcia dreht sich kurz zu Alejandro und Matteo, bevor er meinem Blick wieder mit einem breiten Grinsen begegnet. »Keine Antwort? Wie schade. Dann muss ich das wohl selbst herausfinden.«

Er zückt ein Messer. Meine überwältigende Angst steigert sich in Todesangst, als er mit der Klinge über mein Bein streift, eine brennende Spur zieht und ein Rinnsal aus Blut zurücklässt. Matteo und Alejandro werden derart von Garcias Männern drangsaliert, dass sie mir nicht helfen können. Seine Klinge durchschneidet den dünnen Stoff meines Shirts und er starrt gierig auf meine Brüste. Das Messer streift über meinen BH und in mir steigen neue Tränen auf. So viele Tränen, dass sie nicht mehr in meine Augen passen und sich schließlich unaufhaltsam auf meinen Wangen ergießen. Seine Fingerspitzen gleiten zwischen meinen Brüsten hinab zu meinem Slip und ich drohe, mich zu übergeben.

Ein ohrenbetäubendes »Jetzt« ertönt und die kommenden Ereignisse laufen vor mir ab wie in einem Film. Ich kann mir nicht erklären, wie sie es geschafft haben, aber Alejandro und Matteo haben sich aus dem Griff ihrer Angreifer gelöst und ringen diese nun zu Boden. Sie treten, schlagen, Schüsse fallen und ich bete, dass sie es schaffen.

Plötzlich durchfährt mich ein sengender Schmerz mitten in meinem Bauch. Ich spüre Garcias Lippen an meinem Ohr.

»Wenn ich untergehe, nehme ich dich mit, meine Schöne.«

Mir wird heiß und kalt zugleich und mein Puls rast. Ein weiterer Hieb und mir wird einen Moment schwarz vor Augen. Kurz darauf ein furchtbares Brennen in meinem Oberschenkel, das mich laut aufschreien lässt. Ich versuche, ruhig zu atmen, bekomme aber sekündlich mehr Panik. Mein ganzes T-Shirt ist mit Blut durchtränkt und eine tiefe Wunde, die ebenfalls stark blutet, klafft an meinem Bein. Mein Oberschenkel pulsiert, mein Körper zittert unkontrolliert und ich kämpfe mit aller Kraft gegen die aufsteigende Übelkeit und flackernde Dunkelheit an. *So viel Blut*, denke ich, bevor mein Kopf leicht nach vorn sackt, da er mir mit einem Mal viel zu schwer vorkommt, um ihn aufrecht zu halten.

Im nächsten Augenblick taucht Alejandro vor mir auf, zerrt Garcia weg, ringt ihn zu Boden und prügelt auf sein Gesicht ein, bis es zur Unkenntlichkeit entstellt ist und er sich nicht mehr regt. Alejandro schaut kurz voller Sorge zu mir, kann mich aber immer noch nicht befreien, denn die Männer von Garcia ergeben sich nicht.

Ich fühle mich sekündlich schwächer, jeder Atemzug sticht in meiner Brust und meine Augenlider sind schwer wie Blei. Die Umgebung verschwimmt vor meinen Augen und die Geräusche scheinen sich immer weiter von mir zu entfernen, obwohl ich mir sicher bin, dass ich mich keinen Zentimeter bewegt habe.

Raue Hände umfassen mein Gesicht und vertraute Augen schauen mich voller Sorge an. »Wir schaffen das,

Prinzessin, hörst du? Du darfst jetzt nicht aufgeben. Wir bringen dich in Sicherheit.«

Ich blinzele, um ihm zuzustimmen. Meine Augen fallen zu und die tiefe, eindringliche Stimme von Matteo klingt in meinem Ohr wie Musik.

»Du musst wach bleiben, Kleines. Verdammt, du musst wach bleiben und kämpfen.«

Fesseln lösen sich, Ketten fallen zu Boden, starke Arme umschließen mich, Dunkelheit hüllt mich ein und Stille empfängt mich.

KAPITEL 35

Matteo

Ich bin schon deutlich länger als vierundzwanzig Stunden wach und am Ende. Die Erschöpfung, die mich umgibt, ist stark wie nie in meinem Leben.

Mein Bruder und ich sitzen im Wartebereich des Krankenhauses und reden kein Wort. Unzählige verpasste Anrufe auf meinem verfickten Handy zeigen mir, dass ich mich ums Geschäft kümmern sollte, aufräumen und Scherben zusammenfegen muss. Aber ich tue nichts dergleichen. Ich harre stoisch aus und warte.

Zuerst muss ich wissen, dass sie am Leben ist, sonst hat alles keinen Sinn mehr. Überhaupt erscheint mir mein ganzes Leben, das Kartell, die Wut auf meinen Bruder, einfach alles, absolut sinnlos.

Endlich tritt ein Arzt vor uns und holt mich aus meiner Melancholie. »Meine Herren.«

»Geht es ihr gut?«, bricht es aus mir heraus. Der Arzt wirkt angestrengt und verzieht das Gesicht.

»›Gut‹ ist nicht das passende Wort Mr Donatello. Sie lebt und wir konnten vorerst alle inneren Blutungen stoppen.«

»Was heißt das?«

»Ms Pearson hat schwere innere Verletzungen durch

die tiefen Messerstiche erlitten, wichtige Organe wurden verletzt und sie hat sehr viel Blut verloren. Trotz allem ist ihr Kreislauf vorerst stabil. Eine genaue Prognose können wir erst stellen, wenn sie die nächsten vierundzwanzig Stunden überlebt.«

Mein Atem stockt und ich fühle mich, als würde alles Leben aus mir entweichen. Ich trete einen Schritt näher an den Arzt heran. »Ich will zu ihr.«

»Mr Donatello, ich verstehe Ihre Sorge. Von Ihnen beiden. Aber das, was Elena gerade am dringendsten braucht, ist Ruhe. Gönnen Sie sich eine Pause, schlafen Sie und kommen Sie morgen wieder. Sollte sich etwas an ihrem Zustand ändern, informieren wir Sie sofort.«

»Ich will sie sehen«, fordert Alejandro nun ebenso eindringlich wie ich kurz zuvor.

Der Arzt scheint zu verstehen, dass wir nicht gehen werden, bevor wir nicht bei ihr waren. »Ich mache eine Ausnahme, weil ich Ihre Familie schon so lange kenne. Aber nur zwei Minuten. Sie braucht wirklich Ruhe. Haben Sie das verstanden? Sie beide?«

Wir nicken und folgen dem Arzt zur Intensivstation.

Da liegt sie nun, meine Kleine. Angeschlossen an zahlreiche Geräte, eingewickelt in Verbände und atmet. *Sie atmet.* Das ist das Einzige, was zählt, auch wenn ihr Anblick mein Herz zerbersten lässt.

Ich schaue Alejandro in die Augen und sehe denselben Schmerz darin, den ich in meiner Brust fühle. Er fasst vorsichtig nach ihrer Hand und streichelt behutsam über ihren Handrücken.

Ich beuge mich zu ihr, küsse sanft ihre Stirn und lege meine Hand an ihre Wange. »Du musst wieder gesund werden, Kleines«, murmele ich gegen ihre Stirn und kann nicht unterdrücken, dass meine Stimme bebt.

Alejandro entfährt ein Laut, der einem Schluchzen ähnelt, und ich fühle mit einem Mal eine tiefe Verbundenheit zu ihm.

Eine Krankenschwester fordert uns eindringlich auf, nun die Intensivstation zu verlassen. Widerwillig kommen wir ihrer Aufforderung nach.

Egal, was als Nächstes passiert, in diesem Moment zählt einzig, dass Elena überlebt.

Alejandro und ich verlassen das Krankenhaus. In seinem Wagen angekommen umklammert er das Lenkrad und stumme Tränen laufen über seine Wangen. Spätestens jetzt kann ich es nicht länger abstreiten und bin absolut sicher, dass er sie liebt und braucht, genau wie ich. Was für ein beschissener Zufall, dass wir ausgerechnet dieselbe Frau lieben.

Auf der Fahrt zu unserem Anwesen schweigen wir erneut. Dennoch liegen tausend unausgesprochene Fragen in der Luft.

Erst als Alejandro den Motor abstellt, sucht er meinen Blick. »Matteo, wie soll es jetzt weitergehen?«

»Was meinst du?«

»Ich meine mit Elena.«

»Ich weiß es nicht.«

»Ich liebe sie, Bruder. Ich hätte nie gedacht, dass ich so etwas fühlen kann, aber es ist wahr.«

»Ich liebe sie auch, Alejandro.«

»Wir lassen sie entscheiden, wenn sie wieder wach ist.«

»Wenn sie sich für dich entscheidet, dann werde ich damit leben müssen«, erwidere ich und es sind die schwersten Worte meines bisherigen Lebens.

»Ich weiß, dass ich nicht damit leben kann, sie zu verlieren, aber noch unerträglicher finde ich den Gedanken, in einer Welt zu leben, in der sie tot ist. Sie lebt und nur das zählt für mich. Egal, wie sie sich entscheidet, auch ich werde es akzeptieren.«

Mein Bruder überrascht mich immer wieder. Ich verharre noch eine Weile in seinem Wagen und wiederhole immer wieder seine Worte in meinem Kopf. Er hat vollkommen recht. Es zählt einzig und allein, dass Elena lebt und glücklich ist.

Der nächste Tag bricht an und ich fühle mich vollkommen ausgelaugt. Während ich den letzten Knopf meines Hemdes schließe, fasse ich einen Entschluss. Seit wir das Kartell vor einigen Wochen übernommen haben, vielleicht sogar schon, seit ich mein eiskaltes Herz für Elena geöffnet habe, beschäftigt mich immer wieder ein und dieselbe Frage: Wie wäre ein Leben fernab vom Kartell? Wäre es leichter oder würde ich das Töten und all die Intrigen und Gewalt letztlich vermissen?

Die Entführung meiner Kleinen bringt das Fass endgültig zum Überlaufen. Ich will ihr ein Leben bieten, in dem sie glücklich ist und nicht jeden Tag damit rechnen muss, von irgendeinem kranken Wichser als Druckmittel missbraucht zu werden. Ich will mir nicht einmal vorstellen, was Garcia ihr alles angetan hätte, wären wir nicht rechtzeitig aufgetaucht. Vor so etwas muss ich sie zukünftig unbedingt beschützen. Damit mir das gelingt, brauche ich die Unterstützung meines Bruders, denn es gibt nur eine Lösung für dieses Problem.

Ich bin froh, dass Alejandro noch an der großen Tafel in unserem Speisesaal sitzt, als ich den Raum betrete. Mit einem Kaffee in der Hand setze ich mich ihm gegenüber. »Alejandro, hast du Interesse an der Leitung des Kartells?«

»Was? Matteo, mir ist heute nicht nach Scherzen zumute.«

»Ich scherze nicht.«

»Du willst mir das Kartell überlassen, obwohl du die

vergangenen Jahre alles dafür getan hast, die Führung an dich zu reißen?«

»Ja. Es erscheint mir mit einem Mal derart sinnlos. Diese nie endende Gewalt, dieser Hass, das ständige Töten. Wofür? Dafür, dass wir jeden Tag damit rechnen müssen, eine verdammte Kugel zu kassieren? Soll das für den Rest unseres Lebens so weitergehen?«

Alejandro erhebt sich und legt mir eine Hand auf die Schulter. »Matteo, du bist durcheinander, genau wie ich. Wir haben so viel Scheiße in den letzten Wochen überstanden, dass ich selbst kaum noch einen Überblick habe. Aber vergiss nicht, wer wir sind. Wir sind Donatellos und das Blut in unseren Adern kennt nur dieses Leben. Wir sind geschaffen hierfür und geben nicht auf.«

»Für mich hat sich das geändert.«

Mein Bruder wirkt fassungslos. »Was hat sich geändert?«

»Es ist mir nicht mehr egal, ob ich lebe oder sterbe, denn seit Elena da ist, gibt es einen Sinn in meinem Leben und jemanden, der mir etwas bedeutet. Das macht mich schwach und angreifbar.«

»Bullshit! Wie kann etwas, dass sich dermaßen gut und richtig anfühlt, eine Schwäche sein? Ist Elena nicht eher eine Stärke?«, führt Alejandro aus und ich lasse mir seine Worte eine Weile durch den Kopf gehen.

»Vielleicht hast du recht mit dem, was du sagst, und sie macht uns stärker, aber wie wollen wir verhindern, dass sich so etwas wie gestern wiederholt?«

»Ich habe keine Antwort auf diese Frage, Matteo. Noch nicht. Aber ich bin mir sicher, wir finden eine Lösung und werden sie beschützen. Wir finden doch immer einen Weg.«

Die Entschlossenheit in seiner Stimme lässt meine Zweifel verschwimmen. Vielleicht wäre es zu voreilig, jetzt dem Kartell und damit dem einzigen Leben, das ich kenne, den Rücken zu kehren, ohne zu wissen, was Elena möchte.

Ich hebe den Kopf und begegne Alejandros entschiedenem Blick. Er würde im Leben nicht akzeptieren, dass ich das Kartell aufgebe und hinter mir lasse. Das sehe ich deutlich in seinen Augen.

Es überrascht mich, waren wir bis vor kurzem noch Erzfeinde, die sich allzu gern gegenseitig ein Messer in die Brust gejagt hätten. Heute ist alles anders und wir sind zu einer Art Einheit geworden. Keine Freunde, aber ein Team. Ich habe keine Ahnung, wann das passiert ist und wie, aber es ist real.

Ich stehe auf und lege Alejandro eine Hand auf die Schulter. Wir schauen uns an und vor mir steht nicht länger ein Feind, nein, dort steht mein Bruder, mein Zwilling, der ein Teil von mir ist. »Danke«, sage ich und meine es vollkommen aufrichtig.

Er nickt und schließt dieses Thema damit ab. »Ich fahre jetzt zu Elena. Da immer nur einer zu ihr kann, nehme ich die Vormittage und du die Abende. Okay?«

»Ganz so, wie es die letzten Wochen war, oder?«, erwidere ich tonlos und Alejandro geht.

Stunden vergehen, in denen ich unzählige unangenehme Telefonate führen muss. Unser kaltblütiges Vorgehen letzte Nacht hat viele unruhig werden lassen. Es wird uns und das Kartell einiges an Geld und Überzeugung kosten, das wieder geradezubiegen. Aber selbst das ist mir egal. Sie ist jeden Penny davon wert. Selbst wenn es mich alles kosten und ich als Penner auf der Straße landen würde, sie aber dafür lebt, würde ich keine Sekunde zögern.

Es dämmert bereits, als ich mich auf den Weg ins Krankenhaus mache, um endlich bei meiner Kleinen zu sein.

»Mr Donatello, die Besuchszeit ist schon seit Stunden vorbei«, ermahnt mich die Krankenschwester an der Anmeldung.

Ich ignoriere sie. Wenn sie mich von ihr fernhalten wollen, müssen sie mich umbringen. Ich betrete das Zimmer, in dem Elena liegt, und ziehe scharf die Luft ein. Sie heute, ohne mit Adrenalin vollgepumpt zu sein, an die zahlreichen Geräte angeschlossen zu sehen, zerreißt mich innerlich. *Was haben wir dir nur angetan, Kleines?*

Ich ziehe den Besucherstuhl dicht neben ihr Bett und streichele über die zarte Haut an ihrem Handrücken. Der Zugang einer Infusion steckt darin und versorgt sie mit Flüssigkeit. Ihre Augenlider sind geschwollen, ihr linker Wangenknochen bläulich verfärbt und ihre Haut blass.

Mein Herz wird schwer, als ich ihr einen sanften Kuss auf ihre Stirn drücke. »Ach, Kleines, es gibt noch so vieles, was ich dir sagen will, was du wissen musst und was ich mit dir erleben möchte. Dafür musst du unbedingt aufwachen. Ich bin nicht einmal wütend auf dich wegen Alejandro. Wir bekommen das schon irgendwie hin, aber du musst zu mir zurückkommen.«

Erst jetzt bemerke ich etwas Salziges auf meiner Zunge. Es sind Tränen, die mich wie ein unbändiger Fluss überwältigen.

Ich vergrabe das Gesicht in ihrer Halsbeuge, lasse mich eine Weile von dem Strom meiner Gefühle mitreißen und erlaube mir, zum ersten Mal in meinem Leben zu weinen.

KAPITEL 36

Elena

Ich öffne die Augen, spüre eine Hand, die meine umfasst, und versuche, meinen Blick zu fokussieren.

Mein Gegenüber hebt den Kopf und legt mir eine Hand an die Wange. Ich schaue in dunkle Augen mit goldenen Sprenkeln darin. »Alejandro?«, krächze ich und bin selbst erschrocken über den Klang meiner Stimme. Das Wort hinterlässt ein fürchterliches Brennen in meiner trockenen Kehle.

»Prinzessin, du bist wach. Ich lasse den Arzt kommen.« Er will seine Hand von meiner lösen, aber ich halte ihn zurück.

»Bitte geh nicht«, flehe ich und er hält in seiner Bewegung inne.

»Ich gehe nirgendwo hin. Das verspreche ich dir. Ich will nur den Knopf neben deinem Bett drücken, damit der Arzt nach dir sehen kann, okay?«

Ich blinzele, um meine Zustimmung zu signalisieren. Kurz darauf geht die Tür auf und ein Arzt betritt das Zimmer. Ihn begleiten zwei Krankenschwestern, die Verbandsmaterial und eine Akte in der Hand haben.

»Sie ist wach«, erklärt Alejandro, woraufhin sich der

Arzt an ihm vorbeischiebt und sich vor mich stellt. Er leuchtet mir mit einem grellen Licht in die Augen.

»Ms Pearson, können Sie sich daran erinnern, was passiert ist und warum Sie hier sind?«

»Ja.«

»Haben Sie irgendwo Schmerzen?«

»Mein Kopf hämmert und mein Hals tut weh«, bringe ich leise hervor.

»Folgen Sie mit Ihren Augen der Bewegung meiner Finger. Sehr gut. Wie alt sind Sie und wo wohnen Sie?«

»Ich bin dreiundzwanzig Jahre alt und wohne«, ich zögere kurz, »auf dem Anwesen der Familie Donatello am Baker Beach.«

»Gut. Das genügt mir fürs Erste. Schonen Sie Ihre Stimme und trinken Sie viel. Dann sollten die Kopfschmerzen auch bald besser werden.« Er dreht sich zu Alejandro. »Ihre Freundin ist bei klarem Verstand, zeigt physiologische Reflexe und leidet nicht unter einer traumabedingten Amnesie. Ich veranlasse ein abschließendes Bauchraum-CT und möchte sie gern noch für vierundzwanzig Stunden überwachen, danach können Sie Elena mit nach Hause nehmen.«

»Ich danke Ihnen, Doktor.« Alejandro schüttelt die Hand des Arztes, der mir noch einmal freundlich zunickt und anschließend gefolgt von den beiden Krankenschwestern mein Zimmer verlässt.

Alejandro reicht mir ein Glas mit Wasser. Ich trinke einen kleinen Schluck, um meine staubtrockene Kehle mit etwas Feuchtigkeit zu benetzen.

»Seit wann bin ich hier?«, wispere ich.

»Kannst du dich wirklich an alles erinnern?«, erkundigt sich Alejandro und ignoriert meine Frage.

»Ja, ich wünschte, ich könnte es nicht. Seit wann bin ich hier, Alejandro?«

»Seit zwei Wochen. Ich bin so froh, dass du wieder wach bist.«

»Wo ist Matteo?« Ein Schatten huscht über sein Gesicht, verflüchtigt sich aber sofort wieder.

»Er kommt jeden Abend zu dir.«

Ich drücke seine Hand. »Bist du sauer?«

Er schüttelt den Kopf. »Nein, bin ich nicht. Und jetzt ruh dich aus. Wir reden später darüber.«

»Alejandro, ich liebe dich«, hauche ich, woraufhin der Ausdruck in seinen Augen weich wird. Die Worte kommen mir so leicht über die Lippen, dass es mich selbst verblüfft. Aber wovor sollte ich mich jetzt noch fürchten? Nach der Entführung und meinem Beinahetod ist mir bewusst geworden, dass wir niemals wissen, wie viel Zeit uns noch bleibt, und wir es bitter bereuen könnten, Worte und Gefühle nicht offen ausgesprochen zu haben.

»Ich weiß, Prinzessin. Ich rufe Matteo an und sage ihm, dass du wach bist.«

Mein »Okay« ist kaum noch hörbar, da mich schon eine neue Welle der Müdigkeit gepackt hat.

Als ich das nächste Mal die Augen öffne, stehen mir Alejandro und Matteo gegenüber. Ich bin heillos überfordert und weiß nicht, was ich sagen soll, da es so vieles gibt, was mir auf der Seele brennt. Deshalb tue ich nichts. Ich liege einfach da und lasse meinen Blick zwischen ihnen hin und her wandern. Sie sind wunderschön, so wunderschön, und bedeuten mir einfach alles.

Alejandro wirkt gelöst, wohingegen Matteo gequält aussieht. Ich will ihm so gern sagen, wie leid mir alles tut und dass ich ihn ebenfalls aus tiefstem Herzen liebe und unfähig bin, ohne ihn zu leben. Aber ist jetzt der richtige

Moment dafür? Matteo nimmt mir die Entscheidung dankenswerterweise ab.

»Lässt du mich einen Augenblick mit ihr allein?«, bittet er Alejandro mit rauer Stimme, der ihm knapp zunickt und das Zimmer verlässt. Etwas zwischen ihnen hat sich verändert, das spüre ich deutlich. Der Hass ist etwas anderem gewichen. Sie wirken vertraut, atmen im Gleichtakt, offenbaren dieselbe Sorge in ihren perfekten, markanten Gesichtern. Sie sind Zwillinge. Das fällt mir in diesem Moment, in dem keine Wut und kein Hass mehr zwischen ihnen ist, zum ersten Mal richtig auf. Jetzt bilden sie die Einheit, die sie ihr ganzes Leben hinter einer hohen und undurchdringlichen Mauer verborgen gehalten haben.

»Hey, Kleines.«

»Hey.«

»Wie fühlst du dich?«

»Jetzt besser.«

»Wieso?«

»Weil du bei mir bist.«

»Ist das so?«

»Ja.«

»Liebst du Alejandro?«

Ich schließe für einen Moment gequält die Augen, atme tief durch und finde schließlich den Mut, mich wieder Matteos durchdringendem Blick zu stellen. »Ja«, flüstere ich.

»Und was ist mit mir? Liebst du mich auch?«

»Ja. Sehr.«

»Ich muss es hören, Kleines.«

»Ich liebe dich, Matteo. So sehr, dass ich nicht mehr ohne dich atmen kann.«

»Ich weiß nicht, ob ich gut im Teilen bin.« Er lächelt, aber es wirkt angespannt.

»Ihr seid Brüder. Sogar Zwillinge. Vielleicht liegt euch

das im Blut?«, frage ich zaghaft mit einem kecken Lächeln auf den Lippen.

»Sei nicht frech, Kleines.«

»Sorry, aber ich weiß nicht, was ich tun soll. Ich liebe euch beide und will keinen von euch missen.«

Matteo schenkt mir einen Kuss, der mich ganz tief in meinem Herzen berührt. So sanft und voller Liebe, dass Tränen in mir aufsteigen. Er streichelt zärtlich über meine Wange und lächelt. Diesmal ist es nicht gequält, was eine tonnenschwere Last von meiner Brust nimmt. »Wir finden einen Weg, Kleines. Das verspreche ich dir.«

»Du bist wundervoll.«

Jetzt wird sein Lächeln schelmisch. »Ich weiß. Wir sehen uns morgen. Ich kann es kaum erwarten, dass du endlich nach Hause kommst.«

Dass er ›nach Hause‹ sagt, lässt das Glück in meinem Bauch explodieren. Er drückt mir noch einen sanften Kuss auf meine Lippen und ist kurz darauf im Gang der Klinik verschwunden.

Ich bin aufgedreht und euphorisch, weil sich scheinbar alles zum Guten wendet. Weder Alejandro noch Matteo nehmen mir mein falsches Spiel der letzten Wochen übel, was mich unendlich glücklich macht und eine tonnenschwere Last von meinen Schultern löst. Der Gedanke, ab morgen mit ihnen zusammenzuleben, erfüllt mich mit purem Glück und Zuversicht, dass am Ende alles gut wird.

Die Tür wird aufgestoßen und neuer Besuch kündigt sich an. Ohne zu zögern, fällt mir Page um den Hals, küsst mich auf die Wange und beginnt, bitterlich zu weinen. »Elena, tu das nie wieder. Hast du mich verstanden?«, schimpft sie. »Ich war krank vor Sorge!«

»Es tut mir leid. Ich war naiv und habe vollkommen unterschätzt, wie gefährlich es ist, mit ihnen zusammen zu sein. Ich hätte auf dich hören sollen. Du hast mich von Anfang an gewarnt.«

Sie winkt ab. »Papperlapapp, Süße! Ich nenne dich ab sofort nur noch Superwoman.«

Ich muss kurz lachen, was keine gute Idee ist und mir einen stechenden Schmerz durch die trockene Kehle jagt, die sich immer noch gereizt und wie ein Reibeisen anfühlt. »Ob meine Leistung in der Sache besonders heldenhaft war, weiß ich ehrlich gesagt nicht.«

»Und ob. Elena, du hast geschafft, was jeder auf diesem Planeten für unmöglich gehalten hat.«

»Ach ja?«

»Ja. Matteo und Alejandro haben sich versöhnt, also zumindest für ihre Verhältnisse, und arbeiten zusammen anstatt gegeneinander.«

»Ist das wahr?«

»Ja, das ist es.«

Ich drücke ihre Hand und verziehe schuldbewusst das Gesicht. »Es tut mir leid, dass ich dich im Diner habe hängen lassen, und meinen ersten Auftrag für die Agentur bin ich nach meinem plötzlichen Ausfall mit Sicherheit auch wieder los.«

»Das muss es nicht. Matteo hat mir zwei neue Aushilfen besorgt, da Tara und Philippe eine Zumutung waren. Die Neuen sind zwar nicht annähernd so sexy und schlagfertig wie du, aber sie erledigen ihren Job und erscheinen zu ihren Schichten. Und um deine Agentur hat sich Alejandro gekümmert.«

»Wie meinst du das?«

»Er hat deinem Auftraggeber alles erklärt und um Aufschub gebeten. Du kannst deinen Auftrag beginnen, sobald du wieder richtig fit bist.«

Meine Augen werden groß, denn ich kann nicht glauben, was für wundervollen Menschen ich in San Francisco über den Weg gelaufen bin.

»So, jetzt mache ich mich wieder auf den Weg, um dir noch etwas Ruhe zu gönnen.«

»Davon hatte ich in den vergangenen zwei Wochen mehr als genug«, erwidere ich, merke aber selbst, dass meine Lider schon wieder ganz schwer sind und mir die Augen zufallen.

Page umarmt mich einmal fest und schenkt mir noch einen Luftkuss, bevor sie die Tür hinter sich zuzieht.

Am nächsten Morgen fühle ich mich deutlich besser und mein Hals kratzt nicht mehr ganz so fürchterlich wie am Vortag. Das CT von meinem Bauch ist unauffällig und auch alle anderen Untersuchungen meistere ich problemlos. Ich kann es kaum erwarten, das Krankenhaus zu verlassen und in mein normales, zugegeben nicht ganz normales, aber dafür für mich perfektes Leben zurückzukehren.

»Hey, Prinzessin.« Alejandro betritt mein Zimmer mit zwei Kaffeebechern in der Hand. Ich ziehe skeptisch eine Augenbraue nach oben. »Der Doc hat gemeint, du darfst.«

Gierig greife ich nach der Tasse und atme den wundervollen Duft von frischem Kaffee ein. »Gott, habe ich das vermisst«, murmele ich in meinen Becher, nippe daran und fühle mich sofort beflügelt durch das Koffein.

Alejandro grinst verschmitzt, nimmt mir meinen Becher ab und stellt ihn auf den kleinen Nachtschrank neben dem Bett. Seine Lippen finden den Weg an mein Ohr und streifen mein Ohrläppchen, was ein wundervolles Kribbeln auslöst. »Ich habe ganz andere Dinge vermisst.«

»Ach ja? Was denn zum Beispiel?«, flüstere ich und spüre im nächsten Moment seine Lippen auf meinen. Der

Kuss fühlt sich nach Erlösung und Himmel zugleich an und ich will augenblicklich mehr. Auch wenn mein Körper noch schwach ist, fühle ich, wie es mich mit jeder Faser zu ihm zieht.

»Machst du mir etwas Platz?«, raunt Alejandro an meinen Lippen und ich rutsche bereitwillig ein Stück auf meinem Bett zur Seite. Er gesellt sich zu mir, legt mir einen Arm um die Schulter und streichelt über meinen Oberarm. Er dreht mir sein Gesicht zu und mustert mich aufmerksam. »Willst du über das reden, was passiert ist?«

»Lieber nicht.«

»Kannst du schlafen, ohne Albträume zu bekommen?«

»Ja.«

»Hast du noch Angst?«

»Ja.«

»Wovor, Prinzessin? Garcia ist tot und wird dir nie wieder zu nahe kommen.«

»Ich weiß.«

»Was ist es dann, das dir Angst macht?«

»Dich oder Matteo zu verlieren.«

»Wirst du nicht.«

»Wie kannst du dir da so sicher sein?«

»Weil du mein Herz bist, schon vergessen?«

»Und Matteo?«

»Der ist dir mindestens genauso verfallen wie ich. Du wirst uns nicht verlieren. Keinen von uns.« Er drückt mir einen Kuss auf die Stirn und fängt an, mein Nachthemd zu begutachten.

»Echt sexy«, scherzt er und unterbricht damit die angespannte Stimmung. Genau dafür liebe ich ihn. Dafür, dass er immer genau das sagt, was ich brauche, und das tut, was mich glücklich macht.

»Der Arzt meinte, nach der Visite bekommst du die

Verbände abgenommen und kannst gehen. Ich hole dich dann später ab. Ich muss davor noch etwas erledigen.«

»Okay. Ich freue mich.«

Statt einer Antwort haucht er mir einen Kuss auf die Lippen, lächelt sein bezauberndes Grübchen-Lächeln und geht.

Mein Herz vollführt einen Salto in meiner Brust und in meinem Bauch wirbelt der Schwarm Schmetterlinge wild durcheinander.

Eine Krankenschwester und der Arzt betreten kurze Zeit später mein Zimmer und entfernen die letzten Verbände von meinem Körper und ich sehe zum ersten Mal die Verletzungen an meinem Bauch. Die beiden circa sieben Zentimeter langen Narben werden mich für immer daran erinnern, was in dieser Nacht passiert ist.

Der Arzt stattet mich noch mit einigen Schmerzmitteln für den Notfall aus und verordnet mir für die kommenden Tage ausreichend Ruhe.

Ich packe meine kleine Tasche, verabschiede mich von den Krankenschwestern und wundere mich, dass niemand im Gang auf mich wartet. Wollte Alejandro mich nicht abholen oder irre ich mich?

Enttäuscht laufe ich in Richtung Ausgang und werde an den großen Glastüren bereits von Page, Toni und Alejandro erwartet. Page hält bunte Luftballons in die Luft, Toni hat ein Schild in den Händen, auf dem *Superwoman* steht, und Alejandro ist einfach Alejandro und grinst mir frech entgegen.

Ich blicke mich um und bin kurzzeitig enttäuscht, da ich Matteo nirgendwo erblicke. Meine Enttäuschung lasse ich mir aber nicht anmerken. Viel zu groß ist die Freude, endlich das Krankenhaus verlassen zu dürfen.

Page schließt mich in die Arme und Alejandro schenkt

mir einen Kuss. Auch Toni begrüßt mich freundlich und verkneift sich jeden dummen Spruch.

»Und du meldest dich sofort bei mir, wenn es dir mit den Typen zu viel wird oder sie sich seltsam verhalten«, beschwört mich Page mit ernster Miene.

»Mache ich! Großes Ehrenwort«, erwidere ich mit einem Lächeln auf den Lippen.

»Page, ich verstehe gar nicht, warum du Elena deine Hilfe anbietest. Dabei ist sie es doch, die Matteo und mich vollkommen im Griff hat«, scherzt Alejandro.

Page funkelt ihn an. »Weil sie meine Freundin ist und ihr zwei ...«

»Zwei was?«, fragt er amüsiert.

»Zwei ...«

»Unwiderstehliche Kartellanführer«, ergänzt Toni, zieht seine Page anschließend in eine stürmische Umarmung und küsst sie.

Wir verabschieden uns und ich steige zu Alejandro in den Wagen. Er legt eine Hand auf meinen Schenkel, was glühend heiße Erinnerungen in mir weckt, und lächelt mich an. »Bereit, Prinzessin?«

Ich atme einmal tief durch. »Ja. Bereit.«

»Gut. Dann bringe ich dich mal in unser Schloss und dein neues Zuhause.«

KAPITEL 37
Elena

Wir treffen auf dem Anwesen der Donatellos ein und mein Herz beginnt, heftig zu klopfen, als mir klar wird, dass dieser wunderschöne Ort mein neues Zuhause ist. Hier werde ich zukünftig mit den Männern an meiner Seite leben, die ich bedingungslos liebe.

Mein Strahlen wird um einiges größer, als ich Matteo sehe, der am Ende der Marmortreppe vor der großen Eingangstür auf uns wartet. Er trägt eine graue Anzughose, dazu ein weißes Hemd, dessen Ärmel zurückgeschoben sind, und darüber eine Weste, die ausgezeichnet zu seiner Hose passt. Er sieht atemberaubend aus und lächelt mich an.

Ich schaue kurz zu Alejandro, der den Wagen geparkt hat und mir bestärkend zunickt. Jetzt hält mich nichts mehr. Ich verlasse in Lichtgeschwindigkeit den Wagen und stürme, so schnell es mein geschwächter Körper zulässt, auf Matteo zu.

Er lässt etwas zu Boden fallen, damit ich in seine Arme springen kann. Matteo zieht mich fest an sich, vergräbt sein Gesicht in meiner Halsbeuge und wirbelt mich herum. »Endlich bist du da. Und es geht dir gut«, stößt er erleichtert an meinem Hals aus und schickt damit direkt eine Herde Schmetterlinge in meinen Bauch, die wild herumflattert.

Erst nachdem er meinen gesamten Hals mit Küssen bedeckt hat, setzt er mich wieder ab, wobei ich kurzzeitig Angst habe, dass meine Knie nachgeben, weil ich völlig überwältigt von seiner Begrüßung bin.

Matteo beugt sich nach unten und hebt auf, was er eben fallen gelassen hat. Es ist ein Strauß roter Rosen. Kein typischer Begrüßungsstrauß, nein, dieser hier passt kaum zwischen meine beiden Hände und lässt Tränen in mir aufsteigen. Meine Lippen beben und einige Tränen verlassen meine Augenwinkel. Es ist unmöglich, diese Emotionen zu unterdrücken.

Matteo umschließt mit seinen großen Händen mein Gesicht und wischt die Tränen von meinen Wangen. »Es gibt keinen Grund, zu weinen, Kleines.«

»Doch.«

»Ja?«

»Ja, weil du so gut bist. Ihr beide seid so unglaublich großartig, dass es mir schwerfällt, zu glauben, dass ihr real seid und nicht nur in meiner Fantasie existiert.«

Matteo grinst und küsst mich anschließend stürmisch. Genau das habe ich jetzt gebraucht.

»Komm. Ich bringe dich erst einmal rein, damit du ankommen kannst. Übrigens wollten wir ursprünglich einen roten Teppich für dich ausrollen lassen, haben uns dann aber doch für den Strauß Rosen entschieden.« Er zwinkert und ich knuffe ihn in die Seite. Dass sie es immer noch nicht lassen können, mich ständig zu ärgern.

Drinnen angekommen halte ich einen Augenblick ehrfürchtig inne. Das Anwesen ist so groß, dass ich die ersten Tage bestimmt ständig ziellos umherirren werde.

»Stimmt etwas nicht, Kleines?«

»Ich habe mich gerade nur gefragt, ob es irgendwo Wegweiser gibt, damit ich mich hier zurechtfinde.«

Er lacht und schüttelt belustigt den Kopf. »Ich merke sekündlich mehr, wie sehr ich dich vermisst habe. Es ist nicht schlimm, wenn du dich hier verirrst. Solange du mich findest, ist alles gut.«

Ich blicke zu ihm auf und schaue direkt in seine schwarzen Augen. »Dich werde ich immer finden«, flüstere ich und bekomme im nächsten Augenblick wieder einen unbeschreiblich leidenschaftlichen Kuss.

»Wenn du so weitermachst, schaffen wir es nie bis in dein Zimmer.« Er löst sich von mir und läuft rückwärts die Treppe hinauf.

Ich strahle über das ganze Gesicht. Ich weiß nicht, ob ich jemals so viel gelächelt habe und so glücklich war.

»Ich bin heute leider den ganzen Tag geschäftlich unterwegs, deshalb haben wir deine Sachen zu Alejandro in den Westflügel gebracht. Erinnerst du dich noch an die zwei leeren Zimmer bei ihm?«

Ich schlucke hart, denn die Erinnerung an diesen Tag weckt leider auch die dunklen Gedanken an meine Entführung. Da ich kurzzeitig kein Wort über die Lippen bekomme, nicke ich stumm.

»Wir haben uns überlegt, dass du zunächst die zwei Zimmer im Westflügel beziehst. Im Ostflügel, wo ich wohne, sind die identischen Räume frei. Wenn du dich bei Alejandro eingerichtet hast, kannst du dir diese ebenfalls gestalten, wie du möchtest. Wir hoffen, dir damit genügend Raum zu geben, um dich zurückzuziehen. Du kannst immer selbst entscheiden, wo du gerade sein möchtest.«

»Und was ist, wenn ich überhaupt nicht allein in meinem Zimmer rumsitzen möchte?«

»Du weißt, dass du jederzeit sowohl bei Alejandro als auch bei mir willkommen bist. Dennoch brauchst du einen Ort, um zu arbeiten, der nur dir gehört. Wir sind oft wegen des Kartells unterwegs und deshalb ist es uns wichtig, dass du dich hier wohlfühlst. Versteht du das?«

»Und wie ich das verstehe.« Ich stelle mich auf die Zehenspitzen und küsse ihn sanft auf die Wange. Meine Lippen wandern wie von selbst an sein Ohr und ich knabbere an seinem Ohrläppchen herum. Matteo entfährt ein Knurren, das mich lächeln lässt.

»Ich liebe dich«, wispere ich und werde im nächsten Moment abrupt hochgehoben. Ich quietsche vor Überraschung, fühle mich aber sofort sicher und geborgen in Matteos starken Armen.

»Da wir so keinen Meter vorankommen, trage ich dich.«

»Nichts dagegen einzuwenden, Mr Donatello«, erwidere ich und lasse meinen Kopf gegen seine muskulöse Brust sinken. Ich lausche seinem gleichmäßigen Herzschlag und bin unendlich glücklich.

»So, da wären wir. Ich lasse dich jetzt allein, Kleines. Alejandro wird jeden Moment bei dir sein.« Er küsst mich auf die Stirn.

»Sehen wir uns heute noch einmal?«, frage ich und er lächelt.

»Wenn du das möchtest. Es wird aber sehr spät bei mir. Ich schreibe dir, wenn ich zurück bin.« Mit diesen Worten geht er und lässt mich mit einem wild pochenden Herzen zurück.

Ich mache es mir auf der Couch von Alejandro gemütlich und bin überrascht, als es an der Tür klopft. Ich bitte den Besucher herein.

Vor mir erscheint eine dunkelhaarige Frau, vielleicht Anfang fünfzig, deren Augen strahlen und auf deren Lippen sich ein warmes Lächeln abzeichnet. Sie ist mir auf

Anhieb sympathisch. »Da bist du endlich, Elena. Ich freue mich so sehr, dich kennenzulernen.«

Ich würde gern etwas erwidern, da ich aber keine Ahnung habe, wer die Frau ist, schweige ich und schaue sie fragend an. Sie streicht sich einige Haare aus dem Gesicht und schüttelt belustigt den Kopf.

»Entschuldige. Du weißt ja überhaupt nicht, wer ich bin.« Sie kommt auf mich zu und ich stehe auf. Ich ergreife ihre Hand und ihr Lächeln wird noch breiter. »Ich bin Rachell. Ich arbeite schon seit vielen Jahren für die Donatellos und kenne Alejandro und Matteo, seit sie Kinder waren. Es ist schön, zu wissen, dass sie eine Frau in ihr Leben gelassen haben. Du hast etwas Unglaubliches geschafft und dafür danke ich dir, Elena.«

»Was meinen Sie?«, frage ich überrascht und sie wedelt mit den Armen vor meinem Gesicht herum.

»Du kannst mich duzen, sonst komme ich mir schrecklich alt vor. Und zu deiner Frage: Durch dich haben die beiden sich versöhnt. Ich habe das nicht mehr für möglich gehalten, aber sie verstehen sich. Sie lachen sogar zusammen, was sie wahrscheinlich niemals zugeben würden.« Sie zwinkert. »Sie sind glücklich und ausgelassen wie noch nie in ihrem Leben. Ich habe die Zwillinge nie zuvor so erlebt. Ich muss zugeben, dass ich am Anfang skeptisch war, was eure Beziehung zu dritt betrifft, aber scheinbar ist es perfekt und genau das, was sie brauchen.«

Meine Wangen glühen, denn von dieser fremden Frau zu hören, was ich mit Alejandro und Matteo angestellt habe, macht mich verlegen.

»Erzählst du Elena schon die ersten peinlichen Kindergeschichten?«, ertönt die tiefe Stimme von Alejandro.

»Das würde ich doch nie im Leben tun, mein Lieber«, erwidert sie kokett und zwinkert mir zu. Sie wendet sich zum Gehen, hält aber schließlich noch einmal inne. »Solltest du jemals etwas brauchen, Elena, bin ich immer da. Ich freue mich wirklich, dass du hier bist«, sagt sie.

Alejandro tritt dicht vor mich. Sein Grübchen-Lächeln empfängt mich und ich frage mich, was er schon wieder vorhat. »Lust auf einen Rundgang durch die Villa Donatello?«

Ich nicke und ergreife nur allzu gern seine ausgestreckte Hand.

KAPITEL 38

Matteo

Der Tag war anstrengend und ich habe mich bereits damit abgefunden, meine Kleine heute nicht mehr zu sehen, obwohl ich pausenlos an sie denken muss.

Mitten in der Nacht wird jedoch die Tür zu meinem Schlafzimmer einen Spalt geöffnet und ich umfasse aus Reflex sofort den Griff der Waffe, die sich auf dem Nachtschränkchen neben mir befindet.

»Matteo?«, wispert Elena und ich ziehe sofort meine Hand vom Lauf der Pistole zurück.

»Ja?«, brumme ich müde.

»Darf ich zu dir kommen?«

Ich schalte das kleine Nachtlicht an und hebe meine Decke. Da kommt sie zu mir gehuscht, mein Mädchen. Sie trägt eines ihrer typischen übergroßen Schlafshirts, in denen nur sie so verdammt sexy ist, und kuschelt sich unter meine Decke. Ihr blumiger Duft berauscht mich und ihre zarten Hände auf meiner Brust lassen mich direkt hart werden. »Was machst du hier, Kleines?«

»Ich habe dich vermisst.«

»Ist das so? Warst du einsam in deinem Bett?«

»Ja.« Sie streichelt über meine nackte Brust und hebt den Kopf, um mir direkt in die Augen zu schauen. Gott, ihre stürmischen Augen. Das, was mich ab der ersten Sekunde in ihren Bann gezogen und wohl nie wieder loslassen wird.

»Ich liebe dich«, wispert sie.

»Ich liebe dich«, erwidere ich rau. Die unendliche Hingabe und Wärme, die in ihren Augen liegt, während sie mich ansieht, beschleunigt meinen Herzschlag. Ich kann gar nicht anders, als sie dicht an mich zu ziehen.

Sie streichelt mich weiter, lässt ihre Hände in Richtung meiner Boxershorts gleiten und es wird sekündlich schwerer, noch einen klaren Gedanken zu fassen. Statt länger zu reden, dürstet es mich vielmehr nach etwas ganz anderem. Ich lege eine Hand in ihren Nacken, hebe ihren Kopf leicht an und küsse sie. Sie seufzt zufrieden, was mich entspannen lässt. Ich liebe es, wenn sie sich voller Lust nach mir verzehrt und unter meinen Händen schmilzt. Der Kuss ist Leidenschaft pur. Als meine Zunge tief in sie eintaucht und ich ihre vollen Lippen auf meinen spüre, bin ich mir sicher wie nie. Sie gehört zu mir und ich lasse sie nie mehr gehen.

Ihre Finger finden den Bund meiner Boxershorts und umfassen meinen harten Schwanz. Sie beginnt, ihre Hand langsam auf und ab zu bewegen, und mein Denken versagt.

»Du kämpfst mit unfairen Mitteln, Kleines.«

»Ich weiß.«

»Warum tust du das?«

»Weil ich dich liebe.«

»Ja? Dann zeig es mir.«

»Wie?«

»Indem du dich jetzt umdrehst und dein Höschen ausziehst.«

Sie gehorcht ohne Widerworte, entkleidet sich und schmiegt im nächsten Moment ihren süßen Arsch und ihren Rücken gegen mich. Ich packe sie an der Hüfte, presse sie enger gegen mich, lecke an ihrer Halsbeuge entlang und sauge ihr leises Stöhnen in mich auf. Meine Hand streicht von ihrer Taille zu ihren perfekten Brüsten. Ich knete sie und genieße, wie ihre Nippel hart werden.

Sie öffnet ihre Schenkel und ich versenke meinen Schwanz in ihr. Ganz langsam dringe ich tief in sie ein und koste das Gefühl ihrer engen Wände um meine Härte in vollen Zügen aus.

Der Sex ist zärtlich, intim und intensiv. Meine Kleine kommt für mich und es macht mich an, wie sie dabei meinen Namen stöhnt.

»Nimm dir, was du brauchst«, haucht sie, als das Beben ihres Höhepunkts langsam verebbt.

»Hältst du das denn schon aus?« Meine Frage bringt sie zum Kichern, obwohl ich es vollkommen ernst meine. Schließlich lag sie bis vor wenigen Stunden noch im Krankenhaus.

»Ich bin nicht aus Zucker, Matteo, oder bist du zum Softie geworden?«

»Du kleines, freches Kätzchen«, tadele ich sie und ziehe mich aus ihr zurück. Ich schnappe sie mir und bringe sie zu meinem großen Schreibtisch. »Beug dich darüber!«

Sie tut sofort, was ich ihr sage, und ich versohle ihr den perfekten Knackarsch. Mit jedem Hieb vergesse ich alles, was war, und befinde mich nach einigen Schlägen nur noch im Hier und Jetzt. Eine weitere Fähigkeit, die nur Elena hat. Sie ist die Einzige, die mich alles vergessen lässt und in deren Nähe ich mehr fühle als grenzenlose Leere.

Ich knete ihre Pobacken mit meinen Fingern und ramme ihr schließlich wieder meinen Schwanz zwischen die Beine. Ich ficke sie hart, umfasse ihre Hüften und beobachte voller Lust, wie ihre Arschbacken bei jedem Stoß gegen meine Oberschenkel prallen und ein klatschendes Geräusch den Raum erfüllt. »Willst du noch mehr, Kleines?«

»Ja, bitte.«

»Bekommst du, Baby.« Ich erhöhe das Tempo und nehme gleichzeitig ihre Beine zwischen meinen gefangen, um sie etwas zusammenzudrücken. Das Gefühl von noch mehr Enge lässt meinen Schwanz explodieren.

Elena kommt gleichzeitig und ihr lautes Stöhnen hallt von den Wänden und in meinen Ohren wider. Ja, sie ist definitiv mein Mädchen.

Ich treffe am nächsten Morgen auf Alejandro und Elena, die gemeinsam im Esszimmer herumalbern. Sie sitzt auf seinem Schoß und er kitzelt sie durch.

Während ich mir eine Tasse mit Kaffee befülle, beobachte ich amüsiert, was die beiden da treiben. Kaum zu glauben, dass mich ihre Alberei nicht im Geringsten stört. Jeder Gedanke daran, dass es etwas Schlechtes ist, Elena zu teilen, ist verpufft und hat sich vollkommen in Luft aufgelöst. Alejandro geht es genauso, wie er mir in einem unserer nächtlichen Gespräche im Büro anvertraut hat, was meine Anspannung zusätzlich auflöst.

Ich setze mich an den Esstisch und Elena kommt stürmisch zu mir. Sie lässt sich auf meinen Schoß sinken und bedeckt mein Gesicht mit Küssen.

Alejandro und ich tauschen einen amüsierten Blick.

»Guten Morgen, schöner Mann.«

»Guten Morgen, Kleines. Da hat ja jemand gute Laune«, erwidere ich und umfasse ihren Schenkel mit einer Hand.

»Allerdings. Ich habe das Gefühl, dass heute ein großartiger Tag wird.«

Ich ziehe skeptisch die Augenbrauen nach oben und wende mich meinem Bruder zu. »Hast du ihr irgendetwas versprochen, dass sie so überdreht ist?«

Er feixt. »Nein, du etwa?«

»Ich auch nicht. Ich habe heute Vormittag frei und Zeit für dieses kleine, freche Ding hier auf meinem Schoß.«

»Das ist gut. Ich bin später mit den Creeds verabredet. Ich kann dich dann später ablösen.«

Wir können beide nur mit Mühe einen Lachanfall unterdrücken.

Elena räuspert sich. »Habt ihr bei der ganzen Sache nicht einen wichtigen Punkt vergessen?«, fragt sie streng und lässt damit schon wieder meinen Schwanz in der Hose anschwellen. Ihre freche Art ist ein weiterer Punkt, warum sie mein Mädchen ist und mich fasziniert.

Wir schauen sie mit Unschuldsmiene an.

»Ihr solltet mich vielleicht fragen, was ich davon halte. Falls es euch immer noch nicht klar ist: Ich bin keine Puppe oder ein Objekt, über das man bestimmen kann.«

»Nein, so sollte ...«, beginne ich beschwichtigend eine Erklärung, da ich nun doch befürchte, sie hat unseren Spaß nicht verstanden. Weit gefehlt. Inzwischen sollte ich sie besser kennen.

Elena bricht in schallendes Gelächter aus. Für diese Aktion hat sie sich auf jeden Fall einige heftige Hiebe auf ihren Arsch verdient. Alejandro grinst verschmitzt, als würde er das Gleiche denken.

Voller Eleganz erhebt sich meine Kleine von meinem Schoß, bewaffnet sich mit einer Kaffeetasse und schaut auf uns herab. »Ich gehe jetzt nach oben arbeiten und schaue mir später die Zimmer bei dir an, Matteo. Danach werde ich sehen, ob ich Lust habe, Zeit mit euch zu verbringen.«

Mit diesen Worten schreitet sie von dannen und schwingt dabei übertrieben mit den Hüften, dieses kleine Biest.

Ich treffe auf Alejandros Blick, der ihren Auftritt genauso gebannt wie ich beobachtet hat. Wir schütteln beide den Kopf und verziehen den Mund zu einem schiefen Grinsen.

KAPITEL 39

Alejandro

»Und wie willst du deine Wände streichen? Schwebt dir eine bestimmte Farbe vor?«

»Ich weiß nicht, vielleicht können wir ja in den Baumarkt fahren und uns umsehen?«

»Nichts lieber als das. Die Möbel, die du dir ausgesucht hast, werden morgen geliefert. Das heißt entweder noch eine Nacht im Gästezimmer oder du musst diese Nacht bedauerlicherweise bei mir verbringen.«

»Ob das so bedauerlich ist, weiß ich noch nicht, Romeo«, scherzt Elena und Gott habe ich ihr Lächeln vermisst. Es bedeutet mir alles, sie jetzt lachen zu sehen. Die Unsicherheit im Krankenhaus, nicht zu wissen, ob sie überlebt, das waren die schlimmsten Tage meines Lebens.

»Wollen wir noch deine restlichen Sachen bei Page abholen?«

Elenas Miene verfinstert sich. »Ich fühle mich immer noch furchtbar, dass ich sie im Stich lasse.«

»Lässt du nicht, Prinzessin. Wir haben ihr zwei Aushilfen besorgt, die sie unterstützen, schon vergessen? Du wirst erst einmal wieder richtig fit und konzentrierst dich auf deine Agentur. Genauso wie wir es besprochen haben.« Ich streichele ihr mit dem Daumen über ihr wunderschönes Gesicht und ertrinke sofort wieder in ihren blauen Augen.

»Und es ist wirklich okay für euch, wenn ihr mich erst einmal aushalten müsst?«, flüstert sie und ich kann nicht anders als zu lachen.

»Wir halten dich nicht aus. Ist es nicht eher andersherum, dass du es mit uns aushältst?«

»Jetzt, wo du es sagst, stimmt eigentlich.« Sie kichert und ich küsse sie. So stürmisch und intensiv, als ob mein Leben davon abhängt. Sie bedeutet mir alles. Ich habe mir geschworen, sie zu beschützen von jetzt an und für immer.

»Ich muss noch eine Sache erledigen, Prinzessin. Du kannst in der Zeit tun, was immer du willst, und ich hole dich später ab, dann fahren wir zu Page, okay?«

»Hat die Sache etwas mit dem Kartell zu tun?«

»Nein. Es ist nichts Gefährliches, auch wenn das mein Job und mein Leben ist. Weißt du noch, was ich an dem Abend zu dir gesagt habe, an dem du die Scherbe im Fuß hattest?«

Sie nickt. »Dass ich mir eher Sorgen um die anderen machen muss.«

»Genau, und daran hat sich nichts geändert. Ich lasse dich nicht mehr allein.«

Sie küsst mich und streichelt dabei mit ihren zarten Fingern über meinen Nacken.

Matteo ist im Büro und beendet ein Telefonat.

»Hey, wollen wir los?«

»Ja. Perfektes Timing. Das war der Juwelier.«

»Hast du schon eine Idee, wie wir es ihr sagen wollen?«

»Ja. Ich erzähle dir meinen Plan auf dem Weg.«

Ich nicke und wir machen uns auf den Weg zum Juwelier. In stundenlangen nächtlichen Gesprächen haben wir uns die Köpfe darüber zerbrochen, wie es weitergeht. Schließlich haben wir einen Entschluss gefasst, der die Sache zwischen uns unwiderruflich besiegelt. Sie wird eine von uns, eine Donatello.

»Meinst du immer noch, wir schnallen ihr mit der Verbindung zu uns keine riesige Zielscheibe auf den Körper?«, frage ich Matteo, der daraufhin kurz zu mir herüberschaut und den Kopf schüttelt.

»Die Fronten sind geklärt, seit Gonzalez und nun auch Garcia tot ist. Wir haben gezeigt, dass wir immer noch an der Spitze stehen und uns niemand zu Fall bringt. Nur ein Wahnsinniger würde es wagen, ihr noch einmal zu nahe zu kommen, nachdem was mit Garcia und seinen Männern passiert ist.«

»Wahnsinnig oder ein Mann, der nichts mehr zu verlieren hat«, gebe ich zu bedenken.

»Du spielst auf die Salvadors an. Gibt es Neuigkeiten oder wurde Nevio gesehen?«

Ich schüttele den Kopf, auch wenn ich das ungute Gefühl habe, dass die Geister der Vergangenheit uns eines Tages heimsuchen werden. Hoffentlich nehmen Matteo und ich dieses Familiengeheimnis mit ins Grab und es kommt niemals an die Oberfläche, was wir den Salvadors angetan haben. Elena akzeptiert viel, spricht uns für gewöhnlich nie auf unsere Taten an und verurteilt uns nicht. Wenn sie wüsste, was damals passiert ist und was für kranke Monster wir in Wahrheit sind, würden wir sie verlieren. Das werde ich mit aller Macht verhindern. Sollte Nevio jemals lebensmüde genug sein, aufzutauchen und seine Deckung zu verlassen, wird er fallen und keine Chance bekommen, die Wahrheit über die Donatellos ans Tageslicht zu bringen.

»Du hast recht. Wahrscheinlich ist es unnötig, sich Gedanken zu machen«, entgegne ich nach einer langen Pause und spreche damit nichts von dem aus, was mir durch den Kopf geht. Auch wenn Matteo und ich auf einem guten Weg sind, gibt es Dinge, die ich in der Vergangenheit getan habe und die Nevio und Lynn betreffen, die er nicht weiß. Deshalb ist es klüger, zu schweigen und wachsam zu sein.

»So machen wir es. So einen guten Plan hätte ich dir gar nicht zugetraut.«

»Ach nein?« Ich muss lachen, denn der Plan für die Hochzeit, den Matteo mir eben mitgeteilt hat, ist einfach perfekt. Zwar werden wir Elena völlig überrumpeln, aber wir sind uns sicher, dass sie Ja sagen wird. Daran gibt es keinen Zweifel.

»Ich hole später mit Elena ihre Klamotten bei Page ab und wir richten ihre Zimmer bei mir ein. Sie bleibt heute Nacht bei mir«, teile ich ihm mit, als wir das Geschäft betreten.

Der Juwelier holt unsere Bestellung und breitet die Ringe vor uns auf dem Tresen aus. Die Sonderanfertigungen sind perfekt und ich kann es kaum erwarten, meiner Prinzessin den Ring an den Finger zu stecken.

Elena liegt auf meiner Couch, wippt mit den Füßen im Takt des Songs, der gerade läuft, und hat die Augen geschlossen. Ich lege mich auf sie, stütze mich mit den Ellenbogen links und rechts neben ihrem Kopf ab und küsse sie. Ihr Mund verzieht sich zu einem hübschen Lächeln unter meinen Lippen.

»Du bist wieder da.«

»Ja, das bin ich. Wollen wir zu Page oder soll ich dir davor noch etwas zeigen?«

Sie öffnet die Augen und grinst frech. »Was willst du mir denn bitte zeigen, Romeo?«

»Alles. Die ganze Welt und noch mehr«, raune ich und

halte kurz inne, bevor ich aufstehe und sie mit nach oben ziehe.

Sie legt ihre Hände auf meine Brust und schaut mich erwartungsvoll an. Wie gern würde ich sie jetzt auf der Stelle heiraten, aber ich muss mich noch etwas gedulden, damit der Tag der Hochzeit in die Geschichte eingehen wird. Ich strecke ihr eine Hand entgegen und sie zögert kurz.

»Hast du jetzt Angst vor mir, Prinzessin?«

»Nie im Leben. Dich erledige ich doch im Schlaf.«

Ich lache. »Das glaube ich dir aufs Wort.«

Sie ergreift meine Hand und ich führe sie durch unser Anwesen in den Keller. Ihre Augen werden groß, als sie den typischen Geruch eines Schwimmbades wahrnimmt. Sie hält inne. »Alejandro Donatello, sag mir nicht, dass wir ein eigenes Schwimmbad im Keller haben.«

Ich nicke und sie strahlt über ihr ganzes Gesicht.

»O Gott. Ich bin wirklich im Himmel.«

»Und das merkst du erst jetzt?«

Sie rammt mir ihren Ellenbogen in die Seite und ich führe sie zu der Tür, hinter der sich unser hauseigener Wellnessbereich befindet.

Elena lässt den Blick über die Spa-Anlage wandern und das glückliche Funkeln in ihren Augen ist mehr wert als jede gottverdammte Ladung Kokain auf diesem Planeten.

»Ich habe gar keinen Bikini.«

»War das jemals ein Hindernis, Prinzessin?«

»Nicht für mich.« Sie tritt näher an mich heran, zieht sich ihr T-Shirt und ihre Shorts aus und fesselt mich mit ihren meerblauen Augen.

Mein Blick wandert ihren Körper hinab, während sie ihren BH abstreift und schließlich ihren Slip zu Boden fallen lässt. Die Frau raubt mir nicht nur den Atem, sondern bringt mich um den Verstand. Ich will sie berühren, doch sie legt ihre zarten Hände auf meine sich schnell hebende Brust, um mich auf Abstand zu halten.

Elena küsst sich meinen Hals und meine Kinnpartie entlang und streicht schließlich sanft über meine Lippen. Sie löst eine ihrer Hände von meiner Brust, greift nach meiner und schiebt sie zwischen ihre Schenkel. Die feuchte Wärme, die mich dort empfängt, entlockt mir ein Knurren. Ehe ich meine Finger in sie gleiten lassen kann, löst sie sich und springt ins Wasser.

Ich bleibe kurz perplex zurück und sie grinst mich keck aus dem Wasser an. »Na, Romeo, wo bleibst du denn? Bist du unter die Warmduscher gegangen?«

»Na warte.«

Blitzschnell entledige ich mich meiner Klamotten und springe zu ihr ins Wasser. Ich jage sie und schließe sie fest in meine Arme. Sie schlingt ihre Beine um meine Hüften und reckt sich mir entgegen. Ich dränge sie gegen eine der Beckenwände und schaue auf sie hinab. Ein Wassertropfen löst sich aus meinem Haar, landet auf ihrer Wange und bahnt sich einen Weg zu ihren vollen Lippen. Sie lässt ihre Zunge über ihre Oberlippe gleiten, bevor sie sich auf die Unterlippe beißt. Sie ist heißer als glühende Lava und schärfer als eine Ladung Dynamit.

Ich streiche ihr mit meinem Daumen über ihre Lippen, bevor ich sie küsse. Ein Knurren entfährt mir, während ich langsam meinen Schwanz in ihr versenke. Mein Atem geht abgehackt und ich habe das Gefühl, sie so intensiv wie noch nie zu spüren und zu schmecken. *Das muss daran liegen, dass sie mir alles bedeutet*, geht es mir durch den Kopf, bevor ich meine Stirn gegen ihre sinken lasse.

»Du fühlst dich so verdammt gut an, Baby«, keuche ich abgehackt, während ich sie mit langsamen und tiefen Stößen nehme. »Du bleibst, oder?«, füge ich nach einer knappen Pause hinzu, schlucke das »Bei mir« aber wieder hinunter.

Sie hebt den Kopf und schaut mir tief in die Augen. Ihr Blau ist verdunkelt vor Lust und ihr Blick intensiv. »Wo sonst sollte ich sein, wenn nicht bei dir?«, wispert sie gegen meine Lippen.

»Egal, was passiert?«

Sie vergräbt ihre Hände in meinem Haar. »Versprochen«, haucht sie, bevor sie mich küsst.

Ich ergieße mich in ihr und gebe mich meiner Ekstase hin. Sie ahnt nicht, wie wichtig mir dieses Zugeständnis war. Innerlich hoffe ich, dass sie die Worte ernst gemeint hat und ihre Meinung niemals über mich ändert, selbst dann nicht, wenn sie meine dunkelsten Abgründe erfährt. Der Mann von damals existiert nicht mehr. Ich selbst habe ihn ausgelöscht, um nicht mehr dieses Monster zu sein.

KAPITEL 40
Elena

Ich wohne mittlerweile seit zwei Wochen bei Alejandro und Matteo. Was soll ich sagen? Es war die beste Entscheidung meines Lebens. Diese beiden Männer machen mich komplett. Wir bilden eine Symbiose, die vollkommen einzigartig ist. Ich bin glücklich und laufe den ganzen Tag mit einem Dauergrinsen durch das große Haus. Ich bin verliebt in das Anwesen und die Freiheit, die es mir bietet. Den großen Pool im Keller und das Fitnesszimmer nutze ich regelmäßig. Inzwischen habe ich den dritten Auftrag für meine Agentur an Land gezogen und platze innerlich vor Stolz. Page und ich sehen uns fast jeden Tag und ich lasse sie nur allzu gern an den Vorzügen meines neuen Lebens teilhaben.

Ich drücke auf Senden und schicke damit die E-Mail an einen meiner Kunden auf den Weg. In meinem Kopf raucht es, da ich den gesamten Vormittag an Marketingkonzepten für meine Auftraggeber gearbeitet habe.

Mein Handy klingelt und es ist eine unbekannte Nummer. Zögerlich starre ich auf das Display. Ob es meine Mom ist? Zwar hat sich an meiner Einstellung, was ihren Entzug betrifft, nichts geändert, trotzdem interessiert es mich, wie es ihr geht, deshalb nehme ich den Anruf schließlich entgegen.

»Hallo?«, frage ich.

Es bleibt einen Moment still, bevor ein Räuspern ertönt. Ein tiefes, eindeutig männliches Räuspern. »Bist du allein, schöne Elena?«

Mir bleibt die Luft weg. Ich stolpere zurück an meinen Schreibtisch und lasse mich auf den Stuhl sinken, um nicht den Boden unter den Füßen zu verlieren. »Ja«, hauche ich tonlos.

»Erinnerst du dich noch an mich?«

»Ja, und ich wünschte, dem wäre nicht so.«

Ein tiefes und dunkles Lachen schallt mir durch mein Handy entgegen und ich erschaudere.

»Es war ja ganz schön aufregend für dich in den letzten Wochen, nicht wahr?«

Ich erwidere nichts auf seine Frage, die mit Sicherheit auf meine Entführung anspielt.

»Zumindest hat dir die kleine Show-Einlage von Garcia gezeigt, dass Alejandro und Matteo unfähig sind, dich zu beschützen«, stellt Nevio nüchtern fest und ich koche innerlich vor Wut. Es ist so unfair, dass er sich ausgerechnet jetzt meldet. Gerade jetzt, wo alles gut läuft, ich glücklich bin und ihn fast vergessen hatte.

»Was willst du von mir?«, stoße ich gepresst hervor.

»Ich will, dass du mir hilfst, diese Bastarde, bei denen du lebst, zur Strecke zu bringen.«

»Wieso hasst du sie so sehr?«, frage ich angespannt.

Nevio schnaubt abfällig. »Es gibt so viele Gründe dafür, dass es Tage dauern würde, sie dir alle zu nennen, Elena. Lass dir gesagt sein, die Männer, denen du dich an den Hals geworfen hast und denen du aus unerklärlichen Gründen vertraust, sind die abscheulichsten Monster, die es gibt, und dafür werde ich sie bestrafen.«

»Und du bist kein Monster?«

Ein weiteres kehliges Lachen.

»O doch, das bin ich. Mit dem Unterschied, dass sie es waren, die mich dazu gemacht haben.«

»Wovon redest du? Ich verstehe kein Wort.« Seine Worte ergeben für mich keinen Sinn und ich verstehe nicht, was er mir sagen will und was für eine Vergangenheit ihn mit Alejandro und Matteo verbindet.

»Musst du auch nicht. Ich habe ohnehin schon zu viel gesagt. Du wirst für mich ...«

Bevor ich erfahre, was Nevio von mir will, wird die Tür zu meinem Zimmer aufgerissen und ich lege abrupt auf. Vor Schreck rutscht mir mein Handy aus der Hand und fällt zu Boden.

Alejandro kommt mit schnellen Schritten und besorgter Miene auf mich zu. Er kniet sich vor mich und umfasst mein Gesicht mit beiden Händen. »Was ist los?«

Schnell krame ich in meinem Kopf nach einer Antwort und überlege fieberhaft, ob es besser wäre, mich ihm anzuvertrauen. Letztlich entscheide ich mich gegen die Wahrheit, da ich zunächst herausfinden will, was es mit Nevio auf sich hat. Wenn er mich das nächste Mal kontaktiert, werde ich Informationen von ihm fordern, wenn er meine Hilfe will. Vielleicht schaffe ich es, sein Vertrauen zu gewinnen, und kann Alejandro und Matteo vor ihm warnen, wenn er mir etwas verrät. Ich greife zu der Lüge, mit der ich hoffentlich niemanden verletze oder in Gefahr bringe.

»Das war meine Mom«, erwidere ich schließlich und es kommt mir vor, als würde eine Ewigkeit zwischen seiner Frage und meiner Antwort liegen.

»Okay. Und was wollte sie? Geht es ihr gut?«

Ich zucke mit den Schultern. »Den Umständen entsprechend. Sie war betrunken und hat nicht wirklich viel gesagt.«

»Das tut mir leid«, erwidert Alejandro und mein schlechtes Gewissen droht, zu explodieren, weil er so gut zu mir ist. Weder er noch Matteo haben es verdient, dass ich sie ständig anlüge, aber ich kann nicht anders. Ich muss zunächst herausfinden, was los ist und warum Nevio sie so sehr hasst. Seine Wut auf die Donatellos scheint weit über die üblichen Revierkämpfe hinauszugehen. Mich beschleicht das Gefühl, dass mehr als Drogen- und Waffendeals hinter ihrem Konflikt stecken.

»Lässt du mich einen Augenblick allein?«, bitte ich Alejandro, der es respektiert und mich mit meinen lauten Gedanken in meinem Zimmer zurücklässt.

Während ich durch mein Zimmer tigere, starre ich immer wieder auf mein Handy, aber es rührt sich nicht. Kein weiterer Anruf von Nevio und auch keine Nachricht. Ich werde mich wohl in Geduld üben müssen und kann nur hoffen, dass er mein übereiltes Auflegen nicht falsch verstanden hat.

Am Abend schreibt mir Matteo eine Nachricht und ich schiebe auch die letzten düsteren Gedanken an die kryptischen Worte von Nevio beiseite.

Ich habe eine Überraschung für dich, Kleines. Das ist alles, was in der Nachricht steht. Von Neugier gepackt und mit einem vorfreudigen Kribbeln im Bauch mache ich mich sofort auf den Weg zu ihm. Die Tür zu seinem Schlafzimmer steht offen, weshalb ich sofort eintrete. Er sitzt auf seinem Bett und schaut mich an.

»Ist alles okay?«, frage ich, da ich seinen Blick nicht deuten kann.

»Komm her, Kleines!«

Ich laufe zu ihm und setze mich neben ihn. Er hat eine

Hand zur Faust geballt, mit der anderen fährt er die Konturen meines Wangenknochens nach.

»Matteo, du machst mir Angst.«

»Ist das so?«

»Ja, ein wenig.«

»Wenn ich dich bestrafe und hart ficke, hast du keine Angst. Aber wenn ich dir eine Überraschung verspreche, zittern deine Knie?«

»Ich weiß jetzt echt nicht, was ich darauf erwidern soll.«

»Am besten nichts.« Er öffnet die Faust und gibt damit den Blick auf einen Siegelring der Donatellos frei. Zumindest sieht er so ähnlich aus. Auch dieser Ring wird von dem Phönix geziert. Doch im Gegensatz zu den Ringen an Matteos und Alejandros Fingern ist dieser Phönix in ein Herz eingefasst, genau wie der an meiner Kette.

»Was ist das?«, flüstere ich ehrfürchtig.

»Das ist das Zeichen, dass du zu mir gehörst. Ich will, dass du den Ring genau wie die Kette meines Bruders immer an dir trägst. So sieht jeder auf den ersten Blick, dass du zu den Donatellos gehörst. Das bietet dir Schutz und macht dich zu einer von uns.«

Meine Lippe bebt und Tränen füllen meine Augen. Ich strecke Matteo meine Hand entgegen, die er ergreift. Sanft streichelt er über meinen Handrücken, bevor er den Ring über meinen Finger schiebt. Er passt perfekt und ich fühle mich sofort stärker, als das kühle Metall meine Haut berührt.

»Jetzt bist du endgültig mein.«

Ich falle ihm um den Hals und Matteo zieht mich in eine Umarmung, die an Innigkeit nicht mehr zu übertreffen ist. Er vergräbt sein Gesicht in meinen Haaren und hält mich eine ganze Weile. »Da gibt es noch eine Sache, über die wir reden müssen.«

»Okay.«

»Alejandro und ich sind der Meinung, dass es an der Zeit ist, dich unseren Geschäftspartnern vorzustellen.«

Mein Herzschlag beschleunigt sich bei seinen Worten. »Ist das nicht gefährlich für mich?«

Er zieht einen Mundwinkel nach oben. »Gefährlich wäre, wenn wir dich weiterhin verstecken, aber das tun wir nicht. Du wirst an unserer Seite stehen und wir zeigen jedem da draußen, dass du zu den Donatellos gehörst.«

»Was?«

»Elena, du gehörst zu uns. Verstehst du denn immer noch nicht, was das heißt?«

»Nicht wirklich, wie es scheint.«

Er umfasst meine Hände. »Das heißt, du bist ein Teil der Familie, nicht nur irgendein Mädchen. Nein, unser Mädchen, das gemeinsam mit uns an der Spitze steht.«

»Okay«, bringe ich gedehnt hervor, da ich es immer noch nicht begreife.

»Diego wird dir beibringen, dich zu verteidigen, und wie man eine Waffe benutzt. Du sollst nie wieder in eine Situation wie mit Garcia geraten.«

»Stopp. Heißt das, ich soll irgendwelche Leute umbringen?«

Er lacht kurz auf. »Vorerst reicht es, wenn du weißt, wie du dich verteidigen kannst, sollte das jemals notwendig werden.«

»Vorerst?«

»Tja, zum Umkehren ist es längst zu spät.« Mit diesen Worten versiegelt Matteo meine Lippen und nimmt mich mit seiner Zunge in Besitz. Seine Worte hallen noch eine Zeit in meinem Kopf nach, aber nur so lange bis er mich mit seinen Händen an den Hüften packt und auf seinen Schoß zieht.

Vielleicht ist es aufgrund der herrschenden Bedrohung

durch Nevio gar nicht schlecht, wenn ich einige Grundlagen im Umgang mit Waffen und ein paar Schlagkombinationen erlerne, um mich im Ernstfall zur Wehr zu setzen. Gleichzeitig hoffe ich inständig, dass es niemals notwendig sein wird, dass ich zu derartigen Mitteln greifen muss und Nevio sich irrt.

Alejandro und Matteo können und werden mich beschützen, daran besteht für mich kein Zweifel.

Epilog

ELENA

Acht Wochen später

Ich werfe einen letzten Blick in den großen Spiegel, bevor ich mich erhebe und zu meiner Freundin drehe. Page hat ganze Arbeit geleistet, mit meinen Haaren ein echtes Kunstwerk erschaffen und mir ein Make-up verpasst, das mich staunen lässt. Ihr kullert eine Träne über die Wange, während sie mich betrachtet, was mir ebenfalls ein Glitzern in die Augen treibt. Sie hebt drohend ihren Zeigefinger.

»Wage es ja nicht, mein Meisterwerk mit Tränen zu zerstören.«

Ich kichere und ziehe sie in eine Umarmung. Wir lösen uns voneinander und halten uns an den Händen.

»Du siehst fantastisch aus«, sagt Page voller Stolz.

»Das habe ich einzig und allein dir zu verdanken.«

»Jetzt geh schon zu deinen Männern. Wir sehen uns später, Süße«, entgegnet sie schniefend und küsst mich auf die Wange.

Ich atme tief durch, bevor ich aus dem Flur in die Mitte der opulenten Treppe trete. An deren Fuß stehen Matteo und Alejandro, die in den dunklen Anzügen verboten gut aussehen. Mit zittrigen Knien überwinde ich Stufe um Stufe, wobei ich konzentriert darauf achte, nicht zu stolpern.

Alejandro hebt den Kopf und ist der Erste, der mich erblickt. Seine Lippen formen ein stummes »Wow«, was mir ein Grinsen entlockt. Zugegeben, als ich mich gerade im Spiegel betrachtet habe, dachte ich das Gleiche.

Das hautenge fliederfarbene und paillettenbesetzte Abendkleid mit einem tiefen Ausschnitt und einem unverschämten Beinschlitz schmeichelt mir unglaublich. Page hat mir große Locken mit dem Glätteisen geformt und einen Teil meiner Haare locker nach hinten gesteckt. Dramatisch geschminkte Smokey Eyes und silberne Pumps komplementieren den Look. An meinem Hals funkelt die Kette von Alejandro und meinen Finger umschmeichelt der Ring von Matteo. Es ist das perfekte Outfit, für das, was wir gleich vorhaben.

Mit klopfendem Herzen überwinde ich die nächsten Stufen, da hebt auch Matteo den Kopf. Seine schwarzen Augen funkeln und bringen damit mein Herz zum Tanzen.

Am Absatz angekommen reicht mir jeder der beiden galant die Hand, bevor ich mich bei ihnen unterhake. Alejandro gibt mir einen Kuss auf die Wange. »Du siehst atemberaubend aus, Prinzessin«, haucht er, als Matteo mich auf meine rechte Wange küsst.

»Ich kann es kaum erwarten, dir dieses Kleid auszuziehen, Kleines«, wispert er in mein Ohr und ich beiße mir auf die Unterlippe.

Vor der Tür erwartet uns Diego, der ebenfalls einen dunklen Anzug trägt und vor einer riesigen, schwarzen Limousine steht. Meine Augen werden groß und ich schaue zwischen Alejandro und Matteo hin und her. Die zucken nur beide lässig mit den Schultern.

»Wenn dann richtig, Prinzessin.«

Diego öffnet die hintere Wagentür und bedeutet uns, einzusteigen. Erst rutscht Alejandro auf die lange Sitzbank, dicht gefolgt von mir und Matt. Der Wagen setzt sich in Bewegung und ich kann immer noch nicht glauben, dass das hier wirklich passiert. Das ist kein Traum oder eine Illusion, nein, das ist die Realität, mein Leben, das perfekt ist.

Alejandro legt eine Hand auf meinen Schenkel und Matteo tut es ihm gleich. Ich brenne unter ihren Berührungen und will ihnen etwas zurückgeben.

Nach einer knapp dreißigminütigen Fahrt erreichen wir unseren Zielort und Diego parkt den Wagen. Matteo schaut mir tief in die Augen. »Bist du bereit?«

Ich nicke stumm und merke, wie meine Hände schwitzig werden. Ich bin nervös und aufgeregt wie nie in meinem Leben.

Alejandro entgeht mein Unbehagen nicht, denn er sucht meinen Blick und schaut mich bestärkend an. »Es wird perfekt, glaub mir, Prinzessin.«

Ich nicke abermals und die Wagentür wird geöffnet. Wir steigen aus und ich hake mich wieder bei Alejandro und Matteo unter. Ich bin dankbar für ihren Halt, denn meine Knie drohen, jeden Moment nachzugeben. *Atmen Elena, atmen,* ermahne ich mich immer wieder, als wir auf die Strandvilla zulaufen. Matteo und Alejandro haben diesen Ort bewusst ausgewählt. Durch die Nähe zum Wasser und einen eigenen Helikopterlandeplatz ist eine Flucht jederzeit möglich. Wir fürchten keinen Angriff aus den eigenen Reihen, nein, es geht vielmehr um die Cops. Sollte durchgedrungen sein, dass in dieser Nacht die mächtigsten Männer der Stadt zusammenkommen, um gemeinsam zu feiern, wäre das für die Polizei ein gefundenes Fressen.

Zwei Sicherheitsleute nicken uns zu und öffnen die Eingangstür. Sie sind schwer bewaffnet und mir entgeht nicht, dass sie mich mit einer Art Ehrfurcht betrachten, die neu für mich ist.

Wir betreten den großen Saal und augenblicklich wird es still in der Lobby. Gespräche brechen ab, Getuschel wird leiser, verebbt gänzlich und Liebeleien werden beendet. Alle Augen sind auf uns gerichtet, als wir in Richtung der Bühne schreiten, die sich mitten im Raum befindet. Die Menge vor uns teilt sich, bildet ein Spalier, um uns keinesfalls im Weg zu stehen.

Auf der Bühne angekommen treten wir in die Mitte und Matteo und Alejandro lösen sich von mir, nur damit ich im nächsten Moment eine Hand auf ihre legen kann. Innerlich bin ich dankbar, dass wir diesen Ablauf gefühlt Tausende Male geprobt haben, denn aktuell funktioniere ich nur noch. Mein Kopf ist leer und die Aufregung hat längst die Kontrolle über meinen Körper übernommen.

»Meine Herren, wir freuen uns, dass ihr alle so zahlreich unserer Einladung gefolgt seid. Es liegen turbulente und ereignisreiche Monate und Zeiten des Blutvergießens hinter uns, die wir mit dieser Veranstaltung ein für alle Mal beenden wollen«, beginnt Matteo seine Rede. »Wir, die Donatellos, sind davon überzeugt, dass heute der perfekte Tag für einen Neuanfang ist.«

»Genau, Matteo. Wie ihr mitbekommen habt, haben mein Bruder und ich unsere Familienfehde beendet, das Kartell damit gestärkt und unsere Geschäftsbeziehungen ausgeweitet. Das Geschäft läuft gut wie nie.«

»Davon profitiert ihr alle. Durch die Erweiterung unseres Handelsgebiets kontrollieren wir nun weite Teile des Kokainhandels in der Stadt und liefern euch stabile Preise und ausgezeichneten Stoff.«

Ich lasse meinen Blick durch die Menge schweifen und bin beeindruckt, wie gebannt alle an den Lippen von Matteo und Alejandro hängen.

»Doch auch wenn das alles erfreuliche Nachrichten sind, wollen wir heute nicht ausschließlich übers Geschäft reden. Einige von euch hatten bereits das Vergnügen, diese atemberaubende Frau in unserer Mitte kennenzulernen. Die anderen haben ja keine Ahnung, was sie bisher verpasst haben«, fährt Matteo fort und die beiden drängen mich einen Schritt weiter in den Vordergrund. Meine Wangen glühen und meine Knie drohen tatsächlich, nachzugeben.

»Elena, die Frau an unserer Seite, die vom heutigen Tag an für immer zu uns gehört. Lasst uns die Gläser erheben und einen Toast auf diese Verbindung aussprechen. Auf dass wir ein langes, gemeinsames Leben haben.« Die Worte von Alejandro verwirren mich, so hatten wir das nicht besprochen.

Parallel betritt ein weiterer sehr edel gekleideter Mann die Bühne und öffnet eine Schachtel, die drei geschliffene und funkelnde Silberringe enthält. Ich halte die Luft an. Das passiert jetzt nicht, oder?

Alejandro und Matteo stellen sich direkt vor mich. Jeder nimmt eine meiner schwitzigen Hände und betrachtet mich eingehend. Alejandro schenkt mir eines seiner Grübchen-Lächeln, wohingegen Matteo mich mit seinen wunderschönen schwarzen Augen verglüht.

»Prinzessin, ich frage dich hier und jetzt, willst du mich heiraten und schenkst mir ein *Für immer*?«

»Heirate mich, Kleines, und ich werde jeden Tag mein Bestes geben, um der Mann zu sein, den du verdient hast und den du dir an deiner Seite wünschst, dir jeden Wunsch von den Lippen ablesen und bedingungslos an deiner Seite stehen. Von jetzt an für immer.«

Ich muss ein schrilles Lachen unterdrücken. Im ersten Moment nicht vor Freude, sondern weil ich völlig perplex bin und die Situation mir absolut unwirklich vorkommt.

»Fragt ihr mich gerade allen Ernstes, ob ich euch heiraten will? Jetzt sofort auf dieser Bühne?«

Meine Stimme klingt dünn und brüchig und spiegelt damit in etwa das wider, was ich fühle. Alejandro und Matteo wechseln einen verschmitzten Blick.

»Ja, genau das tun wir, Prinzessin.«

»Und ihr seid euch sicher, dass ich Ja sage?«

»Absolut. Sonst hätten wir dich nicht gefragt, Kleines.«

»Ihr seid verrückt. Vollkommen verrückt.« Ich schweige einen Moment und merke erst jetzt, wie das Gemurmel um uns herum zu einem immer lauteren Summen wird. Ich hatte die Anwesenden vollständig ausgeblendet. Dafür sind sie mir jetzt umso deutlicher bewusst.

»Also, Prinzessin, wie lautet deine Antwort?«

Tränen steigen in mir auf und obwohl das hier völlig grotesk ist, bringe ich ein lautes, klares »Ja« hervor. Verdammt, ich liebe diese beiden Männer so sehr, dass ich mir keinen Tag mehr ohne sie vorstellen kann. Ich weiß, dass es nicht immer leicht sein wird, durch ihren Job und weil wir zu dritt sind, aber ich bin mir ebenso sicher, dass wir jede Hürde meistern werden.

»War das eben ein Ja?«, erkundigt sich Matteo, woraufhin ich wie verrückt nicke. Die beiden beginnen, über das ganze Gesicht zu strahlen, und wenden sich wieder dem Publikum zu.

»Damit ist es offiziell, meine Herren. Elena Donatello.«

Matteo und Alejandro deuten auf mich und alle Anwesenden beginnen, lauthals zu grölen und uns zu feiern. Die Musik setzt wieder ein und ich frage mich, ob wirklich jeder der Anwesenden eingeweiht war außer ich. Ich bin mir nicht sicher, wer der Typ ist, der unsere Ringe hält und ob unsere Ehe vor dem Gesetz außerhalb der Clans Gültigkeit hat, aber das spielt in diesem Augenblick überhaupt keine Rolle.

Ich stecke Matteo und Alejandro ihren Ring an den Finger, bevor ich auch meinen anlege. Ein Kribbeln durchfährt mich bei dem Gedanken, dass ich ab heute eine Donatello bin. Ich gehöre zu ihnen.

Ein Kellner mit einem Tablett kommt auf die Bühne, reicht mir einen Sekt und Alejandro und Matteo einen Scotch. Ich spüre, dass sie erleichtert sind, denn ich kenne sie inzwischen zu gut und sie können ihre Emotionen nur schwer vor mir verbergen. Ich feixe ein wenig vor mich hin. Denn so sicher wie sie behauptet haben, waren sie sich scheinbar doch nicht, dass ich Ja sage.

Wir heben die Gläser. Dieser Moment gehört nur uns, denn um uns herum ist die Party schon im vollen Gange und keiner scheint mehr Notiz von uns zu nehmen.

»Auf die Zukunft«, sage ich.

»Auf die Zukunft«, wiederholen Matteo und Alejandro und wir führen unsere Gläser zum Mund. Die prickelnde Flüssigkeit wandert meine Kehle hinab und fühlt sich perfekt an. Besiegelt, was wir eben mit Worten gesprochen haben. Meine Anspannung löst sich und ich merke, wie sich langsam meine zittrigen Knie beruhigen. Ich stoße erleichtert einen Schwall Luft aus, während Matteo und Alejandro dichter an mich herantreten.

»Du bist großartig, Prinzessin«, raunt Alejandro, bevor er meine Lippen vor den Augen aller mit einem leidenschaftlichen Kuss versiegelt.

Als er sich zurückzieht, packt mich Matteo im Nacken und zieht mich dicht an seine Lippen. »Du bist nicht nur großartig, Kleines. Du bist einzigartig und mein.«

Hitze schießt bei seinen Worten direkt zwischen meine Beine oder liegt es an seinem Kuss, der wild und forsch meinen Mund erobert? Egal, was es ist, ich will so viel mehr davon.

»Wir haben noch etwas vor, Prinzessin«, verkündet

Alejandro verheißungsvoll an meinem Ohr, bevor sie mich beide an den Händen packen und in ein Hinterzimmer ziehen.

Von draußen dröhnt der dumpfe Bass der Musik an meine Ohren und durchbricht die Stille. Matteo und Alejandro betrachten mich wie ihre Beute, die sie gefangen haben.

»Bist du bereit für den nächsten Schritt, Kleines?«

»Was meinst du?«, wispere ich, obwohl ich die Antwort bereits kenne.

Alejandro stellt sich vor mich, lässt eine Hand unter mein Kleid wandern und küsst mich. Matteo nähert sich mir von hinten, schiebt den Stoff nach oben über meine Hüften und knetet meine Pobacken. Ich werde zu flüssigem Wachs unter ihren glühenden Berührungen. Ich spüre ihre Hände überall an meinem Körper, stöhne, keuche vor Verlangen und genieße es. Endlich scheinen sich meine Fantasie und meine zahllosen Träume zu verwirklichen. Das ist es, wonach ich mich schon seit Wochen sehne. Sie beide und ich zwischen ihnen.

Alejandros Finger finden meinen Slip und gleiten in mich. Da Matteo parallel beginnt, meinen Anus mit seinem Daumen zu umkreisen und anschließend mit seinen Fingern zu penetrieren, kann ich mich kaum noch auf den Beinen halten. Die starke Erregung ist kaum auszuhalten und macht meine Knie wieder butterweich. Mein Zittern entgeht den beiden nicht und sie drängen sich dichter an mich. Sie geben mir Halt, nehmen mich gefangen in ihrer Mitte und berühren mich immer intensiver. Mein ganzer Körper prickelt. Ich bestehe nur noch aus Lust und Verlangen. Es gibt nichts, was ich mir in diesem Augenblick mehr wünsche, als ihre harten Schwänze gleichzeitig in mir zu spüren.

»Wie oft hast du dir das vorgestellt, Kleines?«, stöhnt Matteo in mein Ohr.

»Sehr oft«, hauche ich. Meine Antwort lässt auch die letzten Hüllen fallen. Ich empfinde keine Scham. Es gibt keine Tabus mit ihnen. Im Gegenteil. Es fühlt sich so verdammt richtig und perfekt an, das zu tun. Es ist fast so, als ob sich das letzte, noch fehlende Stück in das Puzzle einfügt und endlich das Bild vervollständigt.

Alejandro löst sich kurz von meinen Lippen, um mir tief in die Augen zu schauen. »Du bist mein Herz«, flüstert er und packt nach meiner Hand.

Sie manövrieren uns in den hinteren Teil des Raumes, wo ein großes, mit Samt überzogenes Sofa steht. Sie haben alles exakt geplant.

Alejandro steht vor mir und ich beginne, ihn auszuziehen. Langsam, Knopf für Knopf, öffne ich sein Hemd und streife es ihm über seine breiten Schultern. Matteos Hände sind überall. Er küsst meinen Nacken, presst sich von hinten gegen mich und ich liebe es. Alejandro lässt seine Hose zu Boden fallen und legt sich auf die Couch.

»Komm zu mir, Prinzessin«, fordert er und ich krabbele zu ihm auf das Sofa. Er umfasst mein Gesicht mit beiden Händen und schaut mir so tief in die Augen, dass ich das Gefühl habe, in das Innerste seiner Seele zu blicken. Er beginnt, sich gegen meine feuchte Öffnung zu pressen. Mit langsamen, kreisenden Bewegungen dehnt er mich.

Ich spüre Matteo, der sich von hinten nähert, wieder beginnt, meine Pobacken zu kneten, und mich mit Küssen übersäht. Ich lasse mich langsam auf Alejandro sinken und nehme seinen großen Schwanz in mir auf. Es fühlt sich so verdammt gut an, wie sie mich beide berühren, mich zusammen in Besitz nehmen und mich zwischen sich aufteilen.

Matteo beugt sich nach unten zu mir und kitzelt mit

seinem warmen Atem mein Ohr. »Hast du Angst, Kleines?«

»Nein.«

»Ich will dich so gern von hinten nehmen.«

»Das will ich auch«, presse ich abgehackt hervor.

Matteo befeuchtet seine Finger und dehnt mich erst mit seinem Daumen und schließlich mit zwei Fingern. Ich stehe vollständig in Flammen, da sich Alejandro parallel in mir bewegt. Ich will noch mehr, so viel mehr, von ihnen spüren und endlich erlöst mich Matteo. Sein harter Schwanz dringt von hinten in mich ein und ich stöhne so laut und voller Lust wie noch nie in meinem Leben.

Alejandro erstickt meine lauten Schreie mit einem leidenschaftlichen Kuss. Schließlich dringt Matteo noch tiefer in mich ein und ich zerfließe komplett. Ich fühle mich so begehrt und geliebt, dass ich nicht mehr weiß, wohin mit meinen Gefühlen, und heftig komme. Mein Herz hämmert in meiner Brust, mein Atem geht stoßweise und meine Beine zittern. Als auch Matteo und Alejandro kommen und sich ihre Lust in mir entlädt, bin ich im Himmel.

Langsam ziehen sich Matteo und Alejandro aus mir zurück.

»Hat es dir gefallen, Prinzessin?«

»Mehr als das?«

»Das können wir jetzt ständig tun«, raunt Matteo und legt seine Hand auf meinen Bauch.

Wir liegen noch eine ganze Weile so da. Ich zwischen meinen beiden Ehemännern und wir genießen den Moment. Leben für das Hier und Jetzt.

Schließlich lösen sich Alejandro und Matteo von mir und ziehen sich an. Auch ich zupfe mein Kleid zurecht und ziehe mich einen Moment auf die Toilette zurück, um meinen Puls wieder unter Kontrolle zu bekommen, bevor ich mich zurück zu den anderen Gästen wage.

Matteo und Alejandro begeben sich in der Zwischenzeit wieder zu den Feiernden und gönnen mir diesen Moment für mich. Ich spritze mir etwas kaltes Wasser über die Handgelenke und lächele mein Spiegelbild an. Ist das gerade wirklich passiert?

Zur Sicherheit kneife ich mir beherzt in den Arm und realisiere, dass ich wach bin. Alles in mir drängt mich zu Page. Ich muss ihr unbedingt erzählen, was eben passiert ist.

Die kleine Glitzertasche, die ich auf die Armatur der Toilette gelegt habe, beginnt, zu vibrieren, und ich ziehe mein Handy hervor. Unbekannte Nummer. Will ich das? Möchte ich es tatsächlich riskieren, mir diesen Abend zu verderben, der bisher absolut perfekt war? Wieso taucht Nevio immer dann auf, wenn ich ihn fast vergessen habe? Mit zittrigen Fingern entsperre ich das Display und nehme den Anruf entgegen.

»Entschuldige, dass ich eure fröhliche Hochzeit unterbreche«, beginnt Nevio, ohne Zeit zu verlieren. »Ich dachte, ich habe mich deutlich ausgedrückt, was passiert, wenn du nicht tust, was ich will.«

»Was? Nein, warte ...«, setze ich zu einer Erklärung an, aber er lässt mich nicht zu Wort kommen.

»Zu spät, schöne Elena. Jetzt muss die liebe Page darunter leiden.«

Ich höre ein leises Wimmern im Hintergrund und umklammere das Waschbecken, da meine Knie nachgeben. »Nein, tu ihr nicht weh«, flehe ich und Tränen sammeln sich in meinen Augen.

»Habe ich jetzt endlich deine Aufmerksamkeit, Elena?«

»Ja«, wispere ich.

»Gut. Wir treffen uns morgen um Mitternacht in der alten Fabrik am Pier, um zu reden. Wenn du nicht allein kommst, ist Page tot. Verlierst du auch nur ein Wort über mich, ist sie tot, und sollten Alejandro und Matteo auch nur den Hauch einer Ahnung bekommen, dass etwas nicht stimmt, töte ich sie.«

»Ich habe dich verstanden. Bitte tu ihr nichts. Ich werde da sein.«

»Ich weiß«, entgegnet er und legt auf.

Im nächsten Moment bricht draußen die Hölle los. Lautes Geschrei, Schüsse fallen, die Tür zur Toilette wird aufgerissen und Toni steht vor mir. Er streckt mir seine Hand entgegen.

»Komm, ich bringe dich hier raus«, sagt er mit rauer Stimme und ich schaue ihn misstrauisch an.

»Wo ist Page?«, frage ich ihn atemlos, denn sollte er nicht eher nach ihr suchen, als sich um mein Wohlbefinden zu kümmern?

Er verzieht gequält den Mund. »Tut mir leid«, presst er hervor, bevor er die Hand hebt und mir mit einem gezielten Schlag das Bewusstsein raubt.

Danksagung

> Wenn aus deiner größten Leidenschaft ein Traum wächst, der heute Wirklichkeit ist, erfüllt dich eine neue Form von Glück.

Die erste offizielle Danksagung in *meinem* Buch. Ich kann es immer noch nicht wirklich glauben, dass ich diese Zeilen gerade Schreiben darf. Wenn mir vor einem Jahr jemand prophezeit hätte, dass ich als Autorin bei meinem Traumverlag arbeiten werde, hätte ich es nicht geglaubt. Nun ist aus meinem größten Wunsch Realität geworden und ich bin Teil des Federherzverlages. Mit diesem Verlag verbinde ich so viel mehr als meine Leidenschaft für das Lesen und Schreiben. Dieser Verlag hat mir die Tür geöffnet in eine Welt, die in meinen Augen die Schönste ist, die es gibt. Was kann erfüllender sein, als jeden Arbeitstag mit einem Lächeln auf den Lippen zu beginnen? Dafür bin ich dem gesamten Verlagsteam unsagbar dankbar, denn das habt ihr ermöglicht. Es erfüllt mich mit Glück und macht mich stolz, dass ich mit so vielen talentierten und motivierten Köpfen zusammenarbeiten darf. Ich möchte mich bedanken, für die vielen lehrreichen Stunden, das allzeit wertschätzende und konstruktive Feedback, die Geduld, den Austausch und die Entwicklung einer Story, an der ich mehr als einmal mein Herz verloren habe. Mein ganz besonderer Dank gilt in diesem Zusammenhang dir, liebe Jenny. Ohne dein Zutun und dein wundervolles Feedback, wären die Immortal Kings heute nicht das, was sie sind.

Die erste Veröffentlichung wird wohl für immer einen besonderen Stellenwert in meinem Leben und vor allem auch in meinem Herzen einnehmen und damit werde ich dich auf ewig verbinden.

Zu dem fantastischen Team zählen aber noch ganz viele weitere Menschen, die mir immer zur Seite standen und jederzeit ein offenes Ohr hatten. Danke, Kristina, Esther, Nikolina und Christina, für die großartige Unterstützung, sei es beim Cover, Buchsatz, Buchideen oder dem Marketing. Ihr macht einen tollen Job und seid meine größte Motivation. Ich fühle mich angekommen und bin unendlich glücklich, ein Teil des Federherz-Teams zu sein. Besonders wichtig ist mir auch die Erwähnung meiner Testleser und meiner Korrektorin. Fatoś, vielen Dank, dass du an Matteo und Alejandro gefeilt hast, bis sie zu echten Kings geworden sind und danke liebe Kristina, dass du beim Korrektorat auch noch die letzten kleinen Fehler gefunden hast.

Aber was wäre mein Buch ohne euch, meine Community und treuen Leser? Ohne euch und eure Leidenschaft zu der dunklen Seite der Liebe gäbe es meine Geschichten nicht. Danke, dass ihr mich unterstützt und mir ermöglicht meinen Traum zu leben.

Ein weiteres Dankeschön richtet sich an einen Menschen, der im vergangenen halben Jahr einen großen Stellenwert in meinem Leben eingenommen hat. Meine wundervolle Kollegin Martha, die zur selben Zeit wie ich im Verlag begonnen hat, ist mittlerweile mehr Freundin als Kollegin. Martha, ich danke dir von Herzen für die zahlreichen Nachrichten, den intensiven Austausch, die gegenseitige Motivation, dafür, dass du jederzeit da warst. Ich freue mich auf eine spannende und wundervolle Zeit mit dir als Kollegin.

Bevor ich mich nun gänzlich in Tränen auflöse, möchte

ich unbedingt noch die fantastischen Unterstützer aus meinem privaten Umfeld erwähnen. Liebe Miriam und Lisa, ihr seid Freundinnen, die sich jeder an seiner Seite wünscht. Danke, dass ihr an meinen Traum geglaubt und mich unterstützt habt. Zum Abschluss ist da natürlich noch meine wundervolle Schwester zu nennen, die eine der Ersten war, die von meinem Traum, Autorin zu werden, erfahren hat. Danke, dass es dich gibt und du nie an deiner kleinen Schwester und ihre teilweise verrückten Träume zweifelst. Du bist der beste Support, den man sich wünschen kann und auf ewig meine zweite Hälfte. Danke, dass du mir durch die dunkelste Zeit in diesem Jahr geholfen hast und immer für mich da warst.

Zum Schluss ... Danke an meine Eltern, dass ihr aus mir diesen kreativen Menschen gemacht habt und immer an meiner Seite steht.

DANKBAR für das tollste Umfeld und das beste Team.

Ihr seid fantastisch!

Eure Melodie

Triggerwarnung

(ACHTUNG SPOILER!)

Das Buch / die Reihe enthält folgende explizite Triggerthemen:

Sexuelle Übergriffigkeit, explizite Sexszenen, Gewalt gegenüber Frauen, Folter, Gewalt allgemein, Drogenkonsum oder -missbrauch, Traumatische Kindheit, Toxische Beziehung, Mord, Gebrauch von Schusswaffen und Messern, Handel mit Drogen und Waffen, Obszöne Ausdrücke, Beleidigungen und derbe Sprache, Alkoholkonsum, kriminelle Handlungen

**Er ist ein gesetzloser Biker. Ein Mörder.
Und der Präsident der Dark Slaughters.
Aber wird er auch mein Beschützer sein?**

Als Allison vor ihrem gewalttätigen Vater flieht und im berühmt-berüchtigten Nachtclub des Dark Slaughters MCs landet, weiß sie sich nicht anders zu helfen, als um Schutz zu flehen. Als Gegenleistung kann sie jedoch nichts anderes als ihre Jungfräulichkeit anbieten. Aber Carnage hat ganz andere Pläne für sie, denn er will nicht nur ihren Körper. Allison soll seine Frau werden. Ob sie will oder nicht.

Kann Allison der Welt aus Gewalt, Blut und Tod trotzen, oder lässt sie sich von der Dunkelheit verschlingen, obwohl sie doch so reizvoll erscheint …

**Erlebt mit Liz Rosen den prickelnden Auftakt der
Dark Slaughters-Trilogie und verliebt euch in den düsteren Boss,
der euch in die tiefen Abgründe der Biker-Welt zieht.**
Unabhängig voneinander lesbare Einzeltitel